零里见长阳

THE SUNSHINE IN LIFE

三 道 著

长江出版社
CHANGJIANGPRESS

楔子	001

第一章
玻璃与太阳   010

第二章
花粟鼠与小船   072

第三章
友情与愿望   132

第四章
反抗与背叛   185

第一卷
那时微光

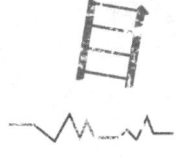

第五章
重逢与报复   214

第六章
大象与蜗牛   253

第七章
团团与乐乐   287

第二卷
此间向阳

番外
褚总的生日   310

楔子

这是宋思阳住在郊区别墅的第四个年头。

久不与外界接触的宋思阳被养得莹润有气色。此时他站在院内白茫茫的雪地里,冬日的暖阳落在他白里透红的脸颊上,恍惚让人觉得他是一块修炼成人的上等粉玉。

别墅坐落在安静的郊区,大门前是私人花园,春天的时候各色娇贵的花争相开放,花团锦簇,极具观赏价值。别墅后有片人工湖,湖边种满法国梧桐,秋天的日光打在悬铃木上像一颗颗胶质的珠子。但现在是冬天,这些美景都被白雪淹没了。

雪也有雪的观赏价值。

昨夜破天荒地下了整夜的小雪,一觉醒来,院子就穿了一层薄薄的雪衣。

宋思阳大多数时候都待在别墅里。褚越临出门前特地嘱咐过负责生活起居的陈姨先别把雪扫走,等宋思阳睡醒可以到院子里踩雪玩。他还当宋思阳是那个十七岁爱打雪仗的少年,仿佛十年的时光并未在对方身上留下半分痕迹。

宋思阳踩了会儿雪，还不到半小时呢，陈姨就在里头唤道："思阳，外头冷，先进来暖暖身子，下回再玩，要不然小褚知道又得生气了。"

整个别墅的帮佣都知道，宋思阳极度害怕褚越生气。

宋思阳倒没有多贪玩，也没有非要留在外头受冻。他闻言应了一声，将脚边捏好的一颗雪球踢到光秃秃的树下，继而拍拍手进了屋。

屋里的暖气开得很足，新风系统二十四小时运转，所以屋里暖和是暖和，却也不会觉得闷。

家里帮佣不算多，陈姨常年住家，另有两个轮班的家政阿姨和一个男帮工，此外就是每个星期准时都会来打理花园的花匠，温室里的花另有专人照顾。都是相对固定的帮工，大家各司其职，这几年相处得很是不错。

临近年关，除了陈姨，其他帮工都休假了。人一少，几百平方米的别墅显得有些空荡荡的。不过褚越和宋思阳都不是喜欢热闹的人，就算只有他们两个人待在一起也不会觉得无聊。

再过两天陈姨也要休假了，每年腊月二十八到正月初八褚越会给陈姨放假，宋思阳会接手她的工作，挑起大梁，负责自己和褚越的三餐。

褚越有先天性心脏病，常年饮食清淡，宋思阳的饮食都是跟着对方走的。

起初刚认识褚越那会儿，宋思阳吃什么都觉得嘴里没味道，还由衷地可怜过褚越不能吃重盐重油的菜肴。后来他能随心所欲吃任何东西，却吃不下重口味的食物了。

习惯确实能彻头彻尾地改变一个人。

褚越很注重饮食，十分挑食，动物内脏不吃，腥膻的食物不吃，更让人啼笑皆非的是长得丑的食物也不吃。

宋思阳闲来无事会下厨，只有这时候褚越才会勉为其难地抛却自己挑食的坏毛病，宋思阳做什么他就吃什么。

这晚喝五仁乌鸡汤，黑不溜秋的鸡显然没长在褚越的审美点上，陈姨只好去做其他菜，把这道汤留给宋思阳动手。

宋思阳这些年跟陈姨学了两手，厨艺称不上有多好，好在褚越很是买他的账。

他站在灶台边，流利地处理已经拔了毛的鸡，支起两只滑溜溜的鸡翅膀。他已经想象到褚越见到这道汤时紧皱的眉头了。

陈姨在一旁备菜，跟他想到一块儿去了，笑着说："小褚就听你的话，你晚上让他多喝点儿汤，对心脏好。"

宋思阳歪了下脑袋，嘟囔着说："他也不是都听我的……"

"这些年我就没见他听过谁的，也就你能说上两句话。前些天我听老宅那边的人说，小褚又跟褚先生吵起来了……"陈姨似乎意识到自己说了不该说的话，顿了顿，生硬地错开话题，"待会儿你上去睡会儿午觉，汤我给你看着。"

陈姨是褚越母亲那边的人。褚越年幼丧母，她照顾褚越长大，算是褚越的半个母亲，得以叫褚越一声小褚。褚越也比较信任她，才让她住在这儿。她消息灵通，褚越不让她在宋思阳面前多说。褚越也是如此，从来不把外面乱七八糟的事情带到家里来。

宋思阳眨了眨眼睛，一句"他们吵什么呀"哽在喉咙里出不来。他其实挺好奇的，印象中褚越已经好长时间不跟家里人吵架了，也可能是吵了他不知道。不过能让陈姨说漏嘴应该不是什么小事，可惜看情形他问了也得不到答案。

宋思阳定好煲汤的时间。许是冬天，他整个人都有点儿昏昏欲睡的，打算回房睡个午觉，等他睡醒褚越也该回来了。

宋思阳走到厨房门口，陈姨叫住他，一副欲言又止的模样，最终又什么都没说。

一副山雨欲来风满楼的架势。

这些都不在宋思阳关心的范围里，他现在对很多事情都不大上心了。

床褥是新换过的，柔软温暖，适合睡觉。

宋思阳睡得很沉，明明定了闹钟，竟然一觉睡到天黑。刚迷迷糊糊地睁开眼,他就察觉屋里多了个人。他轻轻地"哼"了一声,看清了光影处的朦胧身影,是褚越。

宋思阳瓮声瓮气地说:"你又关了我的闹钟!"

褚越已经到家有段时间了,换了家居服,还抽空处理了两个文件,宋思阳才睡醒。

室内都是内嵌灯,褚越怕宋思阳刚睡醒不习惯光亮,只开了最外围的一圈暖光。

视线受限,宋思阳慢腾腾地起身,将顶灯也开了,终于清醒了点儿,借着光看清了褚越的五官。

褚越是公认的容貌出众,脸形和五官没有一处不像是悉心打磨过的。他年少还没有长开时就足以窥见其风华,如今经过时间沉淀,外貌就更加无可挑剔。

褚越脸上没什么表情。他向来如此,上学那会儿就爱冷着脸,而今更是鲜少流露出真实情绪,再加上惜字如金,看起来不大好相处,像座无懈可击的冰山。

宋思阳跟褚越认识了十年,最了解他的性格。

宋思阳刚睡醒,还有点儿鼻音:"我炖了乌鸡汤。"

说罢,他抬头去看褚越,如愿见到对方微蹙起来的眉心。

褚越对上两只带着笑意的眼睛,很轻地笑了一声:"那现在下去喝?"

宋思阳点点头,从床上起来,套了件外套跟褚越下楼。

陈姨已经把菜摆上桌,四菜一汤,两个人吃绰绰有余。

有时候陈姨会跟他们一块儿吃饭,可宋思阳这天睡过头,陈姨已经先用过饭了,就没跟他们一块儿。褚越见没什么事情,让她早点儿歇息,碗筷待会儿放洗碗机就行。

褚越沉默地望着黑乎乎的乌鸡和棕黄色的汤水。这东西真要吃起来也算得上美味,只不过不合他的眼缘罢了。他不会明显地表现出来自己的嫌弃,宋思阳炖的汤他多少会给点儿面子,于是他微微垂着眼,在宋思阳期待的眼神里把汤喝完。

宋思阳如果要再给他添，那就是另外的事情了。

"再喝一点儿吧，我炖了快三个小时呢。"宋思阳劝道。

事实上他只是把东西放进锅里，等着锅自己运作而已，费不上什么工夫。

褚越颇有点儿无奈地叹了口气："半碗。"

言下之意是不能再多了。

宋思阳得逞，高高兴兴地给褚越的碗里添了八分满。褚越见着了，也没多说什么——他心里清楚这是对他有益的东西，说不定喝多了真的能延年益寿。

每天的生活都没什么大变化，吃完饭休息一小时。

宋思阳先洗澡，去衣帽间找衣服。衣帽间连着内室，他刚拿出睡衣，就听见褚越在身后喊了他一声。

"宋思阳。"

褚越向来是连名带姓地叫他，乍一听会有点儿疏离感，可两人毕竟相识多年，细听又很熟稔。

他还没有回应，褚越的另一句话又落了下来："你想不想见施源？"

宋思阳的脊背像是柜子里被大号金属衣架撑起来的衣服，猝然绷紧了。他有点儿不太明白褚越这句话的意思，拿不准该回什么话。

施源是宋思阳的好朋友，在别墅居住的三年多，他并未和对方见过面。褚越突如其来的发问打得他措手不及。

人是群居动物，通常情况下会有着错综复杂的人际关系。坦诚来讲，宋思阳是有些思念施源这个旧友的，但面对着褚越，他无法说出真心话。

宋思阳久未回答。一阵沉默后，褚越的脸色不出预料地阴沉了下来。

在意识到褚越的不悦后，宋思阳有点儿仓皇地说："我不想。"

他语气称得上真诚，褚越不知道信了没有，只是静静地看了他一会儿，然后松开了他。

宋思阳悄悄地松了一口气,说:"今天陈姨刚打扫过浴室,先去洗澡吧。"

褚越对生活质量的要求很高,吃穿用度无不精细,还有洁癖,要求家里的任何一个角落都干净整洁。陈姨每个星期都会叫帮工到家里大扫除,平时也对家中的卫生极为注意。

宋思阳听着"哗啦啦"的水声,走到床边坐下,心里还在打鼓。

室外冰天雪地,屋内温暖如春,飘窗处的玻璃因冷热交替起了层朦胧的白雾,外头的景象像是隔了一层塑料膜,模糊得不可辨,只剩下微弱的光在风里摇摆。

宋思阳盯着窗外的月色出神,心中五味杂陈。在别墅这几年当真让他改变了许多,他对外界的渴望好似一点点消磨殆尽了。

褚越从淋浴室出来时见到宋思阳看着窗外发呆,沉默地走过去,细微的声响吸引了宋思阳的注意力。

褚越头发半干,面容平静得似月光下的湖面,难辨喜怒。

所有人都知道宋思阳怕褚越生气,却没有人知道真正的原因,就连褚越都未必知道。

说到底,宋思阳只是怕患有先天性心脏病的褚越发病而已。

他是亲眼见过褚越发病的,嘴唇青紫,胸膛剧烈起伏。平时那么要强的一个人痛得蜷缩成一团,上一秒还死死地盯着他,下一秒就瞳孔涣散,失去了意识。

宋思阳至今都无法忘记自己当时的恐惧感,他的脑袋像是被套进了一个塑料袋里,越是用力呼吸氧气就消耗得越快,头昏脑涨,连自己的心跳声都那么清晰。没有人在见到那样可怕的场景后还能维持冷静。

那次过后,褚越动了场大手术,差点儿没能从手术台上下来。

之后宋思阳听医生说过:"褚先生的病情控制得很不错,但平时还是要多加注意,不要过于操劳,也不能有太大的情绪波动,以免加重心脏负担。"

年少时他就被灌输过不能惹褚越生气的思想,现在更是把"别惹褚越生气"这个准则刻进脑海里。他想褚越平平安安、无病无痛地过下半辈子,像所有健全的普通人那样自由自在地活着。

二人因为方才的小插曲都沉默着。半晌,宋思阳才率先打破沉寂,诚恳地说:"我真的不想去……"

褚越"嗯"了一声,走到一旁的椅子坐下,还是懒得说话的模样。

宋思阳早习惯了对方的寡言少语,但依旧抱着缓和气氛的念想。他刚要开口,褚越打断他的话:"今天我跟褚明诚吵了一架。"

褚越向来用全名来称呼自己的父亲,宋思阳已然习惯。可之前褚越几乎不和宋思阳谈及褚家的事情,如今却主动提起,这不禁让宋思阳有些诧异。于是他安静地等待褚越继续往下讲。

"他想让我接手G市的业务,我如果答应了,得到那边待好几年。你怎么看?"

宋思阳没想到褚越会征求自己的意见,怔了一下:"生意上的事情我不懂……"

他想起好几年前,褚越的父亲找上门来,斥责褚越担当不起褚家继承人的身份,当时褚越是怎样回答的?

他说:"孰轻孰重,我分得清。"

宋思阳想,对于褚越而言,家族的企业肯定要比自己重要,以前如此,现在如此,往后也不会改变。

"那你觉得我该去吗?"褚越又在问他。

宋思阳抿了抿嘴唇:"你做什么决定,我都会支持你。"

褚越似乎对他这个答案有些失望,起身说:"我拒绝了。"说完,不等宋思阳出声,他就先一步离开了房间。

宋思阳望着褚越离去的背影,恍惚间见到了十七岁的褚越,那么清冷,那么高不可攀。

时间过得可真快,原来他已经认识褚越整整十年了。

他想转过平平安安、
无病无痛地过下半辈子。

第一卷

那时微光

第一章 玻璃与太阳
THE SUNSHINE IN LIFE

盛星孤儿院坐落在S市,自创办以来收留了几百个孤儿,这天是孤儿院成立十二周年的纪念日。

一大早和蔼的周院长就将孩子们召集起来,准备迎接他们的资助人。

孤儿院的资助人换了一个又一个,大多数是商界巨擘,也有政界人士,他们为博一个好善乐施的好名声而来。孩子们的吃穿用度都靠这些资助人捐赠,因此自然得拿出最高的礼遇来对待他们的"衣食父母"。

孩子们都穿上了比较新的衣物,嘻嘻哈哈地从宿舍楼出来。

宋思阳作为孤儿院最大的孩子,承担起了叫醒弟弟妹妹的责任。他是这里的异类,其他小孩都盼着投入温暖的家庭,只有他从十岁来到这里后,每当有领养人到来,他就躲得远远的,就算被叫出来问话,也只是抿着嘴唇一言不发。

宋思阳五官清秀,一双圆眼清澈得像是早间的露珠,年幼时两腮带着点儿婴儿肥,是极其讨人喜欢的长相。这样的小孩是很抢手的,也有几对夫妻试图将他领回家,可每次他都站在周院长面前默默地哭,说自己想要留在孤儿院。

他执着地一遍遍重复着:"我有自己的爸爸妈妈。"

宋思阳十岁以前也拥有幸福美满的家庭,双亲是普通的工人,日子过得虽不富裕,但父母很疼爱他。可一场车祸夺走了他的幸福,让他失去了自己的父母,成为无依无靠的小孩。

刚到孤儿院时,宋思阳每晚都躲在床上哭。他很懂事,知道哭声会打扰其他孩子睡觉,就咬着被子的一角将委屈都湮没在棉絮里。

十岁的小孩并非不能理解"死亡"是什么含义,在小小的宋思阳眼里,死就是永别。可别离阻隔不了人的思念,他也不可能再叫陌生人爸爸妈妈。

几次下来,周院长被宋思阳打动,再加上宋思阳比孤儿院其他孩子年纪稍大了些,留在孤儿院也能搭把手,就不再执意让宋思阳出来见人了。

上个月宋思阳刚中考结束,因为车祸他留了级,现在已经十七岁了。他是孤儿院的大哥哥,是周院长心中最明事理的小孩,孩子们都爱黏着他。此时他正抱着一个三岁的小女孩从房间里出来。小姑娘刚被叫醒,不高兴地噘着嘴,抱着宋思阳的脖子不肯撒手。

宋思阳只好哄着说:"等见完叔叔阿姨们,哥哥再带茵茵回来睡觉好吗?"

他把小姑娘抱出去时,院子里已经站满孩子,其中最大的十五岁,叫施源。他因为左耳失聪一直没有人领养,因而也成为盛星孤儿院的"钉子户",是宋思阳的好朋友。最小的孩子连路都不会走,由护工抱着,正流着口水在吮手指。

周院长站在最前头跟孩子们交代注意事项。她已经四十七岁了,将有限的一生都投放到了助孤事业里,至今未婚,把孤儿院里的孩子都当作自己的孩子。

宋思阳抱着茵茵站到队伍的最后头,施源的右边。

施源性格活泼开朗,拿手逗茵茵玩。他的掌心摊开,上面躺着一颗水果糖。

茵茵顿时眼睛发光："糖！"

孤儿院只有逢年过节才有零食吃，一颗水果糖就安抚了茵茵早起的不高兴。

宋思阳问道："哪儿来的？"

"护工姐姐给我的，还有一颗，思阳哥你要吗？"

宋思阳喜欢吃甜食，但中国人讲究礼让，他是孤儿院最大的小孩，得起表率作用，通常都会把为数不多的零食留给弟弟妹妹们。几年没怎么吃过糖，他难得有点儿馋，可还念着施源，于是小声问："那你呢？"

施源嘿嘿笑着说："我早就吃过了。"他将塑料包装撕开，递给宋思阳。

橘子味的，酸酸甜甜，宋思阳满足地抿着嘴唇笑了笑。

周院长谈话结束，和护工一同将大家领进院子里。听闻这天来的人里有"盛星"最大的资助人，姓褚，周院长叫他褚先生，孤儿院近些年大半的开销都由他捐赠。

大家打起十二分精神迎接资助者。

临近十点，资助人陆陆续续来了，有男有女，衣着光鲜亮丽，他们面带微笑和拘谨的孩子们说话。

资助人是和煦的春风，给贫瘠的孤儿院带来了许多吃食和玩具，让生活在这里的孩子们露出笑脸。

宋思阳也分到了一小袋零食。他正想偷偷打开看一看有什么，抬眼见到几步开外周院长正和一个西装革履的中年男人谈话。男人不怒自威，一看就是颇有社会地位的人。

宋思阳是认识这个人的，周院长给他看过照片，是"盛星"最大的资助人褚明诚。

他离得不远不近，不知道他们在谈什么内容，只依稀听见男人醇厚的嗓音："褚越喜静，找个乖巧听话的。"

宋思阳无意偷听，拿着零食走远了些。他打开零食袋，终于看清零食袋里有什么了——巧克力、果冻、饼干、肉脯和各式各样的糖果。

一次大丰收!

资助人待到午饭时间就纷纷离开了,孤儿院的吃食只是为了填饱肚子,他们没必要留下来跟孩子们"抢"吃的。

孩子们欢欣雀跃地涌入食堂,因为得到了比往常多的零食,面对着日复一日的食物都吃得有滋有味。

宋思阳和施源一边吃饭一边给两个年纪小的弟弟妹妹喂鸡蛋粥,小声地说着话。

吃完饭是半小时的午休时间。不大的房间里住了十二个人,除了上下床和两个柜子什么都没有,但大家从小过的就是集体生活,并不会觉得空间拥挤。

对于孤儿来说,能有一个遮风挡雨的地方就是一件幸事了。

宋思阳好不容易才将房间里异常兴奋的孩子哄睡着,刚想躺下休息,护工姐姐就让他去办公室找周院长。

他蹑手蹑脚地出了门,猜想周院长找他什么事情。

中考成绩过几天就会出来了,是不是已经找到资助他读高中的好心人呢?

宋思阳在附近一家公立中学就读,周院长常常语重心长地对他说:"思阳,你要好好读书,只有读书才能改变你的命运。你是个好孩子,如果找不到资助人,我会供你上大学。"

宋思阳牢记院长的话,也并没有辜负院长的期望。他学习刻苦,成绩优异,每次考试排名都在年级前十。如果这次中考发挥正常,他能考上重点高中。

他来到办公室,周院长戴着眼镜正在翻看资料。见他到了,她慈爱地招手,让他过来坐下。

周院长给宋思阳带来了一个天大的好消息——褚明诚愿意资助宋思阳上高中乃至大学。

宋思阳惊喜得睁大了眼,高兴地说:"真的吗?"

"我还能骗你不成?"周院长被他逗笑,"不过褚先生有个条件,你先听听。"

只要能继续上学，区区一点条件又算得了什么呢？

但周院长接下来的话还是让宋思阳感到诧异。

"褚先生的儿子跟你同岁，叫褚越，他的意思是让你跟褚越一起上学。"

宋思阳怔住，不解地看着周院长。

"褚越有先天性心脏病，褚先生想让你帮忙在学校照看着褚越。既然你们在同一所学校，为了方便，褚先生也会给你安排住处，应当是跟褚越同住，这个后续还得看褚先生的意思。褚先生让我在院里选一个孩子，我思来想去，整个孤儿院最合适的人选就是你。你年纪跟褚越相当，又是听话懂事的，让你去我最放心。我也考虑过施源，只是他太活泼了，褚先生说褚越怕闹腾。"

周院长又兀自猜测着："依我看，褚先生不仅是要你陪着褚越读书，想来等你学成后也能进褚家的公司做事，之前就有过先例，自己栽培的人到底会比较放心。"

她一口气说了这么多，见宋思阳静静地听着不出声，终是想起来问宋思阳的意见："我认为这是个不错的机会，说不定你还能到国外留学，你觉得呢？"

宋思阳反问道："留学？"

"是呀，褚越上的是国际学校，以后是要出国的。你跟着他读书，想来也是一样的待遇。褚先生不会亏待你的。当然，我还是以你的意愿为准。"

宋思阳本想着能读完大学就是一件极为幸运的事了，没想到还能有机会出国留学，这对没见过多少世面，七年间围绕着孤儿院打转的他来说着实是个无法拒绝的诱惑。出国留学代表着他能接触到更广袤的世界，往后能有更多的选择和机会，也能走向完全不同的人生轨道。

可是要和素未谋面的人一起上学，这不禁让宋思阳想到古代王孙贵族的"伴读"，多少觉得有点怪异。

尽管如此，踌躇片刻后，他还是点了点头："我愿意。"

周院长很欣慰，宋思阳是她看着长大的，她也想宋思阳往后有更好的生活。

事情就这样定下来了。

走出办公室的宋思阳还有点儿茫然，但更多的是喜悦。有多少孤儿能像他一样有接受高等教育的机会呢？

只是照看一个有心脏病的同龄人，应当跟照顾院里的小孩一样吧？

"褚越。"他默默地念出这个名字，对这个还未见面的少年多了一分好奇。

不知道那是怎样的一个人。

褚家并没有立刻安排人来接走宋思阳，暑假期间他还是在孤儿院帮忙。

院里虽然有护工，但一个人要照看几个孩子，再加上没被领养的孩子大多数是残障儿童，更需要人悉心照顾，护工们常常忙得脚不沾地，多一个人搭把手无疑能减轻护工们的压力。

宋思阳正在给一个有智力缺陷的小男孩喂饭。这个七岁的孩子连话都不大会说，饭也不肯好好吃，吐泡泡似的往碗里吐口水，发出"咯咯咯"的笑声。

宋思阳也不恼，耐心地哄着："我们再吃一口好不好？"

小男孩摇头晃脑，想伸手去抓饭。幸好宋思阳躲得快，不然饭碗就要被打翻了。

施源见状扬声说："思阳哥，他不爱吃，你别管他了。"

碗里的饭已经空了一半，宋思阳也不再勉强。他拿纸巾给小男孩擦了脸，打发小男孩去外头玩，自个儿才开始用餐。

施源端着餐盘坐过来，有点儿闷闷不乐地拿筷子戳着米饭，问他："下个星期你就要走了？"

再有十几天就开学了，周院长前天跟宋思阳提过，褚家的人下周三会来接宋思阳。

周院长猜得不错，褚明诚确实让宋思阳跟褚越同住，在开学前将宋思阳接走也是想让他提前跟褚越熟悉。

宋思阳"嗯"了一声，知道施源是舍不得自己。其实他心中也很舍不得孤儿院，特别是施源和茵茵。但暂时的离别是为了更好的重逢，于是他安慰施源："我周末会回来找你玩的。"

施源比宋思阳晚一年来孤儿院。他生下来就被遗弃了，五岁那年有对夫妇领养他，结果没两个月养母怀孕了，又把他退养回来。他辗转好几家孤儿院，最终在"盛星"定居，结识了宋思阳，建立起了深厚的友谊。这些年他们一同长大，他没想到宋思阳会离开这里。

宋思阳的安抚只起到一点儿作用，施源仍是高兴不起来，但还是假装豪爽地说："你要是敢不来，我就把糖果都给茵茵吃，一颗都不留给你。"

宋思阳笑着说："我才不会跟茵茵抢糖吃。"

转眼就到了宋思阳离开的日子。是个大暑天，地面冒着热气，阳光刺得人睁不开眼睛。

施源抱着茵茵跟周院长在门口送宋思阳，茵茵瘪着嘴，一副要哭不哭的样子。宋思阳揉了揉她的脸，又对施源说："别让茵茵吃太多甜的，会长蛀牙。"

褚家派来的司机在等着，留给他们告别的时间并不多。

周院长慈祥地握了握宋思阳的手："我跟你说的话都要记得。"

宋思阳郑重地点点头，上了车，从车窗探出个脑袋使劲儿朝他们挥手。

车子扬长而去，三个人的身影在宋思阳的视线里越来越小。他依依不舍地收回目光，像小学生坐在课堂里似的端正地坐在后座。

车内很安静，只有冷气呼呼吹的声音。司机是个四十来岁的男人，宋思阳本想礼貌地叫一声叔叔，可对方一脸严肃，他张了张嘴，到底没敢出声。

宋思阳只好细细地回忆前两日与周院长的对话。

褚明诚贵人事多，他到现在都没有见过对方，只知道对方给他办理了入学手续。

鼎华国际中学，一所贵得令人咂舌的私立高中，单单是一学期的学费就要几十万元，更别谈其他后续费用了。

宋思阳拿着雕刻着印花的精美入学通知书，没有想象中的高兴，只有数不清的无措与恐慌。

一学期的学费抵得过孤儿院几年的开销，宋思阳被吓得产生了反悔的念头。

周院长看得比他通透，语重心长地跟他说，不是他也会有别的孩子，为什么要放弃？

他拿了这么大的好处，自然也要付出代价。

褚明诚只有一个要求，宋思阳在学校的时候要时时刻刻注意褚越的动向，褚越有任何异常，立刻汇报给他。但这只是明面上的，就算褚明诚不提，宋思阳也深知还有很多附加的隐性条件。

他作为褚家的资助对象，从根上就比人矮了一头，这是残酷且不争的事实，所以无论是大事还是小事，他都得事事以褚越为先。最重要的是，褚越有心脏病，他绝对不能酿成大祸，惹得褚越动气。

宋思阳从来没有听过周院长用那么严肃的语气和他说话。

他懵懵懂懂地明白了，褚家给褚越找的不仅仅是一个"伴读"，还是一个"助理"，甚至是一个言听计从的"随从"。

宋思阳望着窗外逐渐变得陌生的街道，将周院长的话想了一遍又一遍，牢牢记住。

车子驶进寸土寸金的别墅区。褚明诚特地在鼎华国际中学附近置办了一套独栋别墅，让褚越得以度过三年的高中走读生活。

离目的地越近，宋思阳就越是紧张。他的双手放在大腿上，不安地攥紧了又松开。虽然他知道自己跟褚越并不是一个世界的人，但还是想要给未来多年相处的人留一个好印象。

车子开进林荫小道,来到了别墅庭院前。

宋思阳迎着太阳抬头看着三层的独栋别墅,错综的三角顶屋檐,灰白瓷砖,二楼延伸出一个露台,有一面巨大的落地窗。此时落在玻璃上金灿灿的阳光折射出璀璨的光芒,照进宋思阳的瞳孔里,让他乍然合上了眼睛。

他跟着司机进了庭院,院里有工人在修剪草木,多看了他两眼。

宋思阳站在别墅门前,不一会儿就见到一个慈眉善目的中年女人走了出来。他挺直了背,感觉到后背有点儿被汗湿了,不知道该不该出声。

司机先说话了:"人我带到了,褚少要见一面吗?"

褚少?宋思阳将这个称呼记住。

"小褚还在房里,先不去打扰他了。"女人答完又笑着对宋思阳说:"外头暑气重,跟我进来吧。你叫我陈姨就好了。"

宋思阳行李很少,只有一个双肩包,里头是换洗的衣服。他小声地叫了一声"陈姨",忐忑地拎着包进去。

刚想迈过玄关,陈姨提醒他:"不着急,我们先换鞋。"

宋思阳低头看见自己洗得发白的帆布鞋,脸皮一热,"哦哦"两声。见陈姨在木质鞋柜里找出双干净的拖鞋,他连忙双手接过换上,才随着陈姨进了屋。

别墅内部宽敞,光线明亮,他却没心思去欣赏眼前精致的装潢。他的脑子像是被晒化了似的,有点儿晕晕乎乎,也可能是乍一来到完全的陌生环境的本能反应。

陈姨见他额头上有汗,找了张纸巾递给他,说:"不用紧张,往后你住在这里,就当自己的家,有什么需要的跟我说一声就行了。"

宋思阳点头如捣蒜:"谢谢陈姨。"

"先生说要给小褚找个伴,我高兴得不得了,左盼右盼可把你给盼来了。我先带你去二楼的房间。"

宋思阳随着陈姨来到走廊的一角,另一端还有一个房间,由长长的走廊连接着。他无意地看了一眼，陈姨解释说："那是小褚的房间，你俩住一楼。小褚对门的房间也空着，等你们熟悉了，你还能换过去。"

陈姨当然不会告诉宋思阳，先前跟褚越提起要将他的房间安排在褚越对面被拒绝了的事情。她打开门，说："你先歇一会儿，等晚些时候小褚出来了我再叫你。"

宋思阳独自待在房间里，憋着的气总算呼出来一点儿。他粗略地打量了下房间，三十来平方米，有独立卫生间，家具一应俱全，接近窗台处有块毛绒地毯，从外照进来的阳光里扑闪着细小的金色尘埃。这里的一切都跟他之前的生活大相径庭，他有种闯入异世界的惶恐。迷茫地站了好一会儿，他才拉开椅子坐下。

他不敢动房间里的东西，抱着双肩包也不知道等了多久，手机都不敢玩。

手机是周院长为了方便联系在出发前几天送他的二手机，有点儿卡，但基本功能都有。

约莫一小时，陈姨敲了门让他出去。他走到门口才发现自己还抱着包，又赶忙把包放下，开了门。

要见到褚越了。

宋思阳忐忑不已，跟陈姨下楼。

走到楼梯处，从他的角度望下去，可以看见客厅沙发上的背影。他很好奇，又不敢明目张胆地偷看。等随着陈姨走近了，他才终于看清了褚越的脸。

褚越很白，就连唇色都比寻常人要淡一些，眼瞳却有如天亮前最黑的夜，这样极致的黑白两色落在他身上，越发衬得他清冷矜贵。

玉向来是越纯净越通透越贵重，人亦是如此。

褚越听见动静，微抬起头来，将自己的脸彻底暴露在宋思阳的视线里。

褚越长得好，乌眉长睫，挺鼻薄唇，神情有种漠视一切的冷淡，又隐含一点凌厉的锐气，显得整张脸更是清贵异常，似一捧焐不化的雪，叫人不敢接近。

宋思阳怕生人，怔怔地站在原地，半天都没出声。

陈姨忍不住笑了一下："怎么都不说话？"

宋思阳这才猛然回神，局促得手脚都不知道往哪里放，半响才学着司机唤褚越那样，结结巴巴地说："褚少，你好，我是宋思阳。"

他话音方落，就见褚越的眉心微微地蹙了起来。

宋思阳心里"咯噔"一下——完蛋了，他不会第一次见面就惹褚越生气吧。

褚越也在打量着宋思阳。

少年骨架纤瘦，五官白净秀气，清亮的圆眼让他比同龄人看起来要稚气一些，此时因为紧张微微抿着嘴唇，眼里带着怯意，是毫无攻击性的长相，容易让人联想到一切温顺的动物。

只不过褚越是个很挑剔的人，只一眼他就开始挑起了宋思阳的小毛病——穿着的黑色短袖有褶皱，牛仔裤洗得微白。他挑剔完了穿着又挑剔外貌——这人的头发虽然乌黑柔软，但还是有些过长了。其余倒没什么，性格看起来也很是怯懦，怎么欺负都不会反抗的样子……

宋思阳见褚越在看他，板正着身姿站好，忐忑地等褚越发话。

半响，褚越的眉头依旧没落下去，只是语气淡淡地说："叫名字吧。"

褚越的音色与他的容貌如出一辙，清朗似珠玉。

宋思阳怔了一瞬，犹豫地唤道："褚越少爷？"

褚越不说话，像是有点儿不满宋思阳的理解能力。

陈姨笑出声来，说："你这孩子，小褚是让你直接叫他的名字。"

宋思阳虽然和褚越同岁，但他很清楚二人身份地位的天差地别，因此他才学着司机的叫法，想表达对褚越的尊重，没想到弄巧成拙。

他臊得脸颊发烫，这才小声地叫了一声"褚越"，声音含在嗓子眼里，像是怕打扰了别人不敢声张似的。

褚越见了人也不再多待，起身回房。他并未将过多的注意力放在即将跟他共度整个高中生涯的宋思阳身上。这事是褚明诚一手安排的，他是偏向于反对的，屋里多个陌生人对他而言是一种打扰，可最终他还是想让外婆放心，这才应承了下来。

褚越的身材高挑颀长，把简单的白衬衫穿出一种贵不可攀的感觉。

宋思阳想到褚越淡漠的神情，不禁担忧往后是否能和对方和睦相处。他与这里格格不入，幸而陈姨倒是十分和蔼，让初来乍到的他感到一丝温暖。

见完了褚越，陈姨带宋思阳参观别墅。

宋思阳没见过的智能家具太多，陈姨一一教他使用方法。最让他诧异的是三层的别墅里竟然还安装了电梯。

陈姨跟他解释，每个月都会有医生上门给褚越做身体检查，为了检查结果更加准确，褚明诚在三楼设立了间医疗室，电梯是用来运载医疗器械的，平时用得较少。

短短半天，宋思阳见识到了与他从前天壤之别的生活，等回到房间他还难以回神。他望着被丢在地上的属于自己的双肩背包，捡起来抱住才重获一点儿心安。

吃晚饭时，宋思阳又见到了褚越。他先下的楼，陈姨招呼他坐下，椅子还没坐热他就见到褚越下楼梯。他不禁暗恼自己的不规矩，主人都没上桌他怎么可以反客为主。

宋思阳决心跟褚越打好关系，再三犹豫，等褚越走近时鼓起勇气问候了一句："可以吃饭了。"

褚越掀开眼皮看他一眼，"嗯"了一声。

得到回应的宋思阳悄悄松了口气。

二人坐下，宋思阳的位置被安排在褚越的对面。陈姨将四菜一汤端上桌，继而要给宋思阳盛饭。

褚越是被照顾惯了的，宋思阳却被吓了一跳，"刺啦"一声，拉开椅子。

刺耳的声音使得褚越投来目光。

陈姨也看向宋思阳，问道："怎么了？"

宋思阳脸颊发热地说："陈姨，我来吧。"

他端起碗麻利地给三人盛饭，这才重新坐了下来。

陈姨跟他们一块儿用餐，这让宋思阳多多少少缓解了点紧张。他垂着眼扒拉着碗里的米饭，不禁想如果孤儿院的小孩也能餐餐如此该有多好。

陈姨见状让宋思阳夹菜，他说"好"。

他刚伸出筷子夹了一片清蒸鱼肉，就听得陈姨"哎呀"了一声："思阳，公筷在这里。"

宋思阳的手僵在半空中，在他十七年的认知里，在家里同桌吃饭是没有公筷这个概念的——姑且称为家里吧。

他抬起头，迎上褚越的目光，脸上"噌"地直冒热气，饱含歉意地说："对……对不起，我不知道……"

他讪讪地收回筷子，拿起公筷又夹了一片鱼肉。

宋思阳事后才知道褚越有轻微洁癖，再加上褚家家教严、规矩多，就算是自家人吃饭也必须要用公筷。

鱼肉吃进嘴里跟白水煮的似的，吃不出任何味道，宋思阳却不好意思询问陈姨是不是忘记放盐了。之后他又在陈姨的催促下夹了其他菜，皆是寡淡无味。他这才后知后觉反应过来，褚越有心脏病，饮食不能重盐重油。

宋思阳在孤儿院长大，每日菜肴虽不丰盛，但舌头不至于失去味蕾，还是能尝出味道的。他咀嚼着无味的花菜，颇为同情地看了褚越一眼。谁知褚越恰好抬头，正好捕捉到他的眼神。他被噎了下，偏过头咳嗽了两声。

褚越又皱眉头了。

宋思阳吃饭快，不到十分钟就能离桌，偏生褚越吃饭细嚼慢咽，他碗里的饭都快要见底了，褚越才吃了小半碗。他想着总不能比主人先起身，于是刻意放慢了用餐速度，一顿饭吃得比做题还累。半小时后褚越才放下筷子，全程没多说一句话。

宋思阳目送褚越消失在二楼转角处，不顾陈姨的阻拦帮忙收拾起碗筷来，然后又帮陈姨洗碗。

陈姨知道宋思阳的来历，相处了半日多，觉得这孩子懂礼貌又勤快，很是喜欢，笑着说："家里有洗碗机，不费事的。"

宋思阳是闲不下来的人，加上吃了顿白食，不做点儿什么于心不安，于是擦干净手，问："有什么我可以帮忙的吗？"

陈姨笑着摇头："你今天刚到，回去洗个澡早点儿睡觉。"

宋思阳眼见是真不需要他，这才颔首。

开房门时他往不远处褚越的房间看了眼，房门紧闭，连半点儿光亮都没透出来。他想起那道被自己用筷子夹过的鱼，褚越再没有动过。

又惹褚越不满了吗？

洗过澡后，宋思阳给周院长打电话，说这天发生的事情。周院长听出他语气里的失落，安慰他："思阳，你只要做好自己，认真读书就行了，其余的不要多想。"

有了周院长的安抚，宋思阳缓了一口气，问周院长能不能和施源通话。没一会儿，他就听见施源爽朗的声音："思阳哥，有钱人家的'少爷'长什么样？"

宋思阳被他逗笑，回忆起褚越那张让人过目不忘的脸，佯装认真地回答："跟你一样，两只眼睛、一个鼻子、一张嘴。"

茵茵奶声奶气地抢过电话："我要跟思阳哥哥聊天。"

"茵茵今晚有没有乖乖吃饭？"

"有，那思阳哥哥呢？"

"哥哥也有呀，茵茵要听施源哥哥的话，等我回去给你带蛋糕……"

结束通话，宋思阳一扫郁闷的心情。他连孤儿院最"叛逆"的茵茵都能搞定，不可能拿同龄的褚越没办法。这样想着，他又重新振作起来。不管怎样，这三年他都要好好学习，绝不辜负周院长这些年对他的看重。

在褚家跟褚越相处的前几天，宋思阳有意观察褚越的生活习惯。

褚越晚上雷打不动地十一点睡觉，次日七点醒。醒来后去外头慢跑半小时，再回来洗澡吃早餐。他大部分时间待在房间里，偶尔会出门，次数不多，通常半天内会回来。他早晚各吃一次保健的药品。他有轻微洁癖，房间每天都要打扫，床上四件套三天换一次。他不大爱跟人说话，特别是吃饭的时候。

宋思阳跟写观察日记似的将褚越的生活点滴都记录在脑子里，粗略地得出结论：褚越性格孤僻高傲，注重生活品质，喜欢一切有规律的安排并日复一日付诸行动，跟宋思阳以往接触过的每一个人都截然不同。

褚越对一切都漫不经心，对宋思阳的态度更是可有可无，就像对路边的一棵小草、一朵小花。花花草草不迎风主动打招呼，路过的褚越也懒得驻足搭理。

近一个星期，宋思阳跟褚越最多的交流就是用餐前，他问候对方一句"吃饭了"，对方疏离地朝他微点一下头，除此之外可以说是零交流。

宋思阳也不知道这样是好还是不好，他没跟这么孤傲的人相处过，怕一个不小心惹得褚越生厌。而且他其实有点儿害怕褚越，倒不是因为褚越生性冷淡，而是觉得褚越太过于难以接近，出于本能地让他望而却步。

但礼数周全总不会有错的，因此他每次见到褚越都会拘谨地站起来以表示友好，吃饭也一定等到对方先入座再坐下。

小小年纪还没步入社会的宋思阳先学会了职场之道，对褚越客气恭敬得像下属对待自己的老板。

宋思阳暗暗下决心，只要他小心行事，定能安然度过三年时光。

转眼宋思阳已经住进别墅近十天了。这段时日他最大的活动距离就是别墅的花园，后来他才知道这里是公共交通无法抵达的，出行全靠私家车。

他原先打算开学前能回一趟盛星孤儿院，可查了路线才发现附近压根儿没有公交车和地铁站，就算要打车也得先走五公里路。折腾来折腾去，路程竟然得三个小时起步。

宋思阳郁闷了两天。

褚越出行有专门的司机接送，可他不同，他寄人篱下，不好意思开口要司机送他。他也不是没想过询问褚越能不能让司机把他送到可以打车的区域，但一见到对方那张面无表情的脸，他就什么话都说不出来了。

宋思阳就这样在问与不问之间犹豫了好些天。

临近开学，宋思阳见到了负责每月上门给褚越做体检的私人医生。医生姓张，还带了两个助手。

宋思阳身体素质不错，极少生病。孤儿院附近有家小诊所，孩子们有个小病小痛都是去诊所看的。他对于医院和医生仅有的记忆是他七岁那年，母亲抱着发烧的他在充斥着消毒水味的走廊打点滴。那是很遥远的事情了，远到如今他再回想，只剩下母亲听不清的呢喃细语。

陈姨瞧见宋思阳好奇的眼神，便带着他上三楼。

医疗室里的器具一应俱全，跟医院竟没多大的差别。

宋思阳站在门口，探着个脑袋看。

张医生正在给褚越抽血，细长的针头扎入青色血管，鲜红的血液像是蜿蜒的蛇爬进了采血管里。

褚越习以为常，连眼睫都没颤一下。反倒是偷看的宋思阳脊背一麻，错开了视线。

抽完血的褚越不经意抬头看了一眼，似乎诧异宋思阳怎么会在这里。但他也懒得驱赶对方，依照着张医生的嘱咐接着做其他烦琐的检查。

褚越躺在床上，心超机发出有规律的嘀嘀声，整个房间只有这细微的声响，代表着生命还在延续。

宋思阳见到褚越白皙的胸膛微微起伏着，那里头藏着一颗需要悉心呵护的"玻璃心脏"。他盯着褚越安然的神情，这人仿若已经坦然地接受了自己异于常人的现实。

在此之前,宋思阳是有些羡慕褚越的,可是此刻他意识到再多的财富也买不来一个健康的身体。

褚越生于砌满金玉珠翠的锦绣丛中,风风雨雨都得避让着他。他的烦恼说大也大、说小也小——像普通人一样活下去。

宋思阳是共情能力极强的人,看到这幅画面,由衷地为褚越感到惋惜。

许是宋思阳同情的眼神太过于明显,做完心超检查的褚越边擦拭着胸口处的凝胶,边抬头冷冷地说:"看够了吗?"

偷看被抓包的宋思阳生怕冒犯褚越,耳朵无端地有点儿发热,讷讷地不知道该回点儿什么。

张医生开口揶揄道:"你还怕人看哪?"

褚越把上衣穿好,没有回答张医生的话。宋思阳也不好意思再留下来,快步离开了。

检查将近一小时才结束。陈姨去送张医生,宋思阳也跟着去,竖着耳朵听张医生的医嘱。

"目前来看褚越的情况很不错,跟以往一样就行。等下午血液检查结果出来我会汇报给褚先生,也让助手给这边打个电话。"

陈姨听到褚越一切都好,高兴地"哎"了两声。

张医生又对宋思阳说:"小朋友,平时没事多跟褚越说说话,别让他什么事都憋心里头,憋久了可要坏事的。"

宋思阳听到自己被点名,连忙郑重地点头,小声说:"我叫宋思阳。"

张医生拍了拍宋思阳的肩膀,一副托付大任的语气:"那就拜托小宋同学了。"

送走张医生,陈姨让宋思阳去楼上叫褚越下来用早餐。

宋思阳有点儿犹豫,之前都是褚越自个儿下来的,他连对方的房门前都没走过。可想到医疗室里的褚越,又想到张医生的嘱咐,他应承下来。

他来到褚越的房前，屈起手指轻轻叩门。里头无声无息，他又敲了一下，说："褚越，可以吃早餐了。"

还是没人回应。

宋思阳怀疑褚越不在房里，又不好高声说话，刚想把耳朵贴在门上听一听动静，门就被打开了。他一个趔趄，急忙抓着门沿站稳，尴尬地看着出现在门后的褚越："我来叫你吃饭。"

褚越颔首："听到了。"

宋思阳越过褚越的肩头，只来得及看到房内的一角，褚越已经关了门，似乎他多看一眼就是唐突了似的。

他跟在褚越的身后，小声嘟囔道："听到了怎么不理我……"

褚越当然听见了宋思阳的嘀咕，脚步微顿，没搭腔。

吃饭的时候宋思阳没料到陈姨会把他想出去的事情说出来。前天他没忍住问陈姨别墅里有没有自行车，说自己有点儿事想出门。

家里的食物菜品都有专人送上门，陈姨几乎不离开别墅，要出去也是搭褚越的顺风车，就让宋思阳依葫芦画瓢去找褚越。宋思阳嘴上应了，私下却迟迟不敢行动。

眼下陈姨提了，宋思阳下意识地说："如果太麻烦的话不出去也没关系。"

可是他话里的期待任谁都能听得出来。

褚越把最后一口小米粥喝了，问："什么时候？"

宋思阳顿时喜出望外："明天早上九点可以吗？"

"可以，我让林叔送你。"

林叔是褚越的司机，就是他把宋思阳从孤儿院带来这里的。

宋思阳一直以为褚越是很难说话的人，没想到对方答应得这么爽快，顿时眼睛澄亮地说："谢谢。"

褚越不太能明白宋思阳的喜悦从何而来，但宋思阳语气真挚，仿佛他真的做了什么了不得的事情。

上楼的时候褚越不经意往后扫了一眼，宋思阳正眉开眼笑地和陈姨说着什么。他们认识这些天，褚越还是第一次见到他这么璀璨的笑容，跟他的名字一样，像暖烘烘的太阳。

"宋思阳。"褚越默念了一遍这三个字，收回视线。

宋思阳如愿以偿地在开学的前三天回了趟孤儿院。他本想让林叔在公交车站把他放下就好，林叔却将他送到了盛星孤儿院的门口，还跟他提前约好了来接他的时间。

宋思阳感激不尽，对严肃的林叔也多了几分亲近。

施源和茵茵得知他要回来，早早在门口等他。他一下车，茵茵就喊着"思阳哥哥"，迈开短腿朝他跑来。

宋思阳蹲下身将茵茵稳稳地抱在手臂上，笑着问："小淘气鬼，有没有想哥哥？"

茵茵脆生生地回答："想！"

陈姨给宋思阳装了一大袋零食，让他带给孤儿院的朋友。宋思阳让施源把零食分给孩子们，自己去见周院长。

"是褚越让司机送我来的，他人虽然话少了点儿，但其实还不错。"

宋思阳因为褚越让他回孤儿院这件事对褚越的态度有极大的改观。

见完周院长，宋思阳把施源喊到一边，将特地留给对方的进口巧克力拿了出来："这个是给你的。"

宋思阳在褚家不缺吃食，但他很有分寸，从不多吃，只是在吃到这个牌子的巧克力时猜想施源会喜欢，这才跟陈姨多要了一块，藏到现在带给施源。

这种巧克力甜中带有一点儿苦，吃起来跟那些齁嗓子的低级巧克力完全不一样。

"怎么样，好吃吧？"

施源掰下一块喂给宋思阳："好吃。"

宋思阳跟施源靠在院子里荫凉的墙面，和施源说最近发生的事情。

别墅有多宽敞、花园种了什么花、每天都吃什么、房间比孤儿院三个宿舍都大,他说得事无巨细。当然,他说得最多的是褚越,但活泼的施源没怎么回应他。

宋思阳奇怪地说:"你今天怎么了?"

施源把吃剩下的巧克力仔仔细细地裹好:"你一直在说褚越,我又不认识他。"

宋思阳一想也是,就转换了个话题:"那我不说他了,说说你吧……"

话题转到施源身上,施源的话才多了起来。

宋思阳在孤儿院待到下午四点半,林叔准点来接他回去。考虑到下次再回来就不知道是什么时候了,他对施源做了个接电话的手势:"有什么事可以打电话给我。"

三个人依依不舍地说再见,施源和茵茵在夕阳中目送车子远去。

原来长大的必经路——是习惯别离。

宋思阳晚上六点多回到别墅,正好赶上饭点,陈姨张罗着让他去洗手。

他见褚越还没有下来,想到今天能回"盛星"都是托对方的福,犹豫了一会儿,自告奋勇去楼上叫褚越。

这次他有了经验,敲完门没听见里头的回应也不觉得奇怪,老老实实站在门口。等褚越的脸一出现在自己面前,他就小声地告诉对方可以下去吃饭了。褚越颔首示意知道了,他退后两步让出路,又跟在褚越身后下楼。

又是和平时没什么分别的一顿晚饭,宋思阳吃着清淡的菜肴,不禁有些怀念中午吃的酱油鸡蛋面。他抬头看了一眼慢条斯理用餐的褚越,看不出褚越有什么想法。

难不成褚越一辈子就只能吃这些寡淡无味的东西吗,那未免也太可怜了。

这已经是褚越第二次感知宋思阳用同情的眼神看着自己,昨天在医疗室时，宋思阳也是这样看着他。从小到大他见过不少这样的目光，但只有宋思阳如此不加掩饰地表达了出来。

他嘴角微微往下沉，放下筷子，轻声对陈姨说："我吃饱了。"

宋思阳惊讶地看着褚越还剩下不少米饭的瓷碗。褚越吃饭讲究细嚼慢咽，不吃个半小时绝不离桌，现在才十分钟而已。

陈姨担忧地问："是不是哪里不舒服？"

宋思阳也紧张起来。

褚越摇头，拉开椅子，起身上楼。

陈姨却无法放心，"哎呀"了一声，也吃不下饭了："昨天张医生明明说情况很不错的，怎么才吃这么一点儿？"

她说着，风风火火地找到手机打电话。

宋思阳只听到"褚先生"三个字，猜测陈姨是打给褚明诚的。他很诧异陈姨连这么一点小事都要汇报。

刚来"盛星"闹不吃饭的小孩儿不少，宋思阳已经见怪不怪了。按照施源的话来说，饿两顿就知道什么叫作"粒粒皆辛苦"。话糙理不糙，除了心智不健全的，没有一个小孩能犟得过两天。

养尊处优的褚越不曾尝试过饿肚子的滋味，自然也就有闹不吃饭的资本。

宋思阳三两下填饱肚子，忧心忡忡的陈姨也打完电话回来了，嘴里仍念念有词。

在别墅的这些天，宋思阳听陈姨说过，褚越母亲早逝，是她把褚越带大的，所以她这样担心褚越也是情有可原。

宋思阳见她愁得连饭都不吃了也不大好受，于是帮她收拾好碗筷。

宋思阳回到房间把藏在双肩包里的积木小船拿出来。小船只有手掌大，灰底红身，是他为数不多拿得出手的玩具。

眼下闹脾气的褚越让宋思阳想到院里闹别扭的小孩，拿颗糖或者玩具哄一哄也许可行。

宋思阳只是不想看到陈姨愁眉苦脸，毕竟陈姨待他很好。打定主意后,他给自己加油打气,拿着小船敲响了褚越的房门:"褚越,是我。"

屋里的褚越循声望去,门外的少年又带着点儿忐忑问:"能给我开个门吗?"

褚越略一犹豫,放下平板电脑,拧开门把,见到宋思阳欣喜的神情。

宋思阳是下了很大的决心才来找褚越的。他鼓起勇气伸出手,把躺在掌心的礼物给褚越看,小声说:"送给你。"

一艘毫不出彩甚至称得上廉价的小船进入褚越的眼睛里,他难得地怔了一瞬,很轻微地垂了垂眸,出于礼貌地说了一声:"谢谢。"

宋思阳正想为自己送出礼物而高兴,但褚越的下一句就打破了他的好心情:"我不需要!"

他嘴角的弧度还没有扬起,眼睛先暗下去。半晌,他才结巴着说:"这个很好玩的……"

为了展示自己的小船有多好玩,宋思阳还亲自为褚越演示起来。他拆下了一个零件拼凑到船尾,继而期待地看褚越的反应。

很可惜,褚越半点儿波动都没有。

宋思阳顿时局促又尴尬,但礼物没有送出去也并不妨碍他此行的目的。他收回手,把手和没送出去的小船都藏在身后,有些尴尬地说:"那你能下去吃饭吗?"

褚越问:"是陈姨让你来的?"他顿了顿,"还是褚明诚的意思?"

宋思阳不知道为什么褚越突然要提到褚明诚,更讶异褚越直接称呼父亲的姓名。他摇了摇脑袋:"都不是,是我自己来找你的,不过他们都很关心你。"

褚越眼神沉静,并未因此动容,只是说:"还有别的事吗?"

宋思阳摇头,忍不住又想再努力一把:"你真的不再吃点儿吗?"

褚越想到方才自己上楼时宋思阳还埋头吃个不停的身影,冷冷地丢下一句"少吃一顿又不会死",继而不等宋思阳再说话就把门给关了。

宋思阳在褚越这里碰了一鼻子灰,也不敢再打扰,讪讪地离开。

他把积木小船摆在房间的书桌上,拿手指戳了戳小船的帆,闷闷地说:"不想要就算了,我自己玩。"

褚越怎么比孤儿院最别扭的小孩还难哄啊!

开学前一天晚上,宋思阳兴奋得睡不着。他特地上网查过鼎华国际中学的资讯,每一条都让他大开眼界。

宋思阳跟大部分普通孩子一样接受的是九年义务教育,对国际学校一知半解,印象中那是只有富贵人家才能供得起的学校。他一个一无所有的孤儿能够进入这样的学校学习,着实是幸中之幸。

早上七点多,宋思阳和褚越都下了楼。

因为是去报到,并不需要穿校服,宋思阳依旧穿着自己的衣服,是他刚到别墅时穿的那套——黑色短袖和牛仔裤,浅到几乎看不出来的折叠痕迹让褚越皱了下眉头。

宋思阳全然不知,高高兴兴地吃了早饭,又检查了一遍报到的资料,等着褚越发话。

将近八点,陈姨送二人到大门外。

这是宋思阳来褚家后第一次跟褚越同车出门,他显得有些拘谨,坐进车内自发靠着窗,跟褚越拉开距离。

褚越一上车就戴上了蓝牙耳机闭目养神,宋思阳全程看风景,没敢打扰对方。

鼎华国际中学的停车场离校门口有一小段距离,此时校门口到处都是开着豪车送孩子来上学的家长。直到此时,宋思阳突然意识到这些天褚明诚从未来看过褚越一眼。

宋思阳跟着褚越下车,寸步不离地跟在褚越身旁。在这陌生的环境里,不那么好相处的褚越俨然成了宋思阳安全感的唯一来源。

人有点儿多,宋思阳有点儿怯场,不自觉地往褚越身上靠。他挨得有点儿近,甚至不知道自己的肩膀已经贴上了褚越的后背。

褚越不着痕迹地拉开二人的距离,宋思阳又傻乎乎地凑上去。几次下来,褚越也有点儿无奈,不再执着地用行动赶走他。

"鼎华"的占地面积很大，白瓷砖的建筑在挺拔的枫树后矗立。宋思阳透过树影看见了靠在窗口嬉笑的新生，他们那么恣意与骄傲，仿佛生来就属于这里，不像他只敢唯唯诺诺地跟在褚越身旁，连打量别人都是悄悄的。

褚越带着宋思阳到新班级报到，刚进教学楼的电梯，就听见有人跟褚越打招呼。

电梯内的几人明显都认识褚越，打过招呼后又齐刷刷看向宋思阳，疑惑地问："这是？"

宋思阳抓紧了双肩包的带子，局促地自我介绍："你们好，我是宋思阳。"

"以前没见过你？"

宋思阳尴尬得不知道说点儿什么好，只好笑了笑。

幸好电梯很快就停了下来，宋思阳长出一口气，连忙跟着褚越出去，隐约听见身后有人在讨论他是什么来路。

宋思阳像个小跟班一样跟在褚越身后。认识褚越的人太多了，单是打招呼的人就有十来个，不可避免都要顺带着打量一下他。他被各色探究的目光看得喉咙发涩，恨不得把自己的脸埋起来。

一班在走廊中央，里头聚集了不少同学，大家已经闹开了。褚越和宋思阳到的时候，大家都抬头看，有认识褚越的挥了一下手，跟别人介绍："这是褚越。"

褚越礼数周全，谁跟他打招呼他都会回应。

宋思阳又被问到是谁的问题，拘谨地介绍自己的名字。好在大家似乎都沉浸在开学的喜悦中，并没有人过多注意到他。

他只是牢牢地、紧紧地跟着褚越，唯恐慢了一步就被对方丢下。

班级只有二十张桌子，褚越随意找了个位置坐下。宋思阳刚想坐到褚越后桌，一个男生先他一步把书包放上去，说："不好意思呀，这里有人了。"

宋思阳连忙摇头："没事，没事……"

他只好去寻找其他离褚越近的位置，结果发现起码隔了三个位置，不由得有些懊恼自己下手太慢。可褚越也没什么表示，他只好走远了些。

宋思阳坐在座位上，周遭是爽朗的笑声和嬉闹声，而他被这些热闹隔绝开来，成为一座孤零零的岛屿。他低头一看，自己脚上那双穿了半年的几十块钱的帆布鞋已经有了磨损。不知出于什么心理，他下意识地慢慢把脚缩了起来。

宋思阳清晰地认知到，自己闯入了一个并不属于他的世界。

新学期同学们少不了要进行自我介绍。宋思阳坐在角落里，看着讲台上侃侃而谈的同学们。等到了他时，他连腿都迈不动，只好站在原地干巴巴地说了自己的名字。面对同学们好奇的眼神，他呼吸不畅，频频看向褚越。

褚越察觉到他的视线，只看了一眼又转过身。很难说清楚他这一眼是什么意思，就像在看一个出尽洋相的陌生人，既不嘲笑也不关心。

老师是个爽朗大方的青年，用一句"思阳同学太害羞了"替宋思阳解围，他才得以重新坐下。

其实褚越和其他几位同学也只说了自己的名字，但那是不同的，他们都自信张扬，没有一个会像宋思阳连说话都含在喉咙里。

但宋思阳受到的冲击远远不止这些。他初中学的无外乎那几门课程，可到了"鼎华"他才知道，他要跟班内的同学一起学习IB课程（国际预科证书课程）。前一年打基础，后两年系统学习。

可宋思阳从未接触过这类课程，他听得云里雾里，心里的不安越发浓厚。半天下来，他就像踩在绵软的云端上，迟迟找不到落脚的实感。

下午不必到校，十一点半，老师让大家自由活动。

宋思阳如释重负，正想找褚越询问接下来的安排，却见褚越正在和人说话。他一时不敢上前，在原位等待。

有同学实在好奇宋思阳的身份，忍不住上前问道："你跟褚越一起来的？"

从今天开始，宋思阳的名字将和褚越牢牢地捆绑在一起。

宋思阳点了一下脑袋。

同学又问："你是褚越的朋友还是亲戚？"

宋思阳连连摇头："不是……"

同学狐疑地打量着宋思阳，似乎在猜测这话里的真实性。他的目光落到宋思阳的装扮上，眼神变得有些微妙。

宋思阳耳朵尖都发起热来。少年的心思敏感至极，于是他又悄悄将脚往里缩了点儿。

在宋思阳以往的世界里，就算他是孤儿，但周围都是普通家庭的孩子，大家穿着几十块钱的衣服和鞋子是寻常事。即使他比别人贫困些，也不会有人另眼看待。他不是会跟别人攀比的性格，可面对这群不识人间愁苦的少年们探究的眼神，他还是感到窘迫。

正当他坐立不安时，褚越终于结束谈话。他跟同学告别，急忙跟上褚越的步伐。

来时的兴奋被击打得粉碎，回去时只剩下面对未知的仓皇。宋思阳蔫蔫地弯着背，无心再欣赏车外的风景。

下高架桥时，褚越淡淡的语气打破车厢内的沉寂："现在后悔还来得及。"

宋思阳愣了一下，扭头看着不知何时摘下一只耳机的褚越。从他的角度看去，对方的神情沉静如水，仿佛方才那句劝告只是他的错觉。

这是大半个月来褚越初次主动跟宋思阳搭话，一句还算是善意的提点。他将今日宋思阳的无措看在眼里，委婉地提醒宋思阳不要草率地踏足全然陌生的领域。

可是褚越等了一会儿，等来宋思阳细若蚊蚋的三个字："不后悔。"

他将目光落在了宋思阳的脸上。

宋思阳的眼睛水亮，极其容易地窥探到那双眼里的不安，但他还是不后悔。

诚然，他与学校同学之间有着天壤之别的出身，还有那些一无所知的课程，都可能让他在这三年间没那么好过，可是他不可能这么轻易地放弃来之不易的机会。如果只是这样就打退堂鼓的话，他未免太对不起周院长的一片苦心了。

褚越不再出言劝解，重新戴上耳机，又恢复了对什么都漠不关心的模样。

宋思阳心里"咚咚"跳了两下，不知道自己的回答会不会令褚越不快，幸而直到下车褚越都没有再搭理他。

小集体是最藏不住秘密的，开学的第一天，但凡认识褚越的人都知道了宋思阳的身份——既不是哪家有钱人的孩子，也不是褚越的朋友或亲戚，他只是褚家给褚越找的一个"伴读"。也许他之后会为褚家效力，但谁都说不准。

开学后，宋思阳得以不再穿着陈旧的衣服。

"鼎华"是西式校服，夏天是白衬衫和西裤，冬天也有新的制服，校徽是方形的银牌，别在胸口处，这让穿习惯了中式校服的宋思阳多多少少有些别扭。

开学的第一课就给宋思阳来了个"下马威"，老师中英双语的授课方式使得他只听懂了个七七八八。

他此前的英语成绩虽然不错，可到底是"纸上得来终觉浅"，并没有实战过，口语也十分生硬。越是不会就越是耻于开口，他只能尽力缩小自己的存在感，祈求老师不要叫他回答问题。

但他的祷告落了空。

被点名的宋思阳站起身，不那么标准的英语从他嘴里磕磕巴巴地、一个词一个词地蹦出来。他听见有人在偷笑，也许并没有多少恶意，但也足以让他难堪。

午饭是林叔特地送来的。褚越的饮食控制得很严格，他不爱去食堂，陈姨便做了盒饭，也有宋思阳的一份。

宋思阳和褚越在烘焙室里用餐，有女孩子在旁边烤可颂。女孩大抵跟褚越是旧识，问褚越要不要吃可颂（羊角面包）。

宋思阳心神不宁，罕见地没有胃口，米饭几粒几粒地往嘴里送。

半晌，沾了褚越光的宋思阳餐盘里也多了个可颂。他抬头，见到一个扎着个马尾的女孩，顿时受宠若惊，一连说了两声"谢谢"。

"谢什么呀，大家都是同学，你吃的什么？"女孩儿说着凑过来看了一眼。

宋思阳赶忙把盒子推出去一点，闷闷不乐了大半天的脸上终于露出点儿笑意。

因为女孩儿的善意，宋思阳的胃口又回来了。他把香喷喷的可颂几口吃完，见到褚越那个可颂只咬了一口，问道："你不吃吗？"

褚越随意地"嗯"了一声。

宋思阳腹诽：既然不吃为什么要拿人家的呢！

他见不得浪费食物，嘟囔着说："那能给我吗？"

褚越有点儿不大明白宋思阳的意思，没有表态。

宋思阳只当褚越默认了，高高兴兴地拿过褚越的可颂咬了一口，那一口正好把褚越咬过的地方吃掉。

褚越眉心蹙了起来："你……"

褚越有洁癖，连跟家人同桌吃饭都要用公筷，可宋思阳竟然吃他吃过的东西。

宋思阳在孤儿院长大，跟别人同分一个面包是常有的事情，并未觉得有什么不妥。可见褚越神色稍变，他咀嚼的动作慢了下来，含糊地问："怎么了吗？"

褚越看了一眼可颂，又挪开视线，沉声说："没什么。"

宋思阳把可颂吃干净，又本着节约粮食的精神吃了小半碗饭后才满足地打了个饱嗝。

"鼎华"早上九点上学，下午不到四点就放学了，一天的课程倒是安排得满满当当、多姿多彩，只是跟宋思阳之前的学习方式大相径庭。

以前的学校但凡带个手机都是违反校规，现在上课却人手一个平板电脑在现场修改课件做思维导图。

平板电脑和笔记本电脑都是陈姨给宋思阳准备的。他拿到手的时候还以为派不上用场，上了学才知道离了这东西寸步难行。

几天下来，宋思阳身心俱疲。最让他害怕的是外教课，一连串的英语叽里呱啦的，像是在听天书。在同学们畅所欲言时，他就像个有口不能言的哑巴，只能竖着耳朵竭力地分辨自己认识的单词，努力拼凑出一句完整的话来。

"鼎华"的学生大多数家境优渥，像褚家这样的大家族也不少，生下来就接受双语教育，再不济开学前也历经一番恶补，不至于像宋思阳一样如此吃力。

宋思阳本是成绩优异的好学生，可来到"鼎华"之后却成了"吊车尾"，这种落差让他感到痛苦，还需要很长一段时间来适应。

褚越把宋思阳的挣扎看在眼里，但他已经提醒过宋思阳了，是对方不听劝，他自然没有义务再帮对方一把。

开学近一个月，开放艺术与选修课，宋思阳这才知道褚越的钢琴弹得极好。

别墅有琴房，褚越从来没有碰过那架钢琴。对有钱人家的孩子来说，学一门艺术傍身只是锦上添花，精通与否并不重要。但宋思阳见到老师露出欣赏的神情，就知道褚越并不是一个花架子。

在学校的时候，宋思阳不顾别人异样的目光像块牛皮糖一样黏着褚越。课程要和褚越的选择一样，分组要跟褚越一组，实验要和褚越一起做。这是无可奈何的事情，他除了褚越根本没有其余的选项。

可艺术选修课他无法再追随褚越，他没有系统地学习过艺术类的课程，只能退而求其次在其他科目里多修一门，这代表着基础本就薄弱的他要付出千百倍的努力去学习。

褚越那日的忠告犹在耳边，被接连打击的宋思阳开始怀疑自己的坚持究竟是不是对的。

在"鼎华"的前两个月，宋思阳苦不堪言。他曾还算引以为傲的成绩在这里毫无用武之地，大量新鲜的东西在短时间内涌入他的世界，让他无所适从。

除此之外，他还要面对各式各样的目光和闲言碎语。所有人都知道他是褚家资助的孩子，虽不至于排挤他，但几乎无人与他来往。

而褚越也有自己的社交圈。

起先宋思阳尝试着融入，大家当着褚越的面对他客客气气，甚至笑脸相迎。这让他感到几分欣慰，以为自己得到他们的认可，也能和他们成为朋友。直到某次在楼梯转角处，他听见他们略带恶意的谈话。

"他怎么一天到晚缠着褚越，甩都甩不掉。"

"不会真把自己当褚家人了吧，要不是看在褚越的面子上，我真懒得搭理他。"

"你听他说过英语没，那个口音……"

众人心照不宣地笑开来。

躲在转角处的宋思阳将他们谈话听得一清二楚，脸色煞白得像是洒了一层糖霜。

少年们毫不掩饰的优越感和嫌弃让宋思阳无地自容，每一个字都化作耳光往他脸上甩，打得他头昏脑涨、眼花耳鸣。

从那之后，宋思阳就识相地不再往他们的小集体里凑了。哪怕是不得不组团的小组作业，他也是安安静静地听着，不再发表看法。

他垂眼发着呆，听见有人假惺惺地问他："思阳，你觉得可以吗？"

小组的课业需要每个人轮流上去用英文汇报成果，宋思阳的英语口语不好是众所周知的事情。他们已经做出了决定，问与不问都没什么差别，不过是想看宋思阳的出糗罢了。

宋思阳咬了一下嘴唇："可以。"

"那就好，我还担心你过不了口语那关呢。如果有什么不会的，尽管来问我。"

听起来像是乐于助人的好朋友，可宋思阳知道那天在楼道里的人中也有这个人。

别人敢说,他却不敢信了,只勉强笑着说"谢谢"。

褚越把宋思阳的反应看在眼里,这人果真如同初见时给他的印象一般,被欺负了也只会忍气吞声,连伸出爪子挠人都不会。

同组的人还想说点儿什么,无外乎是暗讽宋思阳的话,但褚越先出声了:"今天就到这里吧。"

褚越是这群学生圈子的中心,一来他的家世在全校学生中处于金字塔顶端;二来他自身无论是长相还是能力也都是最拔尖的,大家都爱以他为首。所以既然他都发话了,别人也不好再多说什么,没一会儿就散了。

宋思阳沉默地收拾资料,心里很不好受,也就没有注意到褚越若有所思的目光。

晚饭宋思阳吃得不多,但面对陈姨的关心他也没说自己的委屈,只是笑着说在学校有同学跟他分享了零食,一时之间吃不下了。

他说这话时心虚地看了褚越一眼,褚越没有拆穿他。

第二天是周末,宋思阳照惯例要给周院长打个电话。周院长开着免提,施源和茵茵也在一旁听。

宋思阳这两个月来意志消沉,可在通话时还是用欢快的语气和他们说着近来发生的事情。

"学校学的东西可多了,跟我以前学的完全不一样,还有钢琴室、画室和体育馆,都可漂亮了。"

"同学?"他顿了顿,"同学们都对我很好哇!我不懂的他们都会教我,我交了很多新朋友呢!"

"褚越……褚越也挺好相处的。你们放心吧,我一切都很好,不用担心我。说说你们吧,施源,你的月考成绩出来了没有……"

说到最后,宋思阳声音有些哽咽:"我也很想你们。"

他意识到自己快要哭出来了,连忙找了要写作业的借口匆匆结束了通话。

宋思阳本来不想哭的,面对繁重的课业、隐晦的恶意,他都可以忍下来。可是当听到周院长和施源的声音，那些堆积在体内的委屈就像找到了一个突破口，任凭他如何想要堵住，都不可抑制地涌了出来。

他用力地擦了擦脸，化悲愤为力量，爬起来打开笔记本电脑一遍地听英语听力，又小声地模仿听力里的发音，试图将自己被人嘲笑的口语改过来。

念了不到五分钟，陈姨唤他出去吃水果。

宋思阳摸了摸自己的脸，确认眼泪干了才敢下去。

陈姨正在擦拭着灶台，让他把一盘切好的水果带上去给褚越。他应了一声，端着盘子上楼。

门敲过三声后，褚越打开了门。

宋思阳把盘子递给褚越，声音闷闷地说："水果。"

褚越的目光顺着宋思阳的手慢慢游移到对方的脸颊，最终落在那双红通通的圆眼上。

哭过？他的目光微微一顿。

宋思阳没等到褚越的回应，嘟囔着说："吃一点儿吧。"不然陈姨又该多心了。

褚越这才伸手接过。

宋思阳心里藏着事，送完水果就要走，反倒是褚越叫住了他："宋思阳。"

宋思阳转身用眼神询问褚越有什么事。

褚越淡淡地问："小组作业准备得怎么样了？"

两个人其实已经合作过好几次课堂小组作业了，但除了在学校讨论，褚越从不多问。

宋思阳想到今天组员看似好心实为暗讽的言语，突然有点儿委屈，抬起红红的眼睛看着褚越说："我不会给你拖后腿的。"

褚越沉默着。宋思阳也不想继续这个话题，嘟囔着说自己要去吃水果了，趿着拖鞋小跑回自己的房门口。他正打算开门，回头一看，褚越已经进屋了。

宋思阳轻拍了一下自己的胸口,心想:褚越刚才那样看他,不会是生气了吧?

他咬了咬嘴唇坐到书桌前,心里充满了挫败感。难怪褚越和组员看不起他,谁想自己的搭档连小组汇报都说不清楚呢?

宋思阳趴在桌面上,把脑袋埋进臂弯里,低声骂自己:"笨蛋!"

翌日,宋思阳在客厅见到了意想不到的人。

褚明诚一大早到别墅,宋思阳没有半分心理准备就见到了自己的资助人。

陈姨见了他,招呼着说:"思阳起床了,快来见先生。"

宋思阳紧张地来到褚明诚面前。男人轮廓硬朗,高眉深目,一看就是极其强势的性格。

宋思阳乖巧地站直了,礼貌地唤道:"褚先生您好,我是宋思阳。"

褚明诚打量着眼前秀气的少年,周院长安排的人倒符合他的要求。他随口说:"在这里还习惯吗?"

宋思阳对褚明诚充满了感激,恭敬地点了下脑袋。

褚明诚又问了几句无关痛痒的问题,才引出正题:"褚越在学校情况如何?"

宋思阳仔细回想在校时的褚越,并没有什么异样,于是如实回答:"老师和同学们都很喜欢褚越。"

褚明诚颔首:"相信周院长事先跟你提过,褚越有先天性心脏病,家里比较注重他的动向,把你放在他身边,你要比其他人更关心他的一举一动。褚越这个孩子打小有主见,不大听家里人的话,有什么事也不爱跟家里人商量。我工作忙,不常来见他,家里有陈姨和林叔看着我比较放心,在学校就得靠你了。"

这是褚明诚两个多月来第一次露面,一来就跟宋思阳挑明他的作用。

"如果褚越在学校发生什么事情,一定要第一时间跟陈姨说。"褚明诚的声音沉了下来,"听明白了吗?"

宋思阳垂在身侧的手微微收紧:"听明白了。"

二人正说着话,褚越也下了楼。

宋思阳循声望去。那一瞬间,他在褚越的眼睛里捕捉到了一丝排斥与厌恶。

尽管那情绪转瞬即逝,但宋思阳还是发觉了。他的手握得更紧,不敢再看。

褚明诚和褚越的关系看起来并不好,父子俩见了面连句寒暄都没有。

陈姨似乎司空见惯了,打着圆场:"褚先生也一起来吃早餐。"

褚明诚说要回公司,离开前看向褚越,语气严厉地说:"你外婆说想你了,有时间去看看她。"

褚越充耳不闻,径直走到餐桌旁坐下。

宋思阳因这样诡异的气氛头皮微微发麻,大气都不敢出。他隐隐约约觉得褚家不似表面那么风平浪静,而褚明诚将他安插在褚越身边也不仅仅是当一个"伴读"那么简单。也许对于褚越而言,他还是一双监视自己的眼睛。

怪不得褚越会用那样的眼神看他。

宋思阳如鲠在喉,凝视着安静用餐的褚越,心中掀起一层又一层的涟漪,久难平静。

褚越一言不发地用完早餐,连看都没看宋思阳一眼。

宋思阳几次想开口说点儿什么缓和气氛,可直到褚越走远他都没勇气出声。他心里有太多的疑惑,问褚越是不可能的,他也没那个胆子,只好从陈姨入手。

宋思阳想了想,委婉地问道:"褚先生工作很忙吗?"

陈姨看出他的欲言又止,似乎是想到了什么不高兴的事情,长叹了一口气。

她思索半晌,觉得宋思阳是常年要跟着褚越的,迟早得知道,也就没有再隐瞒，把能讲的挑着讲了一些。

"小褚的母亲离世得早，这些年都是我带着小褚，褚先生事业心重，跟小褚相处的时间少之又少。刚才你也看到了，小褚跟褚先生的关系一般，但他心里其实还是关心小褚的。"

宋思阳安安静静地听着，陈姨点到为止，没有再继续说父子关系这个话题。她左右瞧了瞧，确认四下无人，才接着低声说："小褚之前偷偷停过药。"

宋思阳瞪大了眼睛，以为自己听错了。但陈姨神情严肃，不似说笑。

他下意识地问道："为什么？"

那天张医生来体检时褚越明明很配合，难道都是装出来的吗？

陈姨没有告诉宋思阳原因，只是说："所以你明白为什么褚先生特地让你在学校看着小褚了吧？"

宋思阳顿时觉得自己肩膀上压了一座山，呆呆地点了一下脑袋。

其余的陈姨也不好多说，哪一家没有点儿秘密，更何况是褚家这样的大家族。

宋思阳有些后悔自己多嘴询问，平白给自己增添心理负担。如果他不知道这件往事，他跟褚越的相处会轻松很多，可现在——

他来到走廊往褚越紧闭的房门看去，甚至开始担心独处时的褚越。

宋思阳苦恼地按了按自己的额头，小声嘟囔着"好奇心害死猫"，心里却对褚越的想法越发纳闷。

褚越家世优渥，享有最顶尖医疗团队的治疗，为什么要偷偷停药呢？

他又想起每次褚越吃药时陈姨都在一旁看着，之前还觉得奇怪，如今也理解了几分。

既然想不明白那就不想，他只要不惹褚越生气、时时关注褚越、事事以褚越为先，尽好自己的本分就行了，其余的也不是他能左右的。

桌面上的灯打在泛着蓝光的屏幕上，将平板电脑里的语音备忘录照得一清二楚。将近三分钟的语音，记录的是宋思阳周一将要上台汇报的个人小结。时间不长不短，用的词汇也都较为简单，就算临时抱佛脚多念几次也能将发音学得有模有样，让宋思阳不至于在讲台上出丑。

褚越原先不打算插手宋思阳的事情，对方被嘲笑、被排挤都不关他的事。他只是微微诧异宋思阳那么能忍，别人的巴掌都要打到脸上了，宋思阳还能装傻充愣、笑脸盈盈。该说是这个人太愚蠢，还是太懦弱。

也许都不是。

原来宋思阳也没有他想象中的那么迟钝，还会偷偷在房间里哭。但既然都躲着哭了，为什么还红着一双眼睛到处晃荡。

只是录几句个人小结让宋思阳跟着背而已，对褚越来说举手之劳。他难得地起了点儿恻隐之心。可是这点儿微妙的怜悯在他见到宋思阳和褚明诚站在一起时全都烟消云散。

宋思阳尚未取得褚越的信任，率先被划进了叛徒的分类里。褚越打从心里厌恶跟那个薄情寡义的男人有关的一切。

母亲去世后，褚越跟父亲的关系虽不冷不热，但也有父子亲情在。直到十五岁那年，他无意中得知母亲去世的原因。他站在外婆的房间外，偷听到外婆跟舅舅的谈话。

姚家是百年大家族，褚越的母亲姚云是家里最小的女儿，从小便倍受宠爱。

舅舅怒斥褚明诚是个白眼狼，花言巧语哄得姚云下嫁，利用姚家的人脉搭桥铺路，让褚家稳坐行业之巅。不必再依靠姚家后，褚明诚便对姚云不复从前的柔情蜜意。

可怜的姚云还一心从自己身上找问题，日日忧愁，以泪洗面。姚云爱褚明诚爱得太深，以至于看不清局势，还以为褚明诚能回心转意。恰逢那时她怀了褚越，褚明诚对她稍有缓色，她便牢牢抓着那点儿微弱的情意撑下去。

褚越出世后，褚明诚又开始对姚云忽冷忽热，加上她生褚越落了病根，在日复一日的愁虑中香消玉殒。

姚家在姚云去世后曾争夺过褚越的抚养权，可惜那时的褚家如日中天，姚家并未如愿。

那时褚越才六岁，什么都不懂，所有事情大人都瞒着他。他只知道母亲离他而去，其余的一概不知。等他长大些，就更不会有人将这些肮脏事摆到他面前。

八岁那年，褚越的心脏病发作，在宴会上倒地不起，险些去世。

褚明诚和姚家达成共识，绝不能让有先天性心脏病的褚越知晓陈年旧事。从那以后，两家人分明都已结了仇，却还要在褚越面前装和气。

如若不是褚越偶然听到外婆与舅舅的谈话，他会被瞒一辈子。

褚越推门而入，询问舅舅所言是真是假。众人见瞒不住他，只好如实相告。

褚越与姚家人本就亲近一些，又因母亲的事记恨上了褚明诚，父子关系彻底破裂。但他年纪太小，无法脱离褚家。在这样的矛盾与痛楚下，他停了药。

褚越八岁发病之后，褚家和姚家皆把褚越当作珍稀动物般保护了起来，其余家族的小辈被耳提面命，不能冲撞褚越。众人每次见到褚越，总容易联想到漂亮却易碎的物品，晶莹剔透的冷玉、莹润细腻的瓷器、初春的白雪，皆可远观而不可靠近。

随着褚越年岁渐长，又平添了一抹锐气，变得越发难以揣摩。朋友虽有，但对他巴结客气有余，却无一与他深交。

可褚越再老成持重，那时也不过才十五岁而已。一个十五岁的少年，猛然间得知父亲是害死母亲的人，受到打击，做出幼稚的事情不足为奇。

等陈姨发现褚越的药片丝毫未减时已经是一个半月后的事情了。她第一时间将事情汇报给了姚、褚两家。褚越的外婆吓到病倒，褚明诚风风火火来到别墅，将褚越大骂一顿。

事后，褚越答应疼爱他的外婆不再犯傻，而陈姨也对褚越的大小事情越发上心，继而有了找宋思阳做"伴读"这一后续。

每个人都在盯着褚越，现在又多了宋思阳这个监工，还是褚明诚钦点的。

褚越不想迁怒旁人，但见到一副恭恭敬敬的模样站在褚明诚面前的宋思阳，难免有些光火。

褚越的火气来得凶猛，甚至猜测宋思阳此前在他面前的乖顺都是带着目的，也许连红着眼出现在他的房门口都是刻意为之。他没有必要给褚明诚的人好脸色，更别谈帮对方一把。

褚越毫不犹豫地删掉了语音备忘录。

宋思阳对褚越弯弯绕绕的心思全然不知，一心扑在回校后的课业小结上，除了吃饭连房门都不出。

只是他微妙地感觉到褚越对自己态度的转变。最明显的就是这两天他去叫褚越吃饭，对方一脸冷色，连之前那个很淡漠的"嗯"字都不再说了。

他不知道自己哪里惹得褚越不快，只好在面对褚越时更加小心谨慎。

宋思阳把自己写的课业小结背了又背，还录下来反复听。可真正到了讲台上，面对同学们的目光时，他还是无法做到自信开口，声音越来越小，以至于再次把事情搞砸了。

看着底下交头接耳的同学，虽然宋思阳觉得未必都是在嘲笑他的口音，但还是窘迫得掌心冒汗。

宋思阳发觉褚越也在看自己，不禁想，褚越也会像其他人一样笑话我吗？

回到座位时，他听见了窃笑声，很不争气地红了眼睛。幸好没有哭出来，不然他就太丢人了。

他吸了吸鼻子。大家又不是生来就会说英语的，他已经尽力去学了，为什么还要笑他？

宋思阳揉了揉眼睛，抬眼发现褚越竟然还在看他。他眨了眨眼，不明所以地望回去，褚越却慢慢收回了视线，仿佛这一眼只是无心。

别人笑话他也就算了，可无缘由的，他不希望褚越也会如此。

宋思阳心里涨得酸酸涩涩的，最终他想，自己已经很努力地不拖褚越的后腿了，应当问心无愧。

一整个学期，所有人都知道褚越身边有个甩不掉的小跟班。起先大家碍着褚越的面子对宋思阳还算客气，但渐渐地，大家都发现褚越对宋思阳的态度很冷淡。虽然他从来不赶宋思阳走，但除非必要，几乎不跟宋思阳交谈。

众人稍加揣测，也就知道了宋思阳并不是什么重要的角色。于是，大家不再对他笑脸相待。

奉承褚越的人数不胜数，在大家看来宋思阳无疑也是其中之一，还是最为热切的那一种。一个靠着资助才能到"鼎华"就读的孤儿，应该安分守己才是，偏偏宋思阳一天到晚见缝插针地跟着褚越，难免惹人闲话。

宋思阳不是感受不到大家的白眼，可除了忽略，他别无他法。

他明明也在"鼎华"读书，却被排斥在社交圈子外，虽明面上风平浪静，但暗涌的冷嘲热讽和忽视也足以戳人心肺。这种感觉无异于一只食草动物掉进了肉食猛兽堆里，即使知道猛兽早已填饱肚子不会动自己，可依旧内心不安。

好几次他都产生落荒而逃的冲动，甚至想打电话告诉周院长自己要回去。可每每想到周院长的谆谆教诲，他的退缩又会咽回肚子里，化作无限的能量，支撑他走下去。

被人嘲笑的蹩脚英语口音，他下足了功夫去练习；面对全然不同的学习方式，他强迫自己接受并改变；同学们对他阴阳怪气，他就装傻充愣；对于褚越既不接受也不拒绝的态度，他也不曾表现出自己的委屈，而是以更恭谨的姿态把自己一再放低。

宋思阳确实是很坚韧的性格，像是从墙角钻出来的一棵小草，无畏地面对狂风暴雨。

作为跟宋思阳相处最长时间的褚越，当然也在悄无声息地观察着宋思阳。他其实不止一次看见红着眼圈的宋思阳，但宋思阳难过归难过，从来没有真的在他面前掉过眼泪。

似乎从开学以后，他就很少见到宋思阳真心实意地笑过。他没忘记宋思阳笑起来是什么样的，圆眼微微弯着，整个人朝气满满。而现在宋思阳落在他眼里的笑容都带着点儿小心翼翼的意味。

在家里不必说，宋思阳吃饭前一定会先来叫褚越，还会时不时地端着水果敲响他的房门。他吃得少了会劝他多吃点儿，就连他吃药时也要眼巴巴地张望，周到得不得了。宋思阳在学校也是鞍前马后，做什么都要和他在一起，上课、写作业、吃饭，无一例外跟在他身边，仿佛没了他，宋思阳就没有了落脚点。

宋思阳性格温和，如果非要拿动物比喻，一定是只白色的、毛茸茸的小狗。一块骨头、一块肉就能轻易收买，就算被欺负了，他也只会耷拉着耳朵，绝不会攻击别人。

褚越虽然不想跟宋思阳走得太近，但也不否认他对宋思阳的殷勤很受用，即使这殷勤有可能是装的、假的，毕竟没有人被这样事事讨好会不顺心。

宋思阳不知道褚越到底是什么想法。

期末小考时宋思阳并没有考出一个好成绩，但气馁后他开始欣喜。因为寒假就要来了，他终于可以回"盛星"了！他事先问过周院长，也已经得到褚明诚的同意。

整个学期宋思阳只回了"盛星"两次。他学业繁忙，再加上不好意思麻烦林叔，也就没能实现之前所说的周末会回去的诺言，为此施源和茵茵还跟他闹了一通脾气。可是寒假就不同了，他可以在"盛星"待将近一个月。

宋思阳几乎是迫不及待地想离开褚家，放假的第二天他就没忍住在吃饭时跟褚越开了口。

"褚越,能拜托你一件事吗?"他见褚越抬起眼看自己,语气更软了,"我想回'盛星',可不可以让林叔送一送我?"

宋思阳双手紧握放在胸前,亮晶晶的眼睛里盛满了期待。

每次他想回"盛星"都得经过褚越这一关,褚越毫不怀疑如果自己的回答是不可以,宋思阳的眼睛一定会像短路的小灯泡似的猝然暗下去。

为了印证自己的猜测,褚越难得地起了点儿捉弄的心思,没有立刻答应,而是淡淡地说:"这几天林叔有安排。"

宋思阳果然如褚越所想,眼神暗了下去:"那下周呢?"

"下周也没空。"

宋思阳放在胸口处的手慢慢垂下,脸上写满了失落。但他还是不放弃,仰着脑袋再问:"那林叔什么时候有空呢?"

宋思阳很少有这样不依不饶的时候,但他实在不想拖到过年前几天再回去。

褚越静静地看他几秒,收起戏弄的想法:"明天我让林叔抽空送你。"

惊喜来得太突然,宋思阳愣怔半晌露出笑脸。他不知道褚越是有意逗他,把褚越的话当了真,饱含感激地和褚越道谢。

宋思阳心里念着要去收拾行李,忍不住加快了用餐的速度,罕见地比褚越先离桌。

褚越看着雀跃着小跑上楼的身影,骤然生出一丝微妙的愉悦感。

宋思阳的行李少之又少,冬装不必拿,孤儿院都有,至于属于褚家的东西他一样都没带走。

次日,他醒得早,帮着陈姨准备了早餐,如同往常一般去唤褚越。

林叔已经在外头等候,宋思阳没有再细嚼慢咽,三两下将粥喝了,起身跟褚越和陈姨告别:"陈姨,提前祝您新年快乐,年后见!"

褚越闻言舀粥的动作一顿,继而抬起眼看着宋思阳——对方并没有跟他说要回去那么久。

宋思阳一心想着回"盛星",没有察觉到褚越眼神的变化。此时他笑得十分热情："林叔在外面等我,我走啦！褚越,谢谢你！"

他说完,也不等褚越发话,像阵风一样快步往大门的方向走去,任谁都能瞧出他有多迫切地想离开这里。

褚越放下勺子望向陈姨,状似随口地问道："宋思阳回去过年？"

"是呀,还没放寒假就跟我念叨想回去了,他到底是在那里长大的,这半年怕是不习惯。"

褚越抿了抿嘴唇不发表意见,想到宋思阳方才的笑容,又听着屋外车子发动的声音,他面无表情地重新拿起勺子搅了搅碗里的粥,却没有再动一口。

宋思阳像是鱼儿回到了属于自己的水塘。茵茵和施源起先还佯装生他气不肯搭理他,结果前者拿零食哄一哄就消气了；后者跟他一同长大,并不是不知道他的难处,他放软语气求对方原谅就又打成一团了。

孤儿院的生活虽然清贫,但神经紧绷了半年的宋思阳在这里快活又自在。他不必担心会不会惹恼褚越,也不用受同学的冷眼,每天都眉开眼笑,度过了轻松愉悦的寒假。

除夕当日,孤儿院的孩子们做了手工当作礼物互赠。

宋思阳用红纸给施源和茵茵剪了窗花,三个人拿着喜气洋洋的剪纸,脑袋凑在一起拍了张合照。他把这张照片发到朋友圈,配文"大朋友和小朋友都有新年礼物"。

除夕饭比平时多了一只炸鸡腿,宋思阳把鸡腿让给了茵茵,吃完饭又到院子里去玩仙女棒。微弱的焰火照亮茵茵粉嫩的笑脸,施源蹲在一旁也跟着笑。宋思阳望着热闹欢快的画面,不知道怎的想到了褚越。

对方现在在哪里过年呢？是跟家人团聚还是依旧在那栋冷冷清清的别墅？

虽然这十几天他都没有跟褚越联系,但他觉得应当给褚越发个新年祝贺。他打开跟褚越的聊天页面,由他给这空白的画面增添了第一句话，很老套的祝福语："褚越，祝你新年快乐，新的一年学业有成、事事顺心！"

这时，施源大喊道："思阳哥，再不来玩仙女棒就没有了。"

宋思阳收起手机，小跑过去："来了。"

"叮——"

褚越在姚家过年，此时他正在客厅陪外婆聊天，手机时不时传来祝贺的短信声。他不甚在意，但还是点开看了一眼。

最新的一条是宋思阳发来的，特地加了他的名字，看来并不是群发。他又鬼使神差地点开宋思阳的朋友圈，见到了喜笑颜开的合照和配文。

褚越从未看过宋思阳如此眉目舒展的模样，他的脑袋和陌生面孔抵在一起，笑得极为欢悦，就好似跟孤儿院的伙伴们待在一块儿就是天底下最开怀的事情。

褚越默念着的配文，不禁产生了些微的困惑：只是如此就值得宋思阳这样高兴吗？

他的眉心不自觉地蹙了起来，但只是一瞬又落下，连他自己都探究不到这点细微的不悦来源何处——大抵对他而言，"朋友"这两个字离他太遥远，也远远不足以让他像宋思阳那般毫不设防地展开笑颜。

外婆叫了褚越一声，他将手机关了搁置于一旁。因为那转瞬即逝的不快，他并没有回宋思阳的新年祝福。

年后，宋思阳回到了褚家。他给陈姨带了礼物，是在孤儿院里做的手工，一个带着灯泡的红色小灯笼，圆圆的形状，很是可爱。

他把灯笼给陈姨的时候褚越也在客厅。

宋思阳之前送褚越小船被拒，他后来琢磨了一下，猜到对方应当是没看上那么寒酸的东西，这次也就不好意思把自己的手工送给褚越，只当面跟褚越拜了个年。

他倒是不介意褚越不回复他信息的事情。给褚越祝福的人那么多，褚越回复不过来也是常事。

宋思阳正在跟陈姨介绍小灯笼的制作过程，褚越的目光似不经意地落在小灯笼上。

陈姨乐呵呵地夸奖："思阳手真巧，这灯笼做得可真漂亮！呦，还能亮呢！"

许是见褚越在看小灯笼，陈姨把东西交给宋思阳，笑着说："拿去给小褚瞧瞧。"

宋思阳忐忑地拿着灯笼走到褚越面前，问："你要玩吗？"

说着，他打开开关，灯光从红色外壳里透出来，橘红色的灯光照亮他的脸，也照亮他那双亮晶晶的眼睛，像是阳光下泛着涟漪的水面。

宋思阳迟迟等不到褚越的回答，但还是期待地望着对方。他把灯关了又开，企图吸引褚越的兴趣。

褚越垂在身侧的手指微动，还未伸手去接，陈姨的声音把宋思阳招了过去："思阳，你来看看有没有喜欢的零食。"

宋思阳听到陈姨的话，提着灯笼跑走了。

褚越的五指握了握，什么都没握住。他望着满脸笑容挑选零食的宋思阳，不禁想到除夕夜的那张合照。

小灯笼又不是给他的新年礼物，有什么好玩的？

他走到楼梯口，依稀听见宋思阳略带兴奋的声音："有草莓味的，还有香草……"

过完年都十八岁了，怎么还跟小孩子一样贪嘴，一点儿长进都没有！

元宵节后就开学了。

高一下学期宋思阳学得依旧很吃力。他的英语仍是说得磕磕巴巴，常常语法用对了词汇又卡住，也还是无法流畅地与人对话，为此，他苦恼得不行。而他在学校的处境也并没有好转。

大家知道他是褚越的跟班，之前都对他爱答不理，他也就收了跟同学做朋友的心思，只一心扑在学习上。可是不知道从什么时候开始，同学们竟然开始使唤起他来了。

是同班的一个男生开的头。宋思阳性格温暾柔和，不大会拒绝人，男生随口叫他帮忙去买饮料，他没想那么多就应承了下来，谁知道给自己埋下了隐患。

越来越多的同学叫他去跑腿，有时候是买东西，有时候是送书，有时候是让他搬器材和实验工具，更有甚者让他帮自己值日。

宋思阳不是没试图拒绝，可每次刚开了个口，别人就会大大咧咧地搂着他的肩膀假意生气地说"你都替谁谁送东西了，不会连这一点儿小忙都不帮我吧"，暗暗地指责宋思阳厚此薄彼。

其实大家心里也清楚这种行为不太能搬到明面上来，因此使唤宋思阳时通常会避着褚越。就算不小心被褚越瞧见了，他们也会营造一幅好朋友互相帮忙的画面。

宋思阳学不会告状，况且他也不觉得褚越会为他出头，只能默默地忍受着被当作跑腿的校园生活。他自欺欺人地想，也许时间一长，大家觉得无趣了就不会再为难他了。

这次是让他搬体育器材。

平时需要两个人搬动的铁质器材，现在只丢给了宋思阳一人。他吃力地推着车子，出了一身汗。不远处的同学正在追逐打闹，无人上来搭把手。

褚越情况特殊，申请了不上体育课，这个时候大家就更是不需要有所顾忌。

宋思阳被边缘化的事实有目共睹，上课找不到搭档，只能在一旁给打羽毛球的同学捡球，累得气喘吁吁。

褚越到时见到的就是两颊绯红在场上跑来跑去的宋思阳。体育课他一般都待在教室里，今天心血来潮过来看了一眼，正撞见宋思阳给人当"球童"。

羽毛球砸在宋思阳的脑袋上，他也只是揉了揉头就作罢，甚至还弯腰替人捡球，没有生气也没有呵斥，像一个没脾气的泥娃娃，怪不得大家都逮着他欺负！

褚越本可以当作什么都没看见，毕竟连宋思阳自己都"乐在其中"，他自然也没有必要多管闲事。

可是当他见到宋思阳额头被球砸得红起来，这点儿红晕似乎也蔓延到了宋思阳眼睛里，他不禁觉得很是碍眼。

宋思阳不经意地抬起头，视线捕捉到了处于人流中心的褚越。他诧异褚越会出现在这里，下意识地朝对方笑了笑。笑容没持续两秒，他就被人推了一下肩膀："别站在这儿，挡着我了。"

宋思阳踉跄两步，急忙往后退去。又不知道是谁在叫他捡球，他晕头转向地应了一声，小跑着去捡不远处的羽毛球。他刚弯下腰，手还没有碰到球，听见褚越的声音："宋思阳！"

宋思阳连忙看向声源处，褚越不知道什么时候走近了，此时只离他几步的距离。

有同学发现褚越，笑嘻嘻地打招呼。正是推了宋思阳的那个人。

褚越没回应，反而对宋思阳说："走了。"

宋思阳不明所以，要去哪里？

虽感到不解，宋思阳还是毫不犹豫地直起身追随褚越的脚步。

二人走出了体育馆，宋思阳身上有汗，被外头的凉风一吹，他打了个寒战。

褚越一语不发地往前走，宋思阳追上去问："找我有事吗？"

宋思阳边说边擦额头的汗，视线受限，褚越突然停下来他也没发觉，一头撞上了褚越的后背。他小声地叫了一声，退后两步站稳，仰起脑袋看向褚越。

褚越神情沉静，音色却带点儿冷意："你想继续待在里面给人捡球？"

宋思阳一怔，支吾了一下，决定实话实说："不想……"

他懵懵懂懂地反应过来褚越的用意,惊喜得眼睛发亮,正想询问,褚越已经重新迈开步子。

他追上去,感激地看着褚越棱角分明的侧脸,半晌才轻声说:"谢谢。"

褚越只是瞟了他一眼,没搭理他。

宋思阳也不在意,埋着脑袋自顾自乐着。走出一小段路,他头顶传来褚越不悦的语气:"看路!"

他"哦哦"两声,站直了身体,对褚越笑了笑,没话找话:"你说陈姨今晚会煮什么菜呢?"

又在说吃的!

褚越淡淡地说:"不知道。"

宋思阳没有发觉褚越对这个话题兴趣缺缺,接着嘀咕:"好久没吃炸鸡翅了……"他又想到褚越不能吃油炸物,昧着良心安慰自己,"不过水煮白菜也挺好吃的。"

褚越不想听这些没有营养的话题,加快脚步想把宋思阳甩在身后。可宋思阳像条小尾巴一样黏着他,叽叽喳喳说着话。好在宋思阳的声音清亮,听着并不讨厌。

褚越眼神微微一暗:这么能说,别人叫他捡球的时候怎么不懂得开口拒绝?笨死了!

"鼎华"一学期一次小考,成绩更多侧重在平时的课堂表现、小组作业和社会实践上。

上学期宋思阳的小考并不理想,这学期他虽然有意改变,可身边来来去去还是那些人,收效不大。日常也依旧会有人叫他跑腿,这种情况持续了将近半个学期都没有改善,甚至有愈演愈烈的趋势。

现在不仅是同班的同学,就连其他班的人都知道宋思阳不会拒绝别人的要求。有时候他只是在走廊上站一会儿都会被逮住去送东西,为此他甚是发愁。

"宋思阳，把篮球放回体育室。"

话音未落，一颗篮球就往宋思阳的方向丢来。他生怕被砸到，条件反射地双手接住。

使唤他的人跟同学说说笑笑地进了班级，压根儿没有理会他愿不愿意。起先这些人还会说声"谢谢"，现在干脆连"谢谢"都没有了。

宋思阳叹了口气，认命地抱着篮球往体育室的方向走。他刚走出一小段距离，在走廊的另一端见到褚越。他抱着篮球的力度一紧，下意识地不想让褚越见到又当"球童"的自己，转身顺着楼梯小跑了下去。

"褚越，看什么呢？"

褚越慢慢将目光从楼梯转角处收回来："没什么，你接着说。"

身旁的人继续说着老师安排的课堂作业，褚越的心思却并不在此。上次他在体育室替宋思阳解围后，他一直在等对方开口向他求助。可等了两个月，宋思阳的嘴巴比蚌壳还严，一句抱怨都没在他面前提过。

既然这样为什么看见他就跑呢？活该被欺负！

宋思阳习惯了将委屈和难过都往肚子里咽。父母还未离世时，他可以肆无忌惮地撒娇和耍赖，可在孤儿院的日子教会他忍耐。他见过太多大哭大闹的小孩，一次还能得到怜悯，次数多了只会惹人生烦。久而久之，他连哭都得躲着不见人。

周院长和护工们要照顾的小孩儿实在太多了，无法兼顾那么多的事情。还年幼的时候，宋思阳受了欺负也找过护工诉苦，但在护工眼里那只是很细微的事情，孩子们的矛盾远远比不上温饱和领养问题重要，自然也就得不到重视。

此后，宋思阳就不会再给护工添麻烦了。

这就导致了如今宋思阳遇到难事喜欢自己消化，不会向他人求助的性格。只要不是太过分的事情，他都可以默默承受。

"鼎华"里的学生非富即贵，哪一个他都无法开罪，即使资助他的是褚家，他也不会傻到把褚越当作自己的靠山。不说别的，他每个月都要向褚明诚汇报褚越的动向这点，就足够褚越记恨他的了，他又怎敢奢求褚越一再为他出头？

长此以往，陈姨也发现了宋思阳的不对劲儿。

吃饭的时候陈姨无意地说："思阳好像瘦了点儿，是学习太辛苦了吗？可不能再瘦下去了，多吃点儿肉。"

宋思阳过完年抽条得很快，肉却没长多少，身量纤细匀称，少年气十足。但陈姨是老一辈的审美，总觉得孩子就得高高大大才好看。于是，她致力于给宋思阳投食。

可惜宋思阳本身骨架就不大，不管她投喂多少，还是像根青葱似的，不似褚越，已经初具成年人的身形。

宋思阳现在已经习惯了少盐少油的饮食，咀嚼着嘴里的鸡肉，一口咽下去。

陈姨接着说："吃完饭你跟小褚去量个身高，我瞧着你们都长高了不少。"

褚越没表态就是同意了。

两个人吃完饭去了三楼，宋思阳跟在褚越的身后。

陈姨把褚越养得很不错，也正如她期待的那般，褚越近两年长高不少，已经一米八七。而宋思阳虽然比去年高了点儿，但他估摸着自己还没有到一米八，因此站上测量仪时不自觉地偷偷踮了踮脚。

褚越瞧见了，像老师抓到作弊的学生一样，随手拿起一旁的量尺轻轻拍了下宋思阳的小腿："站直了。"

宋思阳连忙把离地的脚后跟放平了，板正地站着，偷瞄一侧的褚越。

褚越还拿着量尺，神情沉静如水。他启动开关，测量仪在宋思阳的头顶碰了一下开始大声报数——一米七八。

距一米八就差两厘米。

宋思阳小声说："不准，再量一次。"

褚越看他一眼："哪里不准？"

他心虚地说:"我没站直。"

褚越的目光顺着他的脑袋一路看到他的脚,直接将机器关了,压根儿不给他再量的机会:"你踮脚就量得准了吗?"

宋思阳脸皮微烫,不敢说话了。他跑下来跟陈姨汇报测量的结果。

陈姨乐呵呵地说:"小褚长这么高了,思阳再努努力也能长到一米八。"

她塞给宋思阳一个小蛋糕,打发宋思阳去房间吃。宋思阳心里还念着身高,也没多想,拿着蛋糕就回房了。

陈姨叫住了正要上楼的褚越:"小褚,思阳在学校还习惯吧?"她很少管闲事,可宋思阳来这里快一年了,既乖顺又懂事,她忍不住为宋思阳多说两句。

"我知道你不喜欢褚先生的安排,但思阳是怎样的人,你跟他相处了这么久也心里有数。你也看得出来了,这段时间思阳明显不如之前那么活泼了。不管是学习还是旁的什么,就当陈姨拜托你,在学校多照看着儿他,他也不容易。"

褚越安静听着,往宋思阳离开的方向看了看,眼前不禁浮现那天在体育馆时宋思阳微红的额头。

在陈姨恳切的目光下,褚越沉默半晌,到底还是点了头。

就当让陈姨放心吧。他如是想。

日子有条不紊地过着。宋思阳终于逐渐习惯了上课的模式,全英文的课程虽还不能完全听懂,但也能揣摩个大概。只是口语那一关他仍是无法突破,也耻于开口。不过他乐观地认为日子总会一天天好起来。

课间,他又被叫去给同学买饮料。

褚越拿着乐谱从教室前往音乐室时见到宋思阳匆忙下楼的背影,眼神不禁暗了下来。

音乐选修课宋思阳并不跟着褚越,这是除体育课外他们唯一错开的课程。

临近放学，老师让大家自由活动。褚越坐在一旁随手翻着乐谱。他安静的时候没什么人会去打扰，但也有一两个不会看脸色的人偏要凑上去。

褚越其实没怎么听旁边的人在说什么，谈话声跟音乐室的钢琴声混杂在一起，聒噪得像是夏日里鸣叫不休的蝉。

他合上乐谱，终于看向来人，很有教养地等那人说完，才接着说："你跟宋思阳很熟吗？"

男生没想到褚越会突然提到宋思阳，挠了挠头回答："就普通同学呀。"

他人高马大，有手有脚，却使唤宋思阳使唤得最起劲。他们说不上有多熟悉，不过是他看宋思阳性子软好欺负而已。

褚越眉眼平静，语气也没什么起伏："既然只是普通同学，以后有些事就别麻烦宋思阳了。"

在座的几人你看看我、我看看你，脸色微变。

褚越接着说："我不想每次找他都得等他替别人办完事。"

他把话说到这个份儿上，大家就算想装糊涂也没办法了，纷纷尴尬地说"好"，又为自己找补："我们也是看他好玩才逗逗他……"其余的话淹没在褚越深沉的眼神里。

在他们看来，褚越对宋思阳的态度不冷不热，他们也没有真的做什么过分的事情，小打小闹的，无伤大雅。可他们没料到褚越会为无足轻重的宋思阳出头，虽然只是一两句话，但表达的意思很明显——宋思阳到底是褚家资助的人，旁的人动不得！

放学音乐一响，校园顿时沸腾了起来。

宋思阳被同班同学抓去做卫生，赶到校门口时比平时晚了二十分钟。他一路小跑，气都没喘顺，慌慌张张地上了车，断断续续地说："不好意思，林叔，久等了。"他又望向身侧的褚越，解释说："今天垃圾有点儿多，我……"

褚越沉声打断他："是轮到你做值日吗？"

宋思阳眼神暗淡下去，摇了摇头："不是。"他想了想又露出个笑容来，"不过只是倒个垃圾而已。"

褚越表情不太明朗，宋思阳的笑容一点点消退，嘟囔着说："怎么了……"

"你是来这里读书的，还是免费给人当劳动力的？"褚越的语气称得上严厉，近乎是在斥责了。

宋思阳缩了缩肩膀，不明白褚越突如其来的呵斥从何而起。他跟褚越不一样，无人敢指使褚越做事，而他没有显赫的家世，同学都得罪不起，只是完成一些小小的要求就能免于遭受奚落与排挤，他怎么拒绝得了？

褚越也意识到自己有些严苛了，宋思阳会被人使唤何尝没有他不作为的原因呢。上个学期众人有意无意释放的恶意他不是不知道，这学期会变本加厉也是意料之中的事情。归根究底是宋思阳性格太软和了，不仅听他的话，也听别人的话。明明只是跟他说一声就能解决的事情，偏偏要自己忍着找罪受。

褚越将带刺的情绪收回了些，视线看向窗外："算了。"

宋思阳鼻子忽然有些发酸，又不敢在这个时候反驳褚越，低着脑袋绞着手指缓解压力。

车子开出一段距离，褚越似乎忍无可忍，又冷声说："安全带。"

宋思阳声音哽咽地"哦"了一声，手忙脚乱地系好带子。等他想再跟褚越说话，对方又只留给他一个冷冰冰的侧脸。

他情绪低落地捏着手指玩，在心里嘀咕：我又不是故意给人当跑腿，也不是故意忘记系安全带的，为什么那么生气！

车子里安静得只剩下窗外"呼呼"的风声，宋思阳时不时瞄一眼褚越。他半天才想起来褚越是不能动气的，于是冒着贴对方冷脸的风险，放软语气低声说："你别生气好不好？"

褚越回眸看他。

宋思阳鼓起勇气伸出手指戳了下褚越的手臂："别生气。"

对身体不好。

褚越脸色不变，说："别乱动，坐好。"

宋思阳连忙把手收回去，乖乖坐直了，还特地握住安全带给褚越看，可惜褚越又不肯搭理他了。他细细打量，不知道是不是他的错觉，他觉得褚越好像已经消气了。

宋思阳拿手指戳了戳自己软软的掌心，原来让褚越消气这么简单。

有了褚越的发话，再无人敢使唤宋思阳。宋思阳还以为是众人终于厌烦了，不再拿他打发时间，笑容一天天多了起来。不需要替别人跑腿后，他就有更多的时间跟着褚越。但凡是褚越在的地方，都能见到宋思阳的身影。而喜欢独处的褚越似乎也习惯了身边多了一个宋思阳。

宋思阳捧着个杏仁干乳酪碱水球，坐在褚越的对面小口小口地咬着。

两个人刚吃过午餐没多久，正在茶水间休息。碱水球是别人给褚越的，他用过主食后很少再吃其他东西，可不知道什么时候养成一个习惯，总喜欢将咬一口的东西再丢给宋思阳，然后静静地看着宋思阳把东西一点点吃完。

这天，宋思阳中午吃多了有点儿撑，又不想浪费食物，所以碱水球吃得很是艰难。他的两腮塞得满满的，还被噎了一下，憋得满脸通红。

褚越自然而然地将自己的红茶推到宋思阳面前，宋思阳果然跟往常一样端起来就喝。褚越放在桌面的食指微微动了动。

宋思阳勉强将嘴里的食物咽下去，才小声地对褚越说："吃不下了。"

他好几次想提醒褚越如果不想吃就别接受别人的好意，可转念一想，这是别人对褚越的示好，他没有资格多说什么，只好勤勤恳恳地替褚越"收拾残局"。

碱水球还剩半个，宋思阳想了想，起身拿了个一次性的保鲜盒，将剩下的碱水球装好，打算留着当下午茶吃。

褚越问他："做什么？"

"吃不完打包。"宋思阳生怕褚越觉得自己太抠门，又加了句，"我不想浪费。"

褚越颔首，看不出什么想法，但到底没有阻止他的行为。

下午有节体育课，褚越留在教室里没出去。宋思阳临走前，褚越淡淡地问："还让你捡球吗？"

宋思阳回想前两次体育课，摇了摇脑袋，嘴角也有了笑意："不让了。"

能去上体育课，宋思阳心情很好，话也多了起来。他举起手比了个四，音色清脆地说："上次投篮我五进四呢！"

语气带着罕见的得意，像在跟家长炫耀考了一百分的小孩子。

褚越原先想着如果宋思阳不喜欢体育课，他可以向老师申请让宋思阳留在教室里自习，可见到宋思阳雀跃的神情，他将这个念头压了下去。

不是所有人都像他一样连运动的风险都不能承担，宋思阳也不是非得陪着他。

褚越觉着宋思阳的行为让他有些困惑，即使如今同学们不再为难宋思阳，可宋思阳当真能不计前嫌继续和他们一同玩乐吗？褚越自认为不是睚眦必报的人，可也无法做到毫不计较。即使要交友往来，也绝不该往曾有过龃龉的人群里扎堆。在这件事上，他难以理解宋思阳的选择。

褚越神情微沉："不用告诉我，你走吧。"

宋思阳慢慢将手放下来，敏锐地察觉到褚越心情不悦，却不知缘由。他正想说点儿什么，上课的铃声响了，他只好一步三回头地离开教室，并说道："放学见。"

体育馆有更衣室，宋思阳换了运动服，跟同学一起去活动。

大家都有固定的搭档了，跟他组队的人并不多，好在隔壁班的几个女生见宋思阳掉队，主动让宋思阳加入，和她们一起打排球。

两场酣畅淋漓的比赛后，宋思阳出了一身汗，弯腰扶着膝盖换气。身体虽累，他的心情却因为融入集体而感到畅快。

体育课结束后,宋思阳回到更衣室。室内都有隔间遮挡,他把门关了正打算换衣服。

这时,更衣室里涌进一群人,大家叽叽喳喳地说着什么,喧闹声顿时将室内填满。

宋思阳三两下把汗湿的衣服换好,正准备打开隔间,忽然听到了自己的名字,他的手握在门把上停住了。

"宋思阳呢?没在这里吧?"

"谁知道,在也没事,他爱听就听呗,都是实话,还不让人说了!仗着有褚越护着,他还真把自己当盘菜了!之前让干吗就干吗,现在见了人连声招呼都不打,真无语!"

"砰"的一声关门声,彰显说话之人的怒气。

这声音好像在宋思阳耳边炸开似的,他吓得一抖,将手缩了回来。

马上有人附和:"你也说了人有褚越护着,有本事你也搭上褚家呀!"

"我可没兴趣给人当奴才。"

众人哈哈大笑起来,更多难听的话语随之蹦了出来。

"你说得对,也不是谁都能当奴才的。你看宋思阳那个劲儿,都恨不得黏在褚越身上了。别是真把自己当成褚家人了吧!"

……

更衣室里回荡着少年人直白的嘲讽与恶念,宋思阳将每句话都听了个真真切切。他站在门后,浑身僵硬得不敢动弹。

忽而有人猛地敲了一下他的门:"里面是谁呀?好了没有?"

宋思阳双眼瞪大,条件反射地握住了门把手,不让对方有开门的可能性。

整个更衣室死寂了一瞬。宋思阳听见了自己擂鼓般的心跳声。他没有勇气出声回应,更不敢迈出隔间一步。

有人大力地拧着门把,宋思阳慌乱地堵住门,肩膀牢牢地撑在门上,用力得牙关都在打战。

"谁呀?说话!"推门的人骂了一声,狠狠地砸了一下门。

宋思阳被震得半边身体都麻了,却死死抿着嘴唇,不敢发出一点儿声音。

"敢情有人一直在闷声偷听。"

"真没意思,宋思阳。要不是有褚越,你哪能来'鼎华'上学?"

"有种你就躲着永远别出来,在这里躲一辈子。"

…………

少年的恨意来得毫无预兆,叫人理不清头绪。

宋思阳用肩膀挡着门,不知道谁撞了一下,他恐惧得闭着眼睛小声念:"别打开,别开……"

众人戏耍着他,隔着门感受他的恐惧,撂下一句"我们在外面等你"后,就嘻嘻哈哈地离开了更衣室。

有看不过眼的人提醒宋思阳:"他们走了,你出来吧。"

可刚刚受过惊吓的宋思阳谁都不敢信,生怕是对方诓他的,依旧一言不发地将额头抵在门上。

也不知道过了多久,更衣室彻底恢复了平静。宋思阳仍一动不动地站着,脑袋里回荡着那些人羞辱他的话。他以为冷言冷语听多了自己早该麻木了,可这样被人侮辱还是让他感到痛苦,何况他连出去面对的勇气都没有。

在"鼎华"上学将近两个学期了,他小心行事,处处忍让,本以为见到了曙光,没想到私底下大家对他的厌恶如此浓烈。但他只是想好好读书而已,也没有去招惹任何人,为什么要面对这些呢?

他第一次觉得自己这样懦弱,也痛恨忍气吞声的自己。

低低的啜泣声在小小的隔间里传出来,宋思阳连忙捂住嘴巴,慢腾腾地坐了下来,屈起腿将自己的脑袋埋在臂弯里。

他前所未有地想念孤儿院,想念之前清贫却快乐的日子。

褚越在车上等了半小时都没等到宋思阳,脸色越来越沉重。

林叔看了眼时间,奇怪地说:"小宋今天怎么出来得这么晚?"

褚越似乎一直在等林叔的发问，这才给宋思阳发短信，询问对方在哪里。

褚越等了好几分钟都没等到宋思阳的回复，改给宋思阳打电话，依旧无人应答。他的耐心告罄，轻轻地捏了捏眉心。

"别是出什么事了吧？"林叔这人虽严肃，对宋思阳却有几分慈爱，"要不我进去找找？"

褚越想到临上体育课时欢快的身影，不置可否。

林叔见他没反对，正想下车，他却说："我去吧。"

说罢，他打开车门扬长而去。

褚越直奔体育馆，连他也说不清楚此时的焦躁从何而来，既希望是宋思阳玩得兴起，忘记了时间，又不希望宋思阳因为玩而迟到来见他。

分明说好了放学见。

褚越眉目冷漠，众人都以为出什么事了，忍不住打量他。

他拦住一个同班同学询问宋思阳的去处。

对方闪烁其词，在褚越的追问下才说："刚才有人说了些不太好听的话被宋思阳听到了，他应该还在更衣室吧。"

褚越的眉心拧起来，声音冰冷："什么话？"

对方支支吾吾。褚越的神情更加阴沉："你说吧，不会牵扯到你的。"

"就是开个玩笑，他们说……说宋思阳是你的奴才……"

褚越抿了抿嘴唇，说了一声"谢谢"，继而大步往体育馆的方向走去。

体育馆里还有在运动的学生，众人见一贯冷静自持的褚越面若寒霜地大力推开更衣室的门，皆面面相觑。

褚越环顾一圈，只有角落的隔间大门紧闭。他放慢脚步走了过去，推了一下。里头的人像是受到惊吓一般，条件反射地挡住了门。

"宋思阳，是我。"

褚越只需要一句话就让宋思阳心甘情愿地打开了门。

门把手缓慢转动，宋思阳却迟迟不现身，褚越只好抬手将隔间的门一点点推开。随着可视范围越来越大,他终于见到了门后哭得双眼通红的宋思阳。

当真是难过得不行了的模样,与褚越想象中哭起来的宋思阳如出一辙。

更衣室里人不多,但因为褚越行为异常,有好事者探头探脑地看着。

褚越在沉默过后说:"出来!"

宋思阳太听褚越的话,意识还没有转过弯,身体先自发地往前迈了一小步。可感受到各色打量的目光后,他就像是被热油泼到似的,非但没再往外走,反而往隔间里缩了点儿。他缩到最里面,背靠着墙,怯怯地看着褚越,抽噎着问:"可以不出去吗?"

他害怕别人用异样的眼神打量他,更恐惧听到那些嘲讽的言语。

褚越回眸看了眼室内的学生,又将视线落在缩成一团的宋思阳身上。半晌,他做出决定,抬步进了隔间,顺手将门给关了。

宋思阳错愕地盯着一同跟他关在隔间里的褚越,讷讷地说:"你怎么……"

隔间里站了两个人,空间一下子变得很狭窄。褚越的气场过于凌厉,宋思阳有种地盘被强势入侵的感觉。

褚越面不改色:"不是不想出去吗?"

宋思阳想回答,可眨眨眼,眼泪又不由自主地掉下来,只发出了很细弱的抽泣声。

外头仍有细微的讨论声,但他们都没在意。宋思阳是分不出精力去注意外界,褚越是向来不在乎别人的看法。二人就这样面对面地站着。

宋思阳觉得自己被褚越看见哭有些丢脸,不好意思地胡乱拿手抹了下脸。他不是会诉苦的性格,褚越也很善解人意地没有多问或者安慰。青春期的少年心思都很敏感,不想被别人看见自己狼狈的样子。

宋思阳吸了吸鼻子,张了张嘴,又不知道说点儿什么,只好没头没脑地说了一句:"对不起……"

褚越音色低沉:"为什么道歉?"

褚越的语气冷硬。宋思阳的思绪还未从方才的事情里走出来，紧张地眨了眨眼，绞尽脑汁地回答："我迟到了。"

褚越有些咄咄逼人："只是这个，还有呢？"

宋思阳小幅度地抽着鼻子，怔怔地说："还有？"他无助地眨了眨眼，"我不知道……"

"你不知道？"

宋思阳左看看右看看，就是不敢直视褚越，更无法回答对方无来由的反问。就在他快要受不了时，褚越终于出声了，但没有继续方才的话题："哭够了吗？"

宋思阳这才鼓起勇气点点头，带着浓浓的鼻音低低地"嗯"了一声。他用手背将脸上的泪痕擦了擦，虽然擦干净了脸蛋，红红的眼睛却暴露了他哭过的事实。

宋思阳站直了，局促地说："可以出去了。"

褚越让出一点位置，等宋思阳准备出门又出声阻止："再等一等。"

宋思阳不解地歪了一下脑袋，很小声地嘟哝："我不哭了……"

褚越只是看着他红透的眼睛不说话。

宋思阳觉得褚越做什么都有道理，也不再追问，乖乖地站着等褚越的指令。

过了好一会儿，宋思阳的神情看起来正常了许多，褚越这才开了门。

隔间的门打开后，外头的学生好奇得不得了，一听到动静纷纷侧目偷看。

褚越若无其事地出现在众人的视线里。见宋思阳还像只鹌鹑一样躲在隔间里，他想了想，将人拉了出来。

宋思阳鼓起勇气现身，低眉顺眼地跟在褚越身后，紧跟着对方的步伐，竭力地忽略四周的眼神。等走出体育馆，他才感觉缓了一口气。

亲耳听到同学的诋毁成为压垮宋思阳的最后一根稻草。在车上他安静地垂着脑袋，时不时发出倒吸气的声音，气压低得像头上顶了大片乌云。

林叔也意识到了什么,透过车内镜看着宋思阳轻轻地摇了摇头。

一到家,宋思阳就直奔房间,直到吃饭时间都没有出来。

陈姨还是第一次见宋思阳如此低落,担心得不得了,边擦着手边要上楼:"这孩子本来就瘦,不吃饭怎么行,我去叫他。"

褚越坐在餐桌前,闻言头都没抬:"让他自己静静吧。"

陈姨频频回头,依旧没有见到宋思阳的身影,这才拉开椅子坐下,叹道:"在学校受气了?"

褚越默认。

陈姨愤愤不平地说:"现在的孩子真是胡闹,也就是思阳这么乖的小孩才被他们欺负,换作别人,他们敢这么乱来吗?"说到这里,她深深叹了口气,对宋思阳的怜爱又深了几分。

褚越沉默地听着,没有发表意见,但心里亦认同陈姨的话。正因为宋思阳性格太软,别人才敢如此肆无忌惮。如果是别人,哪怕跟宋思阳一个地方出来的,也未必能忍耐这么长时间。而且他就算被骂也只会躲起来哭,连反抗都学不会。

褚越既有点儿恨铁不成钢,又深知宋思阳若不是这样的性格,也不可能在褚家待这么长时间。

陈姨还在说:"思阳肯定伤心坏了。小褚,吃完饭上去安慰安慰他吧。"

褚越做不来安慰人的事,也从来没有做过,但还是应了下来。

之前都是宋思阳去喊褚越吃饭,哪承想还不到一年就风水轮流转。

这是褚越第一次来到宋思阳的房门前。他想了想,没有敲门,直接拧了门把,动作放轻,屋内的人并没有发觉,闷闷的说话声随之钻进褚越的耳朵里。

宋思阳正在跟周院长打电话。此前每次通话他都佯装欢欣愉悦,可今天无论怎么压抑自己的感情还是让周院长听出了异样。

他原本不想跟周院长诉苦的,可是周院长慈和的声音还是让他眼酸,忍不住跟院长透露自己的真实想法:"我不喜欢'鼎华',我想回去。"

褚越握着门把的五指紧了紧。

宋思阳背对着褚越坐在床上,并未发觉门口多了一个人,自顾自地说着:"这里一点儿也不好……"

突如其来的敲门声让宋思阳犹如惊弓之鸟一般转过了身。他怔怔地望着不知何时出现的褚越,连周院长说什么都没听清,不过应当是劝说他的话语。

宋思阳匆匆跟周院长说声"再见",然后从床上爬下来,不解地看着褚越:"有什么事吗?"

他并没有追究褚越没有经过他同意就开门的事情。

褚越的神情像隔了一层雾,看不清真实情绪,目光在宋思阳脸上停留两秒,才说:"陈姨让我来看看你。"

得知褚越是受陈姨嘱托而来,宋思阳顿时觉得合理。他摇摇头:"我没事。"又怕褚越不相信,他接着说,"马上就下楼了。"

褚越颔首,看向宋思阳还握着的手机,沉声说:"想走?"

他似乎丝毫不介意被宋思阳知晓自己听到对方谈话内容的事情。

宋思阳没来由地脸颊发麻,将手机藏到背后,支吾着说:"我……我只是……"

褚越静静地看着他,声音没有起伏:"是谁跟我说的不后悔?"

宋思阳没忘记上学期开学前褚越给他的忠告,那时他哪能想到自己要面对的局面这样艰难?

他眼神闪烁,喃喃地说:"我没后悔……"

"没后悔最好,"褚越淡淡地说,"别让我觉得你出尔反尔,为了一点儿小事当逃兵。"

宋思阳不想被褚越看不起,难得被激起斗志,可气焰在触及褚越的神情时又猝然灭了,最终低喃一句:"我只是有点儿难过。"

他难道连抱怨两句都不行吗?

褚越脸色稍霁,语气也不再那么冷硬:"行了,下去吧。"

宋思阳闷闷地"哦"了一声,心想褚越可真是阴晴不定。但有了褚越的激将法,他一扫烦闷,又斗志昂扬起来。

只是被说两句而已,有什么大不了的,他才不会因为无关紧要的人做逃兵。

第二章 花栗鼠与小船

那次过后,褚越替宋思阳申请了不上体育课,他也不再听到诸如那天的污言秽语。私底下别人怎么想他不得而知,但至少明面上他不必再承受羞辱。

他心里清楚这是褚越的手笔,于是对褚越越发感激,也后知后觉在某种程度上他确实可以将褚越当作自己的靠山。

高一匆匆结束,暑假来临之际,宋思阳又萌发了想要回"盛星"的想法。

施源这年中考考出了不错的成绩,也找到了资助人,宋思阳答应他一定会回去庆祝,所以一放假,宋思阳就向褚越申请让林叔送他回孤儿院。

褚越除了必要的用餐时间外极少离开房间,宋思阳只能逮着吃饭时间询问对方。陈姨也在,听宋思阳要回去,说给他准备了一大袋零食。

宋思阳兴高采烈地道谢,又看向褚越:"我问过林叔了,他明天有空。"

褚越没什么情绪地看他一眼,似乎有些不悦他的"先斩后奏"。

宋思阳的声音小了下来:"后天也可以。"

陈姨问:"思阳这次回去多久,整个暑假都要在那边吗?"

宋思阳前两天向褚明诚请示过,但还没有得到确切的回复。他又不好当着褚越的面提褚明诚,想了想说:"可能吧。"

陈姨"哎呀"一声:"你一走,这屋里又要冷冷清清了。陈姨没人陪,小褚也没人陪咯!"

宋思阳心想就算他在这里,褚越也不需要他陪呀!

不过他还是嘴甜地顺着陈姨的话说:"陈姨想我的话我就回来。"

陈姨笑出两条皱纹,突发奇想地说:"这几天小褚横竖在家里也是闷着,不如跟你回去一趟,也看看你生活的地方,怎么样?"

宋思阳下意识去看褚越,对方也抬起了眼。

他想到褚明诚曾经说过褚越喜静,可孤儿院的孩子那么多,叽叽喳喳个不停,于是犹豫着说:"我怕褚越不习惯……"

褚越的嘴角微沉。

陈姨说:"只是玩一天不碍事的,到时候你留在那里,老林再把小褚接回来。"

宋思阳觉得可行,望向褚越:"你要和我一起去吗?"

陈姨劝道:"年轻人就得多出去玩玩,在家里多无聊哇!"

褚越迟迟没表态。宋思阳也不气馁,满含期待地劝说:"其实'盛星'也很好玩的,院子里有个很多年的天井,可以打水。虽然院长怕我们掉下去拿大石头封住了,但可以搬开看一看。还有秋千,你喜欢玩秋千吗……"

他思索着孤儿院有趣的地方,苦恼地发现这些对于养尊处优的褚越而言毫无吸引力,可还是希望见到对方点头。他不再询问,带着请求意味:"跟我一起去吧,褚越。"

褚越像是被他打动,又像是有些不耐他的喋喋不休,无论出于什么原因,他如愿听见褚越的回应:"明天九点。"

宋思阳听见褚越应承了,脸上的欣喜显而易见。他怕褚越反悔,连忙说:"一言为定!"

褚越望着宋思阳殷切的神情,终是点了点头。

次日,宋思阳早早地就在楼下等褚越,见对方一出现就兴高采烈地问好,仿若褚越跟他回"盛星"是件多么值得开心的事情。

褚越用餐慢,宋思阳眼巴巴地等着,其间施源给他发信息问他出发了没有。

中考结束后,施源也有了手机。

褚越见宋思阳低着脑袋、嘴角含笑,不知道在捣鼓些什么,正想看个真切,宋思阳抬起水润的眼睛问道:"你吃饱了吗?"

褚越放下勺子,拿起湿布擦了擦嘴。他做什么都是慢条斯理的。

宋思阳见他起身急忙跟了上去。

去"盛星"的路上,宋思阳满脸笑容,还大着胆子在车上小声地哼着不知名的歌,像只飞出笼子的麻雀,就差抖着自己的羽毛显摆了。

按理说以褚越的性格应当会觉得他吵闹,但很奇怪,褚越似乎也被他的好心情感染,不仅没有出声阻止,而且总是略显苍白的脸色也变得红润许多。

两个小时的路程,宋思阳都兴致高涨,一来他能见到多日不见的施源和茵茵;二来褚越跟他回孤儿院,他心里也高兴。

宋思阳时不时偷瞄一侧的褚越,想跟他说说话,又怕打扰到他,欲言又止。

褚越回眸:"这么开心?"

宋思阳重重地点头,想了想说:"待会儿我介绍我的朋友给你认识。"

朋友?褚越嘴角微抿。

宋思阳说完又低头去回施源的信息,没有注意到褚越细小的神情变化。

车子一停下来,宋思阳就立刻开门。施源和茵茵果然在院门口等他,和往常一样,一见到宋思阳,茵茵就直往他身上扑。

宋思阳抱着小姑娘,回身对已经下车的褚越介绍:"这是茵茵。"

茵茵看见褚越，瞪大了眼睛，呆呆地看着。无论什么年纪的人，哪怕是四岁的小女孩也知道褚越容貌极为标致。

宋思阳忍俊不禁，逗她："褚越哥哥长得好不好看？"

茵茵害羞地抱住宋思阳的脖子，又探着个脑袋偷看褚越，发出"咯咯"的笑声："好看！"

被人夸赞外貌是常有的事情，褚越并未放在心上。

施源走了上来，目光也落在了褚越身上。一瞬的惊艳后，他看向宋思阳。

宋思阳连忙给二人做介绍，继而将茵茵交给施源抱着，对褚越说："我带你进去吧。"

施源事先知道褚越要来，说："院长在院里等着你们。"

于是宋思阳领着褚越进了"盛星"。

孩子们都好奇地打量着褚越，在院里跑来跑去，到处都是叽叽喳喳的声音，好不热闹。

宋思阳打量着褚越，见他没有皱眉，心里的大石头落了下来。

周院长亲切地接待了褚越。褚越礼数周全，让周院长不用如此隆重，只让宋思阳带他到处看看。

宋思阳带着褚越去了自己之前住的宿舍。十二人寝的上下铺，他的位置靠门。他离开后，床位一直留着没动过。

褚越的生活环境与孤儿院大相径庭，一个天一个地，但宋思阳没有遮遮掩掩，拍了拍自己的床说："我就是在这里长大的。"

寝室一眼就能望到底，除了床位和柜子没有多余的东西。就是这么简陋的地方，承载了宋思阳幼年的生活。

施源和茵茵初次与褚越见面，一直跟着没出声。

宋思阳想到陈姨给他打包的零食，于是拿出棒棒糖给茵茵，又把一盒曲奇饼干给了施源："你喜欢吃的。"

施源接过，面带喜色："这么多。"

"给你考上'二中'的奖励。"宋思阳笑吟吟地说，"现在吃吗？"

施源豪爽回答:"吃。"

他三两下打开曲奇饼干的盒子,拿出一块饼干来,掰开一半放进嘴里,把另一半递给宋思阳。

褚越没有打扰他们叙旧,可见到宋思阳十分娴熟地接过施源递过去的一半饼干时,他的神情有些怪异。

宋思阳嚼着饼干,转眼瞧见褚越沉沉的眼神,不禁有些纳闷,试探着问:"你也要吃吗?"

褚越的声音很冷:"不用了。"

气氛顿时变得有些微妙。

宋思阳向来猜不透褚越的想法,心里有点儿打鼓,只好支走施源:"茵茵呢?"

施源会意,虽然不大情愿离开,可还是顺着宋思阳说:"可能出去玩了,我去找她。"

寝室里只剩下了褚越和宋思阳。

宋思阳以为褚越是不喜欢这里,忐忑地问:"要不打电话让林叔过来接你?"

褚越凝眉:"你赶我走?"

宋思阳急忙说:"我不是这个意思。"他赶在褚越再次出声前,拍了拍自己的床,"坐着休息一会儿吧。"生怕褚越拒绝,他又说,"站那么久你也累了吧?"

褚越垂眸看着已经坐到床上的宋思阳,对方仰着脑袋,眼睛澄澈。他蜷了蜷五指,这才坐了下来。

宋思阳松口气,主动找话题:"我十岁就在'盛星'了,院长和大家都对我很好。施源比我晚到一年,是我最好的朋友。还有茵茵,别看她年纪小,可古灵精怪了。"

褚越听见"最好的朋友"五个字眉心不自觉地蹙了下,但没有出声。

宋思阳继续说:"他们每次都很期待我能回来。"

褚越突然说："你们吃东西都不分开？"

宋思阳不太理解地偏了偏脑袋。

"没有洗手就分食，"褚越音色清冷，"不卫生！"

宋思阳一怔，想到褚越有洁癖，于是倍感理解。他"嗯"了一声，低声说："集体生活就是这样的呀，不能讲究那么多。"他摸了摸手下的床，没有想太多，又嘀咕说，"院里的小孩有时候还睡大通铺呢！这有什么……"

宋思阳兀自说着，发现褚越并不大感兴趣的样子，试探着问："那我带你去楼下逛逛？"

褚越"嗯"了一声，表情冷漠，瞧不出在想什么。

宋思阳带着褚越在孤儿院闲逛。孤儿院不大，就两栋楼，娱乐设施少得可怜，褚越也不可能真的跟孩子抢仅有的两个秋千。

两个人在参观"盛星"之时，不断有或大或小的孩子往宋思阳身上扑。宋思阳有时候会抽不开身，跟伙伴们玩闹起来，褚越则静默地站在一旁观望着。从他的视线看去，宋思阳和"盛星"的孩子们都满面笑容，那种愉快与欢乐是无论哪个年龄段的他都不曾经历过的。

老鹰捉小鸡，很幼稚的游戏，已经十八岁的宋思阳却和他们玩得不亦乐乎。

在褚越的记忆里，他的童年时光也有过不少玩伴，却没有一个能够长久地陪伴他，一来小辈们受了大人的嘱咐不敢带他玩运动类的游戏，即使有活动，他也无法参与；二来他确实天性冷淡，很难与人建立起较为亲密的关系。因此他身边的人总是来来往往，久而久之，只剩下他一人。

可眼前的宋思阳和孤儿院里的朋友却仿佛不因时间和距离变得生疏，好似无论过了多久、距离多远，只要再次碰面，那些被冲散的情谊就会如潮水一般迅速归拢。

褚越想，这就是他和宋思阳的区别。

几个半大的孩子围在花圃旁捣鼓着什么，褚越多看了一眼，见他们摘了叶子拿石头捣烂揉成团，又拿新鲜的叶子包裹起来，十个手指染得绿油油的，一张脸上也都是汗。他一方面因为困惑，一方面洁癖发作略带排斥地皱了皱眉。

宋思阳见了小跑过来。他知道像褚越这种不愁吃喝的世家小孩绝对想不到会有这样的娱乐方式，主动解释："他们在玩过家家，嗯……这些是粽子，我小时候也这么玩。"

褚越的眉心因宋思阳的最后一句话不自觉地抚平了，恰好有个小孩看见褚越，兴奋地拿出一个裹好的"粽子"递给褚越："哥哥，给你！"

小孩的脸蛋被晒得红扑扑的，额头上汗珠密布，眼睛却很亮，仿佛这个世界上没有比这更好玩的游戏。

褚越似乎借此窥见到了幼年时期的宋思阳。

宋思阳刚刚才被褚越批评过不讲卫生，见状连忙说："哥哥不玩……"

话未说完，一只修长白皙的手已经接过那团绿糊糊的东西，金灿灿的日光不偏不倚地打在褚越的指尖上，绿的球，白的手，一片好颜色。

褚越接过捣烂成泥团的绿叶，低声说："谢谢。"

宋思阳错愕了一秒，只当褚越是礼数周全。等走远些，他连忙说："给我吧。"

褚越的指节已经染上了绿色，黏糊糊的东西拿在手上确实让他很不适。他摊开掌心端详了一会儿，也不知道自己怎么就鬼使神差地接了。于是，他没拒绝宋思阳的好意，将"粽子"放到了宋思阳的手上。

宋思阳把"粽子"随便给了一个小孩，让褚越等了一会儿，自己跑去找来湿纸巾给褚越擦手。

宋思阳心里着急，又身处孤儿院，一时将褚越当成这里的人，直接抓起褚越的手仔仔细细地擦拭。擦到一半，他才想起来对方不喜欢跟人有肢体接触。他正想松手，褚越却像是先一步洞察他的心思，给他打了针安心剂，问："擦干净了吗？"

宋思阳连忙说："马上。"

宋思阳像给院里的弟弟妹妹擦手一般将褚越的手擦干净。天气太热，他悄悄地吐出一口热气。

褚越将手抬高了点儿，翻转着瞧了瞧，似在检查宋思阳的劳动成果。

施源来到院中，见到宋思阳站在褚越的对面，喊了一声："思阳哥。"

宋思阳回神，循声望去。

褚越却突然出声："这里没擦干净。"

这时，施源已经走到二人面前。

宋思阳想了想，将湿巾递给褚越："那你自己擦。"

褚越拿着湿巾没动。

施源说："快吃午饭了，院长问他在不在这里吃，有鸡蛋羹、排骨和小白菜。"

宋思阳看向褚越，犹豫着说："要在这吃吗，我怕你吃不惯。"

褚越这才拿湿巾再抹了一遍手，说："林叔四点才来。"

宋思阳已经习惯了褚越拐弯抹角的说话方式，颔首："好，那我待会儿交代厨房不给你放酱油。"

他把褚越安置在一间空房间，跟施源去处理午饭的事情。

宋思阳把餐盘洗干净，先给褚越打了一份，又麻利地给孩子们分餐。

施源和宋思阳站一块儿，问："那个褚越平时也这样吗，冷冰冰的？"

宋思阳笑着说："是有点儿。不过每个人性格不一样，他人其实很不错的。"

施源没应声。

宋思阳知道今天冷落了施源，讨饶地说："等他回去，晚上我们出去吃吧。"

"吃什么？"

"你说了算。"

施源笑着"哼"了一声："这还差不多。"

宋思阳和褚越在办公室吃午饭。果真如宋思阳所料，褚越压根儿没怎么动过餐盘里的东西。他有些过意不去，跟院里的孩子要了罐牛奶给褚越垫肚子。

宋思阳吃得很快,轻轻地打了个饱嗝,让褚越在办公室休息,自个儿去安排孩子们午休。

褚越在办公室里待得无聊,按照印象来到了宋思阳的寝室外,从玻璃窗往里看。

宋思阳蹲在床前哄一个约莫十岁的小孩午睡,小孩智力不太正常,眼睛转来转去地玩手指。

宋思阳的侧脸柔和流畅,眉眼间没有半分不耐,反倒温柔地哄着:"小宝乖,等睡醒给你棉花糖吃。"

孩子鼓起掌来,不安分地动弹:"棉花糖,棉花糖!"

宋思阳按住他的两只手,声音放得更软:"但是要午睡才可以吃。"

"睡……多久?"

宋思阳笑着竖起两根手指头晃了晃:"两个小时好吗?哥哥知道小宝最听话了!"

哄好了这个孩子,宋思阳又得去哄其他的,忙得不亦乐乎。

褚越安静地看着宋思阳,拼凑出宋思阳之前在这里的生活。

宋思阳好不容易将一寝室的孩子都哄睡着,蹑手蹑脚地出了房间,瞧见在外的褚越,一怔:"你怎么过来了?"

"随便看看。"

宋思阳打了个哈欠,眼睛红红的,显然也困了。他问道:"办公室里有张折叠床,你要睡会儿吗?"

褚越摇头。

宋思阳有点儿苦恼,嘀咕着说:"可是这里已经没有床了……"

他不认为褚越肯纡尊降贵跟孤儿院里的小孩挤一张床。如此,他只好忍着睡意带褚越下楼。

正是午后,孤儿院到处都热烘烘的,好在办公室里有空调。宋思阳被冷气一吹,舒服得打了个寒战。

他实在困得不行,走到书桌前坐下,问道:"我有点儿困,趴一会儿好吗?"

褚越坐在他对面,颔首。

宋思阳双手交叠做枕头,脑袋枕上去,眼皮都快合上了还不忘嘟囔:"就一会儿,你记得叫醒我……"

他等到褚越说"好",才安心地闭上眼睛。

办公室里安静得能听见空调运作的呼呼声。宋思阳很快就熟睡过去,他的脸枕在手臂上,腮肉因为挤压微微变了形,嘴唇也轻轻噘着,原本就有几分幼态的脸如今看着更是稚气未脱。

褚越回想着今日宋思阳照顾孩子们的身影,那么轻车熟路,仿佛已经做了上万次。可归根结底,他也才刚成年。

是因为这样的环境才养成了温暾和善于忍耐的性格吗?

褚越不禁想象更年幼一些的宋思阳是什么样的?在这里又过着怎样的生活?与什么类型的朋友往来?如果他们早认识一些,会不会也成为朋友呢?

当然,这些都是假设,褚越却想得有些入神。

门口处传来细微的脚步声,施源推门而入:"思阳哥……"

褚越回眸,施源的声音戛然而止。

褚越并未因施源的到来而有丝毫慌乱。他静默地与施源对视,有种说不出的压迫感。他放低声音:"别吵醒他,出去。"

一句话就将宋思阳和施源隔离开来。

施源看着睡梦中不知事的宋思阳,用力地咬了咬牙,转身快步离开。

褚越垂下眼眸,翻开手心看了一眼,又缓慢合上手掌。

宋思阳这一觉睡了整整一小时,手臂被压得太久,醒来时像扎了一千根针,动一下都是钻心的麻,脖子也酸痛异常。他极其缓慢地晃动着脑袋,发现褚越依旧坐在他的对面,坐得端端正正,正在闭目养神。

宋思阳不知道对方睡着没有,正想轻轻唤一声,褚越就睁开了眼睛。一时间,四目相对,褚越眼底清明。

宋思阳微怔后带着鼻音问:"几点了,怎么不叫我?"

"两点半。"

宋思阳打了个哈欠,揉着蒙眬的眼睛站起身活动筋骨,这才彻底清醒过来。

夏日的午后异常炎热,周院长怕孩子们中暑,不让他们在院外自由活动,而是在室内给他们播放动画片——《小鲤鱼历险记》,挺有年头的片子了。

宋思阳睡醒后懒洋洋的,搬了两张椅子跟褚越坐在后头也跟着回顾童年。

褚越显然没有看过这部动画片,自然也就跟宋思阳没有共同话题,只是安静地坐着。

宋思阳见对方兴致不高的模样,惊讶地说:"你小时候不看这个,那你看什么?"

褚越记忆中的童年被大大小小的课程和宴会填满,极少有私人时间,更别谈坐下来看动画片了。他淡淡地说:"我都不看。"

宋思阳被噎了一下,眼尖地瞧见从他醒后就没出现的施源从后门进来。他招手说:"施源,这里!"

施源见到褚越,抿紧了嘴唇,但还是过来了。因为位置不多,他只能坐在宋思阳的右边,拿失聪的左耳对着宋思阳。

施源一到,宋思阳的"知音"也到了,他顿时眉眼弯弯地说:"你刚到'盛星'那阵子也在播'小鲤鱼',还嫌院长播这个太幼稚,结果不知道是谁看得津津有味连饭都忘记吃。"

室内都是动画片和孩子们的声音,施源左耳听不见,只能侧过脸听宋思阳说话。

两个人并肩坐着,施源笑着反击:"我也忘记是谁错过了最后一集气哭了。"

宋思阳被人揭了底也不羞不恼,只是又凑近了点儿跟施源讨论剧情和回忆童年。

一集播完,片尾曲萦绕着整个室内。

"别看我小,别看我小,童话故事里我是主角……"

孩子们沸腾起来,嚷嚷着要看下一集。

这是褚越不曾有过的体验,却是他无法踏足的宋思阳珍贵的过往。

褚越转眸就能看见宋思阳璀璨的笑眼,对方和施源交谈甚欢。他不禁想到过年时宋思阳在朋友圈发的合照,也是如此轻松欢乐,也是这样明媚的笑容。他的眉心不由得蹙了起来,甚至不顾礼数地出声打断二人的谈话:"我想出去走走。"

宋思阳正和施源讨论到癞皮蛇蜕皮的情节,兴致盎然,闻言依依不舍地说:"下一集就是闯龙宫了……"

而褚越已然站起身,神情不容置喙。

宋思阳无法,只好也跟着站起来。他正想和褚越出去,却猛地被施源拉住。

"思阳哥,外头那么热,别出去了。"施源力度渐紧,似在挽留,"再看一会儿吧。"

室内关了灯,只剩下投影仪微弱的灯光在闪动。褚越的脸在光影里浮浮沉沉,眼底似一汪不见底的海,深邃、晦暗。

宋思阳看了眼窗外炙热的天气,也想劝一劝褚越:"要不还是……"

褚越转身就往外走。

宋思阳为难地看着施源,末了无奈地说:"我去去就回。"

宋思阳想得很简单,在"盛星"他是主,褚越是客,哪有怠慢客人的道理。他想把手抽出来,动了两下,却听见施源气恼的声音:"他分明是故意的!"

宋思阳笑着说:"褚越没看过'小鲤鱼',不感兴趣也很正常。"

"不是!"施源咬咬牙,"他……"

"他怎么了?"

施源才十六岁,无法形容自己对褚越的感觉,终是气馁地松开宋思阳的手。

宋思阳眼见褚越已经到门外了,来不及探查施源的异常,绕过桌椅走出去。

盛夏下午三点的天，热得人体内的水分都要被蒸干似的，宋思阳不知道为什么褚越放着好端端的空调不吹非要出来受罪。他正想说话，褚越先一步走到走廊处的洗手台，打开了水龙头。

水"哗啦啦"地流着，与室内"小鲤鱼"稚嫩的声音夹杂在一起。

褚越抬头，用近乎命令的语气说："洗手！"

宋思阳走过去，摊开手费解地说："我的手很干净。"

可褚越态度强硬，宋思阳只好按照他的意思做了。

宋思阳在褚越如炬的目光中仔仔细细地将手洗了一遍，边洗边问："你想去哪儿？"

褚越沉声说："林叔半小时后到。"

宋思阳算算时间也差不多了，点了点脑袋。在外头站不到一分钟，他已经有了热意，于是将潮湿的手捂在两颊降温，说："我待会儿送你。"

褚越不置可否。

宋思阳带着褚越在外头走了十来分钟，热出一身汗，偏偏褚越还清清爽爽，仿若感知不到温度似的。他想了想，将褚越带到周院长的办公室，打着告别的名义蹭空调。

周院长说了些客套话，诸如"这一年思阳没有给你添麻烦吧""往后还要你多担待"等此类的话，褚越皆一一答了。宋思阳乖巧地站在旁边，时不时地点点脑袋。

林叔很快就到了"盛星"的门口。

宋思阳和周院长一同送褚越出去，心里琢磨着等褚越一走他就回去接着看《小鲤鱼历险记》。没想到褚越进了车后将车窗摇下来看着他："上车。"

宋思阳一下子呆怔住："什么？"他又茫然地眨眼，"我也要回去？"

施源跟茵茵这会儿也下楼了。见宋思阳要跟褚越走，茵茵第一个不同意，泪眼汪汪地跑上来抱住宋思阳的大腿："思阳哥哥说在这里过暑假。"

施源耷拉着脑袋，对褚越不满到了极点，上前说："思阳哥，你说晚上要和我出去吃饭，还要帮我庆祝的。"

宋思阳颔首："我记得。"于是，他好声好气地跟褚越商量："褚越，寒假我也在'盛星'的，那么暑假……"

褚越语气平静："你期末小考只有三十分，这个分数申请不了任何一所好大学。"

宋思阳不明白褚越为啥这时候提他的成绩，一时哑然。

褚越难得说了个明明白白的长句子："你不是很在意成绩吗？暑假两个月是提升成绩的好机会，回去后我给你列方案。"

宋思阳难以置信地说："你要帮我补习？"

褚越沉吟："你这么想也可以。"

褚越的话对宋思阳而言诱惑力着实过大，他一时进退两难起来。但他想到自己答应施源和茵茵在先，于是咬了咬牙问："我在这里待一星期就回去，也不会耽误什么的，可以吗？"

褚越没有半分让步："该走了。"

宋思阳并未像往常一样得令行事，犹豫着不动弹。

周院长上前拍了拍宋思阳的肩膀，劝说道："思阳，还是先回去吧，之后再过来也不难哪！"

"可是……"

周院长慈爱地看着他："学业重要。"

宋思阳很清楚周院长为什么要劝他走，内心煎熬。不管是他还是周院长，都要看褚家行事，他没有资格拒绝褚越的要求，尽管他不明白为什么对方心血来潮好心地想帮自己提高成绩。他饱含歉意地对施源说："施源，下次我过来再请你吃饭好吗？"

施源是真生气了："你一年到头回来不了几次，茵茵盼了多少天，他说句话你就跟他走，你怎么能这样？"

宋思阳难过得不行，蹲下来对哭鼻子的茵茵道歉："对不起，茵茵，下次哥哥一定不食言。"

茵茵年幼,还不懂得大人世界的规则,也无法体谅宋思阳的难处,只知道宋思阳不能留下。于是,她"哇"的一声哭出来:"哥哥,骗人!"

宋思阳忙给她擦眼泪。

施源抱起茵茵:"你走吧。"

"施源……"

施源发完了脾气,也知道自己这样反而害得宋思阳为难,深吸一口气:"思阳哥,对不起,我不是有意吼你的。"

宋思阳红了眼眶,重重地"嗯"了一声,保证地说:"下次,下次我一定说到做到!"

施源别过脸生硬地说:"知道了。"

褚越在车内静默地看着,眉眼淡漠。

宋思阳绕到另外一侧的位置坐好。

车门关上之前,施源凭借着一股义气扬声说:"思阳哥,如果他欺负你,你就回来。"

褚越发出轻轻的一声笑,将车窗摇上去,隔绝了外头的声音。

宋思阳情绪低迷,隔着窗户和他们挥手。车子开远后,他沉默地垂着脑袋。

如果宋思阳是兔子,那么他现在一定是只耷拉着耳朵的垂耳兔,让人忍不住想要去揉揉他毛茸茸的脑袋,问他为什么不高兴。

陈姨讶异宋思阳去而复返,又见他情绪低迷,心疼地说:"这是怎么了?"

宋思阳偷偷看一眼褚越,晃了晃脑袋。

他心里虽然有点儿埋怨褚越不顾他的意愿让他回褚家,但并不敢跟褚越叫板。而且褚越出发点是为了他好,所以他不会生褚越的气,只是有点儿失落。

就一点点,像掉落的面包屑那么大。

吃晚饭时,宋思阳的心情有所好转,只是仍旧沉浸在无法在"盛星"过暑假的遗憾中,因此一个劲儿地往腮帮子里塞东西,并不怎么说话。

不过他是有问必答的，陈姨得知他回来的原因，惊讶过后乐呵呵地说："小褚给你补习，那敢情好呀！你们共同进步，到时候一起出去读大学，也有个照应。"

宋思阳想到大学，心情好了点儿。

其实褚越说的何尝没有道理，学校小考虽然只是模拟考，但也有参考价值。褚越两次分数都是四十四分，几乎可以申请国外所有顶尖的大学，而宋思阳连个门槛都够不到。如果接下来两年他依旧无法提升，别说跟褚越读同所大学，怕是连国都出不了。

褚越多年来都是系统地学习 IB 课程，有了对方的帮忙，宋思阳就不必像只无头苍蝇一样乱撞。从这个层面上来说，他应当感谢褚越提供帮助才是。

思及此，洗漱完的宋思阳忐忑地敲响了褚越的房门。

褚越亦刚洗过澡，头发湿润，穿着灰色的家居服，上衣的扣子系到最顶格，大夏天也是一贯的长裤，未褪的水汽萦绕在褚越身上。

宋思阳不知道为什么有些紧张，连声音都微微干涩："我来问你补习的事情。"

这是宋思阳从"盛星"回来后跟褚越说的第一句话。

褚越沉默了一会儿往里走："进来。"

宋思阳以为自己听错了，微微睁大了眼睛。

这一年来，褚越从未允许他进自己的房间。

宋思阳反问道："你让我进去？"

褚越已经走到书桌旁，随手打开笔记本电脑，"嗯"了一声，说："把门关上。"

宋思阳简直是受宠若惊，唯恐冒犯了褚越一般，脚步放得很轻，一进屋就转着眼珠好奇地看来看去。

褚越的房间以冷色调为主，给人一种冷清低调的感觉，又不失贵气。宋思阳最先注意到的是内嵌的玻璃展示柜，柜子里安装了暖灯，里面琳琅满目地摆放着各种东西——形状各异的奖杯奖牌、收藏的黑胶唱片、做工精美的艺术杯、排列整齐的书籍、拼好的白色城堡乐高……

宋思阳蓦然想到之前他想要送给褚越的积木小船。即使早就清楚他和褚越之间横跨着一条深不可测的天堑，在这一刻他仍是有点难堪。

拥有这么多奢华工艺品的褚越又怎么可能会看上他那个几十块钱的廉价积木呢？

见宋思阳呆呆站着，褚越开口将人拉回神："宋思阳。"

宋思阳连忙颔首，不敢再瞎看，往褚越的方向走去。

褚越找出U盘拷贝文件，宋思阳像个好学的学生一样弯腰凑过去看："这是什么？"

房间里萦绕着一股淡淡的清香，像茉莉花又有点儿像白玉兰，宋思阳不太确定，但顿觉心旷神怡。

褚越答道："一套中阶难度的课程，还有几部电影。这几天你先把课程看了，我会提问。"

宋思阳感激地说"好"，偏过脑袋看着褚越："那我有不懂的能问你吗？"

黑亮的眼瞳近在咫尺，褚越抿了抿嘴唇："可以。"

宋思阳得到肯定的答复，高兴地拿过U盘，站直身体，真诚地向褚越道谢。他求知若渴，迫不及待地想看看课程的内容，于是说："我现在就回去看。"

褚越颔首。

宋思阳快步走到房门口，想了想又回头问："我能问你个问题吗？"

"你说。"

"你房间里用的什么香薰啊？"宋思阳像小动物似的在空气中嗅了两下，"挺提神的。"

褚越自然地回答："陈姨买的。"

宋思阳"哦哦"两声，这才开门出去。

很快又到了褚越一月一检的日子。张医生一大早就到了别墅，宋思阳去门口迎接他。

"小宋起这么早哇!"张医生笑着问,"吃过早饭了吗?"

"还没有,我等褚越检查好了一起吃。"

张医生打趣地说:"感情真好。"

褚越已经在三楼的医疗室候着了,宋思阳把张医生和两个助手请上去。

尽管已经看过好几次褚越体检,但宋思阳还是不敢直视针头扎入血管的那一瞬间。

每次褚越抽完血肘窝都要青好几天才会消退,他皮肤又白,所以痕迹越发明显。

宋思阳和陈姨心疼归心疼,也只能干着急。

张医生边给褚越做检查,边抽查教给宋思阳的急救知识。事关褚越,宋思阳学得很用心,答案无一错漏。张医生夸奖道:"还是年轻好,记忆力真不错。"

宋思阳不好意思地笑了笑,陪着褚越做完了全套检查。

张医生突然说:"小宋,过来,我考考你,心肺复苏应该按哪里?"

宋思阳不假思索地回答:"胸骨下三分之一的位置。"

"正好褚越躺着,你做给我瞧瞧,"张医生又说,"做个样子就行,别真按哪!"

宋思阳看向躺在床上的褚越,奇怪地说:"心肺复苏不是得在硬地面吗?"

"演习而已。"张医生催促,"别扭扭捏捏,赶快的!"

宋思阳只好走上前。他甚至不敢看褚越,低声说:"那我按了?"

褚越沉沉地"嗯"了一声。

只是做个心肺复苏而已,最正常不过的急救演习,宋思阳明明都已经将步骤记得清清楚楚了,这会儿却有些手忙脚乱的,半天才跪在床上。他一咬牙,慢慢地将手掌心贴在褚越的胸口。

张医生点头:"接着呢?"

宋思阳硬着头皮将另外一只手放在自己的手背上，凭借平时学习的理论知识进行实操。他感受到了褚越的心跳，和正常人一样蓬勃有力，充满生命力。他无法想象这颗心脏会有停止跳动的那一天。

因为出神，宋思阳用的力度有些重了。

褚越闷哼一声，宋思阳吓得缩回了手："对不起，我……"

张医生连忙上前查看。

褚越坐起来穿好衣服，说："没事儿。"

宋思阳手足无措地爬下床，心中充满歉意，像做错事的小孩一般把手藏到背后去。

张医生笑着说："你的双肘关节刚才没伸直，还是不熟练，要多练习。"

宋思阳像小鸡啄米一样点头。

体检结束，张医生交给褚越一个监测心率的手环："超过正常心率会有警报声，运动过后或者其他特殊情况响一响不打紧，如果无缘无故响个不停就要注意了。有什么问题打电话给我。"

褚越将手环戴上："好的。"

这次的体检报告很快就出来了，褚越的体征一切正常。但宋思阳还是不敢掉以轻心，越发努力地练习急救措施。

日子有条不紊地过着。

褚越拷贝给宋思阳的资料给宋思阳提供了很大的帮助。

宋思阳在学习上自制力不错，本该是用来玩耍的暑假，他却严格将每天的学习时间控制在五个小时左右。除了看网课，他也看褚越推荐的全英文电影，虽然看得云里雾里，只能懂个大概，但他乐在其中。

褚越的暑假也并没有闲着，姚家时不时会让他出席各种社交宴会。此外他亦有相应的课程要学习，一个星期大概有三天要外出。尽管如此，他也没落下抽查宋思阳的学习成果。

对于宋思阳而言，褚越比学校的老师要严苛多了。老师在他磕磕巴巴讲英文的时候会鼓励他，褚越连提醒都吝啬给一个。如果他读错发音，褚越甚至还会微微蹙眉，继而说一句"想好了再开口"。

比如现在，宋思阳无法用流利的长句子回应褚越的话，张了张嘴成了结巴，褚越的嘴角立即沉了下来。

宋思阳赶在褚越出声前连忙说："我在想，我在想了！"

褚越手里翻阅着宋思阳做的笔记，闻言抬眼看着面前满脸局促的人："想到哪儿了？"

对方越是问，宋思阳就越紧张。别说流利的对话，连短句都颠来倒去，半天才勉强把话说全。

褚越接受的是双语教育，中英文切换自如。宋思阳的英文是典型的中式发音，这一年在"鼎华"顶着巨大的压力。现在他已经有所改善，真要算起来与人交流也不是太大的问题。

但褚越这人苛求完美，一点儿小瑕疵在他眼里都会无限放大，因而对宋思阳的要求极为严格。

好在来日方长，他还有近两年的时间可以将宋思阳的口语扳正过来。

褚越合上宋思阳记录得密密麻麻的笔记本，递过去。宋思阳伸手要接，他却往回收了点儿，轻声说："多动嘴说，别光动笔。"

宋思阳耻于在人前说英语的毛病还是没改过来。他双手接过笔记本，乖乖点头："知道了。"

今天这一关算是过了，宋思阳小小地松了口气。

他现在来褚越房间的次数越来越多，已经不再感到新奇和紧张，但还是不敢随意碰褚越的东西，只是一直对玻璃柜里那只毛绒花栗鼠感兴趣。

灰色的茸毛，短短的身体，蓬松的大尾巴，脑袋顶着白条纹，过于可爱的外形，跟柜子里的其他物件格格不入。换个说法，宋思阳觉得这只花栗鼠跟褚越冷清的气质太不相符，对方看起来不像是会喜欢这类玩具的人。

宋思阳的目光太过明显，褚越顺着他的视线望去，唇瓣微抿。

那是褚越母亲在去世前送他的最后一件礼物。在他仅存的记忆中，母亲不常笑，整日待在昏暗的房间里，像是一株即将枯萎的百合花，美则美矣，却掩盖不了淡淡的腐朽气息。可她送给褚越这只花栗鼠时笑得很明媚。

那时褚越年纪太小，已然忘记母亲对他说了什么，可他记得母亲的笑容和温柔地抚过他头顶的手，那是将要远去的春风对孩子最后的告别。

没多久，姚云就撒手人寰。

褚越并不责怪母亲，活着的人只需要用自己的方式怀念逝去的柔风。

褚越从未跟人透露过这只花栗鼠的来历。可在这一瞬间，在宋思阳好奇且温软的目光里，他的犹豫刚冒头，声音已然先行一步："我妈送的。"

宋思阳的神情错愕一秒，语无伦次起来："对不起，我不知道……"

他像个唐突了伤心人的冒失鬼，连道歉的话都觉得苍白。好在褚越并未露出恼怒的意思。

宋思阳不知道褚家那些弯弯绕绕的事情，只晓得褚越六岁丧母。他忽然想到了自己的家人，与褚越在某种层面上产生了共鸣。

宋思阳说着安慰的话："花栗鼠很可爱，阿姨一定很爱你。"

严格来说，姚云并不是个合格的母亲。但她在是褚越的妈妈之前，先是独立的自己，爱与不爱任凭自我做主，褚越无权指责。

失去家人是宋思阳一生中最痛苦的事，他明明是在安慰褚越，自己却先红了眼眶，声音也变得哽咽："你不要太难过。"

到底是谁在难过？

褚越凝望着宋思阳，不语。

宋思阳竭力挤出一个笑容来："那我先回去了。"

他等不及褚越回答，匆匆忙忙地往房门口走，褚越却叫住了他："宋思阳。"

他不敢回头，带着鼻音"嗯"了一声。

褚越声线平稳："不想笑可以不笑。"

宋思阳身躯微僵，胡乱地点了一下头，快速打开房门出去。他站在门外深吸几口气，眨了眨眼，好在眼泪并没有落下来。他脑袋里环绕着褚越的话，轻轻地拍了拍自己的额头，长长地吐一口气。

他只是有点儿想妈妈了。

暑假的前一个月，宋思阳都在跟课件和英语电影做斗争。

褚越渐渐空闲下来，随机检查的时间越来越多，到最后干脆让宋思阳待在他房间里看网课，有时候也会和宋思阳一起看电影。

宋思阳身边多了尊"大佛"，起先紧张得不行，但后来发现褚越把自己当空气后轻松自在很多，戴着耳机还敢小声地跟读。

课程播到一半，陈姨在外敲门："思阳，褚先生过来了，让你下去一趟。"

宋思阳摘下耳机，下意识地看了一眼正在看书的褚越，心里直打鼓。他应了一声，又起身对褚越说："我先下去。"

得到褚越的首肯后，他才忐忑地出门。

在褚家的这一年，宋思阳见到褚明诚的次数一只手就数得过来。但他再迟钝也能感受到褚家父子势如水火的关系，不似家人，倒像仇家。

每次宋思阳见了褚明诚后，接下来的几天，褚越总会对他冷漠异常。

所以现在褚明诚过来，宋思阳除了紧张，更多的是担心褚越生他的气。

褚明诚还是老样子，板着脸坐在沙发上，等宋思阳汇报这个月褚越都做了些什么，皆是些零零碎碎的小事。

"有依照医嘱按时吃药。

"手环响过两次，不过都是慢跑后的正常反应，张医生说不要紧。

"三餐也很准时。"

…………

宋思阳每次说的都是这些话，大差不差，只要褚越的身体没有大问题，褚明诚也不会过问太多。

"听说上个月褚越跟你一起回'盛星'了？看来他和你相处得不错。"

宋思阳正不知道该回答什么时，二楼楼梯口突然传来褚越清朗的嗓音："宋思阳，上来！"

褚明诚和宋思阳皆朝褚越望去。

褚越对褚明诚视若无睹，只是朝宋思阳微微地扬了扬头。

之前宋思阳见褚明诚时，褚越都不会出现，这次却现身将宋思阳叫走。宋思阳一时有些拿不准褚越的心思，但他得看褚明诚的脸色行事，犹豫着没敢动。

三人对峙着，褚明诚脸色阴沉，似乎不满褚越的态度，但最终只是说："去吧。"

宋思阳生怕褚家父子起冲突，大气都不敢出。闻言，他如释重负，麻雀归巢一般往褚越的方向小跑而去，其间还对褚越感激地笑了笑，可褚越只是不咸不淡地看他一眼。

二人回了房间。宋思阳观察着褚越的脸色，小心地开口："是要抽查吗？"

褚越走到单人沙发处，却没有坐下，回身看着宋思阳，眼神变幻莫测。他比宋思阳高小半个头，此时他低头盯着宋思阳，眼神虽无恶意，却足以让宋思阳胆怯。

宋思阳心想褚越果真又开始介怀自己见褚明诚的事情。其实随着他跟褚越熟稔起来，每次向褚明诚汇报完褚越的事后，他也有种背叛朋友的愧疚感。因而他很不好受地说："我没有说很多……"

一个字都不该说！

褚越沉吟片刻："我只问你，你听谁的？"

褚明诚是宋思阳的资助人，于情于理他都应当听褚明诚的，但这么说褚越肯定会生气。他想了想说："我听你的。"

褚越眉眼里的霜雪稍融，颔首："是不是我让你做什么你都答应？"

这个范围太大了，宋思阳犹豫着没有立刻回答。

褚越的神色又转冷。

宋思阳心里一凉，连忙点头："我都答应。"

"好！"褚越不容置喙地说，"我要你之后跟褚明诚说什么都得先跟我打草稿，我不同意你说的，一个字都不准多说。"

宋思阳抿嘴唇："可是……"

褚越压低声音："宋思阳，你想清楚再回答我。"

宋思阳当真思索了起来，一副很苦恼的样子。

褚越微微蹙眉，很不希望听到令他不满意的答案。

半晌，宋思阳想清楚了。他抬起湿润的眼睛，很认真地看着褚越说："那你也要答应我，不能停药！如果你不吃药……就算你不让我说，我也还是要说的！"

宋思阳的语气十分郑重，像是一块石头投进了枯竭的古井里，传来"咚咚"的回响。

褚越喉结滚动："可以。"

宋思阳比算出了一道难题还要高兴。他露出笑脸，接着去看网课了。

褚越看着宋思阳时而眉头紧锁时而恍然大悟的神情，垂在身侧的手指微动，眼神罕见地流露出几分温和。

不管如何，宋思阳现在跟他是一个阵营的了。

高二拉开了序幕。

暑假两个月的补习虽然没让宋思阳的成绩达到质的飞跃，但在褚越极度严苛的鞭策下，宋思阳明显感觉到学起来不再那么吃力。

新学期开设了新的社会实践课，大多数学生选择跟随社团一起拿学分，宋思阳和褚越也不例外，只不过区别在于，前者去养老院做了社会服务，后者跟音乐社的成员去小学部做了志愿教学。

"鼎华"的学生大多数家世显赫，有混日子的人，但大部分还是勤勉学习，不如外界传闻中那么轻松。除了必要的六门基础课程，另设繁多的活动，诸如马术课、礼仪课等，但这些都跟宋思阳无关，褚越也没去凑这个热闹。

不需要学习的闲暇时间，两个人会待在教学楼的小露台。褚越看书听歌、宋思阳跟读或翻译电影台词。有时候褚越心血来潮会提问几句，打宋思阳一个措手不及。

现在已经过了夏天最炎热的时候，清风拂过，很是清爽。远处是马场的学生在上课，淡黄色的斜阳打在草地上，有穿着马服的学生翻身上马。宋思阳觉得新鲜，不禁多看了两眼，做同声传译时慢了一拍。

他瞥见褚越端坐着闭目养神，正想糊弄过去，褚越就睁开了眼睛："少了两句。"

宋思阳咂舌，点了暂停键。其实同声传译对他来说还是很有难度，但这部电影他看了五六遍，也能勉强翻译个大概。他卖乖地说："那就休息一会儿。"又怕褚越不同意，他干脆把平板电脑锁屏，"就十分钟。"

宋思阳跟褚越相处一年多，已经不那么拘谨了，至少不像一开始那么谨小慎微。见褚越没有反对，他起身活动了下筋骨，继而趴在露台的栏杆上看马术课。

他连马都没有摸过呢，不知道是什么手感？

有个学生骑着一匹白马越过一个障碍，他轻轻地惊呼了一声："好厉害！"

从褚越的角度看去，只能瞧见宋思阳的侧脸，但还是将对方羡慕的神情捕捉得一清二楚。他将对方的注意力拽回来："继续翻译。"

宋思阳看得正起劲儿，不舍地收回目光，重新坐回褚越身边，问了一声："你会骑马吗？"

褚越的目光在宋思阳脸上转了一圈，淡淡地"嗯"了一声。

宋思阳眼睛发亮地"哇"了一声，一边打开平板电脑一边嘟囔："那你一定也很厉害。"

褚越淡然地接受了宋思阳的夸赞。

电影快翻译到尾声时正好放学，宋思阳把错误的地方做了标注，和褚越一同回家。

晚上他照例到褚越的房间里完成作业。"鼎华"的作业并不是每日布置，很多学生会赶在截止日期的前一两天完成。但褚越和宋思阳都没有拖延症，喜欢提早完成任务。

褚越的房间的书桌空间大，收拾得整洁。宋思阳时不时偷瞄一眼褚越笔记本电脑屏幕上的内容，以此汲取灵感。

将近九点半，宋思阳揉着酸胀的脖子直打哈欠。他看了眼时间，提醒褚越吃药。

褚越每天吃两次药，不能落下，宋思阳比他自己上心得多，倒了温水盯着他服下才收拾东西。

他还是住在一开始的那间房里。陈姨提过一嘴让他挪到褚越对面的房间，但褚越没表态，再加上他觉得住哪里都没差别，也就不了了之。

褚越叫住了他："明天我让人将对面的房间打扫出来。"

宋思阳抱着笔记本电脑，听明白褚越的意思后"啊"了一声："不用这么麻烦，我住得挺好的。"

褚越打着字，像没听到他的话，也许是听见了也懒得搭理。宋思阳知道褚越向来说一不二。

"好吧。"宋思阳只好答应了。

幽蓝的屏幕光折射到褚越微凝的眉目上，他连眼睛都没抬，声音清冷："不愿意就算了。"

宋思阳被褚越的语气吓了一跳，急忙说："我很愿意。"

褚越没理他，只管自己的课件。

宋思阳不知道哪里又惹到褚越，但只要顺着褚越的意思说总是对的。他想了想："其实我早就想搬过来了，是你不让……"

褚越直直地望着他："我什么时候不让？"

宋思阳小声嘟哝："陈姨说我刚来时，你不让我住你对面。"

这是陈姨后来才告诉宋思阳的。褚越嘴唇一抿，难得被宋思阳堵住了话头。

宋思阳眨了眨眼，又重复方才的话："我很愿意，真的！"

他的神情真挚又热忱，仿佛"蓄谋已久"，就等着褚越同意他搬过来。

褚越这才不再追问。

第二天就有家政阿姨上门打扫空房。

陈姨得知褚越同意宋思阳搬到对面房间惊讶又高兴，揉着面团乐呵呵地说："小褚打小就不爱跟人来往，我前两年一直担心他以后身边没个朋友，自从你来了就不一样了，褚先生这个决定做得真没错！"

宋思阳给陈姨打下手，闻言说："可褚越在学校人缘很好，朋友也很多呀！"

陈姨这些年跟在褚越身边，叹声说："那哪能一样呢！"

褚家和姚家都是大家族，褚越自然是金尊玉贵，身边来来往往的人哪个不是存了跟两家结交的想法，因为利益结交的朋友哪能算得上真心朋友？

宋思阳不懂哪里不一样，陈姨也不再多言。

当晚宋思阳就搬到了褚越的对面。房间是次卧，比他原先住的房间要大出许多，装潢也要更细致奢华。

宋思阳不是认床的人，但今天陈姨的一番话在他脑子里颠来倒去地重复，竟让他有点儿失眠。他苦恼地把自己的脑袋闷进被子里，轻轻地叹了口气。

周末如期而至。

初秋的天很适合外出，学校组织了郊游，不少学生都去了。宋思阳人在"鼎华"，却一直游离在同学们的社交圈之外，褚越不去，他自然也不会去。但他没想到褚越这次会凑这个热闹。

吃完早饭，宋思阳正想去花园里吹吹风。他一只脚刚踏出去就听褚越说："林叔在外面等我们。"

我们？宋思阳不解地看着褚越："去哪里？"

褚越卖了个关子，没告诉他。

宋思阳半是兴奋半是好奇，除了去孤儿院，他还没跟褚越外出过。在车上他忍不住打探："真的不能现在告诉我吗？"

褚越慢悠悠看他一眼："想知道？"

宋思阳忙不迭地点头。

褚越竟然笑了一下："那你就想着吧。"

不苟言笑的林叔听见褚越的回答也忍不住笑了出来。

宋思阳气结："你……"他又不敢真的骂褚越，半天憋出两个字，"小气！"

林叔笑得更大声了。

一个多小时后，宋思阳终于知道褚越带他去哪里了。他瞠目结舌地望着面前一匹匹高大的骏马，激动得不知道怎么说话。

褚越站到他身边，问他："我还小气吗？"

宋思阳笑弯了眼睛，扬声说："褚越是全世界最大方的人！"

褚越轻轻地笑了笑，让工作人员带着宋思阳去挑马。

宋思阳有些犹豫："可是我不会骑马。"

褚越垂眸："没人生下来是全能的。"

工作人员得了嘱托，特地给宋思阳挑了一匹温顺的白色马驹，又对褚越说："乌云今天刚洗过澡，现在在露台马房，我带您过去？"

"先换衣服吧。"

褚越让宋思阳跟上。宋思阳好奇地问："乌云是谁？"

"我养在这里的马。"

"你自己的？"

褚越颔首。

宋思阳问题不断："那别人能骑吗？"

二人已经到了更衣室，工作人员迎上来，褚越没来得及回答这个问题。

褚越提前打过招呼，马术服已经准备好了，宋思阳由工作人员带着去换衣服。他是第一次穿马术服，幸好都有人帮忙，不至于手忙脚乱。

等他出来时，褚越已经换好衣服在马场上等他了。

褚越穿着跟宋思阳同款的黑色马术西服，修长的双腿裹在白裤黑靴里，衬得他的身姿越发挺拔如松。

不一会儿，工作人员就将马牵来了。宋思阳见到了乌云，一匹纯种的奥登堡马，通体黑色，毛发油光发亮，肌肉扎实强壮，此时它正"吭哧吭哧"地呼着气。

宋思阳见乌云跟自己差不多高，咽了咽口水，不太敢靠近。

褚越牵过绳。乌云认主，见了褚越温顺地垂着脑袋让褚越摸，一副甘愿臣服的模样。

宋思阳的马驹也在旁边，一匹性情温顺的成年温血公马。他有点儿怕，但还是大着胆子用手摸了一下马驹的身体。粗硬的马毛有点儿扎手，马驹"哼哧"了一声，他吓得往旁边一蹦，担心地问："它不会踹我吧？"

工作人员失笑："不会的，球球很喜欢人类。"

"球球？"宋思阳又轻轻地抚摸了一下马驹，连着叫道，"球球，原来你叫球球。"

褚越一直没等到宋思阳上前，又听见宋思阳欢腾的声音，唤道："宋思阳。"

宋思阳摸球球摸得正欢快，被点了名，手都舍不得挪开："我在。"

"过来。"

宋思阳为难地看着强壮的乌云，半晌才小心地走了过去。

要是被乌云踹一脚的话，他应该会像电影里的特效一样飞出去吧。

有褚越在，乌云当然没踹宋思阳。但宋思阳还是不敢贸然摸它，手都伸出去几次了，又缩回来。

乌云似乎也有点儿不耐烦了，转头从鼻子里喷了口气。宋思阳被吓得直接躲到褚越身后去，心想：宠物随主人，这头大马跟褚越一样难伺候。

宋思阳小声地打着商量："要不我还是跟球球玩吧。"

褚越压低声音训斥:"乌云。"

乌云通人性,"哼哼唧唧"地低下脑袋。

褚越这才将宋思阳从背后拉出来:"摸吧。"

宋思阳紧张地咽了一下口水,慢腾腾地伸出手,将要触碰到乌云时又条件反射地想收回来。可这一回褚越直接拉住他,强势地将他的掌心贴在乌云的脑袋上。

粗硬却滑顺的马毛扎着宋思阳的手心,有种很奇妙的感觉。他驱赶怯意,壮着胆子抚摸。

褚越似是怕他再次临阵脱逃,一直守在旁边。

宋思阳摸够了乌云,发现褚越像人形立牌似的站着不远处,正想说点儿什么,褚越先一步开口:"你第一次骑马,待会儿让教练带着你走一圈。"

宋思阳点点头,说:"我摸够了。"

马毛略显粗粝的触感挥之不去,很奇妙又有趣的感觉。

教练很快就来带宋思阳去熟悉马驹。他在教练的帮助下上了马,坐得太高了他怕摔下去,所以牢牢地抓着牵引绳不敢撒手。

他转眼就见到褚越翻身上马,姿态潇洒流畅,而他像只四肢不协调的乌龟一样费半天劲才坐到马背上。

宋思阳的目光聚焦到了褚越身上,不禁流露出羡慕又钦佩的神情。

褚越端坐于马上,背脊挺直,并没有去障碍物区,只是沿着马场不紧不慢地绕着。

宋思阳忍不住向教练询问:"褚越常常过来吗?"

教练牵着马带宋思阳慢悠悠地走着,笑着回答:"褚少这两年来得少,不过对乌云还是挺上心的,每个月都会嘱托我们照顾好。"

宋思阳想到褚越没回答的问题,好奇地问:"他不过来的时候,其他客人也可以骑乌云吗?"

"那肯定是不行的,除了褚少,乌云不认其他人。"

宋思阳腹诽:脾气好大的马!

障碍物区有人在比赛，教练牵着球球到最佳观赛地点，只见众人骑着马你追我赶，壮硕的马越过一个又一个的障碍物。

宋思阳看得目不转睛，等最前头的人冲过终点时兴奋地跟着观赛的人一起鼓起掌来。褚越不知何时来到他身边。

教练见了，问道："褚少也来一局？"

宋思阳期待地看向褚越。

褚越只是笑了笑："下次吧。"

转眼就到了午餐时间。宋思阳虽然是初次骑马，但晒了一个小时太阳也出了点儿汗。他正想跟着教练去淋浴区洗漱换衣，褚越骑着乌云来到他跟前。

此时秋日正盛，晴空万里，碧天绿草，景色十分宜人。阳光给褚越白皙的面容晕染了几分颜色，他淡色的嘴唇微张："走！"

宋思阳愣愣地问："去哪儿？"

褚越没回，宋思阳转头见到球球又来到了自己身边。

宋思阳还是不太敢自己骑行，可又按捺不住跃跃欲试的心。犹豫过后，他还是没能经受住在草场上策马的诱惑，笨手笨脚地踩着马镫坐到了球球的背上，晃了几下才坐稳。因为是自己独立上的马，他不禁露出高兴的笑容。

褚越等宋思阳坐稳，转动着牵引绳往马场的另一个方向走去。宋思阳也学着褚越的动作，连忙笨拙地跟上。

两个人在马场上一前一后地溜达着，太阳晒得宋思阳浑身滚烫，可他脸上的笑容越来越灿烂，胆子也渐渐大了起来。

马场建在山脚下，后面开拓出了一大片草场，乌云昂首阔步地走出训练场。

相较于褚越的闲庭信步，宋思阳明显慌乱许多。越往外走，球球好似越兴奋，他有些担心控制不住球球。

半晌，他憋出一句："不吃饭吗？"

褚越反问："你脑子里就只装了饭吗？"

宋思阳五指抓了抓球球浓密的鬃毛，讪讪地说："也装了别的……"

褚越似乎笑了一声："跟上！"

宋思阳愣了一下，下一秒，只见褚越突然夹紧马腹，收紧牵引绳，乌云得到指示，仰着脑袋冲了出去。

褚越猝不及防的猛冲让宋思阳惊呼一声，他抓着牵引绳，跟也不是，不跟也不是。只是一会儿工夫，褚越就已经将他遥遥甩下。

宋思阳只好摸了摸球球的脑袋，小声说："你争气点儿，可别把我掀下去。"

说着，他心一横，策马追上褚越。

乌云不愧是一等一的赛马，在草地上撒了欢儿地狂奔，速度快如闪电，周围的场景像是按了十倍的快进键，甚至成了虚影。

初学者宋思阳要追上乌云简直是天方夜谭。他一边安抚着球球一边放慢速度，可球球显然玩野了，竟越跑越快。

相比驰骋的快乐，宋思阳现在更多的是坠马的恐惧。他不禁大叫着前方的褚越："等等我！"

褚越只是回头看他一眼，捉弄一般地没有搭理他。

宋思阳想方设法地让球球停下，再也不敢高看自己的技术了，留在原地气喘吁吁。

褚越也终于控制着乌云慢了下来，在草地上悠悠地朝宋思阳走来。

没有了喧嚣的风声，外界的一切声音都变得很清晰。褚越骑着乌云走近时，宋思阳敏锐地捕捉到细微的嘀嘀声，是褚越的手环发出了警报。

宋思阳不免担忧，提议说："先下来走一走吧。"

褚越没有异议，率先下马。

宋思阳很想像褚越那样动作潇洒地三两下翻身落地，奈何没有那个胆子，只能笨拙地趴在球球的背上，颤颤巍巍地抬腿跳下来。好歹是站稳了，并没有在褚越面前出丑。

褚越的心率手环还在响，宋思阳担心地问："没事吧？"

褚越轻轻摇头，牵着乌云往前走。宋思阳连忙跟上去。

草地占地面积极大，视野开阔，秋风习习吹来，青草香沁人心脾。

宋思阳一步不落地跟在褚越身边，不禁想去年的这个时候他和褚越还说不上几句话，现在却能策马同行，也算跟对方更近了一步吧。

他因为这样的变化而高兴起来。

褚越话少，倒是乌云一直"哼哧"个不停，好像还在怀念方才驰骋的快感。

宋思阳主动挑起话题："刚才怎么不比赛？"

褚越随口回答："不想比。"

宋思阳在绿油油的草地上环视一周，低声说："那你刚刚还跑得那么快。"

褚越停下脚步，看着宋思阳："跑得快就要比赛吗？"

宋思阳想了想说："可是我觉得你比第一名还要厉害，你赢了我肯定给你鼓掌。"

褚越沉吟："你现在鼓掌也不迟。"

宋思阳大着胆子摸了一下乌云，"嗯"了一声："现在？"

宋思阳寻思干巴巴鼓掌会不会太奇怪，褚越已经踩着马镫上了马，宋思阳期待地抬眼。

褚越将牵引绳绕到手里，收紧，居高临下地与宋思阳对视。他神色自若，眉宇间蕴含傲气。下一秒，乌云迈开了四蹄，如风般冲向远方。

马蹄踏着绿草，褚越神情沉静地驾驭着烈马，风似乎也为他助兴，呼呼地吹拂着。

草场上矫健的身影是那么的意气风发、英姿飒爽，如果有围观群众，一定为之欢呼鼓掌。

宋思阳忽然想起教练的话——除了褚少，乌云不认其他人。

果然，只有像褚越这般优秀的人才能得到乌云的认可！

去过马场后，宋思阳觉得自己跟褚越之间的关系好像又亲近了些。

现在褚越不仅允许他进房间学习，有一天午后他太困乏趴在桌子上昏昏欲睡，褚越甚至让他上床午睡。

但凡认识褚越的人都知道褚越有洁癖，别说睡他的床，怕是坐一下都得把被褥全换了。

之前宋思阳从未碰过褚越的床，听到这话，他受宠若惊地微微瞪大了眼，连瞌睡虫都被吓跑了，愣了半天，才难以置信地问："你不介意？"

褚越专注地看着书，淡淡地说："你也可以回房睡。"

宋思阳拿不准对方是不是在开玩笑，蹑手蹑脚地走到褚越的床边，试探着要往下坐。他见褚越不看他，小声说："那我真的上去了？"

褚越将手里的书翻了一页，"嗯"了一声。

宋思阳这才确认对方并未说笑，一股无法言说的欣喜涌上心头。

他想了想，快步走进盥洗室，先洗了脸，又将手脚都洗得干干净净，擦干了出来给褚越看。他讨赏一般地说："我洗干净了才上床的。"

褚越终于抬了抬眼，看到宋思阳额头上的头发沾了点儿水汽。他颔首，宋思阳这才往他床上爬。

褚越的床大而软，被褥换得勤，干净清爽。

宋思阳拿柔软温热的被子蒙住自己："我睡了。"

褚越将室内的壁灯关了，又拉上窗帘挡住屋外的光线，只留下书桌处的灯，转身继续看书。

宋思阳看着褚越的背影，回想着这一年多与对方相处的点点滴滴，忍不住笑了笑。

他在孤儿院长大，朋友算不上多，一只手就数得过来，施源算其中一个。而现在，他偷偷地将褚越也加入了好朋友的行列里——如果对方不介意的话。

宋思阳因为多了一个朋友傻乐着，又摸了摸自己的脸颊，闭上双眼开始无声地数水饺。不知道数到第几只的时候，他终于闻着被子上的清香混混沌沌地睡了过去。

室内安静得没有一丝声响，半个小时过去，褚越的书只看了三页。他是做什么事都能心无旁骛的人，此刻却有点儿心不在焉。

褚越将书搁置在桌面上，回头看着床上微微拱起的弧度。

宋思阳睡得很沉，被子盖得严实，只露出了小半张脸，神情恬静柔和。

褚越无声地走到床边，替宋思阳把被子往下拉了点儿。

宋思阳闷得两颊微红，露出口鼻汲取到新鲜的空气后呼吸舒畅了些，满足地咂巴两下嘴。

褚越安静地站着，心思起伏。

知道褚明诚给他安排"伴读"时，他内心没有一丝波澜，顶多是身边多了一个可有可无的人，他不必在意。从小到大，他性格冷淡，不喜欢与人往来，朋友对他而言并非必需品，可如今他却觉得宋思阳这个朋友好像也不错。

这确实是一件他自己也觉得匪夷所思的事情。

褚越不禁想，到底是出于什么缘由才让他不知不觉地想和宋思阳成为朋友？

他回想着，不管是和宋思阳分享一份食物，还是给宋思阳出头，抑或是带宋思阳去马场，再到让宋思阳踏入自己的私人空间，直至今天允许宋思阳待在自己的房间入眠，这桩桩件件皆不符合他的行事风格，但他还是这样做了。

褚越静立片刻，眼神掠过床头柜上的瓶瓶罐罐，默不作声地走到窗边。

屋外的树木被秋风吹得枯黄，地面上堆起了橙黄的叶子，风一吹，晃晃悠悠地卷到树下。

四季轮回，生老病死，世间寻常事。

终会近黄昏。

秋末温度骤减，宋思阳畏冷，还未入冬就裹得严严实实。

褚越去上艺术选修课，宋思阳则在计算机房跟编程做斗争。这是他额外选修的课程，密密麻麻的代码看得他头昏脑涨。他正思索着该如何改动程序，身旁突然响起一道柔美的声音："思阳，你有空吗？有件事想请你帮忙。"

说话的是跟他同上编程课的一个女生，叫张晓。

宋思阳来到"鼎华"之后受到的恶意大多数来源男生，女孩子对他倒是都挺友好的。他连忙点头："你说。"

张晓略显羞赧地笑了笑，跟她一同前来的女生大大咧咧地说："有什么不好意思的，快说呀！"

宋思阳好奇起来。

张晓从书包里拿出一个盒子递给他，低声说："是这样的，我看到褚越手上戴着手环，这个是最新款的，我想请你帮我转交给他。"

宋思阳怔住。他看着张晓的眼睛，在里头捕捉到了少女的羞怯。

见宋思阳不说话，张晓失落地说："会很麻烦吗？"

宋思阳拿不定主意，抿了抿嘴唇："你可以自己交给褚越……"

"她要是敢就不用找你了！"另一个女生性格直爽许多，"你跟褚越比较熟，拜托你了。只要给褚越就行，我们请你吃饭。"

张晓也双手合十地看着他。

褚越受欢迎是有目共睹的事情。

宋思阳只好说："那好，放学后我给他，不过……"

张晓连忙说："如果他不想要也没关系。谢谢你啦，思阳！"

宋思阳这才颔首接过盒子收进书包里。

褚越被人送礼物是再正常不过的事情，这一年多跟褚越套近乎的人数不胜数，只不过褚越每次都很有分寸地婉拒了。宋思阳没想到张晓会找到他这里来。

张晓家世优渥，长相和性格都很讨人喜欢，连送的礼物都那么合适。如果他是褚越，很难不对她产生好感。

褚越向来不喜欢旁人插手私事，哪怕他是褚越的好朋友，这样贸然代人转交礼物，褚越也未必会高兴。但他既然都已经答应了张晓，断然没有出尔反尔的道理。

晚上洗过澡后，宋思阳把盒子从包里拿出来，怀着忐忑的心情敲响了褚越房间的门。

褚越正在吹头发，见他进来询问道："什么事？"

宋思阳将盒子拿出来，小声说："张晓托我把这个给你。"他将方形盒子放在桌上，补充说，"是心率手环。"

褚越的眉心微乎其微地皱了一下，看了一眼局促的宋思阳，继而拿过盒子打开。

宋思阳之前没动过盒子，这才看清手环的款式。因为褚越的病，他对这些东西多多少少有些了解。手环是最新上市的，还是限量版，不仅能测心率，还有许多辅助功能，价格不菲，绝非是他送得起的东西。

褚越抬眼，轻声问道："为什么送我？"

多少有点儿明知故问的意思。

宋思阳不觉褚越不明白张晓的用意，但褚越问了他就得答，于是嗫嚅地说："她可能是……关心你吧。"

褚越点了点头，然后将手环拿了出来，看似很满意地拿在手上端详。

宋思阳揣测着褚越的神情，见他似乎并未因自己的"自作主张"而生气，方松一口气，却听褚越问："要我现在戴吗？"

宋思阳一怔，轻轻地"啊"了一声。

褚越摆弄着手环，虚虚地扣在自己的手腕上，却迟迟没有进行下一步的动作。

房间里安静得像是被盖了个厚重的玻璃罩子。

宋思阳见褚越动作停滞，不禁问道："还戴吗？"

褚越则把问题抛给他："你认为呢？"

宋思阳实事求是地说："这个手环功能很多……"

如果褚越戴着，想必也能更好地监测心率。

褚越沉默两秒后说："明天你帮我约张晓。"

宋思阳瞪大了眼,有些惊讶:"什么?"半响,他才回过神,极为轻微地点了一下脑袋,闷闷地说,"好。"

褚越又重新把玩着手环,问:"你觉得张晓怎么样?"

宋思阳跟褚越认识了近一年半,深知褚越不会无端对不感兴趣的人上心。而今晚褚越不仅接受了张晓的礼物,还要约张晓见面,此刻甚至还跟他打听张晓,定然对张晓有几分好感。

他兀自想着,没有及时回答褚越的话。褚越似是等得不耐烦了,搁在桌面的手轻轻地敲了两下。

宋思阳被这声音拉回神,讷讷地说:"张晓,张晓很好哇……"

褚越眼底阴沉似雾霾:"好在哪里?"

宋思阳有问必答,细数起张晓的优点来:"她长得漂亮、性格开朗、成绩也不错,还乐于助人……"

最重要的是张晓不会像有些人那样捧高踩低,就算对被褚家资助的他也和和气气。张晓当然很好,没有人会不想和她做朋友。

宋思阳的声音渐渐弱了下去:"我觉得她真的挺好的。"

褚越听罢没有发表意见,但他这晚的问题好像特别多:"你跟她关系不错?"

宋思阳诚实地点头。

褚越意味不明地挑了挑嘴角,看不出是什么意思,但声音冷了下去:"我知道了,你回去吧。"

宋思阳点点头:"那你早些睡。"

"真的吗?"张晓满脸欣喜的表情,"褚越要见我?"

顶着两只熊猫眼的宋思阳挤出个笑容,点点头:"他在二号教学楼的天台。不过褚越说别让其他人知道。"

宋思阳带着张晓去找褚越,此时是午休时分,整个学校都静悄悄的,没什么人。

宋思阳推开天台的门。褚越背对着门口坐着,听见声音回头微微

109

颔首。

张晓很紧张,朝宋思阳说了一声"谢谢",就往褚越的方向走去。

从宋思阳的角度望去,褚越站在阴影处,张晓落在阳光里,两个人一暗一明对立站着,画面极为赏心悦目。

秋风呼呼吹过,掩盖了谈话声。

褚越将礼盒物归原主:"东西很好,只是我暂且用不着,谢谢。"

张晓未料到褚越约见自己是为了还东西,尴尬地接过盒子:"不用客气……"

褚越说:"我们几年前见过,在你叔叔的婚礼上,对吗?"

张晓惊讶地说:"你记得?"

"张叔叔人很好,暑假我还跟他见过一面。"褚越顿了顿,"当时他见我戴了手环,还说要送我一个。"

张晓微怔。她是个玲珑剔透的人,一下子就明白了褚越的意思,顺势下了台阶:"叔叔向来对人很热情,不过你已经有手环了,这个用不到也很正常。"

"是,多谢他和你的一番好意了。"

褚越闭口不提张晓送他手环的心思,而将话题绕到了有过几面之缘的张家叔叔身上,至于他说的话是真是假,大家心知肚明,无须挑破。

张晓显然轻松了许多。她将手环收好,纵然心思落空,却也因为褚越的处理方式她并未觉得太难过。

张晓跟褚越见面的事情只有宋思阳知道,她离开这里,没有人会知道她来过这儿。褚越就连拒绝别人都做得滴水不漏。

宋思阳虽然没听见二人说了什么,却能看见褚越将手环还给了张晓。他有些惊讶,等张晓来到他面前时,他还是一副愣怔的模样。

张晓朝宋思阳笑了笑,转身下了楼。不一会儿,褚越也走过来了。

宋思阳眼里写满了疑惑,可这毕竟是褚越的私事,他即使再好奇也要忍住。

褚越径直越过宋思阳,等走到楼梯口才回头催促:"还不走?"

宋思阳高高兴兴地应了，小跑着跟上。

晚上二人在褚越的房间写作业。宋思阳的目光落到褚越空荡荡的手腕上。

褚越感受到了，头也没抬："有什么话就说。"

宋思阳这才敢问："你的手环呢？张医生说不能摘下来。"

褚越放下笔，开玩笑似的说："留着带新的。"

宋思阳像是被蜇了一下，缓缓地将嘴巴闭紧了。

褚越语焉不详，颇有点儿秋后算账的意思："这次是替别人送手环，下次送什么？"

宋思阳哑口无言，紧张得手心出了点儿薄汗。

褚越声音微沉："有这个工夫替别人跑腿，不如多背几个长句，你觉得呢？"

宋思阳觉得此刻的褚越比任何时候都要难相处。他惶恐不安，下意识道歉："对不起，以后不会了。"

褚越并未因他道歉而翻过这一页，重新拿起笔在平板电脑上写写点点，屋内气压极低。

宋思阳最怕褚越生闷气，连忙讨饶："我真的不会了。"

他再三保证不会随随便便替人送东西，褚越眉目才舒展些。

宋思阳看着褚越脸色稍霁，眼睛瞬间变得亮亮的："我给你画个手环吧。"

褚越轻微地挑了一下眉头。

宋思阳将褚越的皮肤当作画布，极为认真地拿着签字笔涂涂画画，不多时褚越手腕上就多了一个四四方方的手环。

宋思阳满意地指着褚越的手，语气带着小小的得意："我画得像不像？"

褚越低头看，只见描边的框框里画了个简单的心电图，图下写了数字"八十"，属于正常区间的心率。

褚越面色冷淡，眼里却似海潮一般起起伏伏。

宋思阳好似也并不需要褚越回话，真心诚意地说："我希望你的心率永远都保持在这个数。"

不需要药物控制，也不用担心会发病。

宋思阳的神情真切而温和："好不好？"

连当事人褚越也无法预计自己什么时候会倒下，宋思阳却衷心祝愿他像个正常人一样活着，还问他好不好。

他应当因为宋思阳异想天开的祝福感到荒谬。可在这一瞬间，他竟然不忍心打碎宋思阳的美好愿望。

褚越喉结滚动："好。"

宋思阳果然眉开眼笑，又低头欣赏自己画的手环。

从小到大，褚越知道自己和正常人不一样，也从来不敢去奢求什么，但他愿意完成宋思阳的愿望。

如果可以的话。

自从暑假之后，宋思阳就再也没有回过盛星孤儿院，他的周末被"鼎华"大大小小的测试"瓜分"了。为了赶上进度，他不得不待在房间里补习。等他空闲下来，林叔又有其他安排，两个人的时间总凑不到一块儿去。提了几次都没能如愿后，他就不太好意思开口了。

长此以往也不是个办法，所以宋思阳咬咬牙用攒的零用钱买了一辆自行车。

褚明诚出手大方，每个月都会给宋思阳生活费。宋思阳如今吃穿不愁，这笔钱他都交给了周院长，自己手上倒是没什么闲钱，所以一下子花出去两百元不可谓不心疼。

他事先没把买自行车的事告诉褚越，晚上下的单，第二天午后就有人送货上门。

等宋思阳和褚越放学回来，家里的院子里已经摆着一辆蓝白相间的、既带篮子又带后座的自行车。这是他挑了又挑的，款式虽然老气了点儿，但胜在便宜。

陈姨听见动静从屋内出来："思阳，你买的自行车到了，给你停在院子里。"

宋思阳扬声回应："我看到了！"他兴奋地去查看自己的自行车，摸来摸去，问褚越："还不错吧？"

褚越走过来，随口询问："买自行车做什么？"

宋思阳一边检查刹车和车轮一边说："有了自行车我就可以骑车去地铁站，以后出门就不用麻烦林叔了。"

褚越一下子就猜到了宋思阳的意图："你想回'盛星'？"

宋思阳笑吟吟地说："是呀，我都两个多月没回去了，施源和茵茵该生我的气了。"

他站起来拍了拍车垫，腿一跨坐了上去，小心地避开院子里名贵的花花草草，沿着小道兜圈。

车链不够顺滑，蹬起来不大流畅，但这个价格的自行车本来就不能要求那么多，所以宋思阳已经很满意了。他绕了两圈后在褚越身边停下，正想问褚越要不要试试，褚越却迈开步子进屋去。

宋思阳连忙抛下自行车跟着进屋。陈姨准备好了甜点，是精致的可可蛋糕。宋思阳眉开眼笑地把要回"盛星"的事情告诉陈姨。

陈姨一听，看向褚越，说："周末小褚也没有安排，不如一块儿去？"

宋思阳闻言下意识地看向对方。

褚越不爱吃甜的，只喝着红茶，淡淡地说："到时候再说吧。"

结果到了宋思阳回"盛星"那天，他兴高采烈地准备骑着自行车出门，却发现新买的自行车刹车竟然失灵了，真真正正印证了"便宜没好货"这句话。

宋思阳期待回"盛星"许久了，发觉自己无法修理好自行车，计划泡汤后，也提不起心情去跟客服投诉，闷闷不乐地靠在车后座叹气。

陈姨很快就发现宋思阳迟迟没出门，一问才知道原因。

褚越正好下楼，见二人在院子里嘀咕着什么，刚想询问，陈姨先说话了："思阳的自行车坏了，老林今天没什么事情，让他过来接一趟？"

宋思阳期盼地看向褚越。

这日天朗气清，确实适合出门。褚越略一思索，同意了。

宋思阳随即露出个笑脸，对褚越发出邀请："你和我一块儿去吧。"

陈姨附和着说："是呀，今天天气可真好，多出去走走。"

褚越今日确实没有多余的安排。他看一眼屋外的阳光，又看了看宋思阳和陈姨，到底点了点头。

"盛星"和往常没什么区别，到处都是叽叽喳喳的笑声。

施源闷闷不乐地看着出现在这里的褚越，低声问宋思阳："他怎么也跟着来了？"

褚越正在和周院长说话，离他们有段距离。

施源又嘀咕了一句"阴魂不散"，宋思阳没听清，"嗯"了一声："什么？"

施源摇头，换了话题："前几天我听院长打电话，好像有人要领养茵茵。"

宋思阳一愣。在孤儿院能被领养的小孩是幸运的，可这也代表着他们往后见面的机会越来越少。茵茵才四岁，小孩子忘性最大了，也许一年不见，她就会忘记孤儿院里的人。但他还是由衷地为茵茵高兴："这是好事。"

茵茵生下来就被遗弃在医院后门的垃圾桶旁，被好心人捡到的时候哭得快断气了，而后被送到"盛星"，在周院长和护工的悉心照料下才茁壮成长。

宋思阳看着茵茵从小小的一团长到现在可爱伶俐的模样，真心将她当成妹妹看待。得知茵茵有被领养的可能，他诚挚地希望茵茵能拥有一对疼爱她的父母。

两人正说着话，周院长走上前："过两天有个活动，缺了几盒油画棒，你们跑一趟。"

宋思阳颔首，正想答话，褚越先一步开口："我和宋思阳去吧。"

"也好，"周院长和蔼地笑着，"让思阳带着你去附近逛逛。"

施源偏过脸："有什么好逛的！"

宋思阳从孤儿院里推出两辆自行车，将其中一辆交给褚越："书店离这里好几公里呢，骑车去吧。"

褚越把着车头，张了张嘴："我没骑过。"

施源"扑哧"一声笑出声："那你去什么呀！思阳哥，走，我们速战速决。"

褚越的眉眼沉了下来，这是他不悦的表现。

宋思阳知道褚越心气高，半点儿都不能被看轻，连忙说："你平时都坐车出门，不会骑自行车很正常。反正我和施源路熟，你在这里休息一会儿，半小时我就回来……"

话音未落，褚越说："买点儿东西而已，用不着两个人。"

施源顿时觉得无语："你刚刚还说你和思阳哥去。"

褚越丝毫不觉得自己前后矛盾有什么不妥，气定神闲地说："那是我和宋思阳的事。"

言外之意，宋思阳愿意和他一块儿去，旁人没资格指手画脚。

眼见二人剑拔弩张，宋思阳一个脑袋两个大。他无意瞥见车后座，灵机一动，想到解决办法："要不我载你吧？"

宋思阳以为褚越会拒绝，但褚越静静地思索两秒后竟然颔首同意了。

宋思阳松了口气，赶在施源开口前说："就这样吧。"

宋思阳给施源使眼色，施源这才愤愤不平地回院里。

宋思阳的提议真要实施起来还是有些难度的。自行车底盘不高，褚越的腿十分修长，不管什么坐姿都拖地一大截。

他坐到车座上，示意褚越可以落座了。

事态发展成这样褚越也有些无奈，脸上难得地流露出几分别扭，但最终还是在宋思阳殷切的眼神中侧着入座。两条长腿没地方放，他只好缩起来将脚后跟搁在了钢圈上，动作实在算不上美观。他的眉头不自在地拧起。

宋思阳询问道:"坐稳了吗?"

"嗯。"

"要是觉得颠就跟我说。"宋思阳蹬起了轮子。

路面不太平,自行车的硬件又不太好,再加上后座上多了个一米八七的褚越,他骑了不到五分钟就觉得吃力。如果不是褚越在,他肯定要站起来蹬两下借力。

这时候路上的人不少,时不时有人打量缩在后座的褚越。

褚越被人瞧是司空见惯的事情,但他从来不曾以这样的姿态出现在大众面前。接受了太多复杂的目光,纵然是喜怒不形于色的他也有几分不耐烦,而这点儿不耐烦在车轮碾过一个泥坑时达到了顶峰。

褚越被颠了一下,忍无可忍地沉声说:"停下!"

宋思阳连忙刹车,回头一看,褚越已然站了起来。他问:"怎么了?"

"打车去。"

宋思阳"啊"了一声:"不远的。"

褚越并不是在征求宋思阳的意见。他走到路边,招手拦下一辆出租车。

宋思阳只好跟上。他心里觉得褚越太娇气,但转念一想对方确实有娇气的资本,但还是嘟囔了一句:"就快到了……"

褚越不是会委屈自己的人,从坐上自行车后座的一瞬间他就感觉自己做了个错误的决定。他轻飘飘地看了宋思阳一眼,对方立刻闭上了嘴巴。

回到"盛星"后,宋思阳找到周院长询问茵茵被领养的事情。

领养茵茵的夫妻将近四十岁,结婚多年无所出,家境谈不上大富大贵,但温饱无忧。两个人来看过茵茵几次,很是喜欢茵茵,现下还在走审核流程,不出意外的话下个月就能正式成为茵茵的监护人。

唯一一点不太好的是夫妻俩并不在本市,往后宋思阳几乎没有再见茵茵的可能。

他结束和周院长的谈话,颇有几分怅然若失的意味。

茵茵小跑着扑过来跟宋思阳索抱。他强忍不舍地将她抱高，跟往常一样捏着小姑娘的脸："哥哥给你带了小熊饼干，现在去吃好吗？"

小姑娘脆生生地回答："好！"她又探着脑袋去看褚越，害羞地问："褚越哥哥，也要吃小熊饼干吗？"

小孩子也有自己的一套审美，茵茵很喜欢褚越，早把上次褚越强行带走思阳哥哥的事情忘得一干二净。

褚越看了一眼宋思阳，声音没平时那么冷冽："吃。"

宋思阳朝褚越笑了笑，准备抱着茵茵上楼去。他想着也许这是茵茵最后一次跟褚越见面，于是将茵茵递给褚越，带着一点儿期待说："抱一抱？"

褚越是知晓宋思阳和周院长的谈话内容的，他没跟小孩子相处过，跟茵茵也只见过两次面而已，谈不上熟稔。但他感受到宋思阳的不舍，最终还是伸手接过，稳稳地将小姑娘抱在了臂弯。

茵茵眼睛转哪转，吃着小熊饼干"咯咯"地笑起来。

两个人跟茵茵玩了一会儿。褚越的手不小心粘到墙面上不知道哪个小孩儿黏上去的口香糖，眉心瞬间蹙了起来。

宋思阳看着褚越似乎不知道往哪儿放的手，连忙说："快去洗一洗吧。"

褚越的洁癖十分严重，碰到这样的脏污怕是恨不得将手洗掉一层皮。

茵茵还闹着要宋思阳陪，褚越上回来过，知道洗手台的方向，就没让宋思阳带路。

洗手台离画室很近。说是画室，其实就是几张桌子和小板凳架起来的屋子。施源这会儿正在里头陪着孤儿院的孩子们用新买的油画棒作画。

宋思阳带着茵茵去找施源。

施源脸上被小孩子涂了颜料也不在乎。他捏了捏小孩子的脸，抬起头来看宋思阳，又越过宋思阳的肩膀，没瞧见褚越，多问了一句："他呢？"

宋思阳知道施源在问谁，如实回复，然后将茵茵放在孩子堆里一块儿玩。

施源的位置离后门只有几步的距离，宋思阳走过去，帮忙把桌面上散落的画纸都收好。

"这次还是下午就得回去吗？"施源随口问了一句，显然对上一回宋思阳没能留下的事而耿耿于怀，因此对褚越也略有不满。

宋思阳"嗯"了一声："明天是周一，得上学。"

施源沉默了一会儿，声音不大不小地嘟囔着："你在褚家过得还好吗？"

施源说这话时，褚越正好洗完手回来，恰巧路过画室的后门，可说话的两人都背对着门口，并不知情。

褚越也想知道宋思阳会如何回答这个问题，于是静默地驻足在门口。

宋思阳的手上动作不停，笑着回答："褚家资助我读书，褚越人也不错，没什么不好的。"

"是吗？"施源不太相信的样子，顿了顿说，"可我觉得他总是对人爱答不理的，他没欺负你吧？"

褚越上一回到"盛星"，就隐隐约约觉着施源不大喜欢自己。这一回他听着施源"挑拨离间"的话语更是坐实了自己的猜测，不禁眉头微皱。

宋思阳赶忙摇头："当然没有。"

幸好宋思阳的回答让褚越还算满意。

施源又说："思阳哥，我知道你性格好，但是他跟我们到底是不一样的……"

施源的语气带着淡淡的担忧和焦虑，确实是为宋思阳着想。他还想说点儿什么，余光忽然瞥见门口的身影，顿时噤声了。

褚越不动声色地走进来，倒没说什么，只是嘴唇微抿。

宋思阳不知道褚越听去了多少，想开口解释又觉得太过多余。

这时茵茵抓着张涂满五颜六色颜料的画纸小跑过来，伸手给褚越和宋思阳看："我画的。"

褚越给了个笑容，甚至还夸了一句："画得很好。"

他不是会把情绪表现在明面上的性格，并未挑明自己听到了宋思阳和施源的对话，没事人一样和茵茵说着话。

宋思阳与施源对视一眼，都暗暗地把这页翻了过去。

二人赶在天黑前回到了褚家。

宋思阳一整天心情都很不错，饭都比平时多吃了半碗。饭后，他吃着新鲜的水果温习功课，褚越坐在一旁修改论文。

宋思阳有点儿静不下心，主动跟褚越搭话："你要吃桃子吗？"

褚越摇头。

"苹果、橙子、西瓜呢？"

褚越的胃口非常小，除了正餐，零食吃得极少。闻言他依旧摇头。

宋思阳撑着脑袋，低下头来看着褚越："那你想吃什么，我去楼下拿。"

褚越的目光和宋思阳的眼神撞在一起："你书看完了？"

宋思阳实诚地喃喃："看不下去……"但他又怕褚越误会他是故意偷懒，连忙补充，"我在想茵茵的事情。"

褚越点了保存，一语道破宋思阳的心思："想送她？"

宋思阳看了眼桌面上写不完的卷子，小声反问："我可以去吗？"

片刻，宋思阳得到了褚越一个轻微的颔首。他眼睛猝然一亮，不由自主地笑问道："那你跟我去吗？"

"你想我去？"

宋思阳忙不迭地点着脑袋。

褚越笑了笑说"好"。

一夜醒来外面下起了初雪，冬天迈着脚步如约来临。

冬天虽冷，宋思阳却偏爱雪花，一出门见到飘扬的小雪，高兴得眼睛发亮。小时候他还会站在院子里仰着头张开嘴巴去接雪，冰冰凉凉的雪花吃进嘴里，让人忍不住地打寒战。长大了些他就不这么干了，一是感觉太幼稚；二是从他知道雪是雨的凝结后，总害怕自己吃了闹肚子。但这并不妨碍他喜欢雪，连带着对寒冷的冬天也喜爱起来。

午间又下了场挺大的雪，温度骤减。

宋思阳人如其名，太阳是不畏惧严寒的，别人都躲在室内取暖，他却跑到学校的露台去赏雪，冻得脸颊通红也不肯离开。

等褚越喊他回室内，他还兴致盎然地将掌心接到的雪花给褚越看。

雪一接触到暖气瞬间融化，只剩下了几滴晶莹剔透的小水珠。

宋思阳可惜地说："化了。"

褚越对四季没有太明显的偏好，也不大能理解宋思阳对雪的执着，而且心脏病病人是不大能受冻的，这几个月他会格外注意些。所以若非要他选出季节喜爱度排名，哪个排前头不确定，但冬天一定排在末尾。

可宋思阳最喜欢冬季，这几天逮着机会就往外跑。

褚越看着宋思阳被冻得泛红的眼睛，想要斥责对方大冷天还往外跑，话到嘴边又咽了回去。宋思阳并不是自己，稍稍受冻就得担心心肌缺氧等一系列症状。

宋思阳赏完了雪觉得困乏就趴在桌子上补觉。下午还有一节课，他必须打起精神，所以并未注意到褚越的欲言又止。

连着下几天的雪，别墅外光秃秃的枝杈上都挂满了雪，树枝承受不住重量弯了腰，时不时抖两下，地面堆了一小摊雪。

院里的雪早上会有帮佣扫，今天帮佣有事请假，宋思阳自告奋勇去扫雪。

他是"醉翁之意不在酒"，拿着扫帚象征性地在地面上划拉两下，就蹲下开始揉雪球，疏松的雪在他温热掌心的揉搓下渐渐地黏合在一起。他玩得乐不思蜀，没多久面前就堆了十几个雪球。

宋思阳拍了拍手上的细雪站起来，可惜地叹了口气。在孤儿院的时候,孩子们都会打雪仗,可眼下无人与他一起玩闹,纵然有如此完美形状的雪球也只能是摆设。

他甚至萌发了喊褚越来玩的想法,但脑海里一勾勒出褚越在雪地里奔跑嬉闹的样子,反倒把自己逗得直乐。

室外冰天雪地,从一楼的落地窗看出去正好是宋思阳所在的位置。褚越静静地立于窗前,看着宋思阳变化多样的表情,嘴角抿直了。

宋思阳一转身就看到了褚越,脑子还没有转弯,身体和嘴巴先行动,大力挥手:"你要出来玩吗?"

厚重的玻璃没有完全隔绝他清亮的声音。

宋思阳眼里盛满期待,弯下腰捡起一个雪球朝褚越的方向丢去。雪球砸在窗底下,"啪"的一声散开,又与一地的雪融在一起。

褚越冬日不常出门,这时他本应该毫不犹豫地拒绝宋思阳,但他竟然有些羡慕宋思阳健康的身躯,想要感受冬日的寒冷。

宋思阳惊喜地注视着出现在院内的褚越,跑了两步,将雪球砸在褚越的脚边,满心欢喜地说:"我还以为你不会出来。"

褚越垂眸看了眼沾了雪粒的鞋子,宋思阳已经来到了他面前。然后,一颗圆雪球被放在了他的掌心,冰寒的凉意迅速夺走他手上的温度。他不由自主地蜷了下手。

宋思阳问:"你打过雪仗吗?"

褚越摇了摇头。

宋思阳闻言有几分隐晦的愉悦,连忙说:"我教你。"

他说着就往自己堆的雪球那里跑。但打雪仗哪里需要人教?等他一回头,一颗雪球猝不及防地打了过来,力度不大,不偏不倚地打在他的肩头处。

褚越掌心的雪球不见踪影,见到宋思阳愣怔的表情,他轻微地勾了下嘴角。

宋思阳愤愤不平地说:"我还没说开始。"

宋思阳拍去肩头的雪,被激起了斗志,捡了颗雪球想往褚越的脸上砸——这在孤儿院是常有的事情。他和施源闹起来就爱挑痛处打。但他的手抬起来，目光触及褚越那张脸，却怎么都挥不出去。

褚越身份尊贵，不比孤儿院的野孩子，他若把褚越给砸坏了，到时候吃亏的还是自己。

他走神这一分神，褚越已然来到他身前，问道："怎么不打？"

宋思阳支吾了一声，象征性地把雪丢在褚越的裤腿上，不痛不痒的一下。

褚越抬手将雪球揉碎在宋思阳的头顶，乌黑柔软的头发沾染了雪粒，有一些落在眉眼处，连睫毛上都挂了雪。

宋思阳眨一眨眼，细碎的雪就掉落下去。他晃了晃脑袋，雪纷纷而落，像是下雨天被雨水打湿后清理羽毛的小鸭子。

这场雪仗是宋思阳打过的最奇妙的一场。他挂心褚越的身体，根本不敢往对方身上砸，褚越却不客气，所以他相当于是单方面挨打。

肩头、手臂、小腿、后腰，褚越出手百发百中，想打他哪儿就能打哪儿。

渐渐地，宋思阳觉得叫褚越出来玩是给自己找罪受，连连摆手讨饶："不玩了，不玩了，我认输……"

褚越手里还拿着雪球，似笑非笑地说："这就认输了？"

宋思阳在游戏上没什么胜负欲，一点儿不觉得丢脸地猛点头："好冷，我们快进去吧。"

他也不等褚越回答，生怕又被雪球砸，一溜儿烟地跑向大门。

褚越低头笑了笑，纵然掌心被冻得已经没什么知觉，但难得地感到几分喜悦。他如同投壶一般背对着将雪球丢了出去，恰好落在宋思阳方才站着的位置上。

回到室内，褚越才觉得有些不对劲，心口处隐隐作痛。他不耐地皱了皱眉，压制住闷痛，沉着脸上楼服下两粒药片。但症状并没有减轻，甚至一直持续到了中午，并且有愈演愈烈的趋势。

宋思阳来喊褚越吃饭时，一眼就看到了褚越脸色苍白异常。

褚越的肤色比大部分人要白，但寻常时候并不会让人觉得他有什么异样。而现在他连唇瓣的血色都退了个干干净净，整个人只剩下刺眼的白，跟屋外的雪一个颜色。

宋思阳瞳孔骤缩："你怎么了？"他立刻转身，"我打电话给张医生。"

身后传来褚越微哑的声音："不准去！"

总是对褚越言听计从的宋思阳这回脚步停都没停。

张医生第一时间赶到给褚越做检查，结果是受凉过后心肌缺氧引起的心绞痛。

宋思阳一直站在旁边，听到这个结论时内疚得眼睛发热。

等张医生询问褚越做过什么时，宋思阳哽声说："他跟我在外面……"

"打雪仗"三个字被褚越打断："早上在院子里多站了会儿。"

张医生给褚越打了针，嘱咐说："这两天天冷，你暂时别出去了。目前情况还好，注意保暖。"

褚越颔首："谢谢张医生。"

陈姨一早就把褚越心绞痛的事告诉了褚明诚，褚明诚的电话打到宋思阳手机上时褚越也在场。

宋思阳略一犹豫，正想接通，褚越压下他的手腕，沉声说："不准说打雪仗的事情。"

宋思阳还想反驳，褚越的眼神越发阴沉，甚至带了点儿警告的意味："你答应过我要听我的话，别做言而无信的事！"

他干脆地点了免提。

褚明诚很不满宋思阳没看好褚越的事情，严肃地将宋思阳说教了一通。如果被褚明诚知道褚越是因为跟宋思阳打雪仗才心绞痛的话，宋思阳的处境会更难堪。

宋思阳只能不停地道歉。直到通话结束，褚越都没有出声。

张医生已经离开，陈姨在楼下给褚越煮暖身的汤，由宋思阳照料褚越。

宋思阳垂头丧气地坐在褚越的床前，一见到褚越那张素白的脸就恨不得给自己两巴掌。如果不是他心血来潮邀请褚越打雪仗的话，褚越也不会心绞痛了。

宋思阳第一次这么直白地面对褚越的病情，在愧疚的同时又增添了几分恐惧。

褚越虽然一直表现得跟常人没什么区别，但这个病还是会在不经意的时候冒出来狠狠地咬褚越一口，而作为旁观者的宋思阳只能眼睁睁地看着褚越痛苦。

宋思阳红着眼吸了吸鼻子："对不起，我不知道会这样……"

他宁愿代替褚越受痛，也不想束手无策地干着急。

褚越靠在床沿上，忍着仍时不时发作的绞痛感，罕见地表现出些许倦乏。他淡淡地说："不关你的事。"

褚越越是不责怪宋思阳，宋思阳就越是歉疚。他咽下喉咙处的酸涩，掷地有声地说："我会照顾你的。"

褚越沉默半晌，闭着眼"嗯"了一声。

宋思阳调暗室内的光线，让褚越躺下来休息。他记着张医生要保暖的话，将被角摁了个严实，把褚越完全包裹起来。

褚越是真累了，任由他给自己盖被子，没有多言。

宋思阳望向窗外，屋外不知何时又下起了雪，可最爱雪的宋思阳在这一刻默默地将打雪仗在自己的世界剔除。从今往后，他和褚越一样讨厌冬天。

因为张医生让褚越这几天尽量少外出，所以第二天宋思阳是自己一个人去上学的。

没有了褚越，宋思阳在学校就像没有了主心骨，一整天都心不在焉的。他十分挂心褚越的病情，走神走得厉害，以至于老师点了他三次名字，他才有反应。

宋思阳压根儿就没认真听课，支支吾吾什么都说不出来，在大家的注视下涨红了脸。吃饭也全然没有滋味,即使他可以到学校的食堂吃他喜欢的炸鸡翅。

  他这一年多的饮食跟褚越同步,素淡寡味,可馋了多日的鸡翅现在吃在嘴里竟然觉得有几分油腻——他当真是习惯了清淡的饮食。

  好不容易挨到放学,宋思阳一到家就往褚越的房间跑。在看到褚越安然无恙的那一瞬间,他提了一天的心终于放回原处。

  褚越病中也没闲着,正在改论文,密密麻麻的标注让宋思阳看了就觉得头疼。

  宋思阳忍不住劝褚越多休息,但褚越答应归答应,眼睛却没从笔记本电脑上挪开。

  褚越的心绞痛已经有所缓解,现在几乎已经没感觉了,不过是天气太冷不宜外出,怕病情反复才待在家里。他正给引用的文献做批注,突然伸出一双手挡在了屏幕上。

  宋思阳是用了很大的勇气才这样做的,捂着屏幕轻声说:"还是休息吧。"

  褚越觉得宋思阳胆子越来越大了,不仅敢不听他的话,还想左右他的行为。奇怪的是,他并未有丝毫的不悦,甚至忍不住逗对方:"我要是非不休息呢?"

  宋思阳嘟囔:"这么大个人,一点儿都不知道爱惜自己的身体!"

  "你说什么?"

  宋思阳当然不敢再重复一遍,说:"今天你不在学校,我有点儿不习惯。"

  褚越终于不再关注论文,反问道:"怎么不习惯?"

  宋思阳说不出个所以然,垂着眼睛很乖巧的样子:"就是不习惯。"

  归根结底不过是希望褚越快快康复。

  宋思阳又低喃道:"所以你快点儿好起来吧。"

  褚越这才颔首,"嗯"了一声:"你不把手挪开,我怎么关机?"

  宋思阳喜出望外,连忙收回挡着屏幕的手。他亲眼看着褚越关了笔记本电脑往床的方向走,很殷勤地跟了上去想要给褚越盖被子。

宋思阳的手才碰到被子的一角,褚越声音平稳地说:"我自己来。"

宋思阳半是尴尬半是失落地"哦"了一声。不知道为什么,他总是觉得这几天褚越对他若即若离的,有时候放任他亲近,有时候又有种疏离感。不过他在人情世故方面有些迟钝,也并不是计较的人,就只当褚越是性情使然才如此,没有一点儿不满。

但他心里还是希望能和对方关系亲近一些,至于理由,大概没有人能拒绝跟褚越成为好朋友吧。

褚越有先天性心脏病这件事在上流圈子里尽人皆知,他一生病不来学校就有人来找宋思阳打探消息。但宋思阳知道褚越是个很注重隐私的人,别人问了他也没敢多说,只是说褚越有点儿不舒服,过两天就会来上学。

他这样的说辞在别人看来无异于是搪塞敷衍,性格恶劣一点的人会当面说他看不清自己的身份、摆架子。更难听的话他也听过,虽然还是无法完全释怀,但已经不再为不相干的人难过。他现在最在乎的只有褚越什么时候能痊愈,至于其他的暂时都不在他关心的范围之内。

宋思阳在学校基本没什么朋友,一天到晚跟在褚越身边。如今褚越不在学校,他做什么都是孤零零一个人。

吃过午饭,宋思阳照例去自习室打发时间。

学校里静悄悄的。他绕过楼道,正想拐弯去走廊,看见靠在栏杆上的几个男生交头接耳。他隐约听到了自己的名字,正打算换条路走,可刚转身就听见他们在讨论褚越,他的耳朵顿时像是小狗一般竖了起来。

"宋思阳一问三不知,一点儿用都没有。"

"褚越什么个情况,这都三天了,还不见人。"

"心脏病发作呗,还能是什么?"

"我见过他发病,好像是在林家那次。当时多少岁来着,七岁还是八岁,记不清了。'哐当'一下,他就倒了,脸白得跟什么似的,还以为挺不过来了呢。"

有人戏谑地说:"他到现在不还没什么事吗,好多先天性心脏病都是短命鬼,没多少日子可活,谁知道褚越能活到什么时候!"

"短命鬼"三个字钻进宋思阳的耳朵里,就像往里扎了无数根针,尖锐的疼痛让他丧失所有的理智。

他忘记了自己在学校里艰难的处境,忘记了自己没有得罪人的资本,本能地冲了出去,像只开启防御状态的野兽朝几个男生呵斥道:"你们胡说八道什么?!"

几人被突然出现的宋思阳吓了一跳,面面相觑,有些心虚,却不敢承认方才的话。

一个身材高壮的寸头男生率先开口:"你小子躲在那里偷听是不是有毛病,我们说什么了吗,我们什么都没说!"

对方比宋思阳壮了大半个身子,宋思阳却毫不畏惧,两只手攥得紧紧的,咬牙切齿地说:"道歉!"

"你是谁呀?我都没跟你算偷听的账,还要我跟你道歉?"

宋思阳呼吸急促:"跟褚越道歉!"

事关褚越,几个男生也不想闹大。他们认定宋思阳是个软柿子,不能拿他们怎么着,嗤笑着说:"神经病!别搭理他,我们走!"

总是唯唯诺诺的宋思阳这一次却不依不饶,快步挡在他们的面前,重复说:"跟褚越道歉!"

几人望着纤瘦的宋思阳很是不屑:"你有完没完?别逼我们动手,滚开!"

宋思阳寸步不让,眼睛死死地瞪着他们,仿若得不到一句道歉就绝不会退让。

他们也不耐烦了,一个宋思阳也敢冲他们叫板。就算他们真的说了又怎么样,大家只是碍着褚、姚两家的势力不敢挑明了说,但谁不知道褚越的病是无法根治的!

寸头男生满脸凶相:"你再不让开,我真动手了。"

宋思阳像块坚固的石碑一般定在原地,怒视着他们,眼里的两簇小火苗烧得极旺。他是温顺的性子，从来没有发出这样大的火气。可他们诅咒褚越是短命鬼，他一想到这个说法，所有的怯懦都被烈火烧成灰烬。他固执地重复："跟褚越道歉！"

寸头男生性格暴躁，骂了一句脏话，狠狠地推搡了宋思阳一把："你还来劲儿了，是不是？"

宋思阳目光炯炯地瞪着寸头男生。这下彻底将寸头男生惹怒。

寸头男生先动的手。宋思阳是性情温和，但也不可能乖乖站着挨打，像只横冲直撞的野兽跟比他高壮的寸头男生扭打了起来。

"真动手呀！"

"别打了，别打了，跟他费什么劲儿哪？！"

"行了，别闹大了，对谁都没好处！"

宋思阳并不是寸头男生的对手，被按着脑袋狠狠地磕碰在坚硬的墙壁上，疼得他眼冒金星。

寸头男生掐着他的后脖子不让他反抗，恶狠狠地说："还道歉吗？"

宋思阳从牙缝里挤出字来："道歉！"

寸头男生还想给宋思阳教训，被其余几人拉走："算了，算了，别跟他一般见识，走了。"

宋思阳很想追上去，但脑袋像炸开了一样，眼前也白花花的一片，等他缓过劲儿时，几人已经不见踪影。他站在原地，十指紧握，眼睛通红，不是因为委屈，而是愤怒自己没有办法阻止他们诅咒褚越。

打架的过程被监控录下来，没一会几儿人就被年级主任叫去谈话。

宋思阳只有一张嘴，他们几人你一言我一语地颠倒黑白，硬生生说是宋思阳先招惹的他们，再加上几人家境优渥，长辈又是学校的赞助人，而宋思阳只是一个被褚家资助上学的学生，纵然主任心里有数，天平还是往寸头男生那边倒。

"我不管谁对谁错，今天的事情到此为止，以后再发生类似事件，都记大过！"

宋思阳知道自己要吃下这个哑巴亏了。但他不想给褚越惹麻烦，所以在回家之前调整了一下心态，让自己看起来没那么萎靡不振。

宋思阳努力地让自己像往常一样挂上笑容，跟在打扫卫生的陈姨说一声"我回来了"，继而上楼回到自己的房间。

在房门口恰好碰上开门的褚越。

宋思阳佯装自在地打招呼："要下去吗？"

褚越还未回答，目光先停在宋思阳的额头上，原本清明的眼神一寸寸暗了下去。

"谁干的？"褚越的声音虽平淡，却让人感觉到有种说不出来的心惊。

宋思阳的神情错愕，心脏狠狠地跃动了一下。

跟人起了冲突之后，宋思阳整个下午都心神恍惚，因此忽略了隐隐作痛的额头，自然也不知道他的额头已经红肿。青红交加的瘀青像是印章一般盖在他白净的额角处，看起来触目惊心。

他很快就回过味儿来，下意识地想把伤痕隐藏起来。

褚越不满宋思阳的躲藏，低声说："别动！"

宋思阳立刻像是被点了穴一般站好。

褚越注视着那块瘀青。他是极少将情绪写在脸上的人，此时眉心却显而易见地深深蹙起，明明白白地表露他的不快。他的心口像是燃起了一簇暗火，那是看到宋思阳被别人欺负时的愠怒。

宋思阳吃痛，倒吸一口凉气，紧抿住嘴唇。

褚越的眼神沉如深海，他缓缓放下手，声音冷若寒霜："你还没有回答我的问题。"

宋思阳回想起今日发生的事情，无法对着褚越说出"短命鬼"三个字，也不想让病中的褚越操心。他微红的眼睛闪烁着，半晌，笨拙地撒谎："我……我不小心撞到……"

褚越厉声打断："说实话！"

褚越的语气太过于严厉，宋思阳像挨了批评似的抖了一下。他飞快地瞅了眼神色不明的褚越，又迅速垂下脑袋，默默地闭上了嘴巴。

129

宋思阳的刻意隐瞒给褚越的心口又添了一把柴火。

宋思阳在学校受了欺负并不是跑来向他求助，而是选择隐瞒，甚至用拙劣的谎言来应付他，这让褚越有种领地被侵犯的感觉。

面对褚越的质问，宋思阳仍沉默不语，似乎做好了绝不开口的准备。

褚越越发气闷："你不说，我也有办法查到！"

宋思阳闻言抬头，褚越正在往房间走，他条件反射地挽留："不要！"

宋思阳不想让褚越听见那些不堪入耳的话。

褚越回过身："不想我查，那你自己说。"

宋思阳眼里泛起水光，嘴唇动了动："我跟人……打架……"

褚越刨根问底："为什么打架？"

宋思阳的眼睛酸涩。想到那些人的话，他终是无法阻止委屈和愤懑，眨一眨眼，大颗的眼泪就滚了下来，带着哭腔说："就是不想让他们那样说你！"

褚越是何等聪慧之人，只是没头没尾的一句话，他就猜到了宋思阳是因为自己才跟人起冲突的。没有人比他清楚宋思阳的性格有多柔顺，以至于听到宋思阳受伤的原因时他不禁有几分错愕。

被别人言语羞辱却只敢躲进更衣室的隔间里默默哭泣的宋思阳，却敢为了自己跟别人动手？！

宋思阳说完话哭得更厉害了，想到主任的偏袒，抽噎着说："不是我的错，是他们不肯跟你道歉……"

他攥紧自己的手，仿若能借此汲取一点力量，可还是委屈地说："我打不过他们。"

宋思阳哭得太可怜，脸颊上挂满了晶莹的泪水，像湿了毛的小狗，湿漉漉的，可怜巴巴的样子，再冷情的人看了他这副模样也会心软。

宋思阳还在喃喃自语："他们凭什么那么说你！"

这样维护自己的宋思阳，因为自己流眼泪的宋思阳，为了自己和别人打架的宋思阳。

褚越唇瓣微动，喊了"宋思阳"一声，让他进入自己的房间，又拿出医药箱,将药膏递给他。

宋思阳吸了吸鼻子坐了下来,挤了点儿清凉的药膏抹在自己青紫的额头上。因为疼痛,他倒吸了一口凉气。

褚越的音色一贯如常,清朗淡然,可细听多了点儿不明的意味:"以后不会让人欺负你了。"

宋思阳闻言,感激地笑了笑。

他揉着自己的伤口,瓮声瓮气地说:"你不用担心,我没事的,额头也不是很痛……"他又小声地保证,"我以后不会再跟别人打架了。"

说完,他在心里无声地补充:但如果听到他们说你坏话,我还是会要求他们跟你道歉!

虽然宋思阳不让褚越去查这件事,但褚越还是去调了监控。在屏幕里见到宋思阳被人按着脑袋撞在墙上时,他没有多说什么,唇瓣却一寸寸地抿紧了。

姚家和褚家都是响当当的大家族,褚越也从来不否认家世在方方面面带给他的便利。但要在明面上做什么未免落人口舌,再者,事情牵扯到宋思阳,做得太明目张胆,最终吃亏的还是宋思阳。所以他只是找到寸头男生等人,客客气气地要他们同宋思阳道歉。

寸头男生他们虽然不服,可到底心虚,再加上宋思阳没有将他们议论褚越的话说出来,也就佯装诚意地道歉了。

这件事就这么翻篇了。

只是多行不义必自毙,宋思阳听说寸头男生几人在俱乐部出了事,不知道怎么的就跟一群混混动起手来,全都负了伤。寸头男生伤得最重,鼻青脸肿地躺了三个月都没能下地。

宋思阳将听来的八卦告诉褚越,感慨说:"那得多疼啊!"

他是不记仇的人,虽然很讨厌那几个人编排褚越,可也不会幸灾乐祸。

褚越对此不怎么感兴趣,只是看了一眼宋思阳完好无损的额角,并未接下这个话题。

第三章 友情与愿望

高二上学期即将结束,学校几个社团联合举办了晚宴。褚越自然在受邀的名单之中,而作为褚越跟班的宋思阳也沾光收到了请帖。

高一时也有类似的活动,但褚越不爱凑热闹,并未参加。这次是宋思阳第一次收到邀请,他只在电视剧里看过类似的场景,有点儿紧张又有点儿兴奋,追着褚越问晚宴是怎么样的。

随着时间的流逝,他跟褚越的关系越来越好。特别是在打架事件过后,他能明显感觉到褚越对他更加优待了些,为此他暗暗高兴了许久。

褚越瞧出宋思阳的好奇,回答道:"你去看看不就知道了。"

可宋思阳又起了怯意,翻弄着请帖没有立刻回答。

参加晚宴的学生非富即贵,打个不恰当的比喻,他和那些人的区别无异于"贫民窟"和"销金窟",去参加晚宴格格不入不说,也许还会被看笑话。

宋思阳想了想:"还是不了吧。"

褚越猜到他的顾虑,替他做了决定:"你跟着我去,没有人敢多说什么。"

宋思阳只要待在褚家的羽翼下，外界的所有狂风暴雨都伤害不到他。

宋思阳翻开精美的请帖，仍是踌躇不定。

褚越轻声说："你不去的话就留在家里。"

宋思阳果然上钩："那你呢？"

"我找别人和我去。"

宋思阳一听到褚越要找别人做伴，迟疑不翼而飞，嘟囔道："那我要去。"

拿捏宋思阳太过于简单，褚越垂眸弯了弯嘴角。

他想，宋思阳就该永远这样简单纯粹。

参加晚宴必不可少的就是礼服，宋思阳衣柜里的衣服虽然在褚越的示意下换了一批，正儿八经的西装却没有。

褚越各式的服饰数不胜数，塞满了两个衣帽间。倒不是他有多在意外貌，只是每当换季，各大品牌方都会主动将最新的款式送上门，久而久之也就堆了不少，几乎都是全新的，没怎么动过。年末会有专人上门清理掉一批，次年又会有新的填进来。

宋思阳节俭惯了，他的意思是无须浪费钱再做成衣，在褚越的西装里随便挑一套就可以。褚越没说可以，也没说不可以，任他到衣帽间里挑选。

琳琅满目的服饰让宋思阳目不暇接，纵然早就知道褚家家大业大，但他还是暗暗在心里感慨。同样都是两只手两只脚，他几套衣服能轮着换穿好几年，褚越的衣柜里却皆是崭新的高级定制，有钱人的奢靡果然难以想象。

他这看看那看看，却迟迟下不去手，最终挑了件看起来平平无奇的已经拆封过的墨色西装。他转身问褚越："这套可以吗？"

褚越看了一眼，示意宋思阳换上。

宋思阳身量较褚越纤细，西装穿到他身上虽不至于松松垮垮，但还是一眼就能看出这件衣服并不属于他。裤脚稍稍长了点儿，他怕弄脏了布料，下意识蹲下去卷了卷，这下就真是不伦不类了。

褚越不禁想起宋思阳刚来褚家那会儿，对方穿着没有熨平的短袖和洗得发白的牛仔裤，虽朴素纯真，但难免有几分失礼。可现下就算宋思阳做出卷西装裤裤脚这样犯傻气的动作，他竟然也琢磨出几分趣味。

时间当真能在不知不觉中改变很多东西。

都说合身的衣物才能衬出一个人的气质，穿着淳朴短袖的宋思阳看起来满是少年的朝气，如今西装加身，竟也添加了几分成熟感。

宋思阳没穿得这么正式过，很是不自在。他察觉到自己的变化，局促地抓着衣角，小声问："是不是很奇怪？"

他话是这样问，眼里却明晃晃地希望得到褚越的赞赏。

宋思阳头一回穿西装，生怕哪里出了错，自己左看看右看看，有一种小孩偷穿大人衣物的错觉。他有些不好意思地挠了挠头，等待褚越的评价。

褚越语气正经，实事求是地说："有点儿宽了。"

宋思阳卷了卷袖口，也同意褚越的说法："嗯，是有点。"

他说着又摸了一下腰身，觉得大抵是得改一改的，否则一套高档西装穿在他身上岂不是不伦不类？

褚越站在他身后，问道："你喜欢这套？"

宋思阳面对喜欢的东西向来坦诚，回："喜欢！"

褚越的语气放轻了些："那明天让人送你的尺码过来。"

宋思阳知道褚越出手大方，但还是小声说："不用重新做的。"

褚越瞥了一眼宋思阳卷起的裤脚，问："你想这样去？"

宋思阳想了想说："可以改一改。"

他将勤俭持家的理念贯彻到底，但很明显褚越并不差这点儿钱，没有答应他的提议。

直到晚上躺下来，宋思阳还在想着那套西装，也很期待即将到来的晚宴。

不知道那会是怎样的场景呢？

转眼到了学期末，宋思阳的小考成绩比上学期有了很大的进步。虽距离褚越还有很大一段距离，但总算不再是吊车尾。

社团组织的晚宴定在一个下了小雪的夜晚。

还未出门，宋思阳就很紧张。他换好了衣服去找褚越，惊讶地发现褚越穿的是那天他试过的西装。如此一来，两人身上穿着的便是同款。

褚越正在别袖扣，桌面上放着个丝绒盒子，他示意宋思阳过去。

宋思阳目不转睛地盯着褚越，对方身量高挑颀长，气质冷清，穿什么都有独特的气韵。他又低头看看自己，半是好奇半是欣喜地问："你怎么也穿了这件？"

褚越轻声反问："只准你喜欢，不准我喜欢？"

宋思阳连连摇头："不是！"

褚越打开桌面的盒子，里头装着一枚小巧的镶了雪花形状的钻石胸针，做工十分精美。

宋思阳以为这是褚越的装饰物，不承想褚越却自然而然地将胸针别在他左侧的衣领上。他讶异地说："这是给我的？"

褚越颔首。

宋思阳受宠若惊，摸了摸冰凉的胸针。他心里喜欢，却觉得过于贵重，不安地说："还是你戴吧，我怕弄丢了。"

若是丢了怕是把他卖了都还不起。

褚越淡淡地说："不喜欢就丢掉。"

宋思阳拆胸针的手一僵，连忙说："喜欢，很喜欢！"他想了想又说，"等宴会结束我就还你。"

如此奢华的物件他拿着着实不踏实。

褚越似是嫌他话太多，眉头蹙了蹙，不搭理他了。

宋思阳只好暂时略过这个话题。他在空气中嗅到了一股清淡的香味，柑橘调的香气，夹杂了一丝木质香，很温暖的气息，让人在这冬日里也感到几分暖意。

宋思阳觉得味道很怡人，问道："你喷了香水？"

"嗯。"

"是什么？"

褚越回眸看着宋思阳。半响，他走到透明的柜子旁，再转身手中已经多了一瓶香水。

圆润的透明瓶身上印了品牌的名字，装着淡黄色的液体，很是简单大气的款式。

褚越打开盖子，放到宋思阳的鼻尖。

宋思阳本意只是问香水的牌子，没想到褚越让他自己闻味道。他抿了抿嘴，凑上去轻轻嗅着。

他嗅到了橘子皮微微的苦涩感，与木质香融合在一起，让人想到和煦的春风、带着暖阳的冬日，想到许多温厚的物质，似乎再深厚的冰川也有被暖阳消融的时候。

褚越问："好闻吗？"

宋思阳忙不迭地点头："好闻。"

话音刚落，褚越就在宋思阳的手腕上喷了点儿香水。宋思阳顿时也沾染上了橘子的清香。

他有点儿错愕，抬起手腕闻，很是喜欢这个味道，不禁笑了笑。

褚越已经直起身，若无其事地说："时间快到了。"

宋思阳还沉浸在香水的气味里，半天没能回过神，茫茫然地眨眨眼："你……"

褚越扬声："嗯？"

宋思阳的声音细弱蚊蚋："没什么。"

车子在"鼎华"的大礼堂外停下来，参加宴会的学生将近百人，皆盛装出席。

隆冬的天，少女们像是感觉不到寒冷，她们妆容精致，穿着各色鲜艳的礼服，似是天边璀璨的云霞，又似温室里娇艳的花朵。一时间，室内衣香鬓影，巧笑嫣然，青春气息扑面而来。

着深色西装的少年如同穿梭在云霞中燕的剪影，时不时挥舞着翅膀试图引起彩霞片刻的注目。

宋思阳没有见过这样华丽的场面，紧紧地跟在褚越身旁这看看那看看，脸上写满了好奇与紧张。

大礼堂装潢奢华，高强度的灯光将室内照得犹如白昼。高耸的天花板在这耀眼的光线里好似望不到顶，墙壁上雕刻的白玫瑰栩栩如生，仿佛随时会引来蝴蝶扑香，到处都是欢声笑语。

盛装的少男少女们嬉笑寒暄，不知是谁做了个邀请的姿势，二人牵着手共赴舞池。

宋思阳寸步不离地跟着褚越。许是灯光太烈、人声太闹，他微微地产生一点儿眩晕感，双腿落不到实地，有些飘飘然。他知道这是闯入异世界的胆怯，他刚到褚家别墅时也是这样的感觉。

这个小型的宴会一半为了玩乐一半为了社交，宴会上无人不认识褚越，纷纷上前打招呼。

宋思阳站在褚越身旁，看对方游刃有余地应对他人的寒暄，佩服之余感到自惭形秽。在这里的每个人无一不落落大方，唯有他拘谨得像是"偷渡"进来的，连打量别人都是静悄悄的。他忽然有些怅然若失。

褚越结束一轮招呼，顺手端了盘切好的千层蛋糕递给宋思阳。

宋思阳接过蛋糕吃了一口，甜而不腻，入口即化，让他暂时忘记了烦忧。他满足地弯了弯眼睛："你不吃吗？"

褚越摇头："吃不完。"

宋思阳知道褚越不爱甜食。常年口味清淡的人对太甜腻的东西是没什么好感的，浅尝一两口可以，多了便会犯恶心。他表示很理解，只是下意识地问一句。

他吃得津津有味，蛋糕很快就被他消灭了一半。褚越看他吃得香甜，似乎来了点儿兴趣，说："真那么好吃？"

宋思阳本着分享美食的心情，忙不迭地点头。他余光瞧见不远处餐桌上有小一号的甜点，对褚越说："我去拿新的给你。"

他也不等褚越回答，快步往前走，很快就将一个小巧的、三两口就能吃完的草莓蛋糕拿来递给褚越。

褚越没有拒绝，将甜腻的甜点吃进肚子里，眉心舒展。

宋思阳期待地问："怎么样？"

得到褚越肯定的答复，宋思阳高兴地又继续"消灭"自己的蛋糕。

褚越在哪儿都是焦点，又有人上前找他搭话。

宋思阳躲在褚越身后，等待他结束谈话。

礼堂中央摆着钢琴，穿着鹅黄色礼服的少女端坐于琴前弹奏着著名钢琴曲《花之舞》，悦耳的琴声在室内流淌。

宋思阳对钢琴一窍不通，只觉得旋律十分耳熟，很是悦耳动听，因此不自觉地被吸引了过去。他来到人群中，轻快的琴声入耳却有股莫名的悲伤。众人皆在欣赏琴声，他亦渐渐听得入神。

一曲未了，身旁响起陌生的声音，带着一点儿嘲讽："宋思阳，你听得懂吗？"

宋思阳愣了一瞬，回过神看向来人。

少年是音乐社的社员，钢琴造诣颇深，拿过不少奖，因而很是心高气傲。此时见宋思阳如此痴醉的模样，他心生不屑，说："你听得这么入迷，不如点评点评。"

周围众人被少年的话吸引过去，纷纷看向宋思阳。

宋思阳一瞬间接收到太多目光，很是不安。但他无意与少年争执，就摇了摇头。

少年嗤笑了一声："最讨厌不懂装懂的人了。"

宋思阳嘴拙，有些无奈地说："我只是听一听。"

他是不知道琴曲的名字，也不会弹钢琴，更不懂得鉴赏高雅的音乐，可这不代表他没有站在这里欣赏的资格。

少年仗着有点儿才华就傲慢至极，见宋思阳没有反驳，还想出言讽刺。

褚越不知何时来到他们身边，语调冰冷地截断了少年的话："我三岁开始学琴，在碰到琴键之前，学到的第一句话就是'学琴之人要戒骄戒躁'。我以为所有的老师都会事先提点学生，怎么你的老师没有教你吗？"

少年脸色骤然一变："你……"

褚越适时地给宋思阳解围，又讽刺了少年一番。

围观的众人看了场好戏，掩嘴笑着。

少年欺软怕硬，此时丢了面子，可对方是褚越，这口气只好憋下去。他瞪了宋思阳一眼就愤然离去。

琴声还在继续，只不过换了曲子，宋思阳仍听不懂。

他感激地向褚越道谢，又问道："刚才是什么曲子？我好像在哪里听过。"

褚越将曲子的名字告知宋思阳后，又有不少人来找褚越交谈。

宋思阳走远了点儿，去拿甜食，清亮的钢琴声还在空气里缓缓流淌。

忽然间，一道身影撞向宋思阳。他来不及闪躲，对方杯子里的果汁大半都撒到了他身上。

琴声在这一变故里戛然而止，交谈的众人都看向狼狈的宋思阳。

"我没拿稳。"

宋思阳这才看清泼自己果汁的就是方才嘲讽自己的音乐社社员。顿时，他的脸色一阵青一阵白。

少年的道歉一点儿也不诚恳，嘻嘻哈哈地说："不好意思呀，宋思阳，我不是故意的。"

当众出丑让宋思阳六神无主，仿佛连躯体都不是自己的，半天都说不出来话。

这时褚越大步走过来，挡在了宋思阳的身前，冷眼看着少年："道歉！"

少年嘀嘀咕咕的："对不起咯……"

宋思阳不想闹大，刚要开口说没关系，听到前来的褚越说："宋思阳是我的朋友，我希望以后此类情况不要再出现了！"

宋思阳满脸惊讶，没想到褚越竟然会在这么多人面前说自己是他的朋友。

褚越跟同学拿了条干毛巾递给宋思阳擦拭,说:"我们走吧。"

宋思阳点点头,跟着褚越离开晚宴。

他们提前离场。

回到家陈姨眼尖地瞧见宋思阳脏了的西装,"哎呀"了一声:"思阳的衣服是怎么了,弄成这样?"

被点名的宋思阳吓得差点儿跳起来。他不想让陈姨担心,不知道该不该把晚宴上的事情坦诚相告,于是求助地看向褚越。

褚越面不改色地说:"不小心跟人撞到了,不碍事。"

宋思阳也连忙附和,点头如捣蒜。

西装湿了一大片,黏黏糊糊的,穿在身上很不舒服,陈姨让宋思阳把外套脱下来送去干洗。

宋思阳看着价值不菲的衣服心疼得不行,再三问道:"能洗得干净吗?"

陈姨被他傻气的问题逗笑:"当然能!"

宋思阳穿在里面的衬衫也沾染了果汁,陈姨打发他去洗澡。他小跑着上楼将自己收拾整洁,想了想,敲响了褚越的房门。

褚越很快就开了门,问他:"有什么事吗?"

宋思阳心怀感激地说:"谢谢你刚才为我解围。"

对于褚越而言那只是举手之劳,但有了褚越的那一句话,往后绝对不会有人再刁难宋思阳。

褚越淡淡地说:"不客气。"

宋思阳心情很好,又忍不住小声地问:"那……我们以后就是好朋友了,对吗?"

他满含期待地看着褚越。半晌,他看见褚越点了下头。

宋思阳欣喜若狂,晚宴上那点儿小插曲带来的不快烟消云散。

因为和褚越的关系有所改善,宋思阳没有像之前那样一到放假心就飞回了"盛星",先给周院长打电话询问"盛星"的近况。

茵茵上个月已经跟着养父母到新家,当时宋思阳和褚越一同去送她,她抱着宋思阳的腿哭得很可怜。施源也是万分不舍,总是大大咧咧的少年罕见地哭红了眼。

天底下没有不散的筵席,在孤儿院更是如此。这些年,宋思阳不知道跟多少相熟的朋友说再见,却再也没有相见的那一日。大家都奔向自己的新生活,他也有自己的路要走。但茵茵是他看着长大,到底还是不同的。

周院长跟他说茵茵在新家适应得很不错,养父母对她十分照顾,又将茵茵的近照发给宋思阳看。照片里的小姑娘穿着漂亮的蓬蓬裙,坐在养母的腿上咧着嘴笑。

宋思阳这才放心了点儿。

谈话进行到一半,周院长问他什么时候回去过年。施源也问过他这个问题。

他想了想说:"今年应该会晚一点儿。"

宋思阳打电话的时候褚越坐在一旁,闻言看了他一眼。等他挂了电话,褚越说:"我跟外婆说好了,过年带你回去。"

宋思阳"啊"了一声。他这个学期才回"盛星"两次,如果连过年都不回去的话,施源又该生气了。他很在乎施源这个从小一块儿长大的朋友,犹豫着说:"可是……"

褚越投来一个眼神,宋思阳只好咽下接下来的话。

宋思阳跟褚越商量:"那我年初一能回去一趟吗,就半天?"

褚越沉默不语。他已经和外婆说定了,也不想出尔反尔。

宋思阳很识相地不再多言,又不禁苦恼起来,他该怎么跟施源开口呢?

宋思阳拖到了腊月二十五才敢告诉施源过年不回"盛星"的事。施源没有像往常一样发脾气,而是仿佛早就预料到了会有这么一天,沉默许久,说自己知道了。

宋思阳早早做好了被施源问责的准备，没料到对方那么平静，反倒叫他不安起来。

"施源，我……"

施源打断宋思阳的话："思阳哥，我还有事情要忙，今天就先说到这里吧。"

这是施源头一回先挂断宋思阳的通话。宋思阳呆呆地坐着，心里空落落的。

他和施源认识多年，说是亲兄弟也不为过。可自从他来到褚家之后，二人聚少离多，一年到头也见不了几面，这次更是明显地感受到施源对他的疏离。

宋思阳朋友不多，施源无疑是其中最重要的那一个。旁人也就算了，长大了分道扬镳是很正常的事情，但他不想失去施源这个朋友。

他给施源发信息道歉，隔了许久施源才回他："没事儿。"

可如果是真的没事，施源应该像从前一般向他闹脾气才对。

宋思阳难受地叹了口气，决定过两天再跟褚越争取回"盛星"的机会。

腊月二十八，陈姨回老家过年，而宋思阳也跟着褚越回姚家。

虽然见到褚明诚的次数并不多，但明眼人都能看出褚越与褚明诚关系势如水火。宋思阳不知其中的弯弯绕绕，褚越不提，他也从不过问。不过褚越倒是在他面前说过几次外婆，能感觉到褚越与姚家人很亲近。

去姚家时，宋思阳穿了件奶白色的羊绒外套，里头搭了件天蓝色的卫衣，都是浅色系，很衬他天真的少年气，乖巧得像只无害的羊羔。

他之前带来褚家的衣服皆七八成旧了，料子做工又差，褚越看不过眼全给扔了。现在他身上的每一件都是陈姨置办的，满满当当地塞了一柜子。

虽然他提过好几次不需要这么铺张，但受了褚越示意的陈姨显然不会听他的话。只要是送到褚家的成衣，定然都有宋思阳的尺码。

林叔送完他们后也要放年假了，整个过年期间他们都会在姚家。

车子在郊外的别墅区停下,姚家人通常居住在市中心,只有过年才会回到老宅度新春。

宋思阳下了车,整了整自己的衣服,又跟将要回程的林叔拜年:"林叔,祝您新年快乐,年后见。"

一年半前,林叔去接宋思阳时连句话都不说,现在严肃的脸上却带了点儿笑容,还给宋思阳塞了个新年红包。

宋思阳连忙摆手:"不用……"

林叔一把将红包塞到他手里:"给你就拿着。"

宋思阳习惯性地看向褚越,直到褚越说"拿着吧",他才收下红包,高高兴兴地跟林叔说"谢谢"。

两人在门口耽搁了些时间,里头的人听见动静,有帮佣出来开门,说:"小少爷快些进来吧,老太太在客厅等着你呢。"

宋思阳怕生人,闻言紧张得走路都有些同手同脚。

褚越瞧见,拿过宋思阳手中的红包塞进口袋里,说:"外婆一直很想见你。"为了打消宋思阳的顾虑他又多加了一句,"她很好相处的。"

宋思阳深吸一口气,慢慢地点了一下头,与褚越进屋。

褚越的外婆姓何,叫明慧,往上数两代是赫赫有名的商户,是真真正正的富家小姐。今年她正好七十岁,一身沉淀的书卷气,头发染得乌黑,精气神儿十足,虽然脸上岁月痕迹明显,却仍能瞧出年轻时是个大美人。此时她正在客厅和走路跟跟跄跄的小孙子说笑。

何明慧极疼爱褚越这个外孙,人还没到呢,就站起身迎上来。等褚越走近了她便握住褚越的手,乐呵呵地说:"来了就好,外头冷不冷,怎么穿得这么少?"

褚越在外婆面前敛去几分本不属于这个年纪的沉稳,浅笑着回答:"穿了三件,不少了。"继而他看向一旁的宋思阳:"还不叫人。"

宋思阳拘谨地站着,小声唤道:"外婆。"

何明慧确实是个慈和的老太太,"哎"了一声,又去握宋思阳的手,打量一番,打从心眼里喜欢:"是思阳吧?小越没少和我提你,说要带你来过年,可算让我见到人了。"她拍了拍宋思阳的手,夸道,"这双眼睛长得好,真水灵。"

何明慧亲和的态度让宋思阳提了一路的心落地。他禁不住夸,羞涩地笑了笑。

帮佣带二人上楼放行李。

宋思阳的房间原是安排在一楼的客房,但今早用人打扫的时候,不小心将擦地的污水泼在了床上,被褥床垫全湿透了,压根儿睡不了人。

正值过年,褚越不想添麻烦,只能让宋思阳跟自己住一间。

二人提着行李来到门口,褚越对帮佣说:"我们自己收拾就行,你去忙吧。"

二楼只剩下了他们,楼下时不时传来小孩儿的笑声。

宋思阳不敢乱跑:"我先去放东西。"

褚越说:"不急。"关了门,他把行李随手放在桌上,然后坐在单人椅上,抬眼看着宋思阳,问,"还紧张吗?"

宋思阳诚实地点点头,想了想低声说:"我怕外婆不喜欢我……"

他以前几乎都是和小孩相处,没和老人相处过,心中忐忑也是正常。

"不会的。"

何明慧是个很和蔼的老人,对谁都是客客气气的,更别说宋思阳是个乖孩子,她自然待见。

褚越说什么宋思阳就信什么,既然褚越如此肯定,他也不必多虑。

宋思阳去收拾自己的行李,把东西都整整齐齐地放好。

褚越不习惯跟人同住,宋思阳跟他一间房是无奈之举。

宋思阳有些苦恼地问:"对了,我睡哪儿?"

褚越想了想说:"沙发可以拉开当床睡。"

宋思阳轻轻地"哇"了一声,小跑着去捣鼓沙发,很是好奇的样子。

褚越教他怎么样把沙发拉开。拉开后竟也有近两米长,跟寻常的床也没什么区别。

解决完床的问题,褚越对还在研究沙发的宋思阳说:"外婆还在等我们，下楼吧。"

　　宋思阳将沙发推回去，又拿手按了按。这比孤儿院的床不知道要软多少倍，睡沙发他也很满足了。

　　傍晚，宋思阳见到了褚越的舅舅和舅母。姚家人都很和蔼可亲，没有对宋思阳表现出任何意见，还在吃晚饭时亲切地给宋思阳夹菜。

　　姚家亦是用的公筷，不知是为了迁就褚越，还是本来家规就如此。

　　褚越的表弟不到三岁，十分调皮捣蛋，过年期间两个保姆放假，只能由自家人带着。

　　姚家夫妇一心扑在事业上，平时孩子跟着何明慧，此时照顾孩子有些手忙脚乱的。宋思阳是闲不下来的人，又是在孤儿院长大，照顾这个年纪的小孩得心应手，便自告奋勇地给孩子喂饭。

　　何明慧起先不同意，是褚越说了句"让他喂吧"，勺子才交到了宋思阳的手中。

　　小孩坐在儿童餐椅上，宋思阳哄了许久才肯安分下来。

　　姚家夫妇松了口气，又自嘲说："我们做父母的可真是惭愧，太麻烦你了，思阳。"

　　宋思阳忙说"没事"，专心致志地喂小孩吃饭。

　　一顿饭下来，姚家人对宋思阳的好感倍增，特别是何明慧，对宋思阳是越看越喜欢，赞不绝口："真好，真好！"

　　宋思阳很喜欢姚家的家庭氛围，在这里的褚越看着也轻松自在许多。

　　晚些时候，二人洗漱完毕，宋思阳穿着褚越留在这里的真丝睡衣。睡衣轻飘飘的，有些宽大，但情况特殊，他没得选，谁叫他将睡衣忘在褚家别墅了呢。

　　宋思阳把吹风机放回原位，走到沙发旁，蹲下去拉沙发。可也不知道怎么着，下午还能轻轻松松将沙发拉开，这会儿却拉不开了。他正苦恼着，听见身后的褚越唤他："宋思阳。"

　　宋思阳应了一声，手中仍和沙发较着劲儿，也没回头。

　　褚越有些看不过眼，走过来帮他，三两下就将沙发展开了，叹气说:"笨手笨脚!"

宋思阳也不反驳,一下子躺到了沙发上。

真软哪!他满足地弯了弯眼睛。

卧室里暖气很足,窗户上挂着一层冰花,被热气一熏就化了,水流像是小溪顺着玻璃滑了下去。

宋思阳舒服得一直在柔软的沙发床上打滚儿。他抱着被子,看褚越走到床边。

室内的灯渐渐暗了下来,只剩下一盏细长的落地灯,幽黄的灯光透过白色的玻璃罩在地面投射出大片暖色的影子,让屋子看起来更加温馨。

宋思阳钻进温暖的被子里。他这会儿还没有睡意,拿出手机随意划拉着。褚越半靠在床沿,也在看手机。两个人各自忙活着自己的事情,室内的时光似是按了暂停键,变得缓慢宁静。

十几分钟后,褚越把手机放在床头柜上,说道:"时间不早了。"

宋思阳打了个哈欠,将手机锁屏。

褚越伸手关了灯,眼前顿时漆黑一片。

处于陌生的地方,宋思阳有些兴奋,一时半会儿睡不着,在沙发床上翻来覆去。

褚越似乎也察觉到宋思阳的情绪,出声说:"睡不着?"

宋思阳翻了个身面对声源的方向,饱含歉意地说:"吵着你了?"

褚越也还未困乏:"没有。"

既然都还未入眠,宋思阳便想着和褚越聊聊天打发时间。

聊些什么好呢?

他想了想,轻声说:"外婆他们叫你小越。"

"嗯。"

宋思阳的脑袋朝向褚越的方向,期待地问:"我也能叫你小越吗?"

褚越毫不犹豫地说:"不能!"

宋思阳用手肘半撑起身体:"为什么?"

"那是长辈叫的。"

褚越的解释还算合理，宋思阳只好作罢。他又躺了回去，嘟囔着："外婆很疼你。"

"嗯。"

他们的世界天差地别，此前从未有过交集，宋思阳此时对褚越的过往产生了点儿兴趣："你以前常常来这儿吗？"

宋思阳知道褚越经常去看望外婆。

褚越不太想聊这个话题，应了一声后，将问题抛给宋思阳："那你呢？"

宋思阳扬声："我？"

褚越的声音放得很低："你以前在'盛星'……"

好朋友互相分享自己的过去是再正常不过的事情。

宋思阳并未隐瞒，小声地谈起了自己的身世。父母刚去世的时候，他还不能坦然地面对自己成为一个孤儿的事实，但而今再谈起这些事情，他的语气已经很平静。

"爸爸妈妈对我很好，尽管我已经有些忘记他们的长相了。我七岁那年过生日，全家人去动物园玩，我还看了小老虎，喂了长颈鹿。我知道他们肯定希望我过得开心。"

最后一句话宋思阳既是对自己说，也是对同样幼年丧母的褚越说。

宋思阳告诉褚越他在"盛星"的生活。

"孤儿院的小孩儿太多了，来来去去的，其实我也忘记到底有多少人了……每天的生活都很单调，醒来吃饭，在院子里兜圈，陪弟弟妹妹们玩。有时候资助人会捐赠玩具，大家都会很开心……"

他说了很多，说到最后都有点儿迷糊了，声音也渐渐弱了下去："不是所有小孩都能读书的，所以我真的很感谢褚家……"他低喃着，"也很感谢你，肯和我做朋友。"

房间里安静了下去，宋思阳已经睡着了。

褚越一直默默地听着宋思阳说话，在絮絮叨叨里拼凑出对方的过往。

宋思阳的尾音落下，他沉默良久，最后说了一声"晚安"。

除夕那天早上,姚家意外地出现了不该出现在这里的人。

宋思阳躲在二楼的走廊往下看,褚明诚和姚家人面对面坐着,不知道在说些什么。

褚明诚是来带褚越回褚家见褚越爷爷的。老爷子年近八十岁,年轻那会儿虽然十分薄情寡义,可人老了就期盼含饴弄孙。

褚越跟父亲关系恶劣,但爷爷倒是挺疼他的。只不过他这些年回褚家次数少,跟爷爷见面的次数也屈指可数。

姚家人并没有给褚明诚好脸色,但碍于褚家如日中天的势头也做不出拿扫帚赶人的行为。

何明慧握着褚越的手,"哼"了一声:"这几年褚越都在这里过的年,想要见孙子让老先生自己过来吧。"

褚明诚跟姚家既是亲家又是仇家,姚家人说话难听他也不恼,面子功夫做得极好:"妈,你也知道我父亲这些年身体大不如从前,现下天冷,跑一趟太遭罪,老人家只是想临走前享一享天伦之乐。这样,除夕夜还是在您这儿过,年初一我接褚越回去,晚上就让他回来。"

褚明诚话都说到这份儿上,何明慧也不好再多说什么。人老了就什么都没有了,若是临死前连孙子的面都见不上怕会死不瞑目。她只好对褚越说:"你自己做主吧。"

褚越沉吟片刻,冷淡地说:"明天我自己回老宅。"

褚明诚说"好",起身给何明慧拜了个年,临走前突然又说:"宋思阳那孩子是不是在这里?让他出来,我有事情嘱咐他。"

褚越脸色阴沉地看向褚明诚,一言不发。

姚家舅舅让帮佣去二楼叫宋思阳。不一会儿,宋思阳就出现在众人面前。他先是看了一眼褚越,对方表情十分淡定,瞧不出在想什么。

宋思阳恭恭敬敬地唤道:"褚先生好。"

褚明诚带着宋思阳到院子里去说话。褚越盯着走远的身影,嘴角抿直了。

何明慧这时才终于想起宋思阳的来路,免不了叮嘱一句:"那孩子瞧着可喜，但到底是那边的人，你凡事要留个心眼。"

何明慧"一朝被蛇咬，十年怕井绳"，对所有跟褚明诚扯上关系的人都没法儿完全放心。

褚越不置可否地"嗯"了一声，起身走到窗口往外看。

二人站在院子里，褚明诚对宋思阳跟着褚越来姚家过年的行为表示不满，说了一些话，无非是要他盯紧褚越，再提醒他是谁在资助他和"盛星"。末了，褚明诚说："过些年褚越毕业接管家里的企业，我希望他身边能有个我可以信得过的人。如果你做不来，我换一个人也很简单。"

褚明诚搭了一下宋思阳的肩膀，半是提醒半是恐吓地说："是周院长向我推荐的你，不要让她失望。"

宋思阳惶恐不安，纵然早就猜到褚明诚将他安插在褚越身边是有其他用处的，但他没想到褚明诚会这么快挑明。如果他不能乖乖地做监视褚越的棋子，那么随时可能被替换掉，也许还会连累到"盛星"。当日褚明诚选中他，无非也是因为他性子软、好摆布。

父子俩关系到这种程度，至亲至疏，世间少有。

一股寒气从脚底升起，宋思阳除了应承别无选择。

回屋时，褚越让他跟自己到房间去。

每次宋思阳见完褚明诚，褚越的心情都不会太好。宋思阳磨蹭着，心里极为不安，半天才进屋。

褚越虽然没听见褚明诚对宋思阳说了什么，但也能猜个八九不离十。他的目光缓缓落到宋思阳被褚明诚搭过的肩膀上，半晌，在宋思阳不安的眼神中开口："卫衣脱了！"

宋思阳一愣，无措地站着没动。

褚越觉得被褚明诚碰过的东西太碍眼，干脆亲自动手。宋思阳瑟缩了一下，没躲。

卫衣被三两下剥掉丢在一旁，宋思阳只穿着一件薄薄的长袖，局促地绞着手。他有点儿害怕地看着褚越，哽咽了一下，没敢出声。

褚越冷声说："不管他说什么，都别听！"

宋思阳吸了吸鼻子，闷闷地"嗯"了一声。

褚越皱眉："回答！"

宋思阳微微抖了下，连忙颔首："知道了。"

褚越的脸色这才好看了些，说："明天我回趟老宅，你在这里待着，别乱跑。"

宋思阳说"好"，紧握着自己的手，以此给自己力量，脑子里有关褚明诚的话却怎么都挥之不去。

他真的能什么都不听吗？

除夕晚上，一家人热热闹闹吃完饭，老太太乐呵呵地给几个小辈发了红包。

宋思阳也有份，很厚实，钞票将红包撑满，拿在手里沉甸甸的。他不太敢要，褚越替他揣兜里："外婆的心意。"

宋思阳这才没有推脱，回到房间忍不住悄悄打开数了数，两千八百元，对他来说绝对是一笔不菲的数目。他为难地看向褚越："这太多了！"

褚越心安理得地说："外婆不差你这个红包。"

话是这么说，但宋思阳心里还是不踏实。他正琢磨着该把红包放在哪里，褚越拉开柜子唤他："过来！"

宋思阳走到褚越面前。褚越微抬下颌："拜年。"

宋思阳愣了愣："新年快乐。"

"没诚意。"

宋思阳只好认认真真地双手合十给褚越行了个正儿八经的拜年礼："祝你新年快乐，新的一年学业有成，事事顺心。"

褚越问："你只会这句？"

和去年宋思阳给他发的新年贺词一模一样，半个字都没改。

宋思阳笑了笑："一时之间想不到别的词。"

他还想说点儿其他的贺词，褚越已经将一个工艺精美印着浮雕小白狗的红包轻轻放在他的掌心。

长辈给小辈发红包司空见惯，却没听说过还能收同辈红包的。

宋思阳惊讶得微微张嘴，茫然说："给我吗？"

褚越理所当然地说："拜了年就该收红包。"

宋思阳现在左右手各一个红包，褚越给的那个也塞得严严实实，一点儿缝隙都没有，跟拿着两块板砖似的，可谓是一次大丰收。但金额太大，他拿着烫手，不安地说："外婆已经给过我了。"

褚越故意曲解他的意思："只要外婆的，不要我的？"

"我不是这个意思……"

"既然不是就收好。"褚越一锤定音，往房门口的方向走，不等宋思阳再开口就下楼去了。

宋思阳端详着褚越给的红包，也不知道褚越在哪里变出来的，红包封面印着的小白狗憨态可掬，很温顺的样子。他欢喜地摸了摸小狗的尾巴，而后将红包放进包里，想了想又塞进了暗格，还拿手拍了拍确保不会弄丢才跟上褚越的步伐。

姚家夫妇一心以事业为主，和孩子相处的时间少得可怜，眼下好不容易有亲子时光，便带着孩子出去玩了，褚越和宋思阳则留在家里陪老太太聊天。

明天一大早褚越还得回褚家老宅，约莫十点就上了床。

宋思阳还是睡在沙发床上，打着哈欠问："你明天什么时候回来呀？"

姚家很好，但他到底是个外人，褚越不在的话他难以心安。

"吃完晚饭吧。"褚越将手机放好，说，"要是待着无聊就跟乐乐玩。"

乐乐是褚越表弟的小名。宋思阳心想，他跟个不到三岁的小孩有什么好玩的，但还是点头。

褚越似乎察觉到了宋思阳的不安，说："有什么事就给我打电话，或者直接找外婆。"

宋思阳心里的大石头落地，笑着回答："好。"

151

翌日，帮佣来敲门说司机已经到了，此时宋思阳和褚越还在睡梦里。

听见声音，宋思阳被吵醒，迷迷糊糊地揉着眼睛有些分不清自己在哪里，褚越倒是气定神闲地起身收拾。不一会儿，两个人收拾好下楼。

用完早餐，褚越便出发去褚家老宅，司机是姚家安排的。宋思阳去送他。

今天天气格外冷，天气预报说今晚会有大雪，风很猛烈，风吹得宋思阳太阳穴跟着疼。

褚越跟宋思阳告别后坐进车里："回去吧。"

宋思阳颔首，等到车子开远了才收回目光。

宋思阳整个上午都在陪乐乐玩，时不时跟外婆说几句话。中午时褚越像是查岗一般给他发信息问他在做什么，他给褚越拍了张乐乐玩乐高的照片。褚越应当是在忙，没有回他。

人一到冬天就容易犯困，大人小孩皆是如此。下午两点多，整个姚家都安静了下来，大家都进屋睡午觉了，宋思阳也不例外。

宋思阳不敢多睡，定了个闹钟，昏昏沉沉地睡到快五点，一打开手机发现好几通未接来电，都是施源给他打的。

宋思阳一下子就清醒了，连忙回拨过去。

施源接得很快，手机那头传来"呼呼"的风声，应当是在室外。

"思阳哥。"

宋思阳说："我刚才在午睡，手机调成静音了。"

施源的声音有些发抖："我在褚家别墅这里，门卫不让我进去。"

宋思阳好一会儿才反应过来施源的话。他看了眼第一通未接电话的时间，已经过去一个多小时了。他惊讶地说："你怎么不提前和我说一声啊！"

他顾不得问那么多，手忙脚乱地爬下床套上外套："你还在那里吗？"

"在。"

手机里的风声越来越大，宋思阳担忧地说："你找个地方躲一躲，我马上过去！"

跟褚越回姚家的事情宋思阳没跟任何人提，想了想他又说："我大概四十分钟到。"

施源没有问宋思阳为什么要那么久，声音染上些许喜悦："好，我在这里等。"

挂了电话，宋思阳匆忙下楼。这时他才想起来别墅区打不到车，好在姚家舅舅正好在客厅，见他慌慌张张的，问他怎么了。

宋思阳没有隐瞒，说自己有事必须出去一趟，请求舅舅把他送到可以打车的区域。

姚家舅舅难得清闲，答应了，把人送出去好心地询问："需不需要我把你送到目的地？"

宋思阳麻烦舅舅心里已经很过意不去了，感激地说："不用了。"

大年初一外出跑车的人并不多，宋思阳等了十几分钟才有人接单。在车上他又跟施源发短信，说自己很快就到，并嘱咐对方一定要找个室内的地方避风。

外头忽然飘起了小雪，宋思阳心急如焚。手机振动了一下，他拿起来一看，见到联系人时心口微微一紧，是褚越。他知道自己外出的事情瞒不住褚越，没想也没敢瞒，于是他忐忑地接了电话。

褚越清冷的声音透过手机传过来："在做什么？"

宋思阳只是沉默两秒没有回答，褚越就听出了端倪，轻轻地唤了一声："宋思阳？"

"我……"宋思阳没来由地紧张，"我去找施源。"

死一般的沉寂。宋思阳赶在褚越开口前说："他在别墅等我，天很冷，我见完他就会回家的。"

褚越临走前嘱咐宋思阳待在姚家别乱跑，宋思阳却忤逆了褚越的意思。他担心褚越会生气，幸好他只听见褚越"嗯"的一声，听不出什么情绪。

宋思阳一口气提到心口："你要回来了吗？"

褚越又"嗯"了一声。

褚越平时沉默寡言，但宋思阳还是察觉出了褚越的不悦，但这一趟他是无论如何都得去的。他放软声音："那我们晚上见。"

褚越还是万年不变的"嗯"，只一个音节就带给宋思阳沉重的压迫感。

结束通话后，宋思阳心里还在打鼓，简单的几句对话竟让他掌心出了一点儿汗。他摸不清褚越到底是什么态度，可是他只是去见个朋友而已，应当也不会有什么事情吧。

车子在风雪中不急不缓地前行着，褚越摘下蓝牙耳机，抬眼见到车内后视镜里自己阴沉的脸色。

"掉头！"

司机提醒说："待会儿有大雪，现在不回去路不好走。"

褚越的声音更沉，报了个地名。司机见他执意如此，转换了方向。

他望向窗外雾蒙蒙的天，一如他不明朗的心绪。

人是群居动物，宋思阳有朋友再正常不过。可对于第一次交到朋友的褚越来说，他却无法眼睁睁地看着自己唯一的朋友与别人关系更佳。

褚越就宋思阳一个朋友，可宋思阳却不止他一个朋友，这让他实属难以平衡。

他不禁想起之前两次与施源的见面。许是因为不满宋思阳离开"盛星"，施源都没有给他好脸色，态度也称不上和善。

褚越说到底只是个未成年人，心思再成熟也难以做到不在乎施源对自己隐隐约约的不满。

既然如此，他又何必给对方好脸色呢？

宋思阳用了一个多小时才冒着风雪抵达褚家别墅区。

这里安保严格，没有收到业主的允许不会随随便便放人进去，施源自然也只能在门卫室等着。

雪越下越大，宋思阳只是下车一小会儿就冻得直哆嗦。他根据施源的信息找到门卫室，只是远远瞧见了，门就从内打开。施源大力地朝他招手，声音洪亮："思阳哥，我在这儿。"

　　宋思阳小跑过去，进了暖和的门卫室，抖了抖肩头和脑袋上的雪。

　　值班的门卫是认得宋思阳的，见二人真认识，说道："不好意思呀，没有命令我们不能让你朋友进去，只能在这里待着了。"

　　宋思阳连声道谢："劳烦您了。"

　　两个少年走到一旁去，宋思阳出门时只匆忙套了外套，穿得不多，冻得两颊鼻尖通红，还在打战。

　　施源将门卫给的热水递给他，他捧着喝了几口，热源顺着喉管温暖到胃里去，这才觉得好受些。

　　宋思阳问施源："你怎么知道地址？"

　　"我问周院长的。"

　　宋思阳放下杯子，抿了抿嘴唇说："我跟褚越去他外婆那里过年了，不在这儿，有什么事你可以在电话里告诉我的。"

　　宋思阳话里没有半分责怪的意思，纯粹是担心大冷天的冻坏了施源。施源却落寞地说："你不想见我？"

　　宋思阳急忙说："怎么可能，天太冷了！"他看向窗外，雪扑扑簌簌地落着，可见度极低，又问，"你找我有事吗？"

　　施源不像平时那么大大咧咧："你不在'盛星'，我只好来找你了，以前每个春节我们都是一起过的。"

　　宋思阳没想到施源会冒着风雪专程来找他过年，既感动又愧疚，低声说："是我又食言了……"

　　"我知道你也不想这样，"施源咬牙问，"肯定又是褚越不让你回去，对不对？"

　　宋思阳只是含糊地"嗯"了一声，继而快速绕过这个话题："我们好多天不见了，坐下来聊聊天吧。"

　　施源却察觉出宋思阳对褚越的维护，忍不住说："他凭什么不让你回'盛星'?"

话一旦开了口就难收回去,施源这一年多堆积的不快终于在此刻爆发了:"你到褚家之后什么都变了。我们以前多开心,现在茵茵被领养走了,'盛星'只剩下我一个人,就连过年你都不回来,为什么呀?"他的声音不大,但充满了不解和难过,"思阳哥,我知道我这样想很自私,但你能不能回来?"

跟朋友渐行渐远是件很不好受的事情,宋思阳想到从前的时光也有几分怀念。但从他答应周院长做褚越"伴读"的那一天开始,他就没有回头路了。

宋思阳略显苦涩地轻轻唤了一声"施源"。

施源了解他的难处,苦笑了一下:"你当我没说过吧,我只是……"

施源没有说下去,深吸了一口气后又笑了一下:"对了,我给你带了新年礼物。"

施源从口袋里摸出一个木雕的元宝,形状虽还有改进的地方,但打磨得很光滑,一看就知道雕刻的人下了心思。

宋思阳喜笑颜开地接过:"你雕的?"

"厉害吧?"

宋思阳摸着光滑的木元宝,重重地点头笑着说:"厉害,祝我财源滚滚吗?"

二人一扫方才的沉闷,猫在门卫室的小矮凳上有说有笑。

其间门卫接了个总室打来的电话,二人都沉浸在见面的快乐中没有注意,于是褚越推门而入见到的就是宋思阳和施源都笑得一脸灿烂的画面。

风雪随着褚越开门的动作一同灌进了门卫室,凛冽的寒气刹那吞噬了室内的热意。宋思阳和施源下意识地抬头看向门口,前者在见到褚越时如同弹簧一般跳了起来,后者脸上的笑容一瞬间没了。

天已经完全暗了下来,路灯的照耀下尽是飘飘洒洒的霜雪。褚越背光而立,风衣上沾了细碎的雪粒,冷冷地看着二人。

宋思阳诧异地看着出现在此的褚越,半天都没能说出话来。

褚越清冷的视线慢悠悠地环顾一圈,最终定格在宋思阳的脸上,开口:"宋思阳,回家了!"

宋思阳总算回神。他抓着施源送的木雕元宝,有些紧张地问:"现在吗?"

褚越因宋思阳没有立刻应允而蹙眉,很轻地"嗯"了一声。

宋思阳看了眼玻璃窗外的鹅毛大雪,犹豫地看了看施源——雪这么大,施源该怎么回去呢?

施源这时也站了起来。褚越命令式的口吻让他很不舒服。他之前对褚越一再忍让,不过是怕宋思阳在中间为难,可褚越未免欺人太甚,一再阻碍宋思阳回"盛星"也就算了,对待宋思阳的态度更是让人大为恼火。

施源的语气很冲:"思阳哥的家只有'盛星'一个,他想去哪儿就去哪儿。"

褚越与怒气冲冲的施源对峙着。

之前褚越陪宋思阳回"盛星"时就亲耳听见施源对他"意见颇多",甚至揣测他欺负宋思阳。他那时不想与施源起争执,假意没听见,可凡事忍一次就够了,绝不该忍第二次。

一簇火苗在褚越胸腔内燃起。

宋思阳见到褚越的嘴角微沉,心突突地跳了两下。他想说点儿什么缓解这尴尬的氛围,可还没等他开口,褚越已经冷声问他:"你也是这么想的?"

褚越的声音比屋外的雪还凉,宋思阳后背一麻,点头也不是,摇头也不是,愣愣地站着。

施源"哼"了一声:"思阳哥,你跟我回'盛星'过年吧。"

褚越神情还是平静的,但眼神已经彻底阴郁了下来。

宋思阳惶恐不已,弱弱地喊了一声"褚越"。

褚越看都不看他一眼,放在门把上的手收回,转身往风雪里走。

宋思阳想到褚越不能受冻,本能地追上去,用力地拽住他,慌张地说:"外面冷!"

褚越只是冷冷地瞥他一眼,就强硬地推开了他。

褚越拒绝的姿态让宋思阳难过,他眼睛不禁有些发热。

褚越也意识到自己不该迁怒宋思阳,音色稍缓和了些:"我只问一遍,跟不跟我回家?"

宋思阳犹豫不决。他不敢忤逆褚越,又挂心施源,一时之间有种窒息感,但最终他还是有了自己的考量。

褚越有先天性心脏病,轻易动气不得,他又答应过张医生和陈姨一定要照顾好褚越的情绪,他不可以言而无信。他决定先平息褚越的怒气。至于施源,下一回见面他一定好好地跟施源道歉。

半响,宋思阳回答了褚越的话:"我跟……"

褚越似乎感知了宋思阳的两难,站定了,对脸色难看的施源说:"这里打不到车,你来一趟不容易,我让司机送你。"

褚越向来礼节周全,从不仗着自己的好出身而有半分优越感。可是在这一刻,他却抛弃了自己的准则,对待施源的态度上带了一点儿居高临下的意味,明晃晃地将两个人的差距拉开来。

宋思阳听不出褚越的弦外之音,对他来说施源回去的问题能得到解决,他稍稍放心。

施源板着脸拒绝:"用不着!"

宋思阳比谁都清楚这里交通有多不便利,闻言想上前去劝一劝施源。

施源先一步朝宋思阳笑了笑:"我自己能回。"

宋思阳非但没有因为施源的笑容而开怀,那股愧疚之情反而越来越浓郁,连带着胸腔里都产生了阻塞感。

"思阳哥,新年快乐,我会一直在'盛星'等你回来。"施源说完这句,与褚越的眼神交会又挪开,继而大步地往室外走。没多久,他的身影就被漫天风雪的夜色淹没。

宋思阳担忧地望着远方。褚越和施源起争执,对于他这个中间人来说实在不是一件好受的事情。

宋思阳跟着褚越上了车,怔怔地盯着窗外的雪出神。褚越也不说话,坐在一旁闭目养神。

鹅毛大雪给大地铺了层厚厚的毛毯,正如司机所言路面并不好走,四十分钟的路程开了近一个半小时才抵达。

回到姚家时已经快九点了,何明慧见二人终于回来,长出一口气:"赶紧上去洗个热水澡,别冻着了。"

褚越在外婆面前一贯乖巧,颔首应了,与宋思阳一前一后上楼去。

宋思阳方才在路上就给施源发过信息,得知对方顺利打到车仍不能放心,再三嘱咐对方到了要和他说一声。走到二楼的房门口,宋思阳惴惴地跟着褚越进去。

褚越像没感觉到室内有另外一个人似的,一言不发地脱下染了霜雪的风衣,随手搭在椅背上。

宋思阳凝望着褚越高挑的背影,忐忑地开口:"雪那么大,我没想到你会去接我。"

褚越闻言回身,黢黑的眼睛没有一丝温度,淡淡地说:"我说过让你在这里待着!"

果然还是要秋后算账!

宋思阳小声地辩驳:"可那是施源……"是他最好的朋友。

褚越听见这句话,冷笑了一声:"所以下这么大的雪也要去见他?"

话是这样说没错,但宋思阳迟钝地感知到绝不能承认,所以愣怔着没回答。

褚越想到宋思阳明明答应他待在姚家又失信,再想到施源对自己的恶劣态度,连带着对施源送的东西都有意见:"他给你什么了,拿出来看看?"

施源送给宋思阳的元宝还在口袋里,他心神不定地掏出来给褚越看。

褚越问:"很喜欢?"

褚越进屋时,宋思阳拿着元宝把玩个不停,一见他就宝贝似的藏起来了。

宋思阳犹豫了一下，实诚地点了点头。

明明都是宋思阳的朋友，可宋思阳似乎更在乎施源，这让褚越难以接受。

褚越伸出了手。

宋思阳不明所以地偏了偏脑袋："什么？"

褚越把手收回来，笑了笑："不给算了。"

宋思阳无措至极，拿在掌心的元宝似沉甸甸的大山，压得他喘不上气来。

褚越单方面地跟宋思阳"冷战"。宋思阳再想把元宝给他时他却连看都不看一眼，沉默地坐在书桌上翻阅最新的杂志。

"褚越……"

宋思阳有些无奈。他把元宝收进柜子里，感到有些疲惫。

桌面还有不少读物，宋思阳随手拿了一本坐下来，心思却不在书上，而是想着该怎么样劝和褚越和施源。两个人都是他的好朋友，他真诚地希望二人能和睦相处。

青春期的少年就是如此，一点儿无关痛痒的小事都能被无限放大，继而产生更多的龃龉。可等长大后再回头看，才会发现这些行为有多幼稚。

褚越翻了页，"哗啦"一声。

宋思阳捏着书页，清了清嗓子："我给你讲个笑话好不好？"

褚越没搭理他。他硬着头皮自顾自地说下去："有只大雁白天朝东飞，到终点要五个小时，可是回程却要十个小时，你猜为什么？"

褚越满脸写着不感兴趣，但终于肯搭腔了："你的笑话很老。"

宋思阳见褚越情绪好转，连忙引入正题："其实施源人很好的……"

褚越"哗"地又翻过一页。

"我跟他认识很多年，在'盛星'的时候，他帮助过我许多。对我来说，他就跟我的弟弟一样亲。"宋思阳鼓起勇气，"褚越，我觉得你们之间有些误会。"

褚越表情淡然地把书搁在桌面，说："他是你的朋友，你自然为他说话。"

宋思阳不假思索地回答："可你也是我的朋友哇！"

褚越一怔，偏过脸。

宋思阳站起身，真挚地说："我知道他今晚的话是有些冒犯你了，下一回你们再好好聊聊行吗？如果你还是不高兴，我认真地跟你道歉。"

褚越抿了抿嘴唇："够了！"

宋思阳以为褚越还在介怀，耷拉着脸。

半晌，褚越开口："天气预报说了，今天的雪很大。你贸然跑出去，如果出了什么事，我没法儿交代！"

宋思阳眼睛一亮，原来褚越生气，也是因为出于好心。他又感动又开心，再三保证："以后我一定注意安全！"

褚越这才弯了弯嘴唇，轻轻地"嗯"了一声："把刚才的笑话讲完。"

"你不是嫌老吗？"

"那你说不说？"

"我说！"宋思阳兴高采烈地颔首，"是因为大雁回程朝西飞，太阳正值下山，阳光太刺眼，所以他得用一只翅膀挡住眼睛，只用一只翅膀飞，自然得用十个小时了。"

宋思阳说完，等待褚越的反馈。

褚越重新拿起书，给出评价："无聊。"

宋思阳凑过去："我还有很多笑话，你听不听？"

半天等来褚越的一声"嗯"，宋思阳的心落回原地。

两个人说了会儿话，帮佣来叫他们到楼下喝汤。

何明慧怕他们冻着了，特地让帮佣炖了滋补暖身的汤。

褚越和宋思阳坐在餐桌前，听老太太说话。老太太察觉出他们刚刚的不愉快，这时各打五十大板。先说褚越不该对宋思阳发脾气，又嘱咐宋思阳往后出门一定要有交代。

161

来自长辈的关怀让宋思阳很感动，忙不迭地点头："我知道了。"

等回房间时，褚越又说了跟老太太差不多的话："以后不要随便出去，就算要出门也得跟我说一声，不论是去哪儿。"

宋思阳小声地问："'盛星'也不能去吗？"

褚越没回答，但宋思阳明白了对方的意思。他想，能被长辈和朋友关心也是他的幸运，即使这样的关心有些沉重，他也不该拒绝对方的好意。

很快就到了睡觉时间。宋思阳很快就进入梦乡，褚越却迟迟未眠。

褚越的睡眠质量一向还不错，平时吃的药物有催眠的成分，通常是吃过药半小时后就能昏昏睡去，但今晚他却很清醒。

从他记事起，许多事情都不由得他做主，包括他的生命。

褚家和姚家都把他当作一尊碰都碰不得的易碎瓷器，他前一秒磕了、撞了，后一秒就会有专人将他的信息一层层往上传，传到褚明诚和外婆的耳朵里。之后就是叮嘱和告诫一并前来，每个人都在提醒他，他与常人不一样，终其一生他都无法痊愈。

这种时时刻刻被盯着的情况逐年加重，以关心之名，行监视之举，合情合理。

直到他偶然听到母亲离世的隐情，闹过一回停药后，病情却误打误撞地有所好转。

对于死亡，他无所谓早与晚，没有人知道他什么时候就会倒地不起。他控制不了那颗天生残缺的心脏，既不求生，也不寻死，大把大把的药灌进他的身体里，又通过一根根尖锐的针头抽出去，检查、化验，正常、异常，日复一日，了无生趣。

突然有一天，他身边又多了一双监视的眼睛，澄澈的、干净的，和以往的每一双都不同。

坦诚地讲，但凡是褚明诚安排的人褚越都会下意识地排斥。对于宋思阳，他起初亦是忽视的态度，不想搭理，也懒得搭理。

可是宋思阳跟褚越以往接触过的每一个人都不同。人如其名，他像太阳一样热烈、温暖，照亮贫瘠的世界。

宋思阳不会同其他人那般，接近他都是带着目的，宋思阳是纯粹地想和他成为朋友。

而且宋思阳的品行坚韧，误打误撞地进入了不属于他的地界，也从来不打退堂鼓，而是像一棵迎着风雨而上的小草，用尽自己的全力去生长。学业跟不上就加倍努力地学习；没有显赫的家世也不妄自菲薄；即使偶尔也产生退缩的念头，最终仍会笑着面对困难与挫折。

宋思阳跟顺风顺水的褚越是两条平行线，有着截然不同的人生，但并不妨碍褚越发现对方的闪光点。

褚越对很多东西都不在乎，却透过了宋思阳看到了这个世界尚存的美好。

是纯真与善良，是温和与坚强，无人不会被这股蓬勃的生命力打动。而这样旺盛的生命力是患有先天性心脏病的褚越所向往的。

他无法控制时光的流逝，不能预料明天是晴是雨，无从掌控生老病死，但他有权选择活着的方式。他也想像宋思阳一样，用满满的朝气去感受这个多姿多彩的世界。

活一天，是一天；活十年，是十年。在他人生有限的一分一秒里，用心体会生命的馈赠。

"思阳哥哥，思阳哥哥！"

宋思阳是被乐乐奶声奶气的声音吵醒的。昨天他跟乐乐约好今天一起把积木城堡搭建完成，乐乐一大早就去敲他的门。

褚越比宋思阳起得早，穿好衣服去开门。

宋思阳性情温和又有耐心，很讨小孩子的喜欢。乐乐跟他相处不到四天就建立起了"革命友谊"，倒是有点儿怕褚越这个表哥，褚越只是一个眼神扫过去乐乐就噤声。

"思阳哥哥还在睡觉，别吵他。"

"那我等会儿再来找他。"

宋思阳这会儿也转醒了，迷迷糊糊地问："是乐乐吗？"

褚越将门关好，回："我让他在外面等着，你先洗漱吧。"

宋思阳这才清醒了一点儿，从床上爬了起来，不到十分钟就收拾好了。

乐乐听见动静跑了过来，高兴地看着他："思阳哥哥，醒了！"

乐乐年纪小，还不能完整地说出长句子，说话一顿一顿的。

宋思阳蹲下身放慢语速说："哥哥马上陪乐乐玩好不好？"

乐乐眼睛发亮："好！"

褚越打开门，居高临下地看着走廊里的一大一小。他看人的时候不自觉带了点儿威慑力，乐乐一缩脖子，怯怯地喊："哥哥……"

宋思阳抱起乐乐，问道："跟褚越哥哥一起玩好吗？"

乐乐先是抿嘴，半晌在褚越静默的注视中不情不愿地说"好"。

宋思阳失笑，小声问褚越："你干吗那么凶？"

褚越言简意赅："吵！"

不知是嫌乐乐话太多，还是嫌他一大早扰人清梦。

宋思阳洗漱完牵着乐乐下楼，褚越跟在他身后。

何明慧在餐桌用早餐，乐乐蹦蹦跳跳地挣脱宋思阳的手，说："要思阳哥哥喂！"

"羞羞！"老太太拿指尖轻点乐乐的鼻子，慈爱地说，"不可以麻烦思阳哥哥。"转身她又笑呵呵地对宋思阳说："乐乐一睡醒就嚷着要去找你，没吵到你吧？"

宋思阳连连摇头，熟练地把乐乐放到儿童餐椅上，从餐桌上拿起猪耳朵形状的瓷碗，要给乐乐喂南瓜粥。

褚越也入座，却没有动筷，而是从宋思阳手中拿过瓷碗放在餐椅的凹槽上，对乐乐说："自己吃。"

乐乐嘴一撇，瞅向宋思阳。

褚越的话很有分量，何明慧也说："是要学着自己吃饭了。"

宋思阳心软地说："我喂吧，不费事的。"

"都三岁了，别惯着他。"

宋思阳咂舌，觉得褚越对一个三岁的小孩要求未免太高。但乐乐确实挺怕褚越的，已经噘着嘴自个儿拿起了勺子。

大年初二，陆陆续续有人来姚家拜年。

宋思阳的身份比较尴尬，但褚越没让他躲进房间里，反而将他带在身边，让众人混了个眼熟。有人问起褚越也不说他的来历，只道是朋友。

知情的人与不知情的人都很知分寸地没有多问，纷纷给宋思阳发红包。几天下来，宋思阳书包的暗格都装不下了。

新年就这样热热闹闹地过去了。

大年初九，褚越和宋思阳要回别墅了。何明慧舍不得，握着褚越的手再三嘱咐褚越要多去看看她。

"也把思阳带来，和外婆聊聊天。"

褚越说"好"。宋思阳乖巧地和老太太告别。

乐乐黏宋思阳黏得厉害，抱着宋思阳的大腿，仰着脑袋问："思阳哥哥，什么时候来？"

宋思阳揉了揉他的脑袋："等到乐乐会自己吃饭，我就来看你。"

这些天在褚越的介入下，乐乐都是自己吃饭的，好几次宋思阳给他偷偷喂饭都被褚越发现阻止了。现在乐乐已然将褚越当成拆散他和宋思阳的坏人，闻言愤愤地瞪了褚越一眼，又很灰地躲到宋思阳的身后去。

褚越没理会乐乐的敌意，带着宋思阳离开。

林叔和陈姨都休完年假了，日子和之前的大差不差。

高二下学期课程吃紧，宋思阳大部分心思都放在了学业上。

日子一天天热起来，春去夏至。

宋思阳没有再回过"盛星"，一来是学业确实太紧张，他不想落下功课；二来他的那辆自行车总是掉链子，他也不好意思一再麻烦林叔。好在施源能体谅他的不易。

因为上学期晚宴时褚越当众跟同学们说宋思阳是自己的朋友，新的学期宋思阳在"鼎华"的生活要轻松许多，也开始重新去上体育课。

只是褚越不想让宋思阳和同学们走得太近，所谓"吃一堑，长一智"，他希望宋思阳能懂得这个道理。如果他是宋思阳，他定会与那些人老死不相往来。可很显然的，宋思阳的想法与他相悖。

如今的宋思阳在体育课上有了固定的搭档，不再是"球童"，更不会一个人搬运器材。这周老师让他与同班一个高大的男生一起搬运器材。

男生的声音粗哑低沉，极具辨识度。宋思阳知道之前在更衣室嘲笑讽刺自己的人中就有他，所以在老师叫他们时宋思阳是有些打怵的。

但宋思阳向来是听话的好学生，也不想多出事端，因此还是和男生一同前往。

二人一路都没说话。男生随意踢走路边的一颗石子，瞥了宋思阳一眼，"哼"了一声，满意地看到宋思阳抖了一下肩。

宋思阳微微地叹了口气，恨不得早点儿完成任务，一秒都不想和对方多待。

到了器材室，男生借口手腕酸痛，靠在一旁动也不动，粗声粗气地说："你先拿下来我再搬。"

其间男生也不安分，这摸摸那动动。

宋思阳也不想多费口舌，动作麻利地将装满篮球的铁框拉出来，忽然听见一声喊叫。他吓了一跳，回头看去，只见同行男生的小腿被尖锐的铁板割伤，霎时间鲜血往外涌，疼得男生龇牙咧嘴。

见宋思阳愣着，极度爱面子的男生又气又丢脸地喊道："看什么看？！"

他曾私下嘲笑过宋思阳，所以此时心虚不已，以为宋思阳定会看他笑话。

宋思阳沉默几秒，走过去，迎着男生疼得冒出泪花的目光去扶对方。

男生一怔，嘟囔道："谁要你假惺惺！"

宋思阳自然气恼眼前的人曾嘲讽过自己，可要他假装看不见别人受伤,他做不到。他小声地说:"还能走吗?我扶你去校医室。"

见男生腿上的血越流越多,宋思阳不等对方回答,手伸进男生的臂弯里,使劲儿把人往上拉。

男生借力站了起来,嘴唇抿得极紧,似乎要说点儿什么,又碍于面子什么都没说。

室外闷热异常,宋思阳咬牙扶着体形高大的男生慢慢往前走,身上很快就出了一层汗。

二人走出一段距离后才有其他班的同学发现他们,三三两两的同学围上来合力将男生抬到校医室,宋思阳气喘吁吁地站在原地,目送着几人走远。他一抬头,却看见了走廊处熟悉的身影。

褚越看着这一幕,见满脸是汗的宋思阳朝他扯出一个笑容,他非但没有回应,反而带着几分不悦地转身回教室。

从宋思阳费力地搀着受伤的男生从器材室走出来,褚越就发现他们了。

宋思阳之前在"鼎华"受的委屈和漠视有目共睹,褚越不相信宋思阳不知道这个男生也嘲讽过他,但他还是选择帮助对方。自始至终,男生甚至连声"谢谢"都没有说出口。

褚越知道近来宋思阳跟同学的关系有所缓和,也交到了合得来的朋友,可别的人也就罢了,怎么连"施害者"都可以这么轻飘飘地原谅?这在褚越的世界里无疑是吃力不讨好的蠢事。

他觉得宋思阳很笨,连带着对方灿烂的笑容都显得碍眼至极。所以当宋思阳从体育课回来试图跟他分享课程内容时,他只是冷淡地回应。

宋思阳却全然不明白自己做了什么事情惹得褚越不痛快,见褚越一副兴致缺缺的模样,便悄悄地闭上了嘴。

这种气氛持续到了放学,蔓延到了褚家。

大多数时候,晚上他们会一块儿完成作业,今晚也不例外。

宋思阳察觉到褚越的低气压,几次想开口,但都担心打扰对方而噤声。他的欲言又止惹来褚越的侧目。

"有话就说。"

宋思阳转笔的动作一顿,瞄一眼褚越,试探着问:"我是不是哪里惹你生气了?"

褚越很擅长把问题重新抛给别人,面不改色地说:"你觉得呢?"

宋思阳小声咕哝着:"我不知道……"见到褚越的眉心拧起来,他才试探着继续说下去,"是因为今天体育课的事情吗?"

话音刚落,褚越就将目光转了过来。宋思阳的声音在对方的眼神里渐渐小了下去,但他也知道自己猜对了。

褚越缓缓地说:"你就那么上赶着给人……"大概他也是觉得这话有些刻薄了,"欺负"二字含在喉咙里没有说出来。

宋思阳嗫嚅着说:"其实不是什么大事,他已经很长时间没有针对我了。况且他受了伤,我总不能袖手旁观。"

一股微妙的怒意涌上心头,褚越以一种极为平淡却显得有些咄咄逼人的口吻说:"你在路边扶了人,对方至少会和你说一声'谢谢',他呢?宋思阳,你为什么这么的……"

宋思阳能猜到褚越想说什么——懦弱,或者"大方"。尽管自己的做法不能得到褚越的认可,他还是不觉得今日所为有什么不妥。

室内陷入了安静,最终还是宋思阳先打破了沉静。

"褚越,我很感谢你为我抱不平,但是……"他抬起亮晶晶的眼睛,近乎急切地解释着,"以前在孤儿院的时候,周院长就常常教导我们要合群,要多跟院里的孩子们往来。大家偶尔会拌嘴、会吵架,气极了甚至还会大打出手,可是时间一长,那些矛盾退去,大家还是能和和气气地坐在一张桌子上吃饭,看同一部电影。"

宋思阳有点儿难为情地表露心声:"在'鼎华'也是一样的,我知道很多人不喜欢我,不愿意跟我做朋友。可是……可是我也很想跟同学们好好相处,我想让他们知道,我不是他们所揣测的那样。我不会像他们那样把同学们划分成三六九等,也不会因为他曾经做过什么事而区别对待。如果我假装看不见他受伤,那我和当初的他有什么区别。"

说到最后，宋思阳已经有些语无伦次："而且如果真的因此能让他们对我有一点儿改观呢，如果真的因此能和他们和睦相处呢？就像在'盛星'那样，大家吵吵闹闹，最后还是能握手言和。退一步讲，就算不能又怎么样呢？情况好像也不会再糟糕了……"

褚越静静地听着宋思阳的话，内心激荡。于生性淡薄的他而言，身边来来往往的人是谁并不重要，朋友也不是必需品，有则来之，无则去也。他宁愿多花时间在感兴趣的课程上，也不想费心思去建立、维护或者修补一段随时可能远去的情谊。

他从未想过宋思阳的出发点是什么，也没有考量过孤儿院出身的宋思阳要和带有偏见的同学们平等相处需要付出怎样的努力，但宋思阳现在明明白白告诉他——宋思阳内心其实是渴望着和同学们交往的。

褚越沉默半响，慢慢地说："你这是讨好型人格。"

宋思阳眼神暗淡下来，抿着嘴唇笑了笑，并不否认："也许是吧。"

谈话到此结束，显然二人都没能得到一个好的答案，但谁也不能说这件事是对是错。

翌日，宋思阳一进教室就发现自己的桌面上多了一瓶汽水。他的第一反应是哪个同学放错了位置，正想询问，却见昨天受了伤的男生别别扭扭地朝他招了一下手，语气不自然地说："昨天谢了，请你喝。"

宋思阳一怔，意识到这是男生抛出的友好信息，又惊又喜，带着笑容说"谢谢"。

他又去看身旁的褚越，压低了声音，却掩盖不住地雀跃："他跟我道谢了。"

褚越没说话，觉得宋思阳有些傻气。可昨晚对方的言语如同浪潮一般冲他袭来，让他在这一瞬间认同了宋思阳笨拙的行径。

一次大度，换来一个朋友，宋思阳一整天心情都很好，回家路上还在车里小声地哼着歌。

褚越有些受到感染，问："宋思阳，值得吗？"

窗外的夕阳像一团团红色的棉花铺在天空。宋思阳在这霞光里，用之前他和褚越做翻译练习时的一句歌词回应对方。

无私无邪、无猜无瑕的友情无价，你是买不到的奢华。

高二下学期匆匆过去。

宋思阳的努力得到回报，期末小测有了质的飞跃，终于不再是三开头。他查到成绩的第一件事就是小跑着去找褚越，跟他的"老师"汇报自己的分数。

对于宋思阳而言，这个分数代表着他能报考更多更好的大学，也离跟褚越去国外上同一所学校的梦想更近一步。

褚越问他想要什么奖励，他犹豫半晌，说自己想要回"盛星"一趟。

眼见褚越的眉心微微蹙了起来，还不等褚越拒绝他便已经打了退堂鼓，小声地问："不可以吗？"

褚越没接他的话，而是反问："在这里不好吗？"

"当然好！"宋思阳没有犹豫，又缓缓地说，"不过我有点儿想周院长了。"

宋思阳期待地等待褚越的下文，可结果还是让他失望。褚越淡淡地说："过阵子吧，暑假已经有安排了。"

"什么安排？"

褚越给宋思阳办了旅游签证，制定了个旅行计划，一个半月为期，打算瞒着家里人和宋思阳去国外逛一逛。

因为先天性心脏病，褚家和姚家把褚越看得比瓷器还要易碎，每次出去玩都会担心他发病，派一大群人跟着。他玩得尽不尽兴另说，被那么多双眼睛盯着绝不是一件舒坦的事情。如今他已经成年了，他也想像周围的同学那般脱离家里人，和朋友出去游玩。

宋思阳从小到大连省都没出过，更别说出国了，闻言果然转移了注意力："就我们两个人吗？"

"嗯。"

宋思阳想到褚越的病，有些犹豫了。两个人在异国他乡，如果出了意外该怎么办?

褚越一眼就看出宋思阳的担忧。他不是会用言语表达自己的人,但此时为了打消宋思阳的顾虑,还是将自己的想法告知。

"宋思阳,我知道你的顾虑,但是你不用担心,我很清楚自己的身体状况。如果不可行,我不会冒险。"褚越缓缓地说,"也许你羡慕我去过许多地方,但其实每一次我出门,都没有感到很开心。"

宋思阳静静地听着褚越讲述自己的经历。

"外婆不必说,免不了操心,我到哪儿她都要打电话确认我的平安。褚明诚也会派人跟着我。我的一举一动都被限制,今天做了什么事,去了哪里,我都无法自己做主。你觉得这样的旅行有意思吗?"

宋思阳抿紧了嘴唇,摇头。

"所以我想来一场真正属于自己的旅行,自由的、有趣的,而不是连行动都受限。"褚越的语气染上几分期待,"你能和我去吗?"

在褚家的褚越,就像一只被关在玻璃罩里的珍贵珠宝,看似光鲜亮丽,其实自由有度。

宋思阳犹豫许久,在褚越的目光里骤生勇气。半晌,他重重颔首:"我和你去!"

他决定和褚越统一战线,瞒着褚、姚两家出国游玩。

六月中旬,他们出发去A国。

宋思阳第一次坐飞机,看什么都觉得新鲜,趴在窗口望着外头厚厚的云层。

景区位于A国的东北部,四季温热。

褚越带宋思阳下水浮潜。

宋思阳起初有些害怕,但渐渐地也被色彩各异的鱼类吸引。二人穿梭在巨大的珊瑚群中,脚蹼踩出浪花,浮出水面时宋思阳还有些意犹未尽。

在这里待了三天,二人又乘船去南州观鲸。

宋思阳站在甲板上,初次近距离地见到活生生的鲸群,清澈平静的海面被硕大的座头鲸打破，咸腥味扑面而来，掀起的海水打湿了宋思阳的头发。他惊讶地张大了嘴巴，被眼前的景象震惊得两眼放光。

随后二人又去看南极光，穿过皑皑白雪覆盖的山林，来到开阔的湖边。整个天空被绚丽多彩的光辉包裹，似泼上去的荧光。他们的身影被绚烂的光彩拉长，双手合十在极光下许愿，共同畅想着遥望的未来。

寒风吹得宋思阳的脸冰凉，可他无比快活，默默地在心中祈祷："希望褚越身体健康。"

褚越的眼里承载着万千星辉。

宋思阳不知道对方许了什么愿，也没有问——愿望说出来就不灵验了。

七月，雪山的白色圣诞节还没有落幕，褚越和宋思阳也去凑了热闹。

熊熊的篝火下，来自世界各地的游客欢声笑语地载歌载舞。他们在热闹的游行队伍中兴高采烈地穿梭着，在集市的各个摊子前留下足迹，在人声鼎沸的露天餐厅里放肆大笑。

这是宋思阳未曾踏足的领域，像是一场光怪陆离的梦，而带领他走入这个梦中的人是褚越。

宋思阳躺在酒店的观星床上，目之所及是璀璨的星空，仿佛伸手就能抓住一大片星光。他被眼前的绚烂美景吸引，整个人都有些飘飘然的，像是也变成一颗星星。他可以遥望深蓝的海洋、飞越皑皑的雪山、穿过茂密的丛林。

褚越的床与他隔了些距离，此时和他仰望着同一片星空。

少年脱离家人的掌控就像畅游在水里的小鱼，每一个泡沫都足够吸引人的注意力。他们在星空下低声聊天，共同回忆这几日的经历。

在熄灯前，褚越问他："开心吗？"

宋思阳伸手去"摸"银河，笑得恣意："嗯，开心！"

褚越也在笑："以后我们还可以去更多的地方！"

夜色深重，露水更浓，细细碎碎的星光承载着少年的愿望，到达远方。

在A国旅游的第十七天,一通来自大洋彼岸的电话打破了宋思阳如梦如幻的日子。

茵茵出事了!

施源在电话里头简短地说明来龙去脉。

茵茵被领养半年多了。前些天施源背着周院长去看茵茵,几经周折在幼儿园门口找到她,却发现她的手臂和大腿上皆有瘀青,看着不像是磕碰的。在施源的再三追问下,她才抽噎着说爸爸打她。

施源当即就跟来接茵茵的养母起了冲突,强硬地要把茵茵带回"盛星"。

后来养母报了警,茵茵却改口说是她自己不小心摔倒弄的。茵茵都这样说了,纵然施源再义愤填膺,也只能眼睁睁地看着养父母将茵茵带回家。他回到"盛星"把事情告诉周院长,周院长亲自去了一趟养父母的家里。

领养茵茵的夫妇算是高知人士,当初做社会调研时二人口碑不错。他们面对周院长的质问十分镇定,一口咬定是茵茵自个儿碰伤的。再加上茵茵也这样说,协调的人员也束手无策。

周院长为了这件事没少奔波,希望解除领养关系,可惜手续较为麻烦,夫妇俩社会评价又颇高,耽搁了几天都没有进展,直到现在茵茵还在养父母那里。

宋思阳听罢,起了一身冷汗。

施源咬牙说:"实在不行,我就冲进去把茵茵带走,他们要报警抓我就抓我吧。"

宋思阳怕施源冲动行事,赶紧安抚他。

褚越知道茵茵在宋思阳心中的分量,这次没再阻挠宋思阳回去。二人当即结束旅程,订了最快的航班回国。

一落地,二人就直奔"盛星"。宋思阳心急如焚,跟褚越打了一声招呼就开门下车,向在门口等候的施源小跑而去。

褚越望着并肩走进孤儿院的两道身影,神色不明。他没跟着下车,在车内给舅舅打了通电话，简单地把事情说了，末了说："谢谢舅舅。"

褚越极少因为私事麻烦姚家人，但他也深知自己身上的光环大部分来自显赫的家世。如果没有姚家和褚家，他与寻常人并无分别，更别说他还有先天性心脏病。

人的降生无从选择，是富贵、是贫穷皆为天注定，褚越从不因为自己的身世而自傲。可在这一瞬间，他竟隐隐地庆幸自己有这样一个出身。他只需要三言两语就能解决宋思阳的燃眉之急，决定一个小女孩未来的去路。

可纵使如此，整整两年了，遇到难事的宋思阳第一反应依旧不是向他求助。

从接到施源的电话到现在已经整整十八个小时了，褚越一直在等宋思阳开口，宋思阳却始终没有向他求助。

他们认识的时间并不短，也共同经历了不少事情。他以为宋思阳早把他当作可以信赖的朋友，但在这件事上，他觉着宋思阳依旧没有完全地信任他。难道对于宋思阳来说，他还不足以成为可以共同解决难题的朋友吗？又或者宋思阳只是把他当作资助人的儿子，才与他交好？

林叔在车内后视镜见到褚越逐渐苍白的脸色，担心地问了一句："要不要先回别墅休息？"

褚越心脏不好，最忌过劳。但他还是淡淡地说："不用，等宋思阳一起走。"

他靠在车座上忍着胸腔内的不适感，开门下车。

室外闷热异常，热气掀得他闭了闭眼。明明昨天还在Ａ国，但现在他感觉Ａ国的冬季似乎离他很远很远了。

宋思阳和施源一同来到办公室去找周院长，两个半大的少年真心实意地为茵茵担忧。

周院长说："我已经联系了'妇联'那边的工作人员，相信过几天会有结果的。"

宋思阳还是无法放心："难道这几天就让茵茵待在那里吗？"

谁知道那对道貌岸然的夫妇会对茵茵做出什么。

施源恼怒地说："思阳哥，我们去找茵茵吧，先把人带回来再说。"

宋思阳也有些动摇。他已经半年多没有见茵茵了，听到茵茵的事一颗心都揪了起来。

茵茵才五岁，遇到这样的事情该有多害怕，如果连他都不去救她的话，还有谁会关心她？

他终是颔首，说："好，现在就走！"

二人救人心切，周院长拦也拦不住："你们两个给我站住！"

电光火石间，褚越出现在办公室的门口，挡住了宋思阳和施源的脚步。

褚越拉住宋思阳，说："冷静一点。"

清洌的声音浇灭了宋思阳的一腔怒火。明明是盛夏，宋思阳却觉得褚越的手凉得像冰。

"我已经拜托舅舅帮忙了，等舅舅的消息吧。"

宋思阳怔住，继而是感动。

褚越轻叹："现在能跟我回去了吗，我有点儿累。"

他的语气里夹杂着淡淡的疲倦，眉宇间也罕见地染了几分困乏。

宋思阳连忙颔首。

施源僵在原地驻足不动。

褚越的目光淡淡地巡视一圈，对周院长颔首算是打招呼，继而转身出去。宋思阳也跟上他的脚步。

宋思阳回头对施源说："有事电话联系。"

施源点了点头。他在知道褚越的舅舅会帮忙后，高兴的同时，也产生了无力感。但没有什么事能比早日让茵茵回"盛星"更重要的了！

褚越一回到别墅就吃药躺下。

陈姨见褚越的脸色苍白如纸，执意叫来了张医生。好在检查过后并没有什么大碍，只是需要休息。

175

宋思阳想到不宜劳累的褚越却毫无怨言地陪自己奔波了近二十个小时，甚至不动声色地联系了姚家舅舅帮忙，心中汇聚了一股暖流。

陈姨送完张医生，一脸忧虑地问："感觉好点儿了吗？再睡一会儿，等吃饭的时候我让思阳叫你。"

褚越懒懒地掀了一下眼皮，对宋思阳说："我有点儿事问你，先别出去。"

陈姨不赞同地说："有什么话不能等休息够了再说？"

陈姨担心褚越，语气自然有些严厉。可瞧见宋思阳眼睛红红的，以为是自己吓到他，又"哎呀"了一声，赶忙说："我只是怕小褚不舒服。你说你们匆匆忙忙地回来，也不说一声？一回家就病倒，怎么叫人放心！有什么话就说吧，我先下楼了。"

宋思阳知道陈姨没有怪罪自己的意思，点了一下头，送她到门口。

宋思阳依照张医生的嘱咐给褚越量了体温——三十七点九摄氏度，到底还是因为奔波再加上温差而发起了低烧。

宋思阳倒了杯温水让褚越服药，看着他苍白的脸色心中越发不安。

宋思阳搬了张椅子坐在床边，以便随时观察褚越的变化。半晌，他闷声说："你是不是很难受哇？"

一个没什么"营养"的问题，但他就是很想跟褚越说点儿什么。

"还好。"褚越顿了顿，"习惯了。"

宋思阳听见褚越的回答，心疼与愧疚一同涌上心头。他一副下一秒就要哭出来的表情："我看着茵茵长大，没办法不理她的事情。"

"我知道。"

"谢谢你帮忙。"

褚越发出"嗯"的一声。

宋思阳眨了眨眼，忍不住哭出来。他太担心茵茵，也挂心褚越的病情，双重压力下，急需一个释放的口子。

褚越见他如此，反过来安慰他："不要太难过，这是谁都不想发生的事。"

谁能想到在外界看来和善的夫妇竟是披着羊皮的狼呢?

宋思阳抹了抹脸,重重颔首,真心地说:"你也要快点儿好起来,我一定会按照张医生所说的好好照顾你。"

褚越笑了一声说"好"。他有些累了,没过一会儿,缓缓地闭上了眼睛。

姚家舅舅当晚就给褚越打来了电话。茵茵已经暂时安置在"妇幼院",明天就能送回"盛星",至于解除收养关系还需要走流程。

"我都安排好了,不会出什么问题的。"姚家舅舅又笑着说,"那个小姑娘跟思阳是一个孤儿院出来的吧,很少见你对别人的事情这么上心。"

褚越没把话题扯到宋思阳身上,说:"我在'盛星'见过那小姑娘几面,不忍心她在那样的家庭里受苦。"

恻隐之心,人皆有之,又听褚越提起家庭,姚家舅舅不禁感慨:"是呀,那么小的孩子也下得去手。你放心,这事我一定替你办得妥妥当当。"

褚越诚挚地道谢。

"你我就不必言谢了,有空多过来陪陪你外婆。"

挂了电话,褚越将处理的结果告诉宋思阳。

宋思阳喜出望外,期待地问明天能不能去看茵茵。褚越总是不让他回"盛星",他这会儿这么问其实是有些怕被拒绝的。

褚越微微一笑:"可以。"

得到褚越首肯的宋思阳高兴地笑着,越发尽心尽力地照顾好褚越这个病号。

在他悉心的照料下,褚越的体温很快就恢复了正常。

宋思阳念出温度计上的数字:"三十六点八摄氏度,退烧了!"

只是烧虽然退了,药却不能停下。褚越是病人,需要多休息。宋思阳担心褚越复烧,又念着凌晨十二点还要吃一次药,所以他明明已经很困了,却迟迟不敢睡去。

中途褚越醒了一次，问他怎么还没回自己的房间睡觉。

宋思阳困得说话都迷迷糊糊的："还有十三分钟你要吃药……"

"我会吃的，你回去睡吧。"

"我怕你忘记。"

"不会的。"褚越保证说，"去睡吧。"

宋思阳这才放心地离开，临睡前想起能回"盛星"，又是说不出的开心。

翌日，云朗风清，褚越和宋思阳约莫中午抵达"盛星"。

见到茵茵的那一刻宋思阳又伤心又愤怒。只不过短短半年多没见，原先活泼可爱的小姑娘现在连话都不敢大声说，怯怯地坐在椅子上玩手指。

小姑娘的手臂和大腿上有人为造成的瘀青，可能是拧出来的，也可能是拿物品打出来的，横贯在小小的身躯上，看起来十分骇人。

周院长怕茵茵有应激反应，单独给她安排了个小房间，没让"盛星"的其他小孩来打扰她。

施源一直蹲在她前面拿毛绒玩具逗她。她似乎很感兴趣，却绞着手不敢去拿。

宋思阳担心吓着她，放轻脚步走过去，低声唤道："茵茵。"

小姑娘听见声音慢慢抬头，玩手的动作一顿，抬起水汪汪的眼睛看他。

宋思阳哽咽着说："是思阳哥哥……"

从前茵茵每次见了他都活蹦乱跳地缠着他，现在却呆呆地坐着不动。他难受得不行，在她面前蹲下身伸出双臂，小声问："哥哥抱你好不好？"

小姑娘见了宋思阳，终于反应过来这里没有危险，憋了许久的情绪决堤，"哇"的一声哭出来，猛然往宋思阳怀里扑。她肉乎乎的手臂紧紧缠着宋思阳的脖子，所有的委屈都借由嘹亮的哭声和一声声"思阳哥哥"发泄出来。

宋思阳心疼得几近落泪，拍着小姑娘的后背安抚着："没事了，哥哥在这里。"

茵茵哭了好一会儿，才盯着施源手里的毛绒玩具，抽抽搭搭地说："施源哥哥，要玩……"

施源连忙把玩具给她，见茵茵情绪稳定下来，他欣慰地与宋思阳对视一眼。

立于一旁的褚越默默地看着亲似家人的三人团聚。

宋思阳和施源轮番上阵哄着茵茵，小姑娘在他们的陪伴下总算有了点儿之前欢快的影子，虽然脸上还挂着泪痕，但已经隐隐有了笑容。

宋思阳越发感激褚越，如果不是褚越出手相助，茵茵指不定还得受多少折磨。

宋思阳抱着茵茵诚挚地向褚越道谢。小姑娘还认得褚越，眨巴眨巴眼，学宋思阳的话："谢谢，褚越哥哥。"

褚越也不推托，只微微颔首："不客气。"

施源逗茵茵的动作一顿，神色黯淡下来。

吃午饭的时候，宋思阳照例跟施源一起给孩子们打餐，他们已经很久没有像现在这样说话了。

宋思阳麻利地给前来打餐的小孩加鸡腿，这些动作是刻在他的记忆里的，不随着时间地流逝而消失。

施源看着他的侧脸，说："你今年都没有过来。"

宋思阳察觉到施源语气里的失落，喉咙忽然有些发痒。

他还记得两年前他离开"盛星"时，信誓旦旦地跟施源和茵茵保证一定会常常回来。可他没能做到，时至今日，连道歉都显得那么无力。

当着褚越的面他不敢承认，但施源有句话确实没说错——只有"盛星"才是他的家。

在褚家的生活再优渥，褚越对他再好，但那些终究都不属于他，他真真正正的归属只有"盛星"而已。

他在这里成长，他最好的朋友在这里，他的根也在这里。等到他有能力独当一面时,他依旧斩不断与这里的牵绊。

"盛星"对他而言恩重如山,他总有一天要回馈周院长和"盛星"对他的养育之恩。

宋思阳板着脸对企图跳过打菜的小孩说:"不可以挑食。"他又抿了抿嘴唇,终是回答施源的话:"我知道我让你失望了,但是……"

他想让施源谅解他,很多事情他也是身不由己的。比如褚明诚给他的压力、又比如他不能触怒有先天性心脏病的褚越、再比如最为简单的道理——褚家花了那么高昂的学费资助他,从根本上他就拒绝不了褚家的任何要求。

可是话到嘴边又说不出来,他觉得这些都是借口。

"思阳哥,我没有怪你。"施源话锋一转,"其实茵茵的事情如果没有褚越,根本没办法那么快解决,像我就只会干着急,什么都做不了。"

施源的语气不自觉地带着自卑与苦涩。他不想和褚越比,可因为和宋思阳渐行渐远,又忍不住思考起更深层的原因——他之所以不待见褚越,无非是觉得褚越的出现破坏了宋思阳、茵茵和自己的友情。

宋思阳握着长勺的手紧了紧。

孤儿院的友谊比普通小孩的友谊要坚固许多,施源想要和从前一样,跟如同哥哥一般的宋思阳一起生活、玩乐。他不禁说:"思阳哥,以后你可不可以常常回来?"

一道冷冽的声音犹如利刃一般斩断二人的谈话:"宋思阳!"

被唤了名字的宋思阳手一抖,下意识地应了一声。他将长勺交给别人,和褚越一起出了房间。

洗手的间隙,褚越似随口地问道:"聊了什么?"

冰凉的水流从指缝滑到手腕,宋思阳没有立刻回答,半晌才说:"没什么,只是随便聊聊。"

并非他故意隐瞒谈话内容,只是褚越和施源的关系向来不大好。他本着"多一事不如少一事"的原则,不想在二人面前提及对方徒增矛盾。

不等褚越说话，宋思阳又说："我们去找茵茵吧。"

幸而褚越没有再追问。

茵茵正是需要人陪的时候，宋思阳给小姑娘喂了饭，又把人哄睡，跟褚越去办公室午休。

厚重的窗帘隔绝了屋外大半光线，这样昏暗的环境实在太适合深眠。

宋思阳趴在桌子上昏昏欲睡，眯着眼睛看光影里的褚越。对方似乎并不习惯在陌生的地方睡觉，此时沉默地盯着办公桌上的地球仪。

宋思阳担心褚越无聊，强打精神和他聊天。两个人有一搭没一搭地说着话，说的都是些琐碎的小事。

聊着聊着，宋思阳说："褚越，我想在'盛星'住几天。"

褚越抬起头，淡淡地说："明天可以再过来。"

宋思阳咬了咬嘴唇："不用那么麻烦，我在这里有地方睡，茵茵晚上睡觉也需要人哄……"

褚越语气不急不缓地打断他："陈姨打过电话，说晚上炖了汤，我们不回去的话，她怕是又要念叨了。"

宋思阳一怔："什么时候的事情？"

"下午。"

"好吧。"

宋思阳因为不能留下过夜有些失落，但也不舍得让陈姨白费心思。在复杂的情绪里，他迷迷糊糊地睡去。

空调呼呼吹着冷风，冷得人打战。褚越担心宋思阳着凉，起身找到遥控器将温度调高，又随手拿过搭在椅子上的毛毯给宋思阳盖上。

其实褚越不让宋思阳待在"盛星"的原因除了陈姨煲了汤，他也不想每次宋思阳一跟施源见面就把他抛诸脑后。

三个人的友谊似乎总会有人一个被忽视，而他只是不愿意成为那个人。

剩余的暑假时间宋思阳隔三岔五回"盛星"。褚越言出必行，无论宋思阳什么时候想回去，他都会同意。有时候他也会跟着，什么都不

181

做，就陪着宋思阳。

可也正如褚越所想，每次宋思阳回到"盛星"就跟施源和茵茵玩到一块儿去，好似他们三个才是真正的朋友，而他则被排斥在外。

这不禁让褚越又想起了那个念头——宋思阳当真把他当作朋友看待吗？

暑期很快结束，茵茵的事情也告一段落。

高三开学后，繁重的课程令宋思阳没有多余的心思再去想其他的。

"鼎华"的学习压力并不比公立高中小，宋思阳上学期的成绩虽然提了上去，但接下来还有各种各样的考试，他一点儿都不敢掉以轻心。

宋思阳没想到褚明诚会私下联系他。

他并不是时时刻刻跟褚越在一起。

除去学业外，褚越还额外参加了一些活动和比赛，有时候也要出席褚、姚两家的商业聚会，这些宋思阳是从不参与的。

这日，褚越又不在褚家。宋思阳因解不出一道难题愁眉苦脸，正想微信上询问褚越，房门被敲响了。

陈姨在外头说："思阳，褚先生过来了，在楼下的客厅等你。"

宋思阳的背脊顿时挺直，应了一声，收拾好心情下去面对他的资助人。

褚明诚还是老样子，不怒自威，随手翻着搁在沙发上的杂志，见宋思阳来了也只是瞄了一眼。

这是宋思阳第一次在褚越不在场时和褚明诚见面。想到父子俩恶劣的关系，他莫名有些不安。

他站在褚明诚面前，恭恭敬敬地喊了一声"褚先生"。

褚明诚放下杂志看着他跟前的少年，一如他所想的文静乖巧。

他当日将宋思阳安排在褚越身边，一来是为了观察褚越在学校的身体状况；二来也是希望给未来的褚家继承人培养个助手。倒也不用这人多能干，身为下属，只要学会听从老板的命令就行了。

但褚明诚未料到事情并未按照他所想地进行。

作为褚家的继承人，公私分明是第一要务，可褚越竟然为了宋思阳动用姚家的关系去解决茵茵的事情。这实在不符合褚明诚对褚越的期望。

褚明诚不会从褚越身上下手，毕竟那是他的独子。如此，只好敲打一下宋思阳了。

褚明诚沉声说："那个小女孩叫茵茵？"

宋思阳脸色微变，不明白为什么褚明诚会提起茵茵。

褚明诚将宋思阳的不安和困惑看在眼里，声音更加严肃："我让你看着褚越，可没让你要褚越动用家里的关系替你办事。"

宋思阳的心脏不停下坠："褚先生，我……"

褚明诚抬手打断他的话："你不用急着跟我解释。事实就是，你太拎不清！"

宋思阳的面色苍白如纸，说不出半个字来。

"褚越是我的儿子，我对他有极高的要求。他来往的、交好的是什么样的人，我自然也有标准，不是什么人都能随随便便和他称兄道弟。"褚明诚的目光如刃，"这次就算了，但我希望类似的事情不要再发生了。"

褚明诚轻视的话让宋思阳恨不得找个地洞钻进去。他想反驳褚明诚，交朋友看的是品性，而非家世。可作为被资助的对象，他没有资格跟褚明诚叫板。

宋思阳将委屈咽下去，强迫自己说："我明白了。"

褚明诚这才满意地点头，又询问了近来褚越的事情，才让宋思阳回去。

离开之前，褚明诚将腕上的表摘了下来放在桌子上。

因为褚明诚的到来，宋思阳有些心不在焉，别说解题了，连书本上的字都看不下去。

如果褚越知道褚明诚和他说了这样的话，会是什么样的心情呢？他会因此放弃自己这个朋友吗？

宋思阳权衡再三，决定选择隐瞒。他小跑着下楼，请求陈姨不要将褚明诚来别墅的事情说出去。

陈姨虽不明白宋思阳这么做的原因，但还是应了下来。宋思阳这才松了口气。

夜幕降临时，褚越才回到别墅。他忙碌了一天很疲惫，跟陈姨打了一声招呼就要上楼，路过客厅时无意间发现茶几上面的手表。

他离开时桌面并没有手表，褚越一下子就猜出褚明诚来过。他的第一反应是宋思阳会不会受了欺负。

褚越皱着眉，快步上楼，来到宋思阳的房门前。

宋思阳很快出现在褚越的视线里，可出乎意料的是，宋思阳竟然只字未提褚明诚来过的事情。

褚越一直等着宋思阳和他坦白，可直到他离开都未能如愿。

褚越面色平静，心中却早已是波涛万丈。在他担心宋思阳可能受到褚明诚刁难时，宋思阳是不是已经"倒戈"褚明诚？

褚越不想责问宋思阳，却也无法当作若无其事，此后几日他都不太想与宋思阳交谈。

宋思阳不明所以，只能越发地对褚越好，以此消除自己欺骗褚越的愧疚之心。

不知不觉中，二人的嫌隙就这样悄然种下。

第四章 反抗与背叛

十一月，秋末冬初。褚越与宋思阳去姚家看望何明慧。

老太太还是一如既往神采奕奕的模样，这大半年来两个孩子来过几次，她对宋思阳的戒心已然放下了，放心地将乐乐交给宋思阳去院子里玩耍。

褚越在客厅陪老太太，时不时听见院子里传来清脆的笑声。

二人说到姚云生前在褚氏股份的事情，老太太说："前几日我跟你舅舅商量了一下，年后转到你的名下，你的意见呢？"

褚越因为先天性心脏病耽误上学两年，年后就该二十岁了。

其实姚云的遗嘱里定的是等他成年将股份转到他名下，但褚越对这些不甚在意，一直拖到现在。

"乐乐，不要跑！"

褚越闻声看去。

宋思阳的脸蛋红扑扑的，追着到处乱跑的乐乐来到客厅，一把将玩得脏兮兮的乐乐抓住，佯装生气地说："再乱跑就不跟你玩了。"

乐乐撒起娇来："要思阳哥哥，玩！"

宋思阳抱着乐乐站起来，看了褚越一眼，嘴角挂着柔软的笑容。

褚越缓慢收回视线，半晌，应了老太太的话："我听您和舅舅的。"

他也想快些成长起来。

天气一天天冷起来，今年的雪似乎来得迟了些，但宋思阳已经不再期待冬天，也就无所谓雪下得早与晚。

周末早晨十点，宋思阳还赖在床上。

昨天"鼎华"有小测，为了能进一步提高成绩，近半个月，宋思阳都学习到夜里十一点才入睡，今天是难得可以睡到自然醒的日子。

这本该是一个美好的早晨，可他又听到了让他害怕的一句话。

陈姨敲门："小褚，褚先生来了。"

上一回见面给宋思阳留下的阴影还没有退去，宋思阳听到这话忐忑不安至极。他应声，爬起来穿衣服，又到盥洗室去刷牙，在镜子里看到自己难看的脸色。

约莫十五分钟，穿戴整齐的宋思阳惴惴地站在客厅沙发前，恭敬地喊："褚先生。"

褚越没跟宋思阳一块儿，站在二楼的走廊往下望，神色莫测。他本以为宋思阳会在他和褚明诚之间选择"投靠"他，可宋思阳之前隐瞒自己和褚明诚见面也是不争的事实。不过现在还不是正面跟褚明诚起冲突的时候。

褚明诚的视线在宋思阳的脸上停留了一瞬，又用余光看了一眼高处的褚越，笑了一声。

宋思阳因褚明诚的笑而神情凝固，垂在身侧的手慢慢握紧了。

宋思阳还未开口，便听到褚明诚说："A 国好玩吗？"

宋思阳像是一只被挑了虾线的虾，脊背猝然绷紧，惶惶地看着眼前与褚越长相相似的男人，张了张嘴，发不出声音。

褚明诚盛气凌人地说："你明明知道褚越有病，不宜独自远行，可你非但没有劝阻褚越，甚至还和他一起胡闹。宋思阳，上一回'盛星'

那个小姑娘的事情我已经不和你计较,没想到你还是让我刮目相看了。"

宋思阳的脸色瞬间白了。

"别紧张。"褚明诚换了个坐姿,抬眼。男人的眼睛轮廓很深,装载着岁月沉淀下来的威严。他看着就要被吓破胆的宋思阳,说,"这两年多想必你也看出来了,我跟褚越关系不大好。但再怎么说,我也就他这一个儿子,他想要做什么,舒心就好。只是……"他笑了笑,语气不自觉带上轻蔑,"身为褚氏下一任决策人,玩物丧志可不是什么好习惯。"

褚明诚这一回的用词比上一次更具重量,"玩物丧志"这四个字如同巨石一般砸得宋思阳头晕眼花,明晃晃的侮辱使得他脸色红白交加,喉咙像塞了水泥,堵塞凝滞。

"你以为你们能瞒天过海,但有没有想过,只要我想查,随时都会有人将褚越的行踪汇报给我。你们太自以为是了!"

宋思阳震惊地看着褚明诚,原来对方什么都知道。

他是褚明诚拿来监视褚越的眼睛,可在他和褚越看不见的地方,又有多少双眼睛在盯着他们?

宋思阳不寒而栗。

褚明诚不紧不慢地说:"当初我要周院长找一个安静体贴的小孩,她向我推荐你,我出于对她的信任没有半点儿犹豫地同意了。在我看来,你比'盛星'其他小孩都懂事明理,因此我愿意让你陪褚越读书,甚至存了培养你的心思,可你太让我失望了。"

褚明诚在商界摸爬滚打多年,能站到现在这个位置,显然是玩弄人心的高手,一番话说得宋思阳心惊肉跳。

"失望"二字何其重,压垮了宋思阳的肩膀。

褚明诚将宋思阳的反应看在眼里,又往里添了把柴:"我本以为你会感激褚家对你的资助,帮我好好看着褚越,可你是怎么回报我的?'盛星'那个小姑娘的事情就算了,但你们私自远行,如果褚越出了意外,是你能负担得起的吗?抛去这两件事不说,你平时对我汇报的有关褚越的事情,几分真、几分假,你心中比我清楚。你真以为我什么都不知道，我只是看在周院长的面子上给你个机会。现在我把话挑明了说，如果你还是不能让我满意的话，趁早离开褚家吧！"

宋思阳如遭雷劈。

褚明诚整了整衣衫，站起身："对了，我听说你在'盛星'的好朋友左耳失聪。过些天我找人带他去配个助听器如何，还有那个小姑娘，得好好筛选领养人才是。"

宋思阳怔怔地看着褚明诚，不知道他这话里几分好心、几分威胁。

褚明诚微笑着说："好了，去找褚越吧，他在等着你呢。"

宋思阳顺着褚明诚的视线望去，褚越居高临下地站在二楼走廊处，目光晦涩难辨，深深地注视着他。他顿时像是被天罗地网网住一般，呼吸都停了一拍。

褚明诚走了，宋思阳却像丢了魂一般。等褚越来到他眼前，沉声问他褚明诚说了什么时，他仍未能从惊魂里走出来。

宋思阳竭力想赶走褚明诚的话，张了张嘴，仓皇地摇了摇头。

褚越为宋思阳的失魂落魄而不悦蹙眉，更不满宋思阳再一次企图瞒他谈话内容，声音像浸了雪似的："我不想问第二遍！"

宋思阳因褚越强势的口吻心里一颤。半晌，他艰涩地说："他知道我们去 A 国的事情了。"

褚越的目光一寸寸地冷下去："你怎么回答的？"

宋思阳咽了一下口水，像是吓坏了，脸色白得像雪。

褚越见他如此，微微叹了口气："我会处理的，你什么都不用想，还跟以前一样。"

宋思阳红着眼睛"嗯"了一声，却难以驱散褚明诚的话。

在褚明诚看来，他是"拿了便宜还卖乖"，既接受褚家的资助，却又没有履行职责。这让他如何能心安理得？

陈姨为了让两个孩子的情绪能松快些，假装没看见宋思阳要哭不哭的表情，慈爱地说："可以吃早饭了。"

褚越颔首，凝重的气氛得到几分缓和，一个平平无奇又暗流涌动的早上过去了。

离开别墅的褚明诚在车上神色平淡地点开助手传来的文件夹，密密麻麻的，全是褚越和宋思阳的合照。他没怎么仔细看，摇了摇头，笑了一声。

两个羽翼未丰的少年而已，褚明诚还不曾放在眼里。

他不过是想让褚越知道一个合格的继承人应该懂得的道理。

坐等收网时！

褚明诚丝毫不意外会收到褚越打来的电话。虽然他跟褚越的关系恶劣，却未必不了解这个儿子——骄傲、冷漠、控制欲强、未达目的不罢休，这是每一个褚家人刻在骨子里的特质，即使褚越再怎么想跟他撇清干系，也不得不承认身体里流着跟他一样的血。

情爱在褚明诚眼里是可以算计的东西。年轻时他想方设法让姚云爱上自己，成功攀附上姚家，又凭借褚家的资本和自己的能力在商界站稳脚跟。仅仅十年他就让褚氏成为业界的龙头，每一步都在他的计划之中。

姚云被保护得太好，少女心性，天真娇憨，是典型的浪漫主义者，可以为了爱情付出所有。

褚明诚未必不曾对姚云动过心，但虚无缥缈的爱情怎能比得过至高无上的利益。姚云也好，姚家也好，都是助他平步青云的垫脚石，用完了就只有被丢掉的份儿。

浪子回头只存在于欺骗女人的戏文里，自私自利的人从不为自己的薄情寡义后悔。

姚云离世时顶多得到褚明诚的几滴"鳄鱼泪"，也许褚明诚偶然回忆起年少时甜蜜的时光也会有一声惋惜，但除此之外再无其他。

身为褚明诚儿子的褚越，自然要按照褚明诚的意愿做事。

继承褚家才是褚越应该走的正途，褚明诚要给褚越好好地上一课，让他明白什么叫作公私分明，让他看清这个世界只有利益才能搭建起稳固的关系。同时，这也是褚明诚给褚越的最后一次机会。

其实褚越在褚明诚看来亦是一颗棋子，沾了姚家的光便显得珍贵。但他可以有褚越一个儿子，也可以有其他儿子。褚越若是聪明人，就该明白和什么身份的人来往对自己最有利。

听着褚越在通话里警告自己离"盛星"远一点儿，褚明诚只觉得好笑。

褚越还没满二十岁，既无实权，又无人脉，拿什么来跟他叫板，最多也就是求助于姚家。

"行了！"褚明诚听厌了，"你的事情我没工夫掺和，别玩得太出格就行！"

褚越沉默不语。

褚明诚在文件上签字，冷声说："与其来质问我，不如想一想如果你不是我的儿子，宋思阳还会和你做朋友吗？"

"与你无关！"

褚明诚嗤笑一声，挂了电话。

到底是年轻，沉不住气。

宋思阳敲门进来，见到褚越拿着手机站在窗边。屋外皎洁的月光在对方身上镀了一层淡淡的银辉，更添几分清冷。

褚越回头，眉眼如寒霜一般，看起来情绪不高，但见到宋思阳他还是收敛了周身寒气。

宋思阳站在门口，没进屋，只是说："陈姨做了南瓜酒酿丸子，你要吃吗？"

褚越晚饭吃得不多，这个时间只能是吃夜宵。但他晚上一般不进食，也没什么胃口，便轻轻地摇了摇头。

自从褚明诚来过之后，褚越和宋思阳就各怀心事，前者嘱托舅舅关注"盛星"，担心褚明诚会从中作梗；后者对褚明诚的那一番话耿耿于怀。两个人各有各的考量，皆烦躁不堪。

宋思阳抿了抿嘴唇："那我吃完再来找你。"

之前即使褚越拒绝，宋思阳也会劝两句，可这两天他心神不宁，话也变少了。

褚越自然也察觉到宋思阳的变化，蹙眉唤了一声："宋思阳！"

他"嗯"了一声。

褚越总不能问"你为什么不劝我吃东西"。半晌，他淡淡地说："没事，你去吧。"

宋思阳笑着点了点头下楼去。吃完酒酿丸子，他没有第一时间去找褚越，而是回房间做了会儿作业。

褚越左等右等也等不来人，推开了宋思阳的房门。

宋思阳在书桌前查资料，闻声看去，说："我很快就好了。"

他快速地翻着书，却怎么也找不到想要的答案，有点儿焦躁的样子。

褚越走过去看了眼题目，随意翻了两下，指尖在一行字上比画了一下。

宋思阳松口气，嘀咕道："原来在这里。"

褚越站在一旁，目光落到书桌摆放的物件上，一眼就看到了一艘有点儿眼熟的积木小船。想起宋思阳刚来那会儿把小船当作礼物送给他，他没要，现在小船旁边又多了个木雕元宝。

褚越凝视着元宝，眼神逐渐黯淡。

自打宋思阳来到褚家，吃穿用度都与褚越一致，精美的小玩意儿也看了不少，但唯有这个平平无奇的元宝得到了宋思阳的珍视。这是不是意味着对他而言，不管褚家给予他多少，他真正在乎的只有"盛星"？

宋思阳还在跟难题较劲儿，并未察觉到褚越神情的转变。褚越也不是会袒露想法的性格，没一会儿就慢慢地收回视线。

日子风平浪静地继续。

那天之后，褚明诚又私底下联络几回宋思阳，倒没有再到别墅来，只是偶尔会打电话敲打一番。

褚明诚的话常常在宋思阳耳边回荡。

"褚越最恨别人背叛他，他要是知道你瞒着他私下和我汇报有关他的事,你猜他还会把你当成朋友吗?一个出卖朋友信息的人,对于褚越来说绝对不值得再信任。你好好掂量掂量。"

宋思阳一面担心褚越发现他与褚明诚有联系,一面又因为"盛星"不得不听从褚明诚的话,每日惶恐不安,浑浑噩噩。巨大的精神压力下,他甚至做起了噩梦。

在梦中,褚越把他关进了铁质的笼子里,长长的锁链锁住他的脖子,而褚越站在笼子外,冷漠地看着他无助挣扎。无论他如何央求,褚越都不肯放他自由。

"是你先欺骗我、背叛我的!"

可怖的梦境延伸到现实是褚越愈来愈严格的管控。

宋思阳像是一只误入丛林的梅花鹿,既渴望这片广袤的土地,又畏惧林中暗藏的危机。前后无路,进退两难。他开始逃避面对褚越。

褚越当然也发现了宋思阳对他的躲避。褚明诚的那句"如果你不是我的儿子,宋思阳还会和你做朋友吗"就像魔咒一般,与宋思阳异常的行为一并呈现在褚越的眼前,让他越来越怀疑宋思阳与他交往的目的。

像是跌入一个恶性循环,昔日无话不说的两个人无形中产生的矛盾越来越多。

十二月中旬,宋思阳想起施源的十八岁生日就要到了。

十八岁,意味着迈入人生的另一个阶段,是个很有纪念意义的日子。

宋思阳不想缺席施源的成人礼。再者,这段时间褚明诚给他的压力太大了,他不得不寻求一点喘息的机会。

"盛星"是他的家,那里有他的朋友,回到"盛星"就似雀鸟归巢,只是想想他就高兴。

他主动给施源打了电话。

施源得知宋思阳要回"盛星"给自己庆祝生日,兴高采烈地说:"思阳哥,无论你能不能来,我都会等你,茵茵也在等你。"

宋思阳眼眶一热。最近"鼎华"的考试太多,他抽不出身,已经有段时间没有回"盛星"了。施源非但没有生他的气,还十分体谅他,这让他感动不已。

宋思阳咬了咬牙,郑重地说:"我会去的!"

他一定会去的,这一次,他绝对不会让施源和茵茵失望了!

宋思阳怀着忐忑的心情敲响了褚越的房门。褚越正在看习题。

宋思阳深吸一口气来到褚越面前,却迟迟开不了口。二人近来因为各种各样的事情不如从前相处得那么轻松。

褚越见宋思阳欲言又止,不禁皱了皱眉:"有什么话就说。"

宋思阳抿了抿嘴唇,抬起头来:"周末我想回'盛星'一趟。"他仔细观察着褚越的神情,瞧不出什么情绪,又咬牙添了一句,"我自己回去就行。"

话音方落,他就感觉褚越周身的温度冷了一分。

褚越唇瓣翕动:"理由。"

宋思阳心里七上八下,纵然知道接下来的话可能会惹得褚越不快,但还是说了出来:"施源要过生日。"

每次褚越在,施源都无法放松,宋思阳不想施源过个生日还需要看褚越的脸色。而且褚越和施源本来就不大对付,就算褚越跟着去了也不会高兴,不如他独自前往。

"如果我非要跟着去呢?"褚越的声音像是浸了水似的凉,"或者我非不让你去呢?"

宋思阳的脸色微变,咬牙说:"可是……可是你不能干涉我的事情啊,你这样太过分了……"

就算自己是褚家资助的孤儿,也有权决定自己的行程吧。

宋思阳又鼓起勇气说:"褚越,我真的很想回去给施源庆生,可以吗?"

褚越沉默一会儿,似笑非笑地说:"当然可以。"

宋思阳紧绷的神经这才放松了些,说了一声"谢谢"。

二人一时都沉默了。片刻,宋思阳拘谨地说:"那我回去睡觉了,你也早点儿睡。"

褚越"嗯"了一声，等宋思阳离开后打开了电脑处理事情，可屏幕上的文件他一个字都看不下去。

他方才只是稍加试探，没想到宋思阳当真会毫不犹豫地选择施源。在此之前，宋思阳从未跟他说过重话，却能为了施源跟他闹矛盾。

褚越心中的猜测得到了验证——宋思阳从始至终在乎的都只有"盛星"。

若说方才他说不让宋思阳去"盛星"给施源庆生是试探，那么现在褚越因为和宋思阳置气，无论如何都不会让宋思阳回去的。

褚越删删打打，屏幕里皆是混乱的没有逻辑的字句。

因为能独自回"盛星"，宋思阳这几天的心情都很好，笑容也较之前多了些。

他用过年期间攒下来的红包钱给施源买了份成人礼，一双价值四位数的鞋子。施源现在上高二，衣物仍是去年的。

宋思阳没忘记自己刚到"鼎华"时穿着破旧帆布鞋被人打量的窘迫感，即使知道"二中"大概不会有鄙视链，但青春期的孩子总免不得有几分攀比心，这份礼物既实用又有价值。

宋思阳把鞋子装到书包里，静待周末的来临。

周六那天下了小雪，天气阴沉沉的，宋思阳却很高兴。早上八点他就醒了，麻利地洗漱完下楼吃早餐。

褚越不一会儿也坐到餐桌前，看着开心的宋思阳，慢条斯理地用餐。

陈姨多问了一句："什么事这么高兴，说给我听听？"

宋思阳嘴里塞满了牛角包，腮帮子鼓鼓的："我回'盛星'给朋友庆生。"

陈姨入座，"咦"了一声："老林今天不是休假吗？"

宋思阳咀嚼的动作一顿，猛然看向褚越。被看的人仿佛没有感受到他的不解和震惊，平静地回望。他用力将牛角包咽下去，讷讷地问：

"褚越，林叔他……"

"我给林叔批了假。"

宋思阳蒙了："可是我要回'盛星'啊……"

为什么之前不休假，偏偏就等到今天休假呢？

褚越声线平稳："那就之后再回。"

宋思阳站了起来，椅脚与地板发出尖锐的碰撞声，他难以置信地看着褚越。

陈姨察觉到气氛不对劲儿，连忙打圆场："这是怎么了，有什么事慢慢说。思阳，先坐下把东西吃完。"

宋思阳哪里还吃得下东西，即使他再怎么想为褚越开脱，但只要略一思索就能知道褚越分明是故意的。他瞳孔闪烁，存了最后一丝希望："可你答应我了。"

褚越抬了抬眼皮，没有说话。

宋思阳又重复："你答应我了！"

这一次他眼睛里已经浮现了水光，声音也带上了哽咽。

褚越嘴角微沉："明天我和你一起回去。"

宋思阳的胸膛起伏着，因为生气，也因为委屈，褚越的欺骗成为压垮他的最后一根稻草。

其实褚越压根儿就没打算让他回去，漠然地看着他欣喜，等到最后一刻再打碎他的期待。他做错了什么，为什么要这样骗他？

宋思阳厉声反对："不是明天，是今天，我要自己回去！"

褚越"当"的一声放下瓷勺。这对他来说是很没有涵养的行为，但他已经顾不得想那么多。他抬眸看着眼前神情倔强的宋思阳，胸口堵塞，声音也不似平常沉稳："我说了，林叔在休假。"

宋思阳红着眼："没有林叔，我自己也可以回去。"

说完，他拿起放在椅子上的书包往大门的方向走。

褚越猝然起身，十指握紧，扬声说："宋思阳！"

宋思阳已经走到了客厅，对褚越唯命是从的本能让他暂停脚步。他回过身，深吸几口气，压下鼻尖的酸楚，坚定地说："今天是施源的生日，他在等我，我答应了他，不想再言而无信了。就算走，我也要走回去！"

褚越大步追上去，先是拦住了宋思阳，继而将门关了，冷着脸回身。

紧闭的大门和如门神一般的褚越挡住了宋思阳的去路。

宋思阳执拗地说："我要回去！"

可褚越只是平静地看着他难过、崩溃，无论他怎么说，褚越都似大山般巍然不动。

他的手发着抖，泪水大滴大滴地从眼里涌出来："我受不了了，褚越，我真的受不了了！"

褚越闻言脸上的表情一变。

"为什么要这样对我？！"宋思阳像误入迷途的羔羊，恐慌又无措，一连串堆积在心里的疑问似倾盆大雨落下，"为什么你和褚先生之间的事情要牵扯到我？为什么你可以毫不愧疚地骗我？为什么……为什么被选中的孩子是我？"

宋思阳的疑惑得不到解答，褚越只是静静地伫立着，看似无喜无悲。

褚越冷漠的表情刺痛了宋思阳。他用力地抹去脸上的泪痕，不知道哪里来的力气推开了褚越，猛地打开门跑了出去。

腿长在他身上，他可以去想去的任何地方。

褚越目视宋思阳仓皇的背影，追了一步，声音是克制过后的颤抖："站住！"

可向来对他千依百顺的宋思阳只是微微一顿，然后头也不回地跑出了门，跑出冬日萧瑟的院子，跑出镀了金漆的铁门，跑出他的视线范围。

褚越垂在身侧的手微微发着抖，寒风一吹，冷意从毛孔钻进他的五脏六腑，直击他的心脏。

陈姨目睹了这场矛盾，心惊不已，半晌才询问道："要不要派人捎思阳一程，天这么冷，不好打车，别冻坏了。"

褚越的脸与雪同色，咬了咬牙："随他去。"

他摸了摸隐隐作痛的心口,缓步进屋,走到楼梯口,终究闭眼低声说:"找人在路口送他。"

陈姨"哎"了一声,连忙去打电话了。

整栋别墅被死一般的沉寂笼罩,变得静悄悄,全无生气。

宋思阳冒着小雪足足走了三公里路。

他手脚冰凉,心口就像被剜掉一块肉似的,风雪呼呼地灌进去,血液都被冻结。

宋思阳吸了吸鼻子,埋头往前走。他还得步行两公里才能到达可以打车的区域。

忽然有一辆车缓慢地停在他身旁,司机是个陌生男人,摇下车窗对宋思阳说:"褚少让我送你,上车。"

宋思阳微怔,眼尾迅速发烫,突然有点儿后悔刚才跟褚越发生冲突。

他迷茫地上车,手机在掌心里握了很久,想给褚越发信息,又怕得到褚越冷漠的回复,纠结再三还是关闭了聊天页面。

宋思阳深深地叹了口气,想着等到晚上回去再跟褚越好好谈一谈。

车子在"盛星"的门口停下。宋思阳揉着自己紧绷的脸调整好心情,准备高高兴兴地给施源庆生。他跟在院里玩闹的小孩询问施源和茵茵的位置。

小姑娘手一指:"他们在二楼!"然后她又神神秘秘地说,"有个不认识的叔叔来找他们。"

宋思阳的心无端地跳了一下。他还未往二楼去,施源已经出现在他面前。

茵茵小跑着向他奔来。他弯下腰接住小姑娘,目光先落在施源左耳的助听器上,再看向跟着下楼的陌生青年。

青年约莫三十岁,戴着无框眼镜,看起来温文尔雅的一个男人。

青年主动上前自我介绍:"你好,我是褚先生的助理,聂浩。"

宋思阳抱着茵茵的动作一紧:"你好。"

聂浩出现在这里让宋思阳感到不安。

周院长也下了楼,见到宋思阳,热切地说:"思阳回来了,正好,蛋糕也该到了吧,待会儿你帮忙分给弟弟妹妹们。"

宋思阳颔首。聂浩朝他笑笑,站到了一旁,没有要离开的意思。

施源附到宋思阳耳边说:"他半小时前到这里的,思阳哥,你让他来的吗?"

宋思阳摇头,看着施源的助听器,问:"你这个是……"

施源很高兴地说:"周院长说有个资助人家里搞医疗的,所以资助了我一个。前些天带我去配型,今天当礼物送给我了。"

宋思阳勉强笑着说:"真好。"

他心里清楚,资助施源助听器的并不是什么资助人,而是褚明诚。施源一直很介意自己左耳失聪,好不容易有一个助听器,他不忍心将这个事实告诉施源。

宋思阳魂不守舍,强打精神陪茵茵玩儿,没一会儿就有人送来施源的生日蛋糕。足足三层的淡奶油裱花方形蛋糕,粉灰配色,精致得与"盛星"老旧的楼房格格不入。院里的孩子们都看呆了眼,围着蛋糕纷纷发出"哇"的惊呼。

施源皱了一下眉:"是褚明诚?"

这段时间宋思阳夹在褚明诚和褚越之间的事,施源多少听宋思阳说过一点。

宋思阳深吸一口气,佯装轻松地说:"管他是谁呢,今天你生日,你最大,快去切蛋糕。"

气氛烘托到这里,施源心中有疑问也只能暂时压下,被孩子们簇拥着到中央。

周院长点燃蛋糕上的蜡烛,大声问孩子们:"大家给施源哥哥唱生日歌好不好?"

孩子们异口同声:"好!"

施源笑着许愿,欢快稚嫩的童声响起:"祝你生日快乐,祝你生日快乐……"

宋思阳望着孩子们红扑扑的笑脸、施源嘴角的笑意、拍掌的茵茵，听着喜悦的生日歌，想笑，嘴角却怎么都提不起来。

站在角落的聂浩脸上一直挂着淡淡的笑容，仿佛是真心被眼前温馨的场景感染。

在宋思阳恍神之时，聂浩走过来，笑着说："褚先生知道今天是你好朋友的生日，特地让我来给他庆生。对了，褚少怎么没一起来？你们闹矛盾了？"

宋思阳心里陡然一惊看向聂浩，对方依旧笑眯眯的模样。他顿时感觉四周都是看不见的眼睛在监视着他，手脚冰凉。

"思阳哥，过来一起切蛋糕。"施源朝他招手，脸上挂着朝气满满的笑容。

宋思阳已经很久没有见施源这么开心的样子了。

聂浩退后一步，低声说："先和朋友过生日吧。"

宋思阳竭力冷静下来，挤出笑脸："就来。"

孩子们仰着兴奋的小脸等待分蛋糕。吃到一半，院外来了辆面包车，工人在聂浩的示意下将一件件崭新的玩具搬进来。今天的惊喜太多，"盛星"从未有过这么多的欢声笑语。

茵茵抱着分到的洋娃娃给宋思阳看，"咯咯咯"地笑个不停。

宋思阳揉了揉她的脑袋，也跟着笑。

"盛星"的孩子都是苦命人，像宋思阳这种幼年父母双亡已经算是运气好的，更多的是一生下来就被丢弃，或者身体有点儿残疾。

在孤儿院里，男婴是最容易被领养的，其次是有点儿残缺但并不妨碍日常生活的男孩，再者才是健康的女婴。年纪稍大一点儿的孩子就只能一直在这里生活，得到资助固然高兴，更多的是高中就辍学。

就算被领养了也并不代表着无后顾之忧，茵茵就是最好的例子。多的是虐待幼童的案例，也有可能被退养，而有智力缺陷的孩子几乎没有离开这里的机会。

当别人家的孩子在父母怀里撒娇的时候,"盛星"的孩子只能眼巴巴地等待领养人的到来。一次次被挑选、一次次落选,在期待与失望中度过一天又一天,渐渐地就麻木了。

温饱虽然无忧,但像今天这种精致的蛋糕绝无可能出现,更别谈人手一个玩具了。

褚明诚只需要一个命令,就能让"盛星"几十个孩子得到最纯粹的快乐。

聂浩很有耐心,没有打扰宋思阳和朋友叙旧,安静地等待宋思阳的心理防线一点点被突破。

宋思阳把礼物送给了施源。交出去的那一刻,他突然意识到这双鞋子说到底也是沾了褚家的光。没有褚明诚资助他,他不可能跟褚越做朋友,更别提过年收到红包了。

施源收了礼物很高兴,但看了一眼牌子有几分犹豫地说:"你不用买这么贵的东西。"他也察觉出宋思阳今日的不对劲儿,问,"是不是发生什么事了?"

宋思阳笑着摇了摇头:"没有,就是在想时间过得真快,我们都认识九年了。"

"真怀念小时候的日子呀!"施源也很感慨,"思阳哥,我很高兴你今天能来给我过生日。"

宋思阳沉吟道:"你是我最好的朋友,我肯定要来的。"

两个人相视一笑。

午后,宋思阳哄完茵茵睡午觉,周院长轻声将他叫走,语重心长地说了一句:"思阳,我知道你是好孩子。"

周院长的语气里有心疼与无奈。她真心实意将"盛星"的每个小孩都当作自己的儿女,可也不能为了一个宋思阳置其他孩子于不顾。

宋思阳抿唇颔首,望向在楼梯口等他的聂浩。他跟着聂浩来到院外的车前,却仍踌躇不定。

"小宋,褚先生不喜欢等人。"

宋思阳用力地握了下拳，褚明诚之前说的话语徘徊在耳侧。

"我本以为你会感激褚家对你的资助，帮我好好看着褚越，可你是怎么回报我的呢？"

"我听说你在'盛星'的好朋友左耳失聪。过些天我找人带他去配个助听器如何，还有那个小姑娘，得好好筛选领养人才是。"

…………

他心口突突地跳起来。聂浩又在催促他上车。

宋思阳回头望了一眼"盛星"。上午的欢乐历历在目，施源和茵茵的笑脸犹在眼前。他咬了咬牙，躬身坐进后座。

聂浩似是怕他"通风报信"，没收了他的手机，美其名曰暂替他保管。

宋思阳心乱如麻，有好几次他都想下车，想跟聂浩说他不去见褚明诚了，却发不出一丁点儿声音。

聂浩带着他坐私人电梯来到二十四楼。

离地面越远，宋思阳的失重感就越强。他甚至有一点儿反胃，眼前有些模糊。

推开厚重的办公室大门，宋思阳见到了褚明诚。不止褚明诚，还有一个不认识的少年。他五官清秀，一双圆眼无辜又黑亮，气质也很柔和。

褚明诚坐在办公椅里，问聂浩："像吗？"

聂浩的目光在宋思阳和陌生少年身上转了一圈，实事求是地说："像。"

宋思阳藏在袖子里的手抖个不停。

褚明诚放下钢笔，声音低沉："我记得我提醒过你，如果你达不到我的要求，我换一个人也很简单。你看看他如何？你无须太高看自己。"

宋思阳的牙关开始打战，骨头也在咯咯作响。

"我就褚越一个儿子，我当然想要他好。他的人生轨迹注定和大部分人不同。不久的将来，他会继承褚家，我希望他能达到我的标准，成为一个合格的决策者。褚越应该清楚自己的身份，他明知自己有先天性心脏病却胡闹到瞒着家人远行，这在此前是从未有过的事情。"

201

褚明诚话里的指责让宋思阳眼前一阵发黑。

"你们从 A 国回来后褚越发过烧吧？你为什么没有告诉我？你是觉得自己翅膀硬了，还是真把自己当成褚越的朋友，忘了自己的身份？我不是没给过你机会，可你既然一点儿都不心存感恩，那么我也无须再给你情面，褚家不养闲人。"褚明诚看着身旁的少年，"他会代替你的位置，替我看着褚越。我相信，他一定做得比你好。至于你，'鼎华'就别去了，看在褚越的面子，你依旧可以参加高考，不管考出什么成绩，我都会赞助你大学的学费。"

宋思阳好不容易才适应国际学校的教学方式和课程，如今要他重新回到公立高中，对他无疑是一种折磨。褚明诚惩戒他的心思显而易见。

"还有你的两个朋友，我会资助他们上完大学。那个小女孩也不用费力气去找领养家庭了，人心难测，还是待在'盛星'比较安全。当然，你还有第二个选择。"褚明诚注视着宋思阳，"如果你依然固执己见，那之后孤儿院以及你的朋友们会变成什么样，你就要做好心理准备了。"

褚明诚笑得有几分诡异。

宋思阳惶惶地往后退了一步。

"聂浩，拿文件来。"

宋思阳被推到桌前坐下，摆在他面前的是一份细致的协议。除了褚明诚抛出的诱饵，还有未来十年对"盛星"的资助，以及一张已经签名盖章的三百万元支票。

"我只给你三十秒时间考虑。"褚明诚看了一眼腕表，"你随时可以离开。"

宋思阳的眼前开始出现幻影，像绑在气球上，整个人都轻飘飘的。他的脑子嗡嗡作响，无法思考，他动了动手指，抬不起手。

聂浩好心提醒："还有十五秒。"

宋思阳咬紧了牙，咬破了腮肉，尝到一股铁锈味。

签下这些协议代表着他在褚越和金钱之前选择了后者，代表着他背叛了褚越。

"还有五秒。"

可他别无选择。

"三、二……"

在聂浩倒数的最后一秒,宋思阳痛苦地闭上眼睛,竭尽全力抬起手抓住了笔,在纸上签下自己的名字。

褚明诚拍了拍他的肩膀:"很好,我欣赏识时务的人。这只是第一步,接下来跟我去见褚越,我不希望我们父子之间因为你产生嫌隙,所以你需要按照我说的做。"

宋思阳骤然失去了所有力气。他瘫软地坐在位子上,双眼无神,却一滴泪都没掉下来。

他想,褚越一定会恨死他的。

暮色渐起,灰色的玻璃罩子将大地盖住。

自从宋思阳离开后,别墅里再没有一丝声响。此时整栋房子落在昏黄的光线中,像是一具苟延残喘的躯壳,随时可能会撒手人寰。

褚越站在窗前望着院外枯败的树木,白皙的骨节被手机折射出的冷光照得似一块晶莹剔透的玉石。此时手机屏幕亮着,显示出一张照片——宋思阳和施源笑容满面地坐在"盛星"的院子里吃蛋糕。

照片是半小时前一个陌生号码发到他手机上的。

收到照片的一瞬间,褚越第一想法是去"盛星"把宋思阳带回来。可刚握上门把手,他眼前不由自主浮现早上宋思阳远去的背影,耳边也响起宋思阳一声声的哭诉。他顿时犹豫了,强迫自己收回脚步。

褚越静立在窗前已有十来分钟,浮躁的心绪渐渐平静下来。

不用想也知道照片是褚明诚发来的,不管意图如何,总归是成功扰乱了褚越的思绪。他关闭手机页面,确认自己已经能理智地处理事情,这才动身,准备去接宋思阳。

褚越开始反思自己,他是不是当真如宋思阳所说做得太过分了。不论如何,等宋思阳回来之后,他们要好好地谈一谈。

褚越正想着，脚步在看到门口涌进来的身影时停下了。

褚越看到走在最前头的褚明诚，嘴角下意识地抿紧，继而看见跟在褚明诚身后的宋思阳。

宋思阳一进门，抬眼便看见了褚越，双腿霎时似是灌了铅，定在原地无法动弹。

褚越正在疑惑去"盛星"的宋思阳为何会和褚明诚一起回来，却发现宋思阳身旁还有一个少年，看起来有点儿眼熟。应当是在哪儿见过，他记不起来了。

褚越不想搭理褚明诚，压低声音对宋思阳说："先上楼。"

褚越打算和宋思阳好好聊聊，可宋思阳一动不动地站在原地。

褚明诚回过身对陌生少年说："跟褚越做个自我介绍。"

少年紧张得有点儿结巴："褚越你好，我是温洋。"

纵然是玲珑剔透的褚越，面对眼前这一幕也有几分费解。

褚越望着宋思阳："宋思阳？"

宋思阳的脑子里像是有台绞肉机在嗡嗡运作。他惶恐不安，连抬头看一眼褚越的勇气都没有。他张了张嘴唇，声音沙哑得像是吞了刀片："我……我去收拾东西……"

褚越拧起眉心："什么意思？"

宋思阳垂在身侧的手微微抖着，他用力地握起拳头才能阻止战栗蔓延全身。

宋思阳的沉默让褚越再次开口："说话！"

褚明诚缓缓地说："我来替他回答吧。"

褚越却半分不买账，丝毫不给褚明诚面子，冷厉地说："我在问宋思阳，没问你！"

褚明诚笑了笑，不为褚越的话而恼怒，兀自把话说下去："今天小宋给我打电话，他说自己无法适应这里的生活，想要回到'盛星'。"

无法适应？褚越目光阴沉地望着低头不语的宋思阳，五指越发拢紧。

"你平时目无尊长也便罢了，身为你的父亲，自然要对你多几分宽厚，可我没想到你这么拎不清。"褚明诚说得真情实感，仿若确实因为褚越的行为痛心，"从小到大我就教导你，身为褚家未来的决策者，你所做的每一个决定、所交往的每一个人都要深思熟虑，绝不可以轻信任何人，可你把我的话都记到哪里去了？这个圈子里那么多例子还不够警醒你吗？所谓的朋友，不过都是有利可图。"

褚越定定地看着褚明诚，咬牙说："这是我自己的事！"

褚明诚厉声打断："你自己的事情？你怕是忘记了自己姓什么，忘记了今日有的一切都是谁带给你的。"

褚越的脸色白了一分，褚明诚的每一句话都往他最痛处打——如果他不姓褚，这些人还会围绕在自己身边吗？宋思阳也是这么想的？

他不想妄自猜测，他要亲耳听见宋思阳的想法，而宋思阳的沉默似乎已经给了他答案。

褚越的五指渐渐脱力。他看起来还是镇定的模样，可只是简单的一句话，竟在喉咙里滚了几回才敢说出来："宋思阳，我让你说话！"

宋思阳吞咽了一口口水，机械地说出准备好的台词："褚家这两年帮助我很多，褚先生是我和'盛星'的恩人，我当然要站在褚先生这边。我以为我可以适应褚家的生活，但其实这些日子以来我过得并不快乐……所以我不想再待在这里了。"

褚越的瞳孔骤然缩紧，似是听到了什么天大的笑话，难以置信，又觉得可笑至极。

宋思阳觉得自己好残忍。此时的他如同一个毫无天赋的演员，台词不带一点儿感情："褚先生给了我三百万元，当作这段时间陪伴你的报酬。"

"报酬？"

褚越低喃着这个词，眼前骤然出现那日在霞光里言之凿凿地对他说"你也是我的好朋友"的宋思阳。一瞬间，他的声音彻底没有了温度："这算什么？对你来说，友情原来只值三百万元？"

褚越太过骄傲，宋思阳此时的做法简直将他的自尊踩在了脚下。他无法自控地开启了"防御状态",越是痛苦说出来的话就越是刻薄。他轻轻一笑,饱含嘲讽地说:"真廉价!"

宋思阳的身体抖个不停,挥出去的刀刃回旋狠狠地刺入他的咽喉,口腔里又弥漫出淡淡的血腥味。

褚越眼神冰冷地打量着宋思阳,轻声说:"看来所谓的朋友,也就那样。"

说罢,他再不管宋思阳是什么表情,转身往楼上走。

宋思阳一时间耳鸣眼花,浑身血液逆流。他目送着褚越高挑挺阔的背影,情不自禁地追了上去。他刚迈出一步,触及褚明诚阴鸷的眼神,又无力地停下。

褚明诚好整以暇地看着这场他一手策划的闹剧,挥了挥手扬声说:"温洋陪你上去收拾东西,半小时后聂浩送你走。"

褚越闻言脚步一滞。下一秒,突如其来的痛楚让他弯了腰。他大力地捂着心口,重重喘息,却无法驱赶锥心的痛楚。方一抬脚,他整个人便从楼梯上栽了下去。

宋思阳惊恐地瞪大了眼:"褚越!"

他想冲上前,却被褚明诚拦住去路。

褚明诚很快反应过来,大喊:"叫张医生!"

宋思阳惊恐地望着发病倒地的褚越。疼痛使得褚越蜷缩起身躯,他的嘴唇呈现青紫色,不一会儿,黑黢黢的瞳孔便涣散开来,失去了焦距。

褚明诚呵斥呆滞的少年:"温洋,给褚越做心肺复苏。"

温洋跑上前跪地替褚越急救。

一直躲在房间的陈姨拨通了张医生的电话,场面一片混乱。

顷刻,褚越的眼睛闭了起来,失去了意识。

任何人在看见眼前的场景都不免恐慌,更别说身为始作俑者的宋思阳了。他吓得牙齿咯咯作响,险些连站都站不住。

褚明诚大声喊道:"聂浩,聂浩!"

聂浩连忙跑进来。

褚明诚像看垃圾一般看着宋思阳,说:"我不希望你再出现在褚越面前。"

他给聂浩使了个眼色,聂浩一把攥住宋思阳的手臂,将双腿发软的宋思阳往外拖。

宋思阳怔怔的,就像是被网住的鱼,再挣扎也不过是徒劳罢了。

陈姨红着眼不忍再看。

急救还在继续,温洋的动作很标准,可褚越依旧昏迷不醒。

宋思阳被一点点拖出了大门,强硬地塞进了车内。

聂浩于心不忍地看着神情茫然的宋思阳,宽慰地说:"既然已经做出了选择就往前走吧。褚家有最先进的医疗团队,褚少不会有事的。"

聂浩赶着回去复命,将宋思阳送出别墅去,便驱车离去。

风雪刮个不停,宋思阳却像是感觉不到冷似的,在白茫茫的夜色中孤身行走。他看到墙角有一只蜷缩起来的黑猫,蹲下身,发现黑猫未能抵挡住冬天的严寒,此时全身僵硬,已然没有了气息。

宋思阳慢慢地抱起黑猫的尸体,强忍的情绪终于决堤,眼泪争先恐后地从眼里流出来。他靠在墙上无声大哭着,反反复复念叨着"对不起,我错了"。

宋思阳跌跌撞撞地站起来,抱着黑猫一边哭一边踉跄前行,身影逐渐被夜色吞噬。

雪越下越大,在这个寒冷的冬夜,这个世界失去的不只是一只流浪的黑猫。

宋思阳什么东西都没有带走就被驱赶出褚家,漫无目的地在街道上走了很久很久,用树枝艰难地在泥泞的土地上挖了个坑,将黑猫的尸体埋进去。他趴在土坑上轻声对小猫说:"下辈子找个温暖的人家吧。"

他从来不知道原来自己是那么爱哭的人,两只眼睛哭得刺痛,泪水却仍停不下来。

宋思阳强撑着打车回到了"盛星",施源见了他惊愕不已。他摇了摇头不想说话,浑浑噩噩地上楼,用被子将脏兮兮的自己包裹起来,冻僵的躯体却没有因此恢复知觉。

周院长过来看他，坐在床边摸了摸他的脑袋："都会过去的。"

宋思阳还是不说话，逃避地将脑袋钻进被窝里，不想任何人来打扰他。

自责和愧疚像一捧又一捧的土盖在他身上，沉重而冰冷，压得他胸腔沉闷，连动弹一下的力气都没有。他一闭眼，见到的就是褚越发病的场景，那双黑亮的眼睛雾气沉沉，全无素日的光泽；还有那只冻死在街边的黑猫，小小的身躯硬得像石头，抱在怀里像是冰块。

哭声渐渐从被子里传出来。

周院长和施源都没有再来打扰他。茵茵趴在门口也被牵走，依稀能听见稚嫩的童声："思阳哥哥怎么哭了，是不是有坏人欺负他？"

宋思阳痛苦地抱住脑袋，他才是那个坏人。

到了后半夜，哭得迷迷糊糊的宋思阳发起烧来。他耳边回荡着褚越那句"看来所谓的朋友，也就那样"，眼前是褚越挺阔冷漠的背影，他追上去，想跟对方解释，话到嘴边又惊觉这是自己做的选择。他没有资格求褚越原谅自己，是自己先背叛了褚越。

宋思阳捂住胸口惊呼一声，猛然掀开被子呕了一地酸水。

天已经完全亮了，他头痛欲裂，摸索到手机，忐忑地给陈姨拨电话。无人接听。

过了一会儿，宋思阳收到陈姨的短信："思阳，小褚情况不太好，抢救了一夜，现在还在重症监护室。褚先生不让我跟你联系，对不住。"

宋思阳眼前模糊，用了好一会儿才辨认出每个字。

他呆坐了片刻，自我谴责般细细地回想自己的行为。纵然他是身不由己，但他确确实实伤害了褚越，愧疚和自责将他湮没。他知道现在褚越一定不愿意见他，可他还是想去探望褚越。

宋思阳跌跌撞撞地下床往外跑，跑到周院长的办公室。还未等周院长说话，他先开口，声音哑得像吞了沙砾："院长，求你帮我见褚越一面，我想亲口跟他说声对不起！"

除了求周院长联络褚明诚，宋思阳没有别的办法了。

周院长一直把宋思阳当作自己的孩子，也明白他的难处，犹豫后说："我尽力而为。"

接下来的几天，宋思阳在歉疚里寝食难安，原本就纤瘦的身躯现在更是没几两肉。

施源将宋思阳的行为看在眼里，但只是默默陪着，什么都没有问。

施源能猜到原因。他生日那天，聂浩的到来、深夜回"盛星"的宋思阳……他不禁想，如果当初宋思阳没有接受褚家的资助，按部就班地在"盛星"生活该有多好。可事已至此，时光永远不可能倒流。

第七天，在周院长的恳求下，褚明诚终于松口让宋思阳去看褚越。

褚越在鬼门关前走了一遭，做了两场大手术，医生下了好几次病危通知书，但褚越硬生生地挺了过来。尽管如此还是不能掉以轻心，他目前仍在重症监护室，大部分时间是昏迷状态。

宋思阳去看褚越的那天天气很好。

聂浩诧异地看着形销骨立的宋思阳，不知道的还以为宋思阳突发了什么重病。但他并不是多管闲事之人，只微微朝宋思阳颔首便带着人进了医院。

聂浩嘱咐说："只能在病房外看一眼，无论发生什么事都不能出声，更不能让褚少知道你来过。"

宋思阳怔怔点头，又低声回答："我知道。"

医院消毒水的味道不断往他鼻子里钻，他握了握因为不安而潮湿的掌心。

聂浩提醒说："你只有两分钟，把握时间。"

宋思阳闻言用力地咬了下牙，放轻脚步走了过去，将眼睛凑到重症监护室门口的玻璃上。

重症监护室里除了仪器发出"滴滴答答"的声音，再无其他声响。褚越穿着白色的病号服安安静静地躺在病床上，身上插满了各种管子，苍白的脸上带着氧气面罩，闭着眼睛，感应不到外界的变化。

宋思阳知道褚越听不见他说话,但还是固执地说:"对不起……"

时间过得很快。聂浩看了一眼手表,已经两分钟了,出声说:"该走了。"

宋思阳扒着门,正想说话,这时从走廊远处走来一个穿着防护服的人。

宋思阳全身心都放在褚越身上,没有注意,直到那人开口说话:"聂助,我来看望褚越。"

宋思阳看向温洋。少年只露出了一双无辜的小鹿眼,朝他点了点脑袋,一副友好的模样。

聂浩拉开宋思阳让温洋进去。宋思阳呆怔着没动,等温洋进去后又忍不住趴在玻璃上看。

温洋走到褚越的身边,不知道说了一句什么。

聂浩说:"有医生照看,你不用太担心。"

宋思阳挪开目光,恍惚着往前走了两步又求助地看向聂浩:"褚越会好的,对吗?"

聂浩颔首:"会好的。"

宋思阳这才勉强地笑了笑。

他忽然想起褚越曾经跟他说过"不想笑可以不笑"的话,于是嘴角的弧度又一点点落下,深深地看了重症监护室一眼,随着聂浩离开。

从今往后,他和褚越就真真正正地再无瓜葛了。

褚越清醒时发现房间里多了一个陌生人。他在别墅见过对方一面,却连名字都没有记住。

少年见他转醒,兴高采烈地按呼叫铃,说:"褚越,你终于醒了,太好了,医生马上就来,你感觉怎么样?"

好吵!

褚越皱了皱眉,想让对方闭嘴,可单单呼吸他就已经像是在忍受凌迟般的痛苦,更别说说话了。

医生给褚越做完检查后，长出一口气："各项体征趋向正常，三天后没有大问题的话就可以转到普通病房。幸好是熬过来了，以后可要好好保重身体！"

医生走后，褚越费力地摘下氧气面罩，忍着心肺处刀割般的疼痛说："宋思阳呢？"

温洋一愣，半晌说："他不在这里。"

褚越尝试给宋思阳打电话，等到的却是一句："你拨打的号码是空号……"

褚明诚居高临下地看着褚越："宋思阳办了退学，前几天去了A市。你也收收心，养好身体直接出国。我早说过，这个世界上只有利益下的关系最牢固。在国外好好反省自己吧！"

春暖花开之际，褚越出院了。在依山傍水的疗养院休养了两个月后，他开始准备出国事宜。

他回了趟别墅整理行李。

陈姨将宋思阳的房间收拾了出来，东西都堆在了仓库。

褚越打开蒙尘的箱子，只带走了那只灰底红身的积木小船。

他去看望了外婆。

老太太不清楚其中的弯弯绕绕，但大概也知道褚越发病跟宋思阳有关。她心疼地握着他的手："连老太婆我都被他蒙骗了，以后看人要擦亮眼睛，都过去了。"

褚越笑而不语。

褚越派人去了趟"盛星"，得到的消息是宋思阳和施源都不在那里了。

高考前夕，褚越远赴大洋彼岸求学，与宋思阳奔向不同的人生路线。但他确定，总有一日他们会再相遇。

褚明诚给他上的这一课，让他学会韬光养晦、隐忍不发，待到合适的时机再一击毙命！

他已经拥有这个世界上最心爱的小狗了。

第二卷

此间向阳

第五章 重逢与报复

"小宋,把这个U盘交给主编,文件我都copy(复制)在里面了,主编要审核。"

宋思阳先保存了电脑上的资料,又双手接过上司王志丢过来的U盘,回答道:"好。"

他拉开椅子起身,走出六人办公室,敲响主编办公室的门,听见里头让他进去才推开门,对正在办公的主编说:"主编,王哥让我把U盘给你。"

主编抬起头,一双温和的桃花眼藏在无框眼镜后,穿着简单的白衬衫和西裤,一身浓浓的书卷气。主编的名字也起得很有韵味,姓柳,单名一个"鹤"字。

宋思阳听闻柳鹤出身高知世家,父母都是知名大学的教授,爷爷是科研所的老前辈,奶奶是省医院出了名的妇科圣手,再往上数一数,曾祖父、曾祖母也都是受过高等教育的。

柳鹤本人对文学很感兴趣,本科在华清大学读的文学专业,又出国留学,成为哲学硕士,一回国就到这家出版社工作。他今年二十九岁,就已经坐上了主编的位置，手下负责的几个专栏都十分热门。

他待人和气不摆架子，遇见困难波澜不惊，有巧思，有能力，编辑部的同事皆对他赞不绝口。

宋思阳今年大四，即将毕业，两个月前到出版社实习，接触柳鹤之前就在办公室里听了太多有关他的传闻与赞美。他一直以为是上司和同事夸张，等团建时见到柳鹤，才知晓什么叫作"百闻不如一见"，柳鹤确实担得起这些美名。

"放这里吧。"柳鹤指了指桌面。

宋思阳走过去，将U盘放下就要离开。

宋思阳大学学的是英语专业，如今在出版社的编辑部担任助理编辑，王志是他的顶头上司。他的工作内容比较琐碎，偶尔也做些笔译工作，跟柳鹤接触并不是很多，顶多是打过几次照面，说过几句话而已。

"等一下。"

宋思阳都已经走到门口了，听见柳鹤的声音，回头询问："还有什么事吗？"

"还有半个月你的实习期就结束了。"柳鹤一边说着一边单手摘下眼镜，"是打算留在编辑部还是另有安排？"

许多将要毕业的大学生都会拿了实习证明就离职跳槽，王志之前也问过宋思阳这个问题。

宋思阳如实回答："我很喜欢这份工作。"说完，他觉得自己的回答有些自作多情，毕竟就算他喜欢，想转正也得柳鹤点头才行。于是他顿了顿，又说，"如果主编给我机会，我一定会加倍努力的！"

柳鹤看出宋思阳的紧张，说："我知道了，你回去吧，审核好我会发给……你是不是还没有我的联系方式？"

柳鹤的话题变得太快，宋思阳怔了怔，然后颔首。

"公司群里有我微信，你知道是哪个吧？"

宋思阳又点头。

"我待会儿加你，你通过一下，有什么问题我会跟你说。"

宋思阳心想专栏的资料向来都是王志负责，主编发给自己，自己再转发给王志岂不是多此一举，但上司发话他没有反驳的道理。于是他点点头，这才离开办公室。

出版社的工资虽然不是很高，但上下班的时间都很固定，双休，朝九晚六，极少有加班的时候。临下班前半小时办公室就开始骚动，家长里短讨论个不停。

宋思阳算是目前出版社里较为年轻的人，办公室的同事都爱拿他打趣，一会儿夸他长得好看，一会儿问他有没有对象，一会儿要介绍侄女给他。

宋思阳嘴拙，常常被闹红了脸，不好意思地笑。

作为他的顶头上司，王志佯怒："再开我们小宋的玩笑我可要生气了呀！"转眼他又换了个口气，"不过小宋，岑姐她侄女可是大美女一个，你错过这个村可就没那个店了呀！"

大家纷纷笑开来。宋思阳知道同事们没有恶意，也跟着笑。

一下班谁都不乐意多待，"哄"的一下就散了，宋思阳也背着双肩包下楼。

一群人上了电梯，大家挤挤攘攘。宋思阳的肩膀撞到柳鹤，连忙小声说："不好意思。"

柳鹤笑着说"没关系"，电梯里的同事你一言我一语，热热闹闹地回家去。

出了办公楼，宋思阳没想到柳鹤会叫住他，困惑地眨了眨眼。

"听王志说你住西街，顺路，我送你？"

宋思阳惊了一下，反应过来："不用，不用，我搭公车，很快就到了。"

柳鹤似是心血来潮地问一句，也不勉强："那好，明天见。"

"嗯，明天见。"

宋思阳走向公交车站，夕阳余晖落在他身上，阳光里有细小的浮游生物跳动，画面柔和又安宁。这样的生活安逸而宁静，正是他梦寐以求的。

宋思阳刚坐上公交车就接到了施源的电话:"思阳哥,我奖学金发下来了。周末你有安排没有,我请你吃饭?"

施源现在在"A大"读大三,偶尔会过来找他。

宋思阳靠着车垫,闻言笑着说:"好呀!"

窗外的景象不断变换着,路边郁郁葱葱的梧桐树影落在车厢内,时间流淌的速度似乎也在这一刻慢了下来。

四年前宋思阳跟施源来到A市,褚明诚替他们转了学。他铆足了劲儿学习,考上了"C大"。

虽然"C大"只是一所普通大学,但已经是宋思阳能考出的最好成绩。次年施源如愿考上一所知名高校,算是这几年宋思阳最为欣慰的事情了。

当年褚明诚的三百万元,宋思阳大部分都存进了银行,拿了点儿零头当作自己和施源的生活费。

此外他也在为茵茵做打算。倘若茵茵长大有了心仪的对象要谈婚论嫁,这些就是她最好的后盾。当然,现在茵茵才九岁,说这些为时尚早。

当年的事情仿佛已经离他很远很远了。他跟褚家再没有联系,每年回"盛星"也是匆匆忙忙就离开,也不敢去回忆跟褚越有关的一切。尽管他偶尔还是会梦到褚越发病的场景。

他打听不到褚越的消息,但只要想到对方健健康康地在他看不见的地方生活着就感到心安。他已经做好了这辈子再也见不到褚越的准备。

来到A市的第一年,施源生日那天,宋思阳给他庆生。

对于宋思阳而言这是一个不算开心的日子,但他表现得没有半点儿异常,欢快地给施源唱生日歌,笑着和施源一起切蛋糕,仿若早就忘记一年前的这一天发生了什么。

日子总要过下去。当年宋思阳离开"盛星",施源二话不说地跟着他走,和他来到完全陌生的城市。两个人像是大海里无依无靠的浮萍,互相搀扶着走到今日,不是家人,胜似家人。

施源高考完的那个夜晚跟他说:"思阳哥,我们认识这么多年,一起长大,你对我好,凡事都想着我,我希望我们永远会是好朋友。对我来说,我们虽然没有血缘关系,却比亲生的兄弟还要亲,我早把你当作哥哥看待。作为你的家人,以后不管你做什么决定,我都会支持你,就像小时候一样。"

宋思阳很感激施源能和自己说这样一番话。在他的心中,施源亦是家人一般的存在,他一直都把对方当作弟弟看待。

施源上了大学后有自己的社交圈,他们见面和联系的次数没有以前那么频繁。宋思阳知道每个人都有自己的生活,不可能总是围着某一个人打转,由衷地为施源感到高兴。

公交车到站,宋思阳步行五分钟就能抵达他租的公寓。

他现在每个月的实习工资不到三千元,需要精打细算才能维持生活。房子只有三十来平方米,一眼就能望到底,好在麻雀虽小,五脏俱全,离公司也近,除了隔音不太好,住在隔壁的情侣总吵架闹得人不得安眠之外,没什么可挑剔的。

宋思阳跟房东反映过几次,也亲自敲过那对情侣的门,可惜收效甚微。他打算转正后就另寻住处,免得辛勤工作后还要受噪声困扰。

日子有条不紊地过着,宋思阳相信日后会越过越好。他很满足。

"是,下个月的机票,"褚越随手翻阅着书籍,轻声回老太太的话,"还有二十多天。"

老太太还是车轱辘话:"你在外头要好好照顾自己,别太累着了,一回国马上来看外婆。"

褚越这才有点儿笑意:"一下飞机就往您那儿去。"

老太太被哄得服服帖帖,挂了电话仿佛还能听见笑声。

褚越合上书,又回复了几条工作上的信息。他是四年本硕连读,这几年一边读书一边打理褚氏在海外的业务,等到回国就要正式接触国内的事务。

起先褚明诚并不相信褚越会乖乖按照他规定的人生路线行走，可这几年褚越确实循规蹈矩，就连温洋都没有被赶走，仿佛真心实意地按照褚明诚的意愿做事。

褚明诚虽对他放下不少戒心，但还是给自己留了一条后路。他前年再婚，添了一对儿女。

褚越对此并不在意，褚氏对他而言只是一个踏板，让他有机会积攒自己的势力和人脉，跟褚明诚抗衡，至于继承褚氏从来都不是他最终的目的。他在拼命地成长，总有一天能独当一面，直到脱离褚明诚的掌控。

柳鹤敲响办公室的门，六人皆抬头看着主编。

"谁有空跟去我出一趟外勤？"

近期出版社正在跟老牌杂志谈合作事宜，这个重担落到了能力出众的柳鹤身上。柳鹤也不负众望，眼下是要去签合同的。

出版社虽然有些年头了，但如今线上阅读风靡，纸质媒体式微，已经不如十几年前那么辉煌。社内人手不够，大部分职工会在本职工作外尽自己所能地帮衬其他事宜。

柳鹤无疑是编辑部的主心骨，重要的工作都由他挑大梁。

宋思阳是实习生，王志又有意锻炼他，见他此时在跟几份全英论文较劲儿，抬手说："小宋的笔译不着急，让他去吧。"

宋思阳自然没有异议，关了电脑起身问："我需要准备什么吗？"

柳鹤笑着说："带上笔和本子吧。"见宋思阳有几分困惑，他又加了一句，"看起来专业一点儿。"

柳鹤只是跟宋思阳开个玩笑，没想到宋思阳真的神情认真地开始装本子。他忍俊不禁，但也没出声阻止。

柳鹤开车，宋思阳本来想坐到后座，又想到实习前从网上学到的社交礼仪——坐后座有把老板当司机的嫌疑。他不知道这个说法有几分可信度，但想了想还是打开了副驾驶座的门。

宋思阳是头一回单独跟柳鹤外出，抱着双肩包拘谨地坐着，不敢说话怕打扰柳鹤开车,就安静地看着窗外。

"我很吓人吗?"

柳鹤的问句让宋思阳回神。他怔了怔,连忙摇头。

"你一上车就不敢看我,我还以为自己是青面獠牙呢。"

"不是。"宋思阳更加局促了,"我只是怕说话吵到您。"

正值红灯,车子停了下来。

柳鹤今天没戴眼镜,闻言笑着看宋思阳:"前天我跟人事部门的人商量过了,一致决定通过你的实习期,下个月初就可以转正。"

这对于宋思阳而言绝对是个好消息。他紧绷的神经松懈些许,眉梢染上喜色:"谢谢主编。"

"不用谢我,你很适合编辑部。"柳鹤笑起来儒雅又温柔,眼眸微弯,"本来想月底再告诉你,不过我想你迟早会知道,提前让你高兴点儿也没什么不可以的。"

宋思阳腼腆一笑,又不知道该说什么了。好在柳鹤也没有接着往下讲,车内又恢复了寂静。

许是嫌太安静了,柳鹤随手打开了电台听广播,多了些声音让宋思阳感到自在许多。

签合同的过程很顺利,宋思阳默默地看着柳鹤和杂志社的主编握手,心里对柳鹤多了几分钦佩。

宋思阳性格木讷,社交一直是他的短板,最羡慕别人能在人际交往中表现得张弛有度。如果可以的话,他也想像柳鹤那样举止大方。再做更大一点儿的梦,或许将来的某一天他也能站到柳鹤的高度。

签完合同正值午饭时间,现下正是最热的时候,最适合吃些清热解暑的食物。柳鹤没有回出版社,而是带宋思阳到附近的商场去吃椰子鸡。

点菜的时候,柳鹤问:"内脏你吃吗?"

宋思阳摇了摇头,柳鹤松了口气,笑着说:"我也不吃,太油腻了。"

一句话让宋思阳神情微变。他的饮食习惯四年都没有调过来,一直都很清淡，而不吃内脏更是刻在了他的记忆深处。他甚至在脑海里想象出褚越见到内脏时的神情，一定是微微蹙眉却很有教养的不会露出嫌弃的模样。

"小宋，还要点什么吗？"

宋思阳恍惚了一会儿，意识到在上司面前失神，顿时觉得自己有些失礼，忙说："这些就够了。"

可能是柳鹤的清淡饮食让宋思阳倍感熟悉，他不像来时那么拘束，不过大部分时候还是柳鹤在说，他微笑着听。

柳鹤是很有情致的人，兴趣爱好广泛。他跟宋思阳讲自己大学时在陶瓷社捏的瓷碗拍卖出五位数的价格，讲他在国外留学时开车追落日，讲他在旅游时险些出意外……

柳鹤讲这些全然没有显摆的意味，娓娓道来又妙趣横生，宋思阳连饭都忘了吃，听得着迷。一顿饭下来，宋思阳和柳鹤之间的距离又缩短了些。

接下来的日子大同小异，宋思阳回校拿了毕业证书，脱离了学生生涯，成为出版社的正式员工。只不过他的职位发生了变化，成了柳鹤的助理。

王志拍了拍他的肩膀："小宋好好干，王哥看好你！"

对于职位的转变宋思阳没有异议，原因很简单，主编助理的工资比编辑助理的工资高了一千多元，且上升空间相对来说更大一些。

他学历不够漂亮，能力也有待提升，不求像柳鹤那么厉害，不到三十岁就坐到主编的位子，但既然出来工作，自然是想要一步步往上爬。十年不够就二十年，只要他脚踏实地，总有一天有晋升的机会。

成为柳鹤助理的第一天，柳鹤建议宋思阳考在职研究生，含金量虽比不得全日制的研究生那么高，但履历上会好看一些，对职业规划也是一个助力。

宋思阳把大他五岁的柳鹤当成了导师和学习对象，日子过得充实又忙碌。

周末，施源来找宋思阳吃饭，还带了一个朋友，是施源的学弟，叫林郁，名字起得挺沉闷，性格却截然相反，十分活泼好动。

宋思阳带二人去吃火锅，笑着听他们拌嘴。

"我都说你吃不了辣锅，你非要吃，现在好了吧？"施源语气无奈。

"我偏要吃，思阳哥请客都没说什么，你话倒是挺多的。"

"我关心你，你还怪我管得多了，那我不管，辣死你算了！"

林郁把筷子一放，"哼"了一声："那你以后都别管！"

宋思阳忍不住笑了一声。

施源和林郁忽然有点儿不好意思，安静了下来，默默夹菜。

一顿饭在欢声笑语和小打小闹中过去。临近傍晚，宋思阳送他们搭地铁回校。

宋思阳给施源转了两千块钱，那是他这几个月的积蓄。施源不肯要，他温声说："我已经工作了，你不用替我省钱，哥哥给弟弟零花钱是天经地义的。"

施源这才感激地颔首，又往地铁口的方向小跑而去。林郁站在地铁口等他们，无聊地踢走脚边的一颗小石子。

他们碰面又拌起了嘴，四周嘈杂，宋思阳听不见他们在说什么，可看见二人生动的表情又感到欣慰。他很高兴施源能交到合得来的朋友。

温洋小心翼翼地敲响门，得到允许后才推门进来。

褚越端坐在办公桌前专心地处理文件，连头都没有抬。暖黄色的灯光落在他身上，他周身笼在光晕里，却丝毫也驱散不了他冰霜般的冷峻气质。

"褚少，我已经按照你的要求向褚先生汇报了。"

褚越"嗯"了一声："没有起疑吧？"

"没有。"

温洋是两年前被褚越"策反"的。他眼见着褚越日渐成长起来，见识了褚越超群的能力和干脆利落的行事作风，于是在褚明诚和褚越之间做了选择。

褚越迟迟等不到温洋出去，终是抬眼："还有事吗？"

礼貌、疏离、冷淡，这就是四年来褚越对温洋的态度。于褚越而言，没有温洋，褚明诚也会派别的人来，是谁都没有差别。

挫败感袭来，温洋摇了摇头，正打算出去，听见褚越的电脑有邮件送达的提醒。

褚越听见提示声后不再搭理他。他罕见地在褚越的动作中看出些许迫切，不禁停下脚步。

温洋看不见邮件的内容，只见褚越的眉心一点点蹙了起来，有种黑云压城的威迫感。

片刻，褚越沉声说："订后天回国的机票。"

竟是要提早回国，果然是"山雨欲来风满楼"。

飞机准点落地，林叔来接机。

过安检时，不少人在打量褚越。他对此已经习以为常，冷着一张脸仿若没有察觉到众人惊艳的目光。

林叔替褚越把行李放到后备厢，看了跟在褚越身后的温洋一眼。

褚越躬身坐进车座，摇下车窗对温洋说："你自行安排。"

每年褚越回国的第一个目的地都是姚家。老太太想念外孙，褚越就算行程再累也不会让老人家久等。

说完，褚越便示意林叔开车，不再搭理温洋。他静默地望着窗外，听林叔说话。

"老太太一早催我出来接您，这会儿估计等不及了。"

褚越闻言给何明慧打了个电话说自己到姚家了，随后车内又沉默下来。

褚越这次是提前回国，海外的业务还没有交接完，现下也闲不下来，在车上回复了一些邮件。长久的行程让他有几分疲倦，他揉了揉酸胀的眉心，闭眼深思。

223

国内到处都是褚明诚的耳目，这几年褚越虽借用褚氏暗中积攒了些势力，也拉拢了不少人心，但总归还是无法和褚明诚比拟，一旦回国他就不如在国外那般如鱼得水。

他应当再积累一段时日，可能是三年，也可能是五年，又或者还得更久，厚积薄发，才能抗御褚明诚。

但他等不及了！

四年多，近一千六百个日夜，他不知道自己是怎么熬过来的，既要让褚明诚相信自己是真的收了心愿意听命行事，又要时时刻刻提防安插在自己身边的温洋，玩命似的让自己快速成长，每一步都如履春冰。

他不担心温洋会倒戈。褚明诚是疑心极强的人，温洋开了头就没有回头路了，只不过回国后他得寻个理由将温洋打发走，以免多生事端。

褚越一进屋，何明慧就迎上来握住他的手，万年不变的开场白："瘦了，瘦了……"

老太太保养得好，四年来脸上的皱纹都没多生两条，亲昵地拉着外孙的手到客厅说话。

吃过晚饭后，褚越和舅舅到书房商量工作上的事。姚家如今虽不如褚家那么风光，但在商界也占一席之地，若不然，当年褚明诚也不会费尽心机地迎娶姚云。

褚越借着姚家这股东风算是"得天独厚"，凡事不必那么束手束脚。

褚越舅舅心中仍记恨褚明诚薄待姚云导致她香消玉殒之事，这些年与褚明诚虚与委蛇，其实早就腻烦了。他冷笑说："你我联手，里应外合，我看他褚明诚有多大的能耐。小越，你想做什么尽管放手去做，舅舅一定尽全力支持你。"

褚越真心感谢舅舅，他凝视着窗外漆黑的夜，眼里的情绪渐浓。

打印机"咔嗒咔嗒"地运作着，浓郁的油墨味儿在办公室弥漫开来。

宋思阳的工作步入了正轨，一切都朝着好的方向发展。只是不知道为什么，他这些天莫名其妙地有些心神不宁，甚至频繁地做梦。这种不安来得毫无预兆,就像是在麻团里寻找那根永远都找不到的线头,让人焦躁不已。

宋思阳盯着打印机发呆,眼前的字符都变得模糊。直到面前出现一大片阴影,他才猛然回神。

柳鹤笑问:"在想什么?叫了你两声都没应。"

宋思阳为自己心神不定而苦恼,急忙将打印好的文件递给柳鹤:"好了。"

柳鹤接过文件,随手翻了两下,问:"明晚有空吗?"

宋思阳以为是要加班,回答说:"有的。"

"朋友送了我两张钢琴音乐会的票,一起去吗?"

宋思阳略有几分错愕地看着柳鹤。

柳鹤笑了笑:"前些天无意中看见你手机页面在播放钢琴曲,你喜欢钢琴?"

宋思阳在工作的时候偶尔会听音乐,以便进入状态。此时他有种被外人窥探秘密的恐慌感,说话都有点儿结巴:"我……算是吧。"

柳鹤察觉到宋思阳的慌乱,收起了笑容:"我不是故意偷看的,你屏幕没关,冒犯到你了,不好意思。"

宋思阳摇摇头:"没事,没事。"

"既然喜欢就一起去听听吧,就当犒劳这段时间努力工作的自己。"

柳鹤的出发点很好,但宋思阳知道柳鹤误会了。他毫无艺术细胞,对钢琴也着实谈不上喜欢,音乐会的票给他属实是暴殄天物,唯有"浪费"二字可言。但说出去的话覆水难收,且柳鹤的神情太真诚,他犹豫一下还是答应了。

柳鹤眉眼舒展开:"那太好了,我待会儿把地址发你。"

宋思阳轻声说:"好,谢谢主编。"

眨眼就到了约定听音乐会的日子。

临近七点,天还是很亮堂,彩霞像是大块大块的浮锦,整片天空流光溢彩。

宋思阳出门打车，近来他总觉得身后有人跟着他，可当他回头又什么都没有，只好当自己多心。他提前半小时抵达约定地点，柳鹤已经在剧院门口等他。

那种被人跟踪的感觉又浮上心头，宋思阳不由得回身望去，广场上人声鼎沸，踩在滑板上的少年像一阵风似的从眼前飞过。

柳鹤顺着宋思阳的目光看去，询问："怎么了？"

宋思阳摇摇头。旁边有人撞到他的肩膀，他踉跄了一下，柳鹤手疾眼快地扶住他。

"进去吧，快开场了。"

音乐会在将近十点时结束，宋思阳随着人流往外走，有点儿昏昏欲睡。

今晚的钢琴曲他一首都没听过，起先确实本着欣赏的态度仔细聆听，但到后期他就开始犯困，所有美妙的曲子都成了催眠曲。他见柳鹤听得入迷，担心冒犯到对方，连哈欠都不好意思打。

柳鹤生性浪漫，即使不会弹钢琴也能沉浸在音乐的世界里。曲终人散，他却还未从钢琴曲里走出来。

今天的天气格外燥热，宋思阳正在想会不会下雨。他出门时公寓的窗户好像忘记关了，不知道能不能撑到他回家再下雨。

"小宋。"

宋思阳听见柳鹤叫他，回眸轻轻地"嗯"了一声。

柳鹤跟宋思阳谈及今晚的曲目，讲低沉的、高昂的、柔和的音调，问他喜欢哪一首。

宋思阳看着柳鹤兴致昂扬，虽然很想附和，可惜他一窍不通，说都说不出个所以然。

天上忽然飘起细丝一般的小雨，毫无艺术天赋的宋思阳连忙转移话题："主编，下雨了，我们快回家吧。"

柳鹤还想再说点儿什么，一辆豪车缓慢地停在二人跟前。

出于对名车的好奇，柳鹤多看了一眼。

宋思阳想早点儿跟柳鹤告别，方迈出一步，面前的车窗便徐徐地摇了下来，车子的主人也一点点地呈现在他眼前。

　　雨越下越大，宋思阳隔着雨雾怔然地望着不到三米距离的青年，阔别四年的面孔在他绝对想象不到的场景和时间里出现在自己的视野里。

　　褚越的眼神一如既往的清冷，其中又夹杂了些他不熟悉的戾气，比从前更锋利、更尖锐的情绪呼之欲出，化作一道凌厉的冰刃劈开他混沌的思绪。

　　盛夏的雨夜稍有凉意，宋思阳像被冻僵了，唯有指尖不受控地在打战。

　　驾驶座的林叔打着伞绕到宋思阳面前，说道："褚少请你上车。"

　　柳鹤一眼就看出宋思阳的异常，皱了皱眉："如果你不认识他们……"

　　话音未落，褚越出声打断，声音犹如冰泉："宋思阳，你认识我吗？"

　　宋思阳的心脏"咚咚"狂跳，张嘴却发不出声音。

　　褚越沉声唤了一声"林叔"。

　　林叔先是做了个"请"的动作，继而要握住宋思阳的手臂，将人带到后座。

　　柳鹤攥住宋思阳的手腕，问："需要我帮忙吗？"

　　宋思阳见到褚越的眼睛暗了下来，这是褚越不悦的表现。他下意识地将自己的手抽出来，艰涩地说："不用，我和他认识……"

　　柳鹤见此也不好多说什么，只能目送宋思阳上车。

　　褚越的视线与柳鹤的接触一秒，又平静地挪开。

　　柳鹤皱了下眉，看着车窗又重新升上去。

　　坐在褚越身旁的宋思阳微微缩着肩膀，神情恍惚，却不似惶恐的模样。

　　雨"哗啦啦"地落下，路上行人小跑着找屋檐躲雨。柳鹤站在雨中，目视着宋思阳乘坐的车消失在夜色里。

　　不到两分钟，淅淅沥沥的小雨就化作滂沱大雨，雨水堆积成溪在车窗上蜿蜒流动，车子缓缓地在可见度极低的室外行驶。

宋思阳浑浑噩噩地垂着脑袋坐在车内，既费解又忐忑。

褚越怎么会来找他呢？

褚越闭着眼睛，仿佛连看一眼宋思阳都是浪费时间。

宋思阳见到褚越的欣喜逐渐被酸涩代替。明明车窗关得严严实实，他却感觉雨水都往他眼睛里打，让他的视线变得模糊起来。

当年在褚家别墅发生的一切还历历在目，宋思阳想，褚越差点儿丢了一条命，他恨自己也是应当的。

导航提醒已到了目的地。宋思阳看了一眼周围的景色，发现车居然停在了自己家附近。

林叔颇为复杂地看了宋思阳一眼，继而将伞递给他。

宋思阳想了想，下车绕到褚越的那边，给褚越开门，将伞打在褚越的头上，自己半边身体都落在雨里。伞檐流下来的雨水坠进他的衣领，冻得他打战。

虽然是夏天，但毕竟下着雨，即使分别四年多，宋思阳也牢记褚越不能受凉。他担心褚越淋到雨，又唯恐靠得太近会惹褚越不快，于是隔着一步的距离跟在褚越身后打伞。雨都往他身上打，不多时，他就淋成了落汤鸡。

宋思阳没想到褚越会突然停下，连忙往后退了一步才避免撞上去。

他眨了眨眼睛，无助地与褚越对视，见到褚越身上是干的，悄悄地松口气。

褚越看到宋思阳躲闪的动作，垂在身侧的指尖微动，最终什么都没有说，收回目光快步往公寓走去。

宋思阳紧紧地跟上，帆布鞋踩在水坑里，溅起的雨水湿了裤腿，布料贴在身上，让人很不舒服。

公寓是自建房，环境算不上太好，一层四户，鱼龙混杂。今晚又是雨天，地面上全是凌乱的脚印。

褚越一进去眉头就皱了起来。

宋思阳知道褚越有洁癖，此时他觉得那些脏污的脚印就是自己，一瞬间尴尬又局促。他没想到再次见面会是这样的画面，把自己过得一团糟的生活呈现在褚越面前绝非他所愿。

他带着褚越上楼梯，终于来到自己的房门前。

宋思阳手忙脚乱地开锁，推开门说："我去拿毛巾。"

褚越紧随而入，打量着宋思阳居住的地方。

一张床、一套桌椅、一个衣柜、一张布沙发，角落堆了几个箱子，小而整洁，看得出屋子的主人有在精心打理。

可这份干净随着宋思阳踩着沾了泥土的鞋子在屋里走动而被打破，地上的脚印延续到卫生间，随后里头传来水声。

宋思阳洗干净手，低头一看才发觉自己竟然紧张到忘记换鞋子。他有点儿苦恼地拍了一下自己的脑袋，正打算拿毛巾出去，转身见到褚越已经站在了卫生间的门口。

褚越凝视着一身雨水的宋思阳，目光沉静，说出口的话却显得十分凉薄："给了你三百万元，就活成这样？"

宋思阳愣在原地，本就苍白的脸色又浅了一分。

褚越抬脚进入不到四平方米的卫生间，狭小的空间顿时被挤压得所剩无几。宋思阳退无可退，惴惴地抬眼看着近在咫尺的褚越。

褚越眼帘低垂，平静地说："你在发抖，怕我？"

宋思阳喉咙堵塞，像灌了水银，说不出话来。

面对宋思阳的沉默，褚越似乎有些不耐烦："怎么不说话，见到我不高兴吗？"

宋思阳知道褚越来见自己定然不是叙旧，早在四年前，他们之间就没有情义可言，褚越来找他算账还差不多。

他艰难地说："高兴……"

宋思阳这话说出来想必谁都不会相信。只有好友久别重逢才能称得上开心，而对褚越来说，自己是曾经背叛过他的仇人。仇人相见，只有分外眼红。

229

果然，下一秒宋思阳就听见褚越轻轻地笑了一声。那笑声中带着轻蔑，让宋思阳的脸色瞬间红白交加。

褚越静静地看了宋思阳半晌，回身取下花洒。

宋思阳还没有从褚越的动作里反应过来就被淋了一身的水。他闭着眼靠在墙面上，从头到脚都湿透了，衣物贴在身上，但他连躲闪的念头都没有。

褚越犹如报复的举动让宋思阳明白褚越此行果然不是为了叙旧，想必是讨厌他都来不及。

褚越把湿漉漉的宋思阳拖出卫生间。随着宋思阳的路线，地面延伸出一道水迹。

屋内的灯亮得刺眼，褚越的脸背着光，阴沉晦暗。

宋思阳有点儿怕，可还是强装冷静地站稳了。

四年多了，宋思阳那天说的每一句话都刻在褚越的心上。

"褚家这两年帮助我很多，褚先生是我和'盛星'的恩人，我当然要站在褚先生这边。我以为我可以适应褚家的生活，但其实这些日子以来我过得并不快乐……所以我不想再待在这里了。"

无论这话是真是假，褚越都信了。压抑了四年，他迫不及待地跟宋思阳算账："宋思阳，你知道我为什么来见你吗？"

宋思阳抿唇不语。

"当年我真心实意地对你，可你是怎样回报我的？你假意与我往来，私下却将我的事情全部告诉褚明诚，这些我都忘不了。"

当年宋思阳信誓旦旦地跟褚越保证不会听褚明诚的话，转眼却用言语伤害他，又拿了褚明诚的三百万元，听从褚明诚的安排头也不回地离开褚家，这样的行为无疑是狠狠地打了他一个耳光。

"你呢？四年了，你过上你想要的快活日子了吗？"褚越环视简陋的房间和脏兮兮的宋思阳，嗤笑说，"这就是你所谓的快乐？"

宋思阳的脸色煞白："我……"

他想要反驳，可忽然想起褚越发病的模样，于是所有的话又咽进肚子里。

他欠褚越半条命，也不怪褚越恨他。走到这一步，他确实问心有愧。

褚越言语发泄过后，屋内一时陷入了沉寂。

半晌，宋思阳才深吸几口气打破平静："我先去收拾一下。"

宋思阳抹了一下湿漉漉的脸，见褚越身上也沾了些水汽，重新回到卫生间拿条干净的毛巾，递给褚越。

他没忘记过往，更没忘记褚越不能受凉。他小声地说："擦一擦吧。"

褚越将毛巾接了过去。

宋思阳又赶忙收拾好自己，随意地将头发擦干，又换了身干净的衣物。他眼见地面实在脏得没有落脚的地方，而褚越又似乎还不想走的样子，就让褚越坐到沙发上，自己拿拖把将污渍擦去。

宋思阳忙着收拾屋子，褚越擦着衣物，室内的气氛奇异地缓和了下来。

褚越将毛巾搁在沙发旁的矮桌上，桌面上放着不少专业书和文件。他随手翻了翻，知道宋思阳现在是在一家出版社工作。

宋思阳手脚麻利，屋子很快又恢复干净。他从卫生间出来时看见褚越拿着他翻译的资料，问："你的工作？"

宋思阳没想到褚越会问这个，"嗯"了一声。

"出版社……"褚越低语，然后不明所以地笑了笑，"你喜欢这份工作？"

宋思阳不安至极，但还是点点头。

下一刻，宋思阳听见褚越带着恨意地说："凭什么？"

凭什么宋思阳还能安安稳稳地上学、工作？

宋思阳不明所以，下一刻他听见褚越说："辞了！"

"什么？"宋思阳难以置信地瞪大了眼。

褚越将资料放回桌子上，站起身来："做错了事就要付出代价，你不会以为我会假装无事发生，然后让你这么开心地活着吧？"

若说宋思阳方才还存着一丝妄想，这会儿他终于明晃晃地察觉到褚越的恨意了。他知道当年的事情对褚越造成了极大的伤害,他愿意弥补。但是他好不容易才大学毕业找到工作,有了正常的生活,要他放弃这一切,无异于抹杀自己这四年的努力。

宋思阳望着褚越,片刻,终于对褚越说出那句迟来的道歉:"对不起……"

"不需要!"褚越声线冷冽,"宋思阳,我不想听你忏悔,也对你的借口没有兴趣。我只记得当年你怎样伙同褚明诚让我第一次明白了什么叫无地自容。"

当年褚越晕倒的一幕出现在宋思阳脑海里,隔了这么久,深深的恐慌和愧疚依旧日夜折磨着他。

褚越指了指自己的胸口:"医生说再晚一步就没救了。"

宋思阳知道衣服下定有一道骇目的疤痕,象征着这具躯体的主人曾经历过一场生死劫难。

太多的因素导致了当年事情的发生,是褚明诚的威逼利诱也好,是他当局者迷选错了也好,谁对谁错已经不重要。他确确实实亏欠了褚越,那三百万元就是他背叛褚越的证据。

既然欠了褚越,他理当要还。褚越想要报复他,让他失去现在拥有的一切,如果这能让他赎罪的话,他心甘情愿。

宋思阳做出决定:"好!"

第二天早上,宋思阳动手收拾行李。他的证件都放在柜子里的文件袋里,也没啥其他的贵重物品。他怕褚越等急了,动作很快,不到十分钟就收拾完了。他犹豫着问了一句:"我以后还能回来吗?"

"我会找人处理。"

宋思阳明白了,这一趟离开便没有回来的机会了。

林叔在楼下等他们。他板着张脸,见了宋思阳也没了以前的笑容。当年褚越发病的事闹得尽人皆知,他不待见宋思阳也正常。

短短一夜,变故太多,宋思阳勉强收拾好心情,在车上给房东发信息说了退房的事情。押金肯定是要不回来了,但更让他苦恼的是该怎提离职。

柳鹤和王志都很看好宋思阳，可是现在他转正不到半个月就要离开，他们一定会对他很失望吧。

在手机上提离职太不正式，宋思阳纠结再三，看向一侧的褚越，迟疑地说："过两天我能去一趟出版社吗？"

褚越转头看着他。

他又嗫嚅地说："辞职的事……"语气饱含不舍。

褚越沉默片刻，薄唇翕动："林叔，去出版社。"

宋思阳惊讶地说："现在？"

"嗯。"

此时已经是九点十五分，按照正常的时间，宋思阳已经在办公室里了。褚越话音方落，宋思阳的手机就有电话打来，是柳鹤。

铃声响彻整个车厢，宋思阳的心"咚咚"地跳，正想挂断，改而给柳鹤发信息，褚越开口说："接吧。"

宋思阳像得到命令的机器人般按了接听键，后悔已经来不及了。

"小宋，王志说你还没有到公司，是出什么事了吗？"

宋思阳紧张地看了褚越一眼："没事，我就快到了。"

"嗯，路上注意安全。"

"好的，谢谢主编。"

宋思阳挂了电话，听见褚越微乎其微地笑了一声，心中顿时有不好的预感。

他的不安在十分钟后得到了验证——褚越要跟着他一起上楼。

宋思阳轻声说："我自己可以解决。"

褚越充耳不闻地开了车门，见宋思阳还坐着不动，定定地看着他："不下车就回家。"

宋思阳深吸一口气，这才推门出去。

出版社在七层。宋思阳和褚越走在一块儿，时不时收到来往路人的眼神，紧张得手心冒汗。

电梯到达七楼，宋思阳先走了出去。

同事岑姐正在前台打印文件，笑眯眯地说："小宋，迟到了哦！"她又见到宋思阳身后的褚越，先是愣了一下，再"哎哟"了一声，"果然是人以群分，小宋的朋友长得真俊，跟大明星似的。"

宋思阳笑了笑，怀着忐忑的心情往编辑部走，在走廊遇到匆匆忙忙的王志。

王志一把抓住他："怎么来得这么迟，之前的笔译今天要赶快弄出来！突然就催个不停，催死人了……这位是？"

褚越礼节周到地说："你好，褚越。"

"你好，你好。"王志挠了挠头，多看了褚越两眼，接着对宋思阳说："下班前交给我，主编那边我会去说。"

宋思阳想告诉王志自己是来辞职的，没办法完成工作了，可看着王志那张憨厚的脸，一个字都说不出来。他想央求褚越让他完成今天的工作再提离职，可褚越已经低声催促他："走吧。"

像有一只无形的手推着宋思阳走到柳鹤的办公室门前。他抬手敲了敲门，柳鹤像往常一样让他进去。

宋思阳的手握在门把上，回头看了一眼褚越，鼓起勇气说："褚越，我想……"

褚越似乎猜到宋思阳要说什么，先一步替他推开门。

门缓缓打开，柳鹤从书堆里抬头，看着出现在门口的二人。

褚越开门见山地说："柳主编您好，我陪宋思阳辞职。"

柳鹤放下钢笔正视褚越。

飘满油墨香味的办公室，二人一立一坐，形成对峙的场面。

"咔嗒咔嗒——"

在打印机运作的声音里，柳鹤戴上眼镜，面带微笑站起身，先是跟褚越问候了一声"你好"，继而望向宋思阳："小宋，有什么话进来说。"

柳鹤的办公室里有套会客沙发，他朝褚越做了个"请"的手势："怎么称呼？"

"褚越。"

"褚先生先坐一会儿喝点儿茶,"柳鹤找出一次性杯子倒茶,"辞职的事,我会和小宋商量。"

宋思阳觉得办公室里的氧气突然变得稀薄。

褚越嘴角微抿,到底没出声,依旧笔挺地站着。

柳鹤也不强求褚越,一直挂着儒雅的笑容,又回到办公桌。

昨晚见到褚越时,他就在猜测对方的身份。虽不知褚越究竟是谁,但褚越那股浑然天成的气场彰显他出身名门。

柳鹤坐到办公椅上,看一眼坐到他对面的宋思阳,笑容更甚。

"说说吧,为什么突然要辞职?"柳鹤渐渐隐去笑容,语气也变得严肃,"是不喜欢这个岗位,还是对工作内容不满意,抑或是薪资太低?"

宋思阳拘谨地坐着,柳鹤的问话让他难以回答。他思索着,抿了抿嘴唇硬着头皮说:"出版社很好,是我的私人原因……"

"你总得有个交代。"柳鹤不动声色地瞥了一眼褚越,"小宋,我和王志私底下谈论过,你很适合当编辑,再历练两三年,你一定可以成为一个很好的编辑。但我相信你的目标肯定不止于此,对吗?"

在柳鹤温和的眼神里,宋思阳握起放在腿上的手,无法反驳。

柳鹤乘胜追击:"实习期快结束时,你告诉我你很喜欢这份工作,我知道那不是假话。转正的第一天,我建议你考在职研究生,你也说自己会考虑。你有热情、有上进心,为什么轻言放弃呢?"

宋思阳对这份工作的热忱被柳鹤的一番肺腑之言调动起来,他直起脊背,张了张嘴:"我……"

"宋思阳,别忘记你答应过我什么!"褚越不知何时站到宋思阳的身后,手搭在椅子上。

宋思阳的脊背又一点点塌下去。他当然没忘。

宋思阳勉强地朝柳鹤笑了笑:"主编,非常感谢你这段时间对我的照顾,但我已经决定了,我……"他饱含愧疚地说,"很不好意思。"

柳鹤温润的桃花眼此时多了些冷厉,也不再款语温言:"褚先生,我想工作的事情还是由小宋自己决定比较好。你这样做，很难不让我怀疑你在威胁我的员工。"

褚越面不改色地说："我有权决定宋思阳的任何事情。"

柳鹤未料到褚越会这么直白强势。他双手撑在办公桌桌沿，站起身略带嘲讽地说："现在是法治社会，就算褚先生是小宋的朋友，也无权干涉一个具有完全行为能力的成年人所做出的选择。"

"柳主编，"褚越声线平缓，"你可能误会了，我跟宋思阳算不上什么朋友。你说得再多，今天宋思阳辞职的想法依旧不会改变。"

柳鹤看向面色苍白的宋思阳，对方半垂着眼睛，有无奈，有挣扎，却也有愧疚。

褚越放在椅子上的手微微施力，给这件事盖了章："既然柳主编口口声声要尊重宋思阳的选择，那就劳请你同意宋思阳的离职申请。"

即便柳鹤有一颗七窍玲珑心，这时也不禁有些不痛快。恰好王志敲了他办公室的门。

"主编，"王志打量着表情各异的三人，清了清嗓子，"小宋负责的笔译上头在催，今天先让他赶出来，其他工作放一放行不？"

怎么不行？

柳鹤望向宋思阳，说："小宋，我同意你的离职申请，但按照流程来讲，你得先把手上的工作交接完。这样，我也不多为难你，你把资料整理一下，再把笔译弄好就去人事部那里拿离职证明吧。"

宋思阳闻言连忙点头，然后对褚越说："我做事得有交代。"

褚越半晌才冷冷地"嗯"了一声。

宋思阳顿时高兴起来，连忙回到自己的工作岗位。

柳鹤也不赶人，只是说："褚先生请自便。"

柳鹤见褚越在会客沙发上坐下，大有等一天的架势。他对宋思阳说："把昨天的文件给我。"

宋思阳动作利索地在柜子里找到厚厚的文件夹，送到柳鹤桌前。

柳鹤伸手接过，温声说："如果有什么困难，尽管找我。"

宋思阳心神一动，感激地颔首，继续交接工作。

办公室的气氛达到一种诡异的平衡，柳鹤神色自若，褚越岿然不动，最煎熬的无疑是宋思阳。他的笔译工作其实已经到了尾声，但因为这沉重的氛围，好半天他才能静下心来工作。

将近中午时，宋思阳把所有的资料都整理完毕，又把笔译资料都发给王志，心里的大石头才终于落地。他愧对厚待他的柳鹤和王志，但至少没有因为自身的原因给编辑部造成太多麻烦。临走前，他诚挚地向柳鹤道谢。

柳鹤笑了笑："虽然你不在这里工作了，但我们依旧是朋友。"

等宋思阳快进电梯时，又听见柳鹤语重心长地对他说："小宋，凡事多为自己想一想，不要为了任何人、任何事委屈自己。"

作为上司，柳鹤对宋思阳的能力很认可。他们认识三个多月，不算太长，柳鹤不敢说有多了解宋思阳，但宋思阳的性格毋庸置疑是付出型人格，拿了别人一点儿好处就要十倍回报，亏欠别人一点儿就巴不得百倍偿还。

人生百样，这样的性格谈不上好与坏，但绝对不会过得太轻松。

车子的挡板将后座的光景遮得严严实实。

虽然宋思阳是自愿离职，但他到底是怀念这几个月的实习生涯的。想到往后不能从事自己喜欢的工作，此时闷闷不乐的他坐在车上盯着自己的手。

他承认自己当年有错，是他背叛褚越在先，就算有不得已的原因，也磨灭不了这个事实。

他的不快落在褚越眼里，褚越冷声说："这就后悔了？"

宋思阳连忙摇头，小声地说："没有……"

正如同褚越所言，人做错了事情就要付出代价，他也不能幸免。

褚越没有给宋思阳缓冲的时间，直接将人带离了A市。窗外的场景渐渐变得熟悉，兜兜转转宋思阳还是回到了他从小长大的地方。

褚越暂时将宋思阳安置在一套近五百平方米的江景房里。

这里视野开阔,巨大的落地窗正对着宽阔的江面。清晨时,太阳缓缓从清凌凌的水面上升起,整个屋子都镀上一层黄灿灿的阳光。夜晚的景致也十分清雅,远处是五颜六色的霓虹灯,江水上浮光跃金。

重要的是这套房子安保系统齐全,进出都需要人脸识别,且隐秘性极佳,四周没有其他建筑物遮挡,不必担心有被侵犯隐私的风险。换句话说,褚越不用担心自己的行踪会被褚明诚的人发现。

今天是褚越回国的第三天,褚明诚目前还不知道他已经回来的事情。但以褚明诚的手段,想必很快也能知晓。

短短不到二十四小时,宋思阳从和褚越重逢到离职,又辗转两个城市来到这套陌生的屋子,这样巨大的变化,他脑子显然有些吃不消。

他有些浑浑噩噩的,等一觉醒来天都黑了。他揉着眼睛起身,有种"不知今夕是何年"的错觉。

宋思阳让自己清醒了点儿后便爬下床,蹑手蹑脚地打开房门。屋子太大只住了两个人,空旷得仿佛连呼吸都有回音。

他没能找到褚越,有点儿不安地顺着走廊往外走,终于在拐角处见到一扇半开的门,门缝里透出光亮。他忙不迭地走过去,走近了隐约听见褚越的声音,应该是在跟助理谈话。

"方案有几个条例得再细化,明天的会议要看到最终版本,辛苦他们今晚赶出来……和'腾协'的合作项目也要加快进程……还有,跟聂浩说一声,他妹妹的第三次手术安排在下个月,让他不用担心。"

宋思阳听见聂浩的名字,推门的手微微一顿。

说话声由远及近,门从里面被打开。他惊讶地看着出现在自己面前的褚越,不知道对方是如何知晓自己就在门外的。

褚越依旧在通话,朝宋思阳微微抬了抬下巴。宋思阳犹豫两秒,抬步走进门。

看得出这是褚越的书房,整一面墙摆着高大的落地书架,书架上装满了各式各样的书籍,背对着落地窗的办公桌上摆着好几台电脑。

褚越没有避讳宋思阳的意思，一边通话一边走到桌前，弯腰点击着鼠标。

宋思阳好奇地多看了一眼，未能看清屏幕，但猜想大抵是公司的项目，也就收回目光。

褚越在工作，宋思阳不想打扰对方，安安静静地站在书架前，好一会儿才想起来自己的手机不见了，方才在房间里似乎也没有看到。

宋思阳思索着自己把手机落在哪里了，褚越已经结束通话来到他面前。他抬眼见到褚越冷峻的五官，一个想法蹦了出来："我的手机……"

"我收起来了。"褚越气定神闲，半点儿不觉得这样做有什么不对。

宋思阳无法理解褚越的做法，但也没抱什么希望地问道："那能还给我吗？"

褚越反问："你要手机做什么？"

若是旁人被这样询问宋思阳只会觉得荒谬，现代社会上至八十岁老人下至五岁小儿都知道手机的用途，褚越怎么可能不知晓。但他还是多此一问，并要宋思阳回答。

宋思阳果然一脚踩进了坑里："别人会找我呀，我……我也需要……"

"你需要找什么人，跟我说一声就行。"褚越垂眼凝望着宋思阳错愕的神情，不容置喙地说。

有了宋思阳私自联系褚明诚的前车之鉴，褚越不会再让这样的事情发生。他又淡淡地说："有人给你发信息我会告诉你的，比如半小时前施源联系了你。"

宋思阳露出难以置信的表情。

褚越浅笑着问："你想回复施源吗，他知道你在我这里，好像很担心你。"

宋思阳的胸膛起伏了几下："为什么必须通过你，我……"

褚越厉声打断："你真的不清楚理由吗？"

宋思阳抿住嘴唇。

褚越又翻起了旧事:"当年你是怎么联络的褚明诚,还需要我再提醒你吗?"

每次说到过往,宋思阳的气焰就会消失。但他还是感到无奈,反驳说:"不管你信不信,我都不想再介入你和褚先生的事情了。"

他已经做错一次了,不会再犯类似的错误。

褚越不置可否,只徐徐地说:"现在我再问你一遍,你想不想回施源的信息?"

宋思阳吸了吸鼻子,眼尾已经红了,哽咽着说:"想!"

褚越的神情晦涩难辨,他当着宋思阳的面从书桌的抽屉里拿出手机:"回吧。"

宋思阳不知道褚越用了什么办法破解了他的密码,但确确实实是替他回了施源的信息。

"你把思阳哥藏哪里去了?"

"让思阳哥接电话。"

施源的最新一条信息是十分钟前发来的:"再不接电话我就报警了。"

宋思阳也顾不得褚越在旁边看着,连忙给施源回电话。

电话不到三秒就接通了,施源怒不可遏地说:"褚越,你别以为……"

"施源,是我。"

施源松口气,但随即又紧张地说:"他怎么找到你的,没对你做什么吧?"

"没有。"宋思阳不想施源为他担心,小声地说,"我没事。"

施源将信将疑:"真的没事?"

褚越的气场难以忽略,宋思阳佯装轻松地说:"我骗你干吗?就是我刚转正工作会比较忙,所以这段时间可能没有办法跟你见面了。"

宋思阳如今不在 A 市,担心施源去找自己会扑空。可当着褚越的面他不敢多说,于是话锋一转:"林郁在吗,替我跟他问声好。"

许是他的口吻确实轻快一些,加上又提到林郁,施源暂且放下疑心，笑着说："我才不理他。"

宋思阳怕褚越等得不耐烦，跟施源讲了两句就挂断了电话，却握着手机迟迟不交出去。褚越不出声，只摊开了手。

宋思阳半边身体都在褚越的身影当中，他的圆眼耷拉着，闷闷地将手机放在了褚越的掌心里。

手机被褚越放回了抽屉。

褚越刚回国便马不停蹄地处理褚氏的事务。

宋思阳睡得沉，翌日醒来时，褚越已经出门了，给他留了一张字条："晚上回来。"

字如其人，笔锋似剑锐利强劲，似要穿透纸背。

宋思阳蒙蒙地在床上躺了会儿才起身，走出房间在屋子里兜圈。

屋子的装潢是灰白色调，很符合褚越一贯的审美——干净、清爽、简洁，但也有几分清冷。近五百平方米的屋子只有宋思阳一个人，太过静谧孤寂。他的脚步声在空旷的空间里被无限放大，陌生的环境让他感到些许不安。

他来到厨房，白色的陶瓷桌上有酸奶和三明治，是褚越留给宋思阳的早餐。

宋思阳情绪不高没感觉饿，叼着吸管喝了几口酸奶，连三明治都没动。他绕到灰色的沙发上坐着，觉得太安静就开了电视，随便调了个频道播放着，也不看，就发呆。

骤然改变的生活令他无所适从，一时间难以习惯。

也不知道发了多久的呆，大门处传来动静，宋思阳以为是褚越回来了，高兴地循声望去。门口站着一个西装革履的陌生青年。

青年主动说："宋先生您好，我是褚先生的生活助理，褚先生让我给您送午餐。"

宋思阳这才看见青年手中拎着的袋子，拘谨地起身："你好。"

青年没进门，刚把东西放在玄关柜上就接到电话，继而对宋思阳说："褚先生想让您接电话。"

宋思阳走过去，接过手机贴在耳朵上。

褚越清朗的声音响起："在做什么？"

电视还在播放着节目，宋思阳回答："看电视。"

褚越沉默一下："午饭要吃，无聊就去书房找喜欢的书看。"

宋思阳说"好"，喃喃地问："你什么时候回来？"

"六点半前到。"

结束通话，青年把门一关，屋子又沉寂了下来。

宋思阳打开包装精美的袋子，是蟹黄面。可他实在没什么胃口，勉强吃了点儿就咽不下去了，动作缓慢地搅着面，筷子迟迟送不到嘴边。

宋思阳的目光不由自主地望向浅灰色的入户门，挣扎半天，还是迈开腿走了过去。

只是出去看看而已，褚越应该不会知道。这样想着，宋思阳尝试着开门。

可惜他不得方法，弄了半天门岿然不动。正打算放弃时，大门轻微的"咔嗒"一声，竟然自己开了。

宋思阳一愣，以为是自己无意中按到开关，眉梢浮现喜色，忐忑地将门缓缓打开，小心翼翼地探出半个身体。

入户门外是一条长长的走廊，走廊尽头有一扇紧闭的玻璃门。

宋思阳犹豫几秒后走出了屋子来到玻璃门前，轻轻一推，门丝毫反应都没有。他注意到玻璃门旁有个电子显示屏，好奇地凑过去。机器感应到有人接近亮了起来，他的脸猝然出现在屏幕里，他吓了一跳，连忙躲开。

机械的电子女声响起："人脸识别不通过，请重试。"

在寂静的环境里，这样的声音无异于电闪雷鸣。宋思阳心脏"扑通扑通"地跳，恨不得把电子屏"毒哑"了，条件反射地撒腿就往大门跑。

他惊魂未定，靠在重新关闭的入户门上，做贼似的喘着气。

电梯在玻璃门外，这就代表着如果没有褚越的允许，无人能进出这栋房子。

蟹黄面已经凉了，宋思阳没有再动筷。他关了电视打算回房间躺着，路过书房时想到那台被褚越放在抽屉里的手机，于是脚步渐慢。他甚至都已经走到门口了，但静静地站了会儿，最终还是放下企图开门的手。

嵌在高处的防盗摄像头将宋思阳的一举一动都记录了下来。

褚越为宋思阳的"及时止损"感到几分欣慰。他的嘴角微微上扬，听到秘书敲门他才敛起笑容，重新投入繁忙的公务里。

在江景房的生活既漫长又简单。白天宋思阳一个人在家，大部分时间是睡觉，睡不着就看书看电影。傍晚的褚越会回来，一起吃过晚饭到露台看江景，给他看手机的信息。

宋思阳的社交网简单得不能再简单，他不主动联系人，也少有人联系他，信息量不多。

柳鹤来询问过宋思阳离职后的打算是什么。褚越让他自己回，实话他是不敢说的，敲敲打打，选了个万能答案："想先休息一段时间再做打算。"

柳鹤没有再回，手机又交回到褚越手里。

一周后，褚越带宋思阳换了住处。

近一小时的车程，车子远离了热闹的市区。宋思阳一路上都沉默着，随着眼前场景的不断变换，他的心情也渐渐平复下来。

前天宋思阳见到了多年不见的熟人，张医生上门给褚越送药，告知了宋思阳这几年褚越的身体状况。

"手术是我老师操刀，很成功，但到底是心脏手术，身体恢复得再好也不比从前。心脏是人体极为重要的器官之一，一旦出问题，连抢救都来不及，分分钟能要人命。褚越算是好运的，从他七岁我就跟着老师一起观察他的病情，作为他的主治医师，我比谁都知道他捡回一条命有多不容易。按时吃药，切忌劳累、情绪起伏过大，多休息，保持心情愉悦，这样才能有效减少他发病的概率。"

张医生的这番话是不是褚越授意的，宋思阳不可得知，但每一个字宋思阳都听进去了。

不仅如此，张医生还跟宋思阳透露这些年褚越有较严重的心理问题。

"你也知道，褚家不比寻常的家庭，褚越常年在这样的环境里生活，再加上他性格沉默，不善于向别人表达自己。日积月累下来，心理压力比常人要大许多。这些年他失眠很严重，甚至要靠安眠药才能入睡。虽然你们之前闹过不愉快，但是我知道在褚越心里你还是很重要的，解铃还须系铃人，我希望你能帮助他。"

正如张医生所言，褚越向来是将事情都放在心里的人，如果没有人对他施以援手，他便一直内耗下去。

其实宋思阳知道，造成褚越现在这样的不单单是褚家给予的压力，还有自己的原因。当年褚越是真心实意地和自己交友，自己却给了他致命一击，他又怎么能当作无事发生呢？

所以即使现在褚越恨自己，宋思阳还是觉得自己有义务留下来陪褚越治疗。他相信时间是最好的良药，褚越定能渐渐好转，在未来的某一日解开心结。

车子在私人别墅停下，宋思阳也回过神，透过斑驳的树影看着装潢精美的房子，又回眸望着身侧的褚越。

褚越棱角分明的侧脸浸在金灿灿的光晕里，暖阳如水一般从他光洁的额头流淌下来，照得黑曜石一般的瞳孔越发幽深。

宋思阳又想起褚越发病时涣散的瞳孔，微微有些出神。

褚越站在他的身后，低声问："喜欢这里吗？"

这里环境清幽，极为养人，挑不出半点儿错处。

宋思阳却没心思欣赏风景。他肩膀微沉，慢慢地点了一下头，沉默地盯着地面上的一颗形状奇怪的小石子儿。

"看那是谁？"

褚越的声音吸引了宋思阳的注意力。他抬起头，见到一个中年女人出现在黑色的实木大门前。他惊喜得微微张嘴，唤道："陈姨！"他又回头看褚越，眉眼间的沉闷消散一些，笑问："陈姨和我们一起住吗？"

褚越颔首："嗯。"

"你怎么不告诉我？"

褚越轻声说："现在不就知道了。"

宋思阳太容易满足，见到熟悉的人，想到不用自己一个人待在空荡荡的别墅里，脸上满是笑意。

自从褚越去了国外后，陈姨就回到姚家照顾老太太，听闻褚越要她来照看宋思阳，二话不说就答应了。

当年的事情她都看在眼里，虽有一点儿埋怨，但宋思阳为人她是最清楚不过的，因此更多的是心疼。如今再次见面，她有说不出的感慨："回来就好，回来就好……"

宋思阳红了眼眶："陈姨，好久不见，你一切都好吗？"

"都好，都好，你和小褚好好的，我就高兴。"

陈姨"哎呀"了一声："我煮了绿豆汤，你们来的时间正好，我去舀一碗，去去暑气，这天可真热！"

宋思阳忽然想起第一次见到陈姨时的光景，也是这样的盛夏，陈姨也是这样热情。时过境迁，好似一切都没有变。

宋思阳的卧室被安排在二楼，远处有一片人工湖，围着一圈法国梧桐。树影绰绰，阳光将梧桐叶子照得油亮。

宋思阳意外地在房间的展示柜里见到了那艘灰底红身的积木小船，和姚云送给褚越的毛绒花栗鼠摆在一起。他没想到会在这里看见这艘积木船，趁着褚越不在，他将小船拿在手心把玩。

这么多年过去，小船保存得很好，一点儿划痕都没有。

宋思阳心中五味杂陈，对褚越的愧疚又涌了上来。

在郊区别墅的日子还算安逸，除了陈姨，褚越还请了两个轮班的家政阿姨和一个男帮工。宋思阳跟他们相处得很好，有时候会帮着大家做事，大家也很喜欢他。

但宋思阳还是不禁思考褚越这么做的目的。

他亏欠褚越在先,褚越不让他上班,他也心甘情愿地留下来陪褚越治疗,可除此之外呢?他不相信褚越会这么轻易地放过自己。

他不得其法,可也由衷地希望褚越早日康复。

很快地,宋思阳心中的不安就得到了证实。

当褚越将"盛星"的一张张照片在宋思阳面前摊开时,宋思阳几乎是惊慌地从椅子上跳了起来。

照片里,盛星孤儿院已经换了地址,天蓝色的招牌挂在门口。从大门外看进去,有七八个小孩儿在玩游戏,周院长很慈祥地站在一旁笑着。

宋思阳把目光从照片上挪开,咽了几口唾沫,才艰难地说出一句话:"为什么……给我看这些?"

褚越的神情很冷,慢条斯理地将指尖点在"盛星"二字上,说:"现在'盛星'最大的资助人是我。"

宋思阳的脸色苍白,讷讷地说不出话。

褚越满意地观察着宋思阳的变化,嘴唇微抿。

从他再次遇到宋思阳后,便一直思量着如何给宋思阳最大的打击。打蛇要打七寸,宋思阳最在乎什么,他就拿捏什么。而"盛星"无疑是宋思阳的软肋,从前是,现在是,以后也会是。

当年宋思阳在他和褚明诚之间选择了后者,那时的"盛星"掌控在褚明诚手中。如今褚越成了"盛星"的资助人,相当于将宋思阳的命脉捏在了手中,随随便便就能让宋思阳胆战心惊。

果不其然,下一秒,好似丧失语言功能的宋思阳艰难地张嘴:"褚越,你我之间的恩怨不要牵扯到'盛星',好吗?"像是害怕褚越不答应,他的声音不可控制地颤抖起来,"求你!"

可惜褚越没有一丝动容,甚至冷漠地反问:"你凭什么要求我?"

宋思阳的脸彻底没有了血色,他哑口无言。

是呀,他有什么底气跟褚越求情呢?他欠褚越在先,无论出自什么原因,褚越当年差点儿丢了命是事实,现在的褚越这么恨自己,又怎么会答应自己的请求?褚越如果真的要对"盛星"不利,以他微弱的力量,如何去撼动褚越这棵高不可攀的大树?

可那是对宋思阳恩重如山的"盛星",纵然希望渺茫,他也不得不请求:"我可以保证,以后你叫我做什么,我绝不会反抗。"他急得近乎带了哭腔,但在迫切之中竟也抓住了关键所在,"也绝不会再跟褚明诚有任何交易。"

褚越眸光微暗,不置可否。

宋思阳简直要对天起誓了:"褚越,求你……"

可惜褚越看起来还是一副无动于衷的样子,半晌他才在宋思阳哀求的神色里施舍一般地说:"你最好说到做到,否则……"

宋思阳没让他把话说完,急切地说:"我发誓,不会再骗你了!"

褚越这才起身,将满脸不安的宋思阳留在室内。

关门时褚越回头望去,宋思阳半蹲在桌子前,珍惜地将"盛星"的照片一张张收好,又难掩悲切地闭上眼睛。

褚越收回视线。其实他没有冷血到会迁怒于"盛星",这一出不过是吓唬宋思阳,让对方也尝尝当年他无能为力的痛苦。

往后的每一日,只要他还是"盛星"的资助人,宋思阳就会担惊受怕一日,这便是对宋思阳最大的惩罚。

宋思阳的手机被没收,也没有办法联系外界。他惊慌了多日,确认褚越没有对"盛星"动手后,每天提在嗓子眼的心才落下。可也只是暂时落下,想到"盛星"如今在褚越的手上,他总归是难以心安。

陈姨对他很好,看他每天都浑浑噩噩的,给他买了很多书打发时间,又在院子里种了花花草草让他去捣鼓,还计划在冬日来临前搭建一个恒温的玻璃花房,让冬季的院子也能保持鲜亮。

宋思阳似乎对捣鼓花草这件事很有兴致,每天起床的第一件事就是去院子里观察自己撒下去的种子。如此过了一个多月,他养的花不是被虫子咬死就是施肥太多烧死,就算侥幸存活的也蔫了,一看就活不了几天,愁得他晚上睡不着,一直翻相关书籍。

因此别墅里又添了个花匠，兼职教导宋思阳花卉知识。

有了花匠的帮助后，宋思阳种下的花终于不是"非死即伤"。

从主卧的窗台往下看，有他种下的蔷薇，前几天刚结了花苞，再过不久就能开出娇艳欲滴的花朵。

其实他未必有多喜欢种花，但总要找点儿事情让自己忙碌起来。每天的日子有了盼头才不会觉得太过于漫长，也不至于终日去思考"盛星"会不会受他的牵连。

宋思阳在卧室歇了会儿，突然听见楼下传来声响。他走到飘窗往下看，见到了意料之外的人，神情顿时微微一凝。

新来的帮工正在阻拦褚明诚进院子。

卧室的门被敲响，陈姨慌张地说："思阳，你待在房里别出来，我已经给小褚打电话了。"

宋思阳应了一声："好的，陈姨。"

来人是褚越的父亲，气场强大，帮工几个回合后还是败下阵来。褚明诚走进院子里，目光阴鸷地看向飘窗处的宋思阳。

当日褚明诚的威胁犹在宋思阳耳边："我不希望你再出现在褚越面前！"

宋思阳条件反射地往后退了一步，心里祈祷褚明诚不要上来找他，又希望褚越能早点儿赶回来。

他的祷告无效，不多时，门口传来陈姨焦急的声音："褚先生，小褚说过谁都不可以进房……"

"让开！"外头传来褚明诚愠怒的话语。

宋思阳一听到褚明诚的声音就发抖，可褚明诚是冲着自己来的，宋思阳不想让陈姨为难。纵然感到害怕，他给自己做了心理建设后，还是打开了门。

看到褚明诚阴沉的脸色，宋思阳条件反射地往后退了一步。

褚明诚打量着他，冷笑着说："真是好久不见。"

褚明诚气势汹汹，宋思阳感觉呼吸有点儿困难，半晌脑子才开始运转，低低地唤了一声"褚先生"。说完他又紧张地将手藏到背后，很是忐忑地站着。

"我没想到褚越会找到你。"

宋思阳知道褚家父子关系水火不容，但也是真心不想再牵扯进这些纷争里。他咬着牙，听见自己牙根打战的声音。

褚明诚不敢说自己有多了解褚越，但褚越到底跟他是同一血脉，当年的事情，褚越是怨恨宋思阳不假，但既然会把人重新找回来，也说明褚越心里还没有彻底对宋思阳失望。这恐怕是连褚越都没想到的，宋思阳就更不会想到。

这几年褚越在国外规规矩矩，事事周到，褚明诚太自信，以为将褚越控制在了掌心，却没想到褚越一回国就送了他一份"大礼"。

褚明诚沉住气："你和褚越再见后，他有对你做什么吗？"

宋思阳被踩中了痛处，噤了声。

"我知道你以前跟他是很要好的朋友，可褚越是什么性格想必你也很清楚。他现在限制你的自由，不让你出去工作，还用孤儿院威胁你。作为父亲，我不能看他一错再错了。"

宋思阳一时有些搞不清楚褚明诚这话的意思，只好沉默。

褚明诚继续说："以前他这样做我还能帮你摆脱他，但现在我也没办法了。"

宋思阳越听越糊涂，觉得褚明诚现在说的话和刚刚的行为有些矛盾。他心底深处有些不安起来。

"你还不知道吧，褚越这次回国不仅报复了你，对我这个父亲也是毫不手软，褚氏集团如今已经变天了。"

听到这儿，宋思阳好像明白褚明诚来这里的目的了，于是问道："褚先生想做什么？"

褚明诚笑了一下："宋思阳，我猜你也想摆脱褚越的控制吧？只要你帮我，事成之后，我保证让你过上自由的生活。"

果然，过去了四年，褚明诚还是和以前一样。

宋思阳叹了口气:"褚先生,我不理解,褚越是您儿子,您为什么要这么对他?"

宋思阳这话好像触到了褚明诚的逆鳞,他语气阴沉地说:"你懂什么,他既然是我的儿子,就要按照我安排的路线生活,否则我可以有一个儿子,也就可以有两个、三个,甚至更多!"

宋思阳惊愕地望着褚明诚。

"识时务者为俊杰。"褚明诚恩威并施,就像当年逼迫宋思阳离开一般,"跟我合作对你百利而无一害。等到局面稳定下来,你可以过自己的生活,继续做自己喜欢的工作,这不好吗?"

这当然好!宋思阳想过安稳的生活,这正是他追求的,可是他绝对不会再背叛褚越了。

宋思阳抬眼定定地看着褚明诚,坚定地说:"请您不用再说了,我不会同意的。"

褚明诚眼神一变,里面充满了暴戾和阴狠,宋思阳被这样的目光吓得倒退。

这时,楼下突然传来动静,是褚越回来了。

褚明诚冷厉地瞄了宋思阳一眼,缓慢地下楼。

父子俩擦肩而过,褚越不耐地抛下一句:"有什么话等我见过宋思阳再说。"

他大步上楼,在主卧门口见到低着脑袋的宋思阳。想也知道褚明诚跟宋思阳说了什么,褚明诚挑拨离间的功力向来一流。

褚越走到宋思阳面前,问:"你们聊了什么?"

宋思阳脊背一麻,喉咙堵塞:"没什么。"

褚越沉声:"真的没什么?"

宋思阳盯着地面。事发突然,他还未理清乱成一团的思绪,含糊地"嗯"了一声。

褚越闭了闭眼,觉得恼怒又痛心。他宁愿宋思阳向他求助,也不想对方当作无事发生。说到底,宋思阳从来没把他当成可以信赖的朋友。

"那好，在这里待着，不准下楼。"

宋思阳讷讷地颔首，目视褚越的背影越走越远。他突然想到褚明诚还在楼下，心慌意乱，忍不住追过去，躲在走廊偷听父子俩的对话。

二人对立站着。褚明诚冷眼地看着褚越："韬光养晦，你学的好本事。"

褚越在国外的这几年几乎都按褚明诚的意愿做事，至少明面上是如此，因此父子俩难得和睦地相处了四年。而这种表面的平静随着宋思阳的出现又被打破。

褚明诚向来利益当头，做什么事情都讲究能不能获利。他培养褚越，不过是希望获得一个言听计从的好儿子，培养一个凡事以利为先的合格商人，却没想到褚越脱离了他的掌控。

既然如此，他也不介意再换一个继承人。

父子俩面对面地对峙，隐藏多年的矛盾终于在这一刻彻底爆发。

褚明诚站起身，眼里有怒火："你以为有姚家给你撑腰就能为所欲为了，你做的那些事我清清楚楚。"

褚越也懒得和褚明诚虚与委蛇，眉心不耐烦地皱起。

"那帮老董事每一个都跟我有多年交情，你这一点儿小恩小惠就想让他们为你办事，你未免太年轻了！"

"是你教我的。"褚越缓慢开口反击，"只有利益才能成为朋友，我给的利比你给得多，所以他们更愿意追随我，而不是你。"

褚明诚脸色骤变。

褚越继续缓缓地说："你今日来这里不就意味着你很明白局势如何。那我现在就明明白白地告诉你，无论如何，下个月董事会的董事长票选结果一定会是我。"

躲在暗处的宋思阳听着父子俩的对话，胆战心惊。

褚明诚气势汹汹地来，又趾高气扬地离去，短短不到半小时就给这栋房子里增添了沉重的阴霾。

褚越静默地目视父亲的身影消失在大门口，五指紧攥成拳，血液在浮起的青筋下翻腾滚动。

半晌,他眼底的戾气尽退,又恢复了素日沉静的模样。

他还有很长一段时间要与这只豺狼周旋。

褚越推开门时,宋思阳正在叠搭在衣架上的西装外套。他听见声响,微微侧了侧脸,甚至都没敢抬眼看褚越就又垂下了脑袋。

飘窗外阳光璀璨,室内的光线也很好。宋思阳向着光,脸上却没什么神采。他手上的动作一刻不停,似乎只有这样才能掩盖他复杂的心情。来来回回就三件外套,他却怎么叠都不满意。

褚越走近了,他装作若无其事地说:"褚先生走了?"

褚明诚的出现让二人想起当年的事情,无形的裂痕又冒出了头。

褚越不想在宋思阳嘴里听见有关褚明诚的任何字眼。他薄唇微抿,坐下来说:"你就没有想和我说的?"

宋思阳担心褚越会对他起疑心,半晌,摇摇头。

褚越有点儿生气,咬牙说:"你现在不说,以后再开口,我也不会信你!"

宋思阳果然慌张起来,衣服也不叠了,站起身,手足无措。

他看到褚越阴沉的脸色,小心翼翼地掂酌着措辞,许久才磕磕巴巴地开口:"我……我刚刚听见你和褚先生的对话了。褚越,不管如何,我会站在你这边。"

褚越的脸色这才好了些,从喉咙里发出轻声的"嗯"。

第六章 大象与蜗牛

时间缓缓流淌,所有的过往被掩埋在岁月里,转眼间,四年又过去了。

睡得迷迷糊糊的宋思阳听见陈姨压低的声音:"午饭我准备好了,做了他爱吃的虾仁面,放在保温垫上。"

"不用叫醒他,让他睡。"

宋思阳转醒。卧室很昏暗,他顺着声音看去,门半开着,褚越和陈姨在说话。

睡得太沉,又陷入长长的前尘梦境里,他脑子很不清醒,耳朵也变得迟钝,只依稀听见陈姨说了"老宅"之类的字眼。

宋思阳揉了揉眼睛,想起今天是腊月二十八,陈姨该放假了,他理当跟陈姨说声"新年快乐"。

时间过得真快,他已经住在这里四年了。这四年里,发生了很多事情。

刚到别墅的前几个月,太久没跟他见过面的施源经常给他发信息,要求见他。他也想当面跟施源把事情交代清楚,但最终只能视频通话。

施源多多少少知道当年的事情，担心褚越会报复宋思阳。可宋思阳一再保证自己过得很好，话说到这份儿上，施源也只能无奈地尊重宋思阳的意愿。

宋思阳并没有撒谎，起先褚越确实忽视他的存在，但他并未介意。

张医生每次来给褚越检查身体，宋思阳都会仔仔细细地听医嘱。他尽职尽责，连张医生都说他做得很好。

宋思阳原本想着在长时间的相处里，有些话不必多说，日久见人心，褚越总会原谅自己的。直到有一回褚越因为和他生气险些发病，他才鼓起勇气跟褚越解释当年的事情。

宋思阳不知道褚越会不会相信自己，但心病还需心药医，总有一天这些误会都得解释出口。

"当年褚先生是'盛星'最大的资助人，他拿'盛星'威胁我，我没有办法不听他的话。'盛星'里的每个小孩对我来说就跟弟弟妹妹一样，我不能眼睁睁地看着资金链断了。还有周院长，她对我而言与母亲无异。'盛星'是她的心血，我也不能让她失望。"

说到最后，宋思阳诚恳地说："当年在别墅说的话都是褚先生教我的。褚越，其实在我的心里，我一直都把你当作朋友，我无心伤害你，更没想到会害得你发病。"

褚越沉默良久，只让宋思阳出去。

其实事到如今，他也并非是那个什么都不知道的少年。他明白当年那种情况下，宋思阳没有别的选择。

门"吱呀"一声打开，宋思阳从这四年的回忆里回过神，下楼去吃饭。

陈姨做的面一绝，是宋思阳的最爱。

陈姨见宋思阳狼吞虎咽的样子，赶忙说："慢慢吃，不够我再煮。"

以往过年褚越都会回姚家，而宋思阳则留在别墅。

吃饭时，陈姨突然提了一嘴："老太太明年就八十岁了。"

宋思阳用餐的动作微顿。当年他随褚越去过几次姚家，时光匆匆不等人,不知道老太太如今身体可还健朗?

上一次见何明慧,已经是八年前的事情了,当时他还在读高中。他还记得老太太为人很和善,也记得褚越的表弟乐乐有多黏人。

宋思阳的外婆在他很小的时候就去世了,他那时还不记事,但他想如果他的外婆还在世的话,一定会像何明慧一样,是个慈爱的老太太。

宋思阳忽然有些想去看看老人家,可是他不好意思开口。这么久不见,老太太还记得他吗,会不会怨他当年的所作所为?

褚越看出了宋思阳的想法。

今年七月,褚家父子决裂的事情闹得尽人皆知。褚氏人心惶惶动荡不安,最终以褚明诚被迫离开董事会、褚越成为褚氏最高掌权人为结局。

多年的运筹帷幄,褚越能走到今日,付出的心血绝非常人所能想象。

褚明诚太过独断专行,老董事们对其不满已久,而跟在褚明诚身边多年的聂浩也被褚越收买。

四年前,聂浩的妹妹长了血管瘤,是褚越帮忙找到国内最权威的专家做手术,聂浩的妹妹才得以捡回一条命。从那时开始,聂浩决定为褚越效力。

褚越思忖良久,问宋思阳:"外婆年纪大了喜欢热闹,你要去给她拜年吗?"

宋思阳惊讶地抬头,几乎以为自己听错了:"我可以吗?"

褚越点了点头。宋思阳顿时喜出望外,高兴地弯起了眼睛。

翌日,二人共同驱车前往姚家。宋思阳带了个果篮给老太太拜年。

车子在姚家的大门前停下,宋思阳心中还是有几分紧张,掌心出了点儿汗。

二人走到院子里,一个十来岁的男孩匆匆忙忙从大门里跑出来,见到了褚越又连忙规规矩矩站好,唤了一声"表哥"。

少年好奇地打量着宋思阳,一溜儿烟跑走,高声喊道:"奶奶,表哥到了,还带了客人来……"

处于变声期略显沙哑的声音打破了别墅的宁静,给新年添上一分热闹。

姚家别墅翻新过,和宋思阳记忆中大相径庭。

老太太没像以前一样亲热地上来迎接,只是平淡地瞥了一眼他们,连句话都没说。

宋思阳紧张地吸了口气。

褚越笑着说:"外婆,我跟宋思阳来跟你拜年。"

何明慧随手抓了一袋桌上的蜜饯,没有搭理褚越,反倒招呼在一旁看热闹的少年:"乐乐,过来吃糖。"

"奶奶,都说了,别叫我小名!"姚隐装作不太高兴的样子,三两步走到老太太身边接过蜜饯,又盯着宋思阳看,伸出手,笑嘻嘻地问,"思阳哥也吃吗?"

来姚家之前,褚越已经事先将宋思阳也会来的事告诉姚隐,并告知他宋思阳在他年幼时陪他玩过。也许是还残留着一点儿幼年时的记忆,再加上宋思阳本来就招小孩稀罕,他很喜欢宋思阳。

姚隐说着将手中的巧克力丢出去。

褚越单手接住,把巧克力放在宋思阳的掌心,说:"乐乐请你吃的,小时候他很黏你,还记得吗?"

宋思阳当然不会忘记,心中一暖,看向姚隐,轻声说:"谢谢。"

姚隐对宋思阳只有很模糊的印象,听褚越这么说,竟然有些不好意思,又不想表现出来,大手一挥装作豪爽地说:"不用客气。"他不等老太太开口,接着说,"我带你们上楼。"

何明慧没有阻止。老太太年纪大了,脾气反而像小孩,只是气鼓鼓地坐着生闷气。

褚越哑然失笑:"外婆,我和宋思阳安顿好再下来陪您聊天。"

宋思阳见老太太还是不理他们,又是难过又是失落。

姚隐是在爱里长大的,这样的小孩最是自来熟,性格又十分活泼,脚步松快地在前面引路。等到卧室门前,他神秘兮兮地朝褚越伸出手,挑眉说:"表哥,新年快乐,我的红包呢?"

褚越笑了一声:"给你转账。"

姚隐朝褚越做了个敬礼的手势:"多谢表哥。"

宋思阳和褚越走进卧室。褚越将门关了,似乎是有些受不了姚隐的聒噪,抬手揉了揉眉心。

宋思阳感慨说:"乐乐都长这么大了!"

一点儿大的人"咻"地长成了俊秀的少年。

宋思阳犹豫半响,又嗫嚅地说:"我好像让外婆不开心了。"

"你想多了,跟你没关系,她是因为我。"褚越回答。

宋思阳将信将疑:"真的吗,她不怪我……"

"怪你什么?"

宋思阳没说话,他相信褚越不会不知道他的意思。

褚越看了一眼宋思阳握紧的拳头,提醒说:"吃吧,都化了。"

乐乐用巧克力向宋思阳表达友好,他自然也不会辜负对方的心意。

宋思阳将包裹着巧克力的锡箔纸打开,甜中带点儿苦的口感弥漫了整个口腔,可口的甜点让他放松了些。

快到傍晚时,姚家夫妇回来了。

褚越和褚明诚的斗争尽人皆知,至今褚越算是占了上风,姚家舅舅在其中提供的助力可见一斑,但舅甥俩前不久刚因为一个项目产生了分歧。

竞标成功虽然能让褚越的事业更上一层楼,可若是失败了,褚越这几年的努力就全打水漂了。好在褚越的能力出众,最终还是有惊无险地达成合作。这才让姚家舅舅松口气。

但这件事后来传到老太太耳朵里,老太太跟褚越置了许久的气,到现在还没有消气。只是老太太这些年什么大风大浪没经历过,虽然一时无法接受,但也就是做做样子。毕竟她打从心眼里认可褚越的本事,不过是爱孙心切,忧心会出事罢了。

褚越是姚云留下的血脉，又有先天性心脏病，姚家人只想他平安喜乐地活着。

宋思阳还记得姚家夫妇，主动打招呼："叔叔，阿姨。"

姚家舅舅好些年没见过宋思阳了。其实当年的事情他对宋思阳是有些埋怨的，可如今见面觉得宋思阳和从前没什么区别，一样乖巧讨喜。

褚明诚的为人姚家早就领教过了，连姚家都在褚明诚身上栽了个大跟头，更别说那时心智还未完全成熟的宋思阳了。

既然误会已经解开了，夫妇二人也就笑着应了宋思阳的问候。

褚越带着宋思阳在姚家住了下来。

老太太还是不搭理他们，倒是姚隐一口一个"思阳哥"，叫得十分顺口。他小时候就爱黏着宋思阳，长大了虽然对以前的事情没什么印象，可依旧对宋思阳很有好感。

大年初一的早上，宋思阳被敲门声吵醒。姚隐兴高采烈地说："思阳哥，你说今天教我剪窗花，你醒了没有？"

宋思阳睡得迷迷糊糊，一时忘了自己身处何处，没有立刻答应。

姚隐不依不饶："思阳哥，思阳哥！"

别墅这会儿还很安静，姚隐一声声的"思阳哥"响彻整个走廊，所有人都听见了。

宋思阳这才回过神，担心大清早的姚隐会吵醒别人，连忙披外套起床，小跑着去开门，总算让姚隐闭了嘴。

姚隐自来熟地钻进宋思阳的房间。

宋思阳看了一眼时间，才早上八点，心想这个年纪的小孩儿真是有用不完的活力。

他快速地洗漱，跟姚隐有一搭没一搭地说着话，不多时就下楼去。

剪窗花的材料早早就备好了，宋思阳拿着红纸，一个步骤一个步骤地教姚隐剪窗花："这里不可以剪太多……"

姚隐想一出是一出，没什么耐心，只剪了个最简单的样式就撒娇让宋思阳剪他的属相。

不多时，一只造形威猛的老虎就交到了姚隐手中。

姚隐跑去跟褚越炫耀："思阳哥给我剪的。"

褚越没说什么，一张久远的照片却突然从记忆深处浮上来。

那时宋思阳过年回"盛星"，在除夕夜发了条朋友圈，配图是和施源、茵茵拿着剪纸的合照。

宋思阳坐在铺满红纸的方桌前，穿着烟粉色的加绒卫衣，微微垂着脑袋，神情认真地和红纸较劲儿。坐在他旁边的姚隐叽叽喳喳，跟有多动症似的晃来晃去。一静一动，画面倒有几分趣味。

褚越走过去，没头没尾地说了句："我的新年礼物呢？"

宋思阳眨了眨眼，不太明白褚越的意思。

姚隐晃了晃老虎窗花，扬声说："思阳哥，你也给表哥剪一个呗。"

这倒没什么难度，只是褚越似乎并不喜欢自己的属相。宋思阳犹豫地问："你要吗？"

褚越拉开椅子坐下来，淡淡地说："剪吧。"

于是宋思阳动起手来，细致地折着纸，一点点挪动剪刀。

褚越随手拿起桌面上剪好的窗花看，姚隐在一旁咋咋呼呼地夸奖宋思阳。

褚越觉得姚隐吵，可听到"思阳哥，你怎么这么厉害""思阳哥，你这个怎么弄的呀""思阳哥，你还是教教我吧"之类的话，他到底将到嘴边的呵斥咽了回去。

不到两分钟，宋思阳将窗纸剪好递给褚越。

褚越把红纸打开，一只憨态可掬的小猪呈现在他面前。圆滚滚的脑袋，耳朵镂空，胖胖的身体，两只短短的腿。

姚隐夸张地捧腹大笑："我还不知道原来表哥属猪！"

宋思阳也跟着笑。褚越看一眼他，他默默地合上嘴巴，对笑得前仰后翻的姚隐说："我也属猪。"

姚隐噎了一下，改口说："猪好哇，猪多可爱！思阳哥，我们剪别的吧！"

褚越没跟姚隐计较,拿起小猪剪纸来看。不得不说,宋思阳在剪纸这件事上是有点儿天赋的。

宋思阳还想继续忙活儿,何明慧不知何时来到偏厅。他拘谨地拿着剪刀,轻声唤人:"外婆。"

老太太充耳不闻,招呼姚隐:"乐乐,先别玩了,陪奶奶吃早饭。"

宋思阳眉眼耷拉下来。

褚越说:"外婆,我和宋思阳也陪您。"

何明慧脚步一顿:"有乐乐陪就行。"

姚隐撒娇:"奶奶,就让表哥和思阳哥跟我们一起吃吧。"

老太太沉默一会儿:"吃饭就免了,有空剪几张窗花贴门口,样式要漂亮些。"

老太太的语气虽然疏离,但依稀能听出几分慈和。

姚隐回头朝二人眨了眨眼睛,无声地说:"大红包……"

褚越垂眸一笑,看着眼尾发红的宋思阳:"还愣着做什么,剪好了拿给外婆瞧。"

宋思阳眨了眨微热的眼睛,麻利地动起手来。一派喜气洋洋。

宋思阳足足剪了十八个不同样式的窗花,晚饭时拿给老太太选。

老太太坐在客厅的沙发上挑来挑去,看不出喜不喜欢。宋思阳期待地看着她。

老太太挑了会儿说:"明个儿找时间贴上吧,院子的几个窗户,还有大门也贴两张,就贴鱼跃龙门,别贴歪了。有剩的你们自个儿做主。"

宋思阳一喜,连连点头。

一旁打游戏的姚隐抬起头扬声说:"我也要贴!"

老太太嗔怪道:"都快吃饭了,还玩游戏?"

"打完这把就不玩了。"姚隐的手飞快地在屏幕上滑动着,分心看向宋思阳,笑嘻嘻地说:"思阳哥,过几天我们去院子里放鞭炮吧?"

宋思阳很喜欢活泼的小孩儿,应声说"好"。

何明慧拍了拍姚隐的手:"就知道玩儿!"

姚隐靠着老太太撒娇："哎呀，奶奶，我这个年纪的小孩儿就是要玩的呀，不然我就没童年啦。"

老太太被逗乐："油嘴滑舌！"

正月初六的晚上，吃完饭的姚隐兴冲冲地拉着宋思阳去院子里。他将堆在仓库里的烟花爆竹拿了出来。

褚越皱眉："禁止燃放烟花爆竹，你知道吗？"

姚隐这个年纪的小孩最是爱玩，不以为意地说："我们偷偷玩，你不说，我不说，谁知道？再说了，里面都是沙炮，炸不伤人的。"

他说着，要去牵宋思阳。褚越挡住，随手翻了翻，拿出几根危险系数较低的仙女棒，不容置喙地说："其他的收起来。"

姚隐不肯，生气地说："表哥，你太扫兴了，你没看见思阳哥很想玩吗？"

褚越问宋思阳："那你想玩吗？"

宋思阳确实对这些稀奇古怪的东西有点儿兴趣。他小时候在"盛星"，每年过年都会放烟花玩，那是一年最开心的日子。

他看了看褚越手中的仙女棒，正想摇头，褚越沉声说："说真话！"

宋思阳这才实诚地说："想玩。"

姚隐还在生气，但碍于褚越的气势怒不敢言，甚至已经打算把东西往仓库里搬了。

宋思阳话刚落，他顿时找到盟友，得意地看着褚越："我就说思阳哥想玩吧。"

褚越沉默两秒，将仙女棒放在一旁，弯腰在箱子里拿出几个三棱锥形状的烟花，终究做了让步："打火机。"

宋思阳想凑过去瞧，褚越嘱咐说："你和姚隐退后，我点火。"

姚隐不情不愿地说："我想自己点。"

褚越冷厉的目光扫过去，他立刻噤声，乖乖地拉着宋思阳退到安全区域。

院子里有块水泥空地，摆着几盆盆栽，褚越将盆栽挪开后把烟花摆

261

上去。

宋思阳担心褚越没有经验会被烫伤，忍不住说："动作要快些。"

褚越半蹲下身子，"刺啦"一声点燃了引信，不紧不慢地起身朝宋思阳的方向走去。

引信像是火蛇般烧到尾部，"噌"地迸发出璀璨的烟花，橙黄色的火花如同漫天坠落的星星将院子点亮。褚越背对着火花，冷峻的五官上闪烁着淡淡的光晕。

宋思阳凝视着星火里而来的身影，心里有簇小火苗越烧越旺。

姚隐兴高采烈地拍着手，要拉着宋思阳上前去。

宋思阳被吓了一跳："太危险了，不可以。"

姚隐嚷嚷着说："站在这儿看有什么意思，思阳哥，我们……"

他话未说完，褚越便冷声打断："再多话，年后让舅舅给你多报几个兴趣班。"

姚隐"哼哼"两声，这才闭了嘴。

烟花陆续放完，又点了几只仙女棒，其他爆竹褚越不让碰，兴致盎然的姚隐也没了办法，嘟囔着收了起来。

宋思阳知道褚越是怕这些东西有危险，安慰了姚隐几句。

三人回到屋里，老太太和儿子、儿媳妇在谈话，招呼几人吃水果。

姚隐大大咧咧地坐下，吃着车厘子，心血来潮地说："思阳哥，你明天跟我出去玩吧，我带你去溜冰。"

明天是正月初七，该走的亲戚都已经走完了，姚隐空闲了下来，开始琢磨着娱乐活动。

宋思阳放在大腿上的十指收了收，回复说："我不会溜冰。"

"我教你呀！"姚隐坐到宋思阳身边，"不然我们也可以去娱乐城玩，我带你打游戏。"

宋思阳还是有些犹豫。

"思阳哥，陪我去吧，不然我一个人多无聊哇。"姚隐极其会撒娇，抱住宋思阳的手臂，拉长了尾音说话，又看向褚越："表哥也去吗？"

褚越刚想拒绝，老太太先发话了："大过年的出去走走也好，别一天到晚心思都扑在工作上。"

老太太之前因为褚越工作过度劳累而生过气，既然她都这么说了，褚越为了让老人家高兴就应了下来。

姚隐晃着宋思阳的手："那思阳哥呢？"

宋思阳这才点了点头。

第二天一早，姚隐就眼巴巴站地在宋思阳门口守着。今天天气不错，虽然冷，但并未下雪，还是大晴天，很适合出行。

姚隐这个年纪的小孩儿爱耍酷，自己鼻子上架了一副墨镜不说，还非要给宋思阳也戴上。宋思阳拗不过他，只好照办。

姚隐不敢在褚越面前造次，更别说让褚越戴了。这样一来，反倒显得宋思阳和姚隐才是表兄弟。

褚越正在开车。姚隐坐在后座也不安分，叽里呱啦地和宋思阳说着话。

三人抵达游乐园，褚越先去停车，姚隐带着宋思阳钻入人群，一溜烟儿没了影子。等褚越到的时候，姚隐已经眼巴巴地在雪场的入口等着。

宋思阳是不会滑雪的，纯粹来凑个热闹。他在姚隐的帮助下穿上了滑雪服和雪鞋，因为不自在，走路时有些笨重。

姚隐一进雪场就像鱼儿进了水里，划着雪橇就没了影子。分明是他说要带宋思阳出来玩，到最后还得褚越顾着宋思阳。

两个人只沿着雪场的边缘走，前后不断有疾速滑过的身影，伴随着欢快的叫声，当真热闹。

宋思阳想起当年在院子里的雪仗，有些忧心地说："如果你觉得冷，我们就早点儿出去。"

褚越摇了摇头。

远方有个身影失了平衡，直直地往宋思阳的方向冲来。褚越手疾眼快地扶着宋思阳倒向一边才避免被冲撞，但两人也栽进了雪里。

那人急急忙忙道歉，褚越和宋思阳坐在雪地上摆手说"没关系"。

宋思阳拍了拍头发上的雪粒，感激地对褚越说："谢谢。"

"思阳哥，你没事吧？"姚隐匆匆赶来，朝宋思阳伸出手。

宋思阳借着力爬起来，笑着说："没事，多亏你表哥。"

褚越也站起身，对姚隐说："你要宋思阳陪你出来玩，你人呢？"

姚隐不好意思地挠了挠头，牵住宋思阳的手，说："谁说我不和思阳哥玩。思阳哥，我们走。"

他说着，划动着雪橇，宋思阳只好跟着他小跑一段距离，在地面踩出一个又一个的雪印。

褚越看着渐行渐远的两道身影，伫立不动。

夜幕降临时，三人才回程。

褚越去停车场开车，宋思阳和姚隐在路边等他。

姚隐被一旁热闹的小摊子吸引，拍了拍宋思阳的肩膀："思阳哥，我去买点儿东西。"

过年期间游客很多，路边的人实在太多了，宋思阳怕姚隐走丢，只好跟着走过去。

二人挤过人流，姚隐嘴里礼貌地说着："不好意思，让一让，让一让……"

好不容易挤到最前头，路边停着的一辆黑色面包车突然开了门。

姚隐脚步一顿，正想继续前行，车内的人却抬手拦住他："姚小少爷，是何老太太吩咐我们来接你的。"

宋思阳跟在姚隐身边，狐疑地看了一眼穿着保镖服的男人。

姚隐年纪小，防人之心不重，但还是奇怪地说："奶奶知道我和表哥出来了呀，怎么会让你们过来？"

话音未落，高大的男人忽然一把抓住姚隐的手臂。显然男人是个练家子，力气很大，姚隐单薄的身材根本抵挡不住男人突如其来的攻击，他的惊呼声湮没在喧闹的人群声里，随即他就被男人拽进车中。

变故太快，宋思阳脑子"轰"的一声，意识还没有转过弯，身体先一步做出了动作。他疾速地伸手拦住要关的车门。

车门重重地夹住他的手掌,剧烈的疼痛从指骨处蔓延开来,疼得宋思阳眼前一黑。

车内,姚隐疯狂地挣扎起来,被捂住的嘴巴发出求救的声音。

即使是钻心之痛,宋思阳也没有把手挪开,而是艰难地说:"你们要干什么?"

游乐园门口到处都是人。很快就有游客发觉不对劲儿,频频往面包车的方向看来。

车内总共三个男人,其中两人低语了几句,大概是怕宋思阳坏事,干脆将宋思阳也一并地掳上车。

"哐"的一声,车门关闭,车子缓缓地驶出闹市。

宋思阳被车门夹伤的手在地面上摩擦,疼得他呼吸一滞。姚隐尝试着爬起来,却被摁住了。两个男人合力将他们的手反绑到背后。

姚隐发怒地说:"你们到底是谁?"

无人回答他们的问题,甚至拿黑布将他们的眼睛蒙住。

宋思阳眼前一片黑暗,感受到身边的姚隐不知是气的还是怕的,微微发着抖。他到底比姚隐大很多,忍着痛低声安抚:"别怕,褚越发现我们不在,很快就会找来的。"

听到褚越的名字,姚隐像是找到了主心骨,喘了几口粗气开口:"你们想要钱吗?"

依旧无人回应。

姚隐自顾自地说下去:"只要你们能保证我和思阳哥的安全,想要钱的话,我奶奶和表哥一定会给你们的。"

姚隐已经反应过来被绑架了,而大多数绑匪的目的无非是为了一个"钱"字。

宋思阳也是这么想的,连忙说:"他只是个小孩儿,你们别为难他。"

几个男人却没有搭理他们,不多时就用布条将他们的嘴给堵住了。

目不能视，口不能言，巨大的恐慌笼罩在宋思阳和姚隐身上。

以前宋思阳只在影视剧里看过绑架，却没想到自己会亲身经历。姚家是本市出了名的大家族，难免有人动歪心思，若真是要钱还好说，就怕……

不是没有这样的先例，宋思阳吓出了一身冷汗。

车子不知道行驶了多久，停下来后，四周安静得没有人声。

宋思阳和姚隐被驱赶下车，蒙眼的黑布也被取了下来，二人这才得以看清身处的场景。

目之所及只有几栋废弃了的旧楼，远方是一片茂林，想要逃离此处恐怕只有穿越树林。

宋思阳和姚隐被推搡着进了旧楼。男人把他们关进一间房里，把他们嘴里的布取下来，恶声恶气地说："好好在这儿待着。"

姚隐踉跄两步站稳，回过头狠狠地瞪着男人。

宋思阳定了定心神，说："我们两个人，在这荒郊野外的也跑不掉，我的手刚才受伤了，能替我解开绳子吗？"

他的右手因为被车门夹到，现在五个指节泛红发肿，看着触目惊心。

宋思阳继续说："不管你们是要钱还是有其他目的，如果我们出事了，你们也成不了事，对不对？"

绑匪对视一眼，终究还是给他们解了绑。

不多时，绑匪出去，将他们反锁在房间里，对话模糊地传进来。

"老板说看紧人就好，不绑就不绑吧。"

"那可是姚家的人，我们只是拿钱办事，别闹大了给自己惹麻烦。"

说话声渐远。

人在极度的恐慌后反而冷静了下来，宋思阳深吸几口气，竭力忽略手上的疼痛感，打量起这间房。唯一的窗户已经被封起来了，想要出去只能走房门。

姚隐担心地看着宋思阳的手："思阳哥，你没事吧？"

宋思阳摇摇头，心中盘算着怎么才能逃出去，说："想必他们很快就会联系姚家，也不会真的对你怎么样的。"

从绑匪的对话能猜测出来，这桩绑架是有幕后主使的，而且目标应该是姚隐。至于阴差阳错被抓来的宋思阳，应该不在他们的计划里。

是谁会对姚隐下手呢？

宋思阳沉默地思量着。不管怎么样，以目前绑匪的态度来看，他们应该不会伤害姚隐，这让他微微松了口气。

两个人被关在房间里，只能干着急。姚隐几次尝试撬开被封的窗，可惜都没能成功，更别谈解开房门的锁。

暮色很快降临，姚隐坐了下来，神色有几分颓废。

绑匪开了门，丢给他们几个面包和两瓶矿泉水，粗声说："吃吧。"

宋思阳没有心情吃东西，但为了保持体力，还是强迫自己咽了几口面包。

姚隐赌气不肯吃饭，宋思阳小声说："不要气馁，先填饱肚子，这样如果有机会逃出去才不会体力不支被抓回来。"

姚隐抹了一把脸，重重颔首。

发现宋思阳和姚隐失踪后，褚越甚至不用细想就知道是谁干的。听着手机那头褚明诚厚颜无耻的言语，褚越的脸色越来越难看。

"是我又怎么样？我身为姚隐的姨丈，请他到家里做客有什么不妥吗？"褚明诚的语气一变，"至于我想让他们什么时候回家，就得看你怎么做了。"

尽管软肋被人捏在手里，褚越的声音听起来还是沉着冷静。他不想和褚明诚兜圈子："你有什么要求，一并说了。"

"把褚氏的股份全部吐出来。"

褚明诚的胃口之大让褚越皱了眉。他决定先安抚好褚明诚，沉默两秒说："可以，但我要先和姚隐通话。"

褚明诚几次败斗，好不容易占了上风，怎么可能轻易地让褚越如愿:"在你让出董事长的位置之前,我是不会让你们联系的。"

通话被挂断了。

褚越的眼角跳了跳,忍住想把手机摔出去的冲动,驱车前往姚家找舅舅商量对策。

姚家乱作一团,何明慧知道姚隐和宋思阳被绑架,吓得几乎晕倒。

褚越到时先安抚了老太太,再三保证一定会让二人安全回来,老太太才勉强冷静下来。

姚家舅舅已经报了警,此时他脸色青白,说:"警方那边说带走两人那辆车的车牌号是假的,中途有个地段的监控坏了……"

"我已经动用所有的资源尽力在找。"褚越诚恳地说,"舅舅,对不起,我无意让姚隐陷入危险当中。"

"一家人不说两家话。"姚家舅舅拍了拍褚越的肩膀,"褚明诚当真是狗急跳墙,连这种事都干得出来!"

褚越想到下落不明的宋思阳和姚隐,垂在身侧的手缓缓握紧。不管用什么办法,他一定不会让褚明诚的诡计得逞。

整整四十八小时,警方不留余力地寻找宋思阳和姚隐的踪迹,褚明诚和姚家舅舅派出去的人也如此。但褚明诚这一次似乎做了万全的准备,竟然一点儿线索都查不出来。

为了安抚褚明诚,褚越不得不假意答应起草股份转让书。幸而股份转让还有很多流程要走,为他们拖延了时间,以便找到宋思阳和姚隐。

"滴答,滴答,滴答——"

宋思阳被窗外照进来的阳光叫醒,意识到这已经是他和姚隐被绑架的第三天。

这几天绑匪没有伤害他们,三餐也按时提供,人身安全虽然没有太大的问题,但随着时间的流逝,宋思阳和姚隐心中的焦虑还是不可避免地越来越重。

"起来接电话。"绑匪打开门,蹲到了他们面前。

宋思阳和姚隐坐好，看向匪徒手中的手机。

褚越熟悉的声音裹挟着微弱的电流传达到这间阴暗的屋子："姚隐，宋思阳？"

姚隐眼睛"唰"的亮了起来："表哥！"他惊喜地扑上去抢绑匪的手机。

绑匪粗声说："坐好！"

褚越确认了二人无事，冷声说："你们放心，很快就能回家，别害怕。"

宋思阳鼻子一酸，轻轻地"嗯"了一声。

绑匪只是给褚越确认二人的人身安全，姚隐还想说话，绑匪已经挂断了手机。

屋子又恢复宁静。

因为有了希望，二人的神情终于有了几分松快，可随之而来的是更深的沉重。匪徒和人打电话，他们依稀听见了"褚老板"三个字眼。

这个褚老板，除了褚明诚不会有其他人。

姚隐以拳捶地，气恼地说："阿姨当年就是被姨丈害死的！可恶，这世上怎么会有这么无耻的人！"

宋思阳早就知道褚明诚是个怎样的人，甚至对于这次绑架的幕后主使他也已经猜到了。

宋思阳时刻注意着绑匪的动向，终于在第四天，三个绑匪中起领导作用的那个人不知因什么事情外出，就剩下两个匪徒，这对他们来说是绝佳的逃跑时机。

晚上八点半，关押宋思阳和姚隐的房间里传来惊叫："快来人，不好了——"

两个匪徒你看看我，我看看你，打开了门，只见姚隐满身大汗地在地上打滚，嘴里哀号着，看起来很痛苦的样子。

绑匪也被眼前的场景吓了一跳："怎么了？"

宋思阳着急地说："乐乐有很严重的肠胃病，曾经还胃出血过，你们这里有没有药？"

姚隐捂着肚子蜷缩在地，似乎痛得下一秒就会死去。

绑匪当然没有药，带着几分惊疑地说："你们别是耍什么花样吧？"

宋思阳咬牙说："乐乐还是个孩子，你们不就是要钱吗？如果他真的出什么事，你们什么都拿不到！"

绑匪对视一眼。他们也知道姚隐的身份，若姚隐真的出了差错，姚家绝不会放过他们。

姚隐的哀号声渐渐小了，动作也逐渐变慢，闭着眼睛从嗓子里发出低吟。

其中一个绑匪害怕地说："我去打电话问问老板。"

他说着出了门，留守的绑匪上前查看姚隐的情况。

说时迟，那时快，思阳连忙抄起一旁的椅子，狠狠地砸在了绑匪的身上。

二人顾不得那么多，趁着绑匪还没有回神的空当猛地冲出门。

外头的匪徒站在窗边，听见动静，一下子就看见了他们闯出门。反应过来后，他赶紧追上去。

宋思阳和姚隐跑下楼梯，屋里的绑匪此时也缓了过来，在房门口大吼着："拦住他们！"

他们疯狂地往楼下跑，眼见大门就在眼前，而两个绑匪已经快追上来了。

"思阳哥，快，快！"

姚隐先一步跑出了大门，宋思阳惊恐地看着身后逐渐靠近的二人，再看看月色下的姚隐，犹豫了一瞬做出了决定。他反手将门给关了，用肉体做盾挡住匪徒，大喊："乐乐，不要管我，去找褚越！"

如果他们一起逃，人生地不熟的，被追上的概率很大，倒不如能逃一个是一个。

姚隐转身想要去找宋思阳，却也想到宋思阳的考量。他眼睛一热，痛苦地说："思阳哥，我一定回来救你！"

少年冲进了夜间的茂林。

宋思阳双臂展开挡着门，无所畏惧地和绑匪对峙，绑匪对他拳打脚踢他也咬着牙绝不退让，嘴里渐渐涌起一股铁锈味。重重一拳打在他腹部时，他终究是身体一软倒在地上。

绑匪踹开他，打开门，而门外已不见姚隐的身影。

"逃了！"绑匪骂了一句，"你在这里看着他，我去追。"

宋思阳咧开被打破的嘴角，无声地笑了笑。

姚隐在被绑架的第四天晚上成功出逃。他玩命地跑出茂林，在马路边幸运地拦到了车。车主将他送往了警察局，姚家人和褚越得到消息很快找来。

"没事就好。"姚家父母红着一双眼睛。

这时褚越却皱起眉："宋思阳呢？"

姚隐脸色煞白："思阳哥为了拦住他们，没逃出来。表哥，我知道路，快点儿，快点儿救思阳哥！"

褚越按照姚隐的路线终于找到了关押他们的旧楼，可他们到时，已经人去楼空。

宋思阳因为帮助姚隐出逃惹恼绑匪，被一顿毒打，昏迷了过去，等醒来时已经换了新的关押地点。

绑匪骂骂咧咧的："老板发了很大的脾气，姚家那小子逃走了，我们连尾款都拿不到！"

他们越说越气，恶狠狠地看向害他们任务失败的宋思阳。

对待姚隐他们还有几分忌惮，可面对着没有靠山的宋思阳，他们全然没了顾忌。

绑匪将怒火全部撒在了宋思阳身上，将他关进了暗无天日的黑屋里，动辄打骂不停。

雨点般的拳头往宋思阳身上招呼，他痛得意识不清，却相信姚隐定能说到做到，早日来救他。

第二天，绑匪开始给宋思阳断水断食，宋思阳渴得喉咙都在冒火。绑匪为了戏弄他，拿绳子绑了瓶水在他面前拖行。为了喝上水，他不得不手脚并用地去争抢，可每次只喝了一口，绑匪就会抢走水再当着他的面将水倒掉。

第三天，第四天……宋思阳连动弹的力气都没有了，痛打和断食让他陷入了巨大的绝望中。

绑匪还在恐吓他："你以为他们会来救你，想得美，你算什么东西，值得他们费心？"

宋思阳想反驳他们，不是！不是！可他太痛了，也太渴太饿了，连一点声音都发不出来。

谁来救救他！褚越那么讨厌他，怎么会来救他？

在多日的折磨下，宋思阳的意识渐渐模糊，几乎以为自己下一秒就会死去。

他幻想着自己躲进了一个壳子里，里面安宁平和，没有绑匪，也没有毒打。他要在这个温暖的壳子里待上一辈子，谁也不见。

"好，谢谢。"褚越凝重多日的脸色终于有点儿松缓。

姚隐心急如焚："怎么样，是不是有思阳哥的消息了？"

警方根据姚隐提供的信息锁定了犯罪嫌疑人。那三个绑匪有案底，昨天在郊区外出现过，警方决定今晚就实施抓捕。

得知找到绑匪的落脚点，姚隐高兴得近乎要哭出来，央求褚越带他一起前去："思阳哥是为了我才留下的……"

褚越配合警方，带上姚隐一同去接宋思阳。

关押宋思阳的是郊外一间废弃的仓库，警方的动作很隐秘，没有惊动绑匪，破窗而入，逮捕行动进行得意外顺利，却迟迟没有找到宋思阳。

姚隐大喊："思阳哥，思阳哥！"

无人应答。

直到警方打开一个近乎封闭的箱子，宋思阳蜷着身体缩在里面，脸色苍白，眼、鼻、口处都有伤痕，已经是奄奄一息的状态。

姚隐大叫起来："是思阳哥！"

褚越看见宋思阳的样子，瞳孔骤缩，二话不说命人将宋思阳抱出箱子，放在了车后座上。

随行的医生给宋思阳做了检查，发现宋思阳身上有多处软组织挫伤，已经进入脱水状态，情况很危急。

宋思阳迷迷糊糊的，朦胧中见到褚越担忧的神情。

宋思阳被送往医院，其间他一直昏迷不醒。

报告出来后，医生说："病人身上伤口太多，需要静养。他右手的尾指骨骨折，需要打石膏，这段时间不能碰水。还有，病人太久未进食，要先打两天营养针。等病人醒后，吃些清淡的食物缓一缓。"

众人闻言都松了一口气。

姚隐十分自责当时留下宋思阳一人，此时自告奋勇地要照顾宋思阳。他平时总是咋咋呼呼的性子，现在却很安静，主动给宋思阳擦脸上药。

医院刺鼻的消毒水味儿不断往褚越鼻子里钻。他看着病床上奄奄一息的宋思阳，握紧拳头走出病房。

姚家舅舅在病房外，见他出来上前。

褚越的脸色阴沉得像暴风雨前的天空。这些时日他不眠不休，警方也不遗余力，可到底还是让宋思阳受到了伤害。

姚家舅舅后怕地说："人没事就好，这几天你也辛苦了，快去休息吧。"

褚越不想舅舅担心，颔首："您也是。"

褚越嘴上是答应着，却马上联络了公司董事，打算将褚明诚彻底赶出公司，褚越绝不会这么轻易地让这件事翻篇！

宋思阳昏迷了整整一天才转醒。看到宋思阳醒了，姚隐高兴地跳起来："思阳哥！"

可宋思阳只是睁着眼睛不说话，半天才迟钝地应了一声。

褚越察觉出宋思阳的不对劲儿，连忙去叫来医生。

医生给宋思阳全身检查了一遍，身体没有大问题。

褚越将宋思阳扶着坐了起来。他还打着点滴，脸上白得没有一丝血色，眼神仓皇得像是受惊的动物。这种状态绝对不正常！

褚越放缓脚步靠近，轻轻地喊了一声："宋思阳？"

宋思阳一愣，下意识地说："不要再打我了！"

他定了定神才看出眼前的人是褚越，讷讷地说："对不起，我……"

褚越闭了闭眼，痛心地说："该说对不起的是我。"

宋思阳抿着唇垂下脑袋。

姚隐将一碗青菜虾仁粥递给宋思阳。宋思阳浑身疼痛，再加上惊魂未定，只吃了半碗就吃不下了。

晚些时候，医生又来了一趟。

宋思阳见到陌生人就像惊弓之鸟，吓得想要钻进被窝里去。

医生把褚越叫到外头，叹气说："现在看来，病人的心理问题比生理问题要严重许多，我建议找心理医生跟他谈谈，也许能早些从恐慌里走出来。"

听到医生的话，褚越心如刀割。他想到宋思阳刚到"鼎华"上学时，被同学们那样排挤都坚持了下来，如今却变成这样，可想而知，这几天他经历了什么。

褚越给宋思阳找来专业的心理医生，很快医生就给出了结果——创伤后应激障碍，主要表现为反复重现创伤性体验、高度焦虑、高度警觉和回避等。

"病人现在只认可自己认识的人，对陌生人都带有戒备心理。若不进行干预，长此以往，会伴随严重的社会功能退化，甚至出现躯体化症状。我的建议是，配合药物的治疗，让他多和人接触，逐渐淡忘不好的回忆。"

宋思阳在医院住了半个月，褚越听从心理医生的建议，为了让宋思阳多与人接触，将宋思阳留在了姚家。而他有工作在身，要先回别墅。

姚隐是活泼的性子，老太太又十分慈和，让宋思阳与他们往来，对治疗定有所帮助。

宋思阳身上的伤口一天天好起来，心理状况却没有起色。他如今不大肯出房间，唯有在褚越和姚隐的陪同下才敢走出院子看一看。

褚越回去这日，宋思阳在姚隐的鼓励下去送他。

宋思阳这几天每天都惶恐不安，一闭眼就是那三个绑匪的脸，以及自己被打的画面。

可今日阳光太好，他觉得阴沉沉的心情也松快了些。

褚越坐进车里向他挥手："我过阵子再来接你好吗？"

宋思阳点点头，眼眸亮晶晶地朝褚越露出一个柔软的笑容。

于是春天与暖日一起到来，穿过厚厚的阴霾，刹那间，云消雨霁，天朗风清。

褚越看着宋思阳的笑脸，抬头望天。

雾里有长阳。

年后，姚家夫妇也逐渐忙碌了起来，回到了市区的房子住。别墅就剩下祖孙二人和宋思阳。

老太太的作息十分规律，近年来开始礼佛，闲暇时间都待在佛室里念经，宋思阳除三餐外不常见她。

姚隐是个好动的性子，为了让宋思阳高兴起来，总是鼓励宋思阳走出院子，还把褚越明令禁止的烟花爆竹全放了个遍。他撺掇着宋思阳和他一块儿出门，但宋思阳的病情还未得到有效控制，相比外面，宋思阳更想待在让自己有安全感的姚家，几次都拒绝了。

有时候宋思阳也会产生出去走一走的念头。可只要一想，他就回忆起在仓库时的惨痛经历，于是外出的想法就又都压了下去。

看着活蹦乱跳的姚隐，宋思阳会想到孤儿院的孩子们。

他已经好多年没有回去了,但一直记着那里的小孩会围着他撒娇,会脆生生地喊他"思阳哥哥"……如果有一个地方能让他鼓起勇气前往,无疑是令他思念万分的"盛星"。

　　身后的脚步声将宋思阳的思绪从混沌里拉扯出来。他回头见是何明慧,连忙起身唤了一声"外婆"。

　　老太太手上拿着一串紫檀佛珠,八十多岁了,眼睛却没有半分浑浊。她带着怜爱和同情看着宋思阳,半晌,说:"你跟我来。"

　　宋思阳跟着老太太去了房间,拘谨地站着等她发话。

　　何明慧从柜子里找出一本厚厚的相册,坐到沙发上,戴上了老花镜,朝宋思阳招手:"过来坐,给你瞧瞧小时候的褚越。"

　　宋思阳闻言既惊喜又好奇地坐在了老太太身边。

　　布满褶皱的手翻开相册,一张张照片呈现在宋思阳眼前。

　　褚越几岁时就爱板着脸,连照相都没什么笑意,粉雕玉琢的一个小人儿,漂亮得像个瓷娃娃。

　　老太太指着照片:"这是小越四岁时照的,当时大家都打趣他长得像个小姑娘,把他气坏了,怎么哄都没用。"

　　宋思阳想着那个画面,笑意盈盈。

　　相册翻过一页,他见到了褚越被一个美丽的女人抱在怀里。还未等他发问,老太太主动说:"小越的母亲,我的小女儿姚云……"

　　苍老的手轻柔地在姚云的面庞上抚摸着,老太太用怀念语气说:"这时小越才五岁,这之后没多久,他母亲就离开了。"

　　宋思阳的一颗心揪了起来。

　　"小越长得更像他母亲,走到哪儿都要被夸漂亮,但我很痛心,他的性格没能随小云。"

　　老太太将相册搁在桌面上,感慨地说:"褚明诚不是什么好东西,可我也不得不承认,小越有些特质继承了他父亲,偏执、强势。他自个儿可能也不清楚,他越是不想成为他父亲那样的人,就越是走了极端。"

　　宋思阳沉默着,褚越说一不二、独断专行的性格他是感受最深的人。

"思阳。"老太太握住宋思阳的手,轻声说,"你呢,跟我讲讲你小时候的事情。"

在何明慧慈爱的目光里,宋思阳缓缓开口:"我小时候是在一家叫'盛星'的孤儿院长大的。院长姓周,对我们每个小孩儿都很好。我是院里最大的哥哥,弟弟妹妹们都很活泼可爱。孤儿院的生活很简单,大家像家人一样聚在一起,每天都很快乐。"

宋思阳的声音里逐渐染上向往。他对上老太太一双沉淀了岁月的眼睛,心里有根太久没被拨动的弦轻轻地动了一下。他抿着嘴唇,声音沙哑:"外婆,我很想'盛星'……"

老太太循循善诱:"那你想回去看看吗?"

宋思阳犹豫片刻,最终对"盛星"的思念战胜了对外界的恐惧,慢慢点头:"我想!"

"这就对了。"老太太十分欣慰,"我让乐乐陪你,你放心,不会出什么事的。"

宋思阳眼睛发热,诚挚地向老太太道谢。

"思阳哥,快点儿,快点儿,司机在等了!"姚隐在大门口跳动,挥着手高声催促。见宋思阳磨磨蹭蹭,他干脆上前一把揽住宋思阳的手臂,"走快点儿!"

宋思阳被姚隐扯得往前走,走进洒满阳光的院落,走出高高的铁门。他惴惴地回头望,何明慧盘着佛珠站在入户门口,慈祥地朝他笑了笑:"去吧。"

这一声给了宋思阳莫大的力量。他咬了咬唇,与姚隐一同钻进了车后座。

姚隐很高兴,挨着宋思阳问东问西,宋思阳渐渐放下心中的恐慌。

车外的景色既熟悉又陌生,他在这座城市待了多年,却并未真真正正地好好看一眼。

"盛星"换了地址。路上,过往的一幕幕跃上宋思阳心头,他有些紧张与不安,又很激动兴奋,掌心微微出了点儿汗。

姚隐渐渐安静下来,靠在车上小声地哼着歌。

近了,更近了!穿过一条小巷,"盛星"的牌匾在光影里清晰可见。

宋思阳心跳如擂鼓地下车,怔怔地看着眼前陌生的楼房。里头传来小孩子嬉闹的声音,却没有人扑上来抱他的腿,笑着喊他"思阳哥哥"。

近乡情怯,宋思阳竟不敢上前。

须臾,一个上了年纪的女人开了铁门,扬声问:"请问你找……"

女人的视线落在宋思阳的身上,声音戛然而止。

短短的一个对视,让宋思阳热泪盈眶。他咽下喉咙的酸涩,问候多年不见的恩人:"周院长,别来无恙。"

"盛星"在两年前换了地址,院里的设施尽是新的,每个宿舍和教室都安装上了空调和暖气,孩子们再也不用担心夏热冬冷了。

周院长虽然好多年不见宋思阳,但也多多少少知晓他跟褚越的事,并未询问他这些年去了哪里,亲热地将他迎进"盛星"。

这个将一生都奉献给助孤事业的女人已经年近六十岁了,两鬓已经有了白霜。宋思阳记得上回见她时,她还没有这么多白头发,也没有这么多皱纹。时间好像只在他身上按下了暂停键,其他人都在正常地成长和衰老。

院里的小孩比之前多了不少,皆好奇地打量着宋思阳和姚隐。

四年时间,许多孩子被领养出去了,宋思阳仔细辨认着,并未瞧见熟面孔。

"这些年多亏了褚总,'盛星'才得以走到今日。"周院长感慨,"今年'盛星'比去年多救助了十二个孩子,忙是忙了些,但热热闹闹的,瞧着就高兴。"

一个蹒跚学步的小女孩撞了上来,宋思阳手疾眼快地抓住她的手臂才防止她摔倒。

小姑娘睁着水汪汪的眼睛盯着他。

周院长说:"这是你思阳哥哥,哥哥以前也在这里长大呢。"

小姑娘很聪明，闻言奶声奶气地喊他："思阳哥哥。"

宋思阳鼻子微酸。小姑娘让他想到了茵茵，算起来，茵茵今年也该十三岁了。

他让小姑娘去玩，问周院长："茵茵在吗？"

"刚才带妹妹出去买东西了，想必快回来了。我们到办公室坐一会儿，她到了让她来见你。"周院长看向姚隐，"这位是？"

宋思阳方才心思都在"盛星"上，这才想起来要介绍姚隐，连忙说："褚越的表弟，姚隐。"

姚隐嘴甜，笑着问候："奶奶好。"

三人一边说着一边去办公室。不多时，周院长听见楼下有小孩儿打闹，下去阻止。

姚隐这看看那看看，这里的一切都让他感到新奇。他双手撑在宋思阳坐着的椅背上："思阳哥，这儿好多人，真好玩。"

宋思阳觉得不必去打破一个小孩儿的天真烂漫，并未告诉姚隐住在这里的小孩皆有苦难的身世，只微笑说："你也可以跟他们去玩呀！"

姚隐跷起一只脚，半个身子趴在宋思阳身上："不，我答应了奶奶要陪着你！"

自打宋思阳生病后，姚隐再也不会像在雪场那天一样抛下宋思阳自己去玩，而是寸步不离地跟着宋思阳。

正说着，办公室外传来脚步声，二人看去。

周院长未见其人先闻其声："你思阳哥来了，正等你呢。"

宋思阳放在腿上的手一紧，慢慢站起身，只见一个穿着白色羽绒服和牛仔裤的少女出现在门口。女孩五官秀气，带着点儿婴儿肥，与宋思阳记忆中的小姑娘重叠起来，熟悉却又陌生。

茵茵见到宋思阳，先是一怔，然后有些惊讶地唤了一声："思阳哥。"

宋思阳一下子就听出这声"思阳哥"里的不自在，其实他又何尝不是如此。

上了大学后，他与茵茵一年见不到两次，聚少离多。但那时茵茵年纪尚小，还在小学阶段，每次见面还能黏着他。而如今茵茵已经是初中生了，再加上他们整整四年未见，横跨在他们之间的时间并非儿时的情谊能填补上的，疏离与生分是正常的。

可宋思阳仍是觉得难过。他看着长大的、总是第一时间朝他跑来的小姑娘，在他看不见的地方已经悄悄出落成了水灵灵的少女，与他再不复从前的亲昵。

宋思阳有几分局促，忽然不知道该怎么和茵茵相处。

周院长让茵茵进办公室和宋思阳聊天："你们很久不见了，这儿就让给你们，多说说话。"

宋思阳不安极了，想让周院长留下，但她已经风风火火地出了门。

茵茵先是看看宋思阳，再看看姚隐，然后拘谨地坐下来。

宋思阳怀着和茵茵拉家常的念头，主动打破沉寂："好久不见，你长这么高了，该上初一了吧？"

茵茵就像对待一个长辈的询问那般乖巧点头，可她和宋思阳本不该这么生疏。

宋思阳接着说："我好多年没回来了，你在这儿还好吗？"他终于找到话题，语气没那么紧绷，"施源呢，他回来过年了吗？"

谈到施源，茵茵的表情放松了些："施源哥前天才走的，你要是早几日来就能见到他了。"她顿了顿，"施源哥说你很忙，你们平时不见面吗？"

宋思阳哑然，茵茵并不知道他这些年去了哪里。他只能讷讷地道："是，工作太忙了……"

茵茵总算恢复一点儿他熟悉的活泼，追问："你现在在做什么工作呀？"

宋思阳张了张嘴，不自然地撒了个谎："我……我在出版社当编辑。"

如果当年他没有离开出版社，想必现在已经是编辑了吧。他想到那短暂的三个月实习时光，不禁很是怀念。

余光瞧见姚隐，他又顿时觉得窘迫。

姚隐是个人精,很护着宋思阳,朝他眨了眨眼睛,笑说:"我思阳哥工作可忙了,我今年也才见他呢!"

室内突然静了下来,宋思阳看出茵茵的尴尬,也无心再叙旧,轻声说:"你要是有事就先去忙吧。"

茵茵欲言又止地看了宋思阳一眼,半晌说"好",走到门口又回头问:"思阳哥,你中午在这儿吃饭吗?"

茵茵的语气中能听出点儿期待。宋思阳虽然畏惧与人接触,可这里是"盛星",他巴不得多待一会儿,急忙说:"吃,在这儿吃。"

茵茵一走,姚隐又开了话匣子,带点儿醋意地嘟囔:"你跟她认识很多年了吗?"

宋思阳颔首:"我看着她长大的。"他察觉姚隐不大高兴,好笑地问,"怎么了?"

姚隐别别扭扭地说:"没什么。"

小孩子争风吃醋的戏码宋思阳在"盛星"见多了。他歪了一下脑袋,笑吟吟地说:"中午在这儿吃饭,有鸡腿。"

这里的生活虽然已经离他太远太远了,但他还保留着哄小孩的一贯话术。

姚隐什么好东西没见过,一只鸡腿哪能收买他,于是他竖起两个指头晃了晃:"要两只。"

宋思阳忍俊不禁:"好,我的也给你。"

姚隐这才恢复笑脸。

褚越结束一个会议,助理跟他汇报接下来几天的行程安排。

助理汇报完毕后离开办公室。褚越签了几个文件,又想起在姚家的宋思阳,于是拨通了姚家别墅的座机。

电话是帮佣接的,听闻褚越要找宋思阳,说道:"他跟小少爷出门了。"

褚越眉心一跳:"去哪儿?"

"不太清楚,好像是去什么'盛星'。"

"好,我知道了。"

褚越挂断电话,没有任何犹豫地起身拿起西装外套穿上,大步往外走。

路过助理的工位抛下一句:"跟B组说一声,下午的会议取消,有事打电话。"

助理匆匆应了一声,褚越便消失在走廊处。

吃午饭的时候,宋思阳终于又见到了一个熟悉的身影。

因为生理缺陷,少年的脸部特征异于常人,这几年面容也有了极大的变化,但宋思阳还是一眼就认出了他。只不过他已经不记得宋思阳了。

护工人手短缺,无暇分身给少年喂饭。

宋思阳拿过了塑料碗:"我来吧。"

"你是客人,哪能麻烦你?"

宋思阳被"客人"两个字扎了一下,勉强笑了笑:"没关系,我也是在这里长大的,我认识他。"

护工这才不再阻拦。

姚隐出身优渥却没有挑食的毛病,端着餐盘坐在宋思阳身边,同情地看着比他大好几岁智力却不如他的少年,小声说:"思阳哥,他一直好不了吗?"

宋思阳哄着少年张嘴吃饭,回姚隐的话:"嗯,不过他可以做一辈子的小孩。"

"盛星"给了这些残障孩子一片遮风挡雨的瓦,他们是不幸的,却也是幸运的。

少年闹着不肯吃饭,往外吐饭粒,姚隐条件反射地往旁边一躲。他没有接触过特殊人群,有点儿害怕的样子,却并没有嫌弃,只是换了个位置,和宋思阳背靠着背坐。

宋思阳熟练地拿纸巾擦着少年弄脏的下巴,假装生气地说:"不吃饭的话，待会儿就不跟你玩游戏了。"

"玩什么……游戏？"

"我们可以玩捉迷藏，或者和哥哥姐姐们玩老鹰捉小鸡？"

少年"咯咯"地笑起来拍掌："躲起来，躲起来！"

宋思阳按住他不安分的手："先吃饭。"

食堂里闹哄哄的，孩子们交头接耳地说着话，谁都没有注意到窗口处悄然出现的身影。

褚越静默地望着坐在角落的宋思阳，他穿着米白色的毛衣，袖子卷到手肘处，露出纤长白皙的小臂，神情温和地哄着一个少年吃饭。少年吐的饭粒黏到他的手上，他也没有半点儿不耐烦，一副温温柔柔的样子，很放松，也很闲适。

他有多久没有见到如此轻松自在的宋思阳了？

当年为了报复宋思阳，他用"盛星"威胁宋思阳，让他整日惶恐不安。而今宋思阳又患上创伤后应激障碍，更是整日愁眉苦脸。

褚越没看多久，姚隐就发现了他，拿手肘碰了碰宋思阳。

宋思阳转头，褚越清晰地捕捉到宋思阳的表情变化——在眼神触及自己那一刻，宋思阳乌黑的瞳孔微微一缩，恬淡的神情似被风吹散，如惊弓之鸟一般"噌"地站了起来。

仿佛有只大手狠狠地拉住褚越的心脏往下扯，坠到最深处。他并未发病，却痛得牙根都在打战。

原来宋思阳这样怕他。

"褚总？"周院长也注意到了褚越，从孩子堆里站起来，"您怎么过来了？"说着，她便放下手中事务迎了出去。

宋思阳对一旁的护工说："不好意思，我可能得走了，麻烦你喂他吧。"

护工连声说着"不打紧"，从他手中接过塑料碗。

宋思阳低声对姚隐说："你表哥来了，我们走吧。"

茵茵没有跟宋思阳在一桌吃饭，此时不停地看向宋思阳。等他将要走出食堂时，她忍不住站起来唤了一声："思阳哥。"

这声"思阳哥"带着几分儿时的亲昵意味。

宋思阳回头看茵茵。茵茵失落地问："你要走了吗？"

宋思阳鼻尖微微发酸，颔首："我下次再来。"顿了顿，他又嘱咐，"好好读书。"

"那你什么时候再来？"茵茵的嗓音清脆，夹杂着不舍，"施源哥清明放假会回来，你来吗？"

宋思阳低头将自己的袖子放下去，轻柔地笑了笑："如果有机会的话我就回来。我走啦！"

褚越嗓音微沉："真的想回去了？"

如果可以的话，他希望宋思阳能再待一会儿，与人多多接触，这样病情才能早日得到缓解。

宋思阳思忖一下，到底还是给了回应："想。"

治疗得一步步来，不能操之过急，褚越尊重宋思阳的选择，颔首。

茵茵追出来，看了褚越一眼，继而小跑到门口，喊道："思阳哥，你……"

她有好多好多话想告诉宋思阳，四年不见，她其实很想他。

她想问他为什么这么多年都不来看自己？为什么一来就要走？

她想说自己不是故意对宋思阳这么冷淡的，只是太久不见，她有点儿害羞，有点儿不习惯。

她记得小时候的事情，记得宋思阳对她有多好，记得是谁偷偷把最好吃的糖藏起来给她吃，是谁在她哭鼻子的时候把她抱在臂弯里温柔地哄着，是谁在她被养父母虐待的时候第一时间赶来安慰她……

为什么时间会这么残忍，她还没有长大，宋思阳就和她走散了？

宋思阳回身看着茵茵，微笑着说："天冷不用送我，回去吃饭吧。"

他怕自己不舍得离开，不敢再多说，躬身与姚隐一同坐进了车内，甚至没有跟茵茵说一句"再见"。

宋思阳心情低落，姚隐难得地安静下来没有打扰他，只是很用力地戳着手机屏幕,把无法对褚越发泄的怒火都发泄在了游戏上。

三人回到姚家。

今天外出一趟,宋思阳累极了,抿着嘴唇问:"我有点儿困,能睡会儿午觉吗?"

得到褚越的首肯,他慢悠悠地上楼,轻轻地关上门。

被窝很暖和,像是母亲温柔的怀抱,他已经很长时间没有想起家人了。父母已经去世十八年了,时间太长了,长到跟父母相处的点滴已经变得十分模糊。

他不禁想,如果当年没有那场车祸,他的人生会是怎样?应该会像所有普通且幸福的孩子那般,在父母的期待中考一个还不错的大学,有一份还不错的工作。

这些都是假设,假设想得再多也是不成立的。

他真实的人生会在"盛星"成长,会遇见施源和茵茵,会和褚越成为朋友,又产生诸多误会。

已经尘埃落定的事情,他为什么还要哭?

很小的时候他就知道眼泪无用,可这并不妨碍二十多岁的宋思阳躲在被窝里无声地流眼泪。

他又想起那被关在箱子里的几天。那么暗的地方,他什么都看不见,身上到处都在痛,他几乎以为自己活不下来了。他不想卷进这些纷争里,却还是难以避免。

宋思阳哭得脑子发昏,褚越来看望他:"陈姨已经休完假回来了,乐乐也快开学了,明天我们就回去吧。"

宋思阳深吸一口气,瓮声瓮气地"嗯"了一声。

姚隐舍不得宋思阳,不肯放宋思阳走:"我放学后也可以带思阳哥去玩,为什么要这么快回去?"

被褚越一句"你一周才回一趟家,宋思阳怎么办"给堵了回去。

姚隐气得一直偷偷瞪褚越,但只是敢怒不敢言。

宋思阳见姚隐气得腮帮鼓起来的模样忍俊不禁,郁闷的心情稍有好转。他反过来逗姚隐,有点儿孩子气地拿手指戳了戳姚隐软嫩的脸颊。

宋思阳得病后就很少有这么愉悦的表情了,此时画面很安宁。

"在这里等我一会儿,我跟外婆说一声就走。"

姚隐冷冷地"哼"了一声,拉着宋思阳去院里,走远了才拔高声调阴阳怪气地说:"'在这里等我一会儿',喊,有什么了不起的!"

褚越没跟姚隐计较,抬步去佛室找老太太。

佛室不大,约莫三十平方米,供奉了一尊成人手掌大的足金佛像,红木桌上焚着香,室内飘着让人平心静气的味道。

何明慧年纪大了,跪不得,只端坐在铺了软垫的檀木椅上,手执紫檀佛珠,闭眼诵经文。听见开门的声音她也不睁眼,经文亦没停下。

褚越唤了一声"外婆",然后道:"我跟宋思阳要回去了。"

老太太没搭理他,仿若一心沉浸在礼佛之中。

褚越对佛道一直是无所谓的态度,那尊金光灿灿的佛像对他而言毫无价值,他只是看一眼就收回视线。

褚越静默地在室内站了许久,老太太才终于停下诵经,开口说:"跪下给佛祖磕个头再走吧。"

褚越轻声说:"外婆,我不信这些。"

何明慧也不强迫他,突兀地问:"因果论你知道多少?"

"略有耳闻。"

庄重的佛像在袅袅白烟中凝视着淡然自若的褚越,老太太精明的眼神也落在他身上。

褚越默然。

老太太讲述着"因果论",说完之后,又沉浸于佛经的世界里。

褚越往后退两步再转身走到门口,手搭在门把上往下按。他声音平稳地说:"外婆,我不信佛,也不信因果,我只信谋事在人。"

就算是他造的业,他也能连根拔起。

他想,他一定会治好宋思阳的病,无论用什么样的办法。

第七章　团团与乐乐

车子平稳地驶离了姚家别墅。

宋思阳还是觉得困乏，靠着车窗补觉。许是在车上，他睡得不太安稳，秀气的眉心微微皱着，嘴唇也抿得很紧。有阳光穿透玻璃落在他身上，那一簇微光像是一团火，将他的整张脸都照亮了。

车被减速带颠了一下，宋思阳悠悠转醒，咕哝着问："要到了吗？"

"快了。"褚越回应。

不多时，二人到了庄园别墅。

陈姨正在院子里跟花匠讲话，音调高高的："这些花都蔫儿了，是土有问题还是温度不够哇？"

宋思阳恨不得躲开全世界的人，却还记得自己一手栽种的花花草草。他一听，连忙小跑到温室，焦急地问道："花冻死了吗？"

陈姨见宋思阳着急的样子，笑着说："没死没死，能活！这个年可真长，我也多放了好些天假。"

陈姨为了不让宋思阳回想被绑架的经历，只字不提过年期间的事，只是眼神里带上了心疼。

宋思阳抿嘴一笑。褚越也走过来，跟花匠交代了几句话。三人回室内。

临近吃晚饭的时间，陈姨把菜都端上桌，询问宋思阳在姚家过得开不开心。

宋思阳跟陈姨相熟，所以在她面前轻松很多，闻言他眉目松快地跟陈姨谈起姚隐。他在自己的鼻尖处比了比："乐乐都长这么高了！"

"小孩子个子蹿得快，乐乐以后肯定跟小褚差不多高。"

饭桌上多了些话题，难得地热络起来。褚越不怎么出声，但喜欢听宋思阳说。

心理医生说过，有分享欲也是病情好转的体现。

院子里的花没啥大问题，反倒是屋里的几盆花枯死了，那是宋思阳夏天时亲手栽下的。他勤勤恳恳地浇水除虫，没想到败在了寒冬里。

他猫在花盆前扒拉着已经枯萎的枝叶，可惜地叹了口气。

有些东西注定留不住，就像他以前那么活泼开朗的性格，如今也被病情蚕食得所剩无几。

今天是褚越体检的日子，这几年褚越的检查次数不再那么频繁。

宋思阳拍了拍手掌心的土，听见外头有汽车的引擎声，想着应该是张医生到了。

宋思阳洗干净手，走出院子就见到张医生和几个助手走进来。

"小宋，起这么早。"张医生和宋思阳是老相识了，抬手打了一声招呼。

宋思阳看见张医生身后的助手，本能地感到惶恐。但好在他身处熟悉的地方，于是竭力平静下来："褚越在二楼，我去叫他。"他小跑着去书房唤褚越。

现在才八点，褚越却已经在书房处理公务了，一份文件接一份文件地看。

褚越非常忙，每天雷打不动地早上八点出门，没有应酬的话下午六点下班，倘若有酒会，凌晨回家也是常有的事情，除了过年会轻松点儿，其余时间他都在工作。更何况他刚把褚明诚踢下台没多久，更是要打起十二分的精神来应对褚氏的那帮董事们。

为了不让褚明诚有东山再起的机会，又防止对方再做出过激行为，褚越这阵子简直是忙得脚不沾地，体检推迟了半个月。

宋思阳推开书房门的时候他文件批改一半，见到宋思阳忧心的神情才把自己从公务里抽出来，二人一起上三楼。

张医生和助手正在调试仪器。宋思阳刚进去就看见张医生的助手在看着自己，于是本能地往后躲了躲。

检查还是那些项目，对于大家来说都是轻车熟路了。

张医生娴熟地将针头扎进褚越的血管，浓稠的血液流进采血管中。

看了那么多年，宋思阳对扎针已然免疫，不会再吓得别过眼。但他还是心疼褚越，每次出检查结果前他总是提心吊胆的。

前年褚越的心脏出现了点儿小问题，张医生说如果靠药物保守治疗无法控制病情，就需要再开一次刀。尽管张医生再三保证只是小手术，宋思阳和陈姨还是愁眉不展。好在半个月后的检查结果良好，也算是有惊无险。

张医生抽出针管交给助手，问道："最近有没有感觉不舒服？"

褚越摇摇头。

"还是要多注意休息，别太劳累，你的心率偏高了。"

张医生的一句话让宋思阳的心又提到了嗓子眼。他焦急地对褚越说："让你别早起床工作……"

明明宋思阳也是病人，却忍不住关心褚越的身体状况。

褚越向张医生道谢，末了问了个风马牛不相及的问题："我这种情况适合养狗吗？"

张医生笑着开了个玩笑："有钱的话你养十只八只都可以。"然后他又正色地回答，"没什么必然关系，我认识很多病人都养了宠物，调节心情，挺好的。"

宋思阳不知道褚越什么时候起了养狗的念头，诧异地说："你想养狗?"

几人一前一后地下楼,褚越说:"随口问问。你呢,你喜欢狗吗?"

宋思阳想到各种可爱的小狗,重重地点头:"喜欢!"

褚越笑了笑,没有再继续这个话题。

检查报告下午就出来了,一切都很正常。

褚越一天都待在家里没出去,午后睡了会儿午觉,一觉醒来天黑了,屋外淅淅沥沥地下起了小雪。

再过不久春天就要来了。

褚越打开了床头灯,拿过放在桌柜上的手机。

宋思阳没给手机充电,手机自动开启了低电量模式,屏幕有点儿暗,证明宋思阳几乎没怎么动过手机,也说明在得病后他几乎没有和人联系过。

如果宋思阳的病情不能恢复,褚越无法原谅自己。

可现在让宋思阳从阴影里走出来,绝非易事。

初春跟在冬天的背后,摇摆着若隐若现的尾巴。

院子里的花草逐渐发出了新芽,远处人工湖边枯败的梧桐树也抽出嫩枝,万物生,万物长,四季更迭。

天气预报说今天是晴天,宋思阳午睡醒来,迎着暖日去翻花圃的新泥。

地面上放着一本书,宋思阳挽着袖子,按照着步骤仔细地将湿润的春泥铲出来又填满。有风吹过,页面被掀过去,他急忙拿石子压住,手无意识地在脸颊一蹭,脸上沾了点儿泥。

院外突然传来动静,宋思阳闻声抬头,见褚越抱着个纸箱进了门。

这个时间点褚越应该在公司,怎么会回来呢?

宋思阳拿着铲子站起身,困惑地望着朝他走来的褚越。

褚越手里的箱子似乎有点儿重量,宋思阳好奇地盯着纸箱,问道:"你拿的什么呀?"

"打开看看。"

褚越的心情似乎很不错,语气都比平时愉悦许多。

宋思阳手里沾了泥,随意地在印了粉色小猪的围裙上蹭掉。褚越难得这么神秘,他的兴致被勾起来了。他小心地打开了纸箱,像拆礼物一样。

纸箱被打开,光线泻进去,里头毛茸茸的一团映入宋思阳的眼底——是一只通体雪白的小奶狗,连耳朵都没立起来,此时正趴在温暖的狗窝里酣睡。被打扰了睡觉的雅兴,它哼哼唧唧地叫了两声,又蜷着身体继续入梦。

宋思阳先是难以置信地微微张嘴,继而讶异地看向褚越,最后才确认眼前真的是一只小狗,高兴得有点儿手足无措。他想要摸摸小狗,却发现自己的手脏兮兮的,连忙收回,盯着小狗看。

褚越心知这份礼物没有送错,浅笑着说:"是萨摩耶。还没有起名字,你来起好吗?"

"我?"宋思阳抬眼,难以置信地问,"这是给我的吗?"

褚越"嗯"了一声。

惊喜来得太突然,宋思阳脑子有点儿转不过弯,怔怔地问:"那你呢?"

褚越没说话。

宋思阳也没真的想要褚越回答。他担心外头天冷会冻着小狗,抛下翻了一半的土地,连忙洗了手说:"把小狗抱进去吧。"

两个人进屋,陈姨正在打扫客厅,宋思阳迫不及待跟她分享喜悦:"陈姨,褚越带了只小狗回来。"

褚越将纸箱放在桌子上。宋思阳立刻趴过去看,小心翼翼地伸手去抚摸小狗柔软的毛,眉目都舒展开来。

陈姨也凑过来瞧:"哎哟,这么小呢,不到两个月吧?"

宋思阳看向褚越,回答:"一个半月。"

褚越走到宋思阳身后说:"狗粮和其他东西待会儿会有人送来,我给你宠物医生的手机号码,你问问他应该怎么养。"

宋思阳不想和陌生人说话,摸狗的动作一顿,回眸看着褚越。

褚越缓缓地说:"手机我替你充好电了,就在房间,你随时可以用。"见宋思阳还是犹犹豫豫的样子,他又提醒说,"这么小,可不好养活!"

陈姨也附和:"是呀,是呀,还得喝奶吧?"

无论是褚越还是陈姨,都竭力地在鼓励和帮助宋思阳走出封闭圈。

宋思阳把目光落到还在酣睡的小狗上。小狗那么柔软可爱,让他的心都化了。

对小狗的喜爱战胜了所有,他一咬牙,小声且迟疑地说:"那我去拿手机?"

褚越点点头:"去吧。"

宋思阳不舍地摸了一下小狗,这才欢喜地小跑着上楼。

褚越注视着宋思阳雀跃的身影,将他的状态汇报给了心理医生。

宋思阳给小狗起名叫"团团",没什么别的含义,单纯觉得这个名字很符合他第一眼见到小狗的模样,又可爱又好记。

团团是褚越从朋友介绍的狗舍里抱来的。其实萨摩耶并不是他的首选,他更钟爱杜宾、高加索、罗威纳等烈性犬,体格健硕的外表倒是其次,主要是足够忠心护主,宋思阳遛狗的同时人身安全也能有保障。

可是心理医生建议送给宋思阳"陪伴犬",而要和宋思阳的性格相匹配,温顺的萨摩耶最好不过。

狗狗的生活用品和吃食很快就送到了别墅,还有个专业的驯狗师,跟宋思阳讲了些注意事项。宋思阳本不想和陌生人聊天,但为了团团还是听得很认真,等驯狗师一走就把听到的记在了本子上。

团团此时已经醒了,缩在箱子里"哼哼唧唧"个不停。宋思阳趴在箱子前担心地问:"它是不是不舒服哇?"

褚越猜测道:"可能是饿了?"

宋思阳觉得有道理,手忙脚乱去找奶粉和狗粮,按照说明书泡了奶，小心翼翼地把团团抱出来放在尿垫上吃饭。

小狗很聪明，啪嗒啪嗒地舔着奶，吃得嘴巴一圈都是奶渍。

宋思阳半跪着，恨不得整个人都伏到地上去，哄小孩一样地叫小狗的名字："团团，团团，你叫团团，知道吗？"

趁着团团喝奶，褚越让工人在客厅里安装狗笼子。

一个半月的狗还学不会定点排泄，这时候笼养是最好的做法，等长大些，学会定点排泄再放出来也不迟。

等把团团安置进笼子里后，小家伙又把脑袋钻进狗窝里，睡过去了。

宋思阳蹲在狗笼前看个不够，还是褚越提醒他得向宠物医生询问相关事宜他才依依不舍地起身。

手机放在桌子上，宋思阳鼓起勇气给宠物医生打电话。

他说话慢，但还是问了很多问题。等挂了电话，他又打开浏览器，开始搜索"一个半月的萨摩耶吃什么""怎样才能把狗养得白白胖胖的"等问题。

宋思阳坐在椅子上，时不时往后瞧一眼，确认团团还在睡觉才重新把注意力放在手机上。

褚越坐到他身边，他点击屏幕的动作顿了一下，忐忑地说："我可能没那么快好……"

褚越很欣慰能看到宋思阳主动和陌生人交流，这对宋思阳的病情无疑有很大帮助。

宋思阳一心在团团身上，朝褚越微微一笑，接着认真地查阅资料。

养狗的事项写了好几页，宋思阳查了多久褚越就陪了多久。偶尔褚越随口问一句，他就偏过脸轻声地回答。

室外的阳光透过落地窗洒了一地的金光，光晕从地板反射到室内，静谧美好。

小狗嗜睡，可睡饱就烦人。褚越真正领悟到这句话的真谛是在晚上。

宋思阳是被团团的叫声吵醒的。他住在二楼，小狗的叫声却极具穿透力，即使隔了一个楼层和两道门还能听见。得亏这是独栋别墅，要是在普通的住宅区怕是要被投诉扰民。

宋思阳迷迷糊糊地揉着眼睛，也没开灯，准备摸黑下楼去找团团，刚走出门就碰到了从书房里出来的褚越。

褚越本来正在处理文件，听见团团的叫声，出来就看见了宋思阳："去做什么？"

宋思阳解释："网上说小狗黏人，没人陪就要叫的，我去看看就回来。"

褚越的眉头轻微地皱了一下。养陪伴犬是让宋思阳放松心情，没想到反而让宋思阳半夜都在挂心。不过他见到宋思阳没有半点儿不耐烦的样子，也清楚宋思阳是真的很喜欢团团，于是并未阻止。

宋思阳迫不及待地往楼下走。没多久，狗叫声就停了。

褚越从二楼的走廊往下看。

宋思阳把团团从狗笼里抱了出来，坐在地上，将狗抱在怀里哄着。小狗耷拉着耳朵，在温暖的怀抱里拱来拱去地撒娇。

客厅里开着夜灯，宋思阳陷在半明半暗的光晕里，像春水，像暖阳，也像夜里一盏亮起的微灯，画面温柔恬静。

褚越也轻手轻脚地下楼，走近了宋思阳才发现他。

宋思阳抬起眼睛，期待地问："你要抱抱它吗？"

褚越颔首。

小狗换了臂弯，发出"吭哧吭哧"的声音，拿湿漉漉的舌头舔褚越的手，柔软的舌头刮着皮肉，很奇异的触感。

宋思阳拿手指逗团团玩，眉眼饱含笑意，好像这些日子的阴郁和沉闷都与他无关。

褚越这时才明白为什么那么多人都说萨摩耶能治愈人心。他试探着说："等团团再长大点儿我们带它出去遛一遛吧？"

宋思阳还是不大愿意走出去，神色犹豫。可望着毛茸茸的团团，他还是慢慢地点了点头。

褚越心想：快些痊愈吧，宋思阳。

宋思阳的日子因为团团的到来变得充实起来，连院子里的花花草草都不怎么理会了，一门心思扑在团团身上，每天都在学习养狗知识，生怕团团磕着、碰着、饿着、冷着，比养孩子还精细。

　　但他也有一点儿小烦恼。

　　团团刚断奶没多久，正是依赖人的时候，半夜见不到人就叫唤。宋思阳总是深夜被团团叫醒，忍不住下楼去陪团团玩，导致眼下两片淡淡的乌青。这种情况持续了快一个星期，团团逐渐适应了夜晚没有人陪，才终于有所好转。

　　团团打完三针疫苗后，该打狂犬疫苗了。之前的疫苗都是褚越让人上门注射的，这次他打算带宋思阳和团团一起到宠物医院。

　　宋思阳还是不大敢接触人，但为了小狗他似乎也变得勇敢。

　　褚越提出要出门时，宋思阳并未立刻答应。团团调皮地在他腿边转来转去，一会儿拿脑袋拱他的小腿，一会儿咬他的裤脚。他看着团团，努力克服对外出的不安，这才应了下来。

　　一切都很顺利，宠物医生很温柔，问什么宋思阳就答什么。

　　拿到疫苗本后宋思阳在车上抱着团团将疫苗本摊开，轻声对团团说："以后你就是证件齐全的狗狗了！"

　　可想到医生说的要对团团进行社会化训练，他又不禁苦恼起来。

　　打完狂犬疫苗后团团萎靡了一天一夜，宋思阳干脆抱着团团靠在狗笼旁睡了一夜，把第二天起来做早饭的陈姨吓了一跳。

　　团团打完疫苗后就可以外出遛狗了，但宋思阳害怕独自外出，因此前几次遛狗都是褚越或者陈姨陪着他。

　　前几天心理医生来过，鼓励宋思阳自己去遛团团。可这对目前的宋思阳来说显然还有些难度，他没有立刻答应下来。

　　褚越却把心理医生的话记住了。

　　团团很好动，十分调皮，出门就撒欢儿地跑，宋思阳牵着绳，都不知道是他在遛狗还是狗在遛他。

　　宋思阳在前面遛团团，褚越不紧不慢地在后面跟着。宋思阳时不时会回头看一眼，确认褚越就在身后才敢继续往前走。

团团扑着要去追飞过的一只麻雀，撒开了腿跑。宋思阳只得连忙跟上，牵引绳抓得牢牢的，怕团团跑丢。

褚越看着跑远的宋思阳，想着医嘱，抿了抿嘴唇，转身躲在附近的大树后。

等宋思阳下意识地回头去寻找身后的褚越时，却发现身后空荡荡的，一个人都没有。

宋思阳神情一怔，狗也不遛了，抱起团团，快步往回走。他左看看、右看看，确认褚越是真的不见了，脸上被仓皇覆盖，眼神也不安起来。他走了几步，眼前又浮现在游乐园门口被陌生男人带走的画面，在仓库时的可怕回忆也如同潮水一般朝他涌来。

宋思阳感觉全身隐隐作痛，忍不住喊道："褚越，褚越？"

躲起来的褚越并没有回答。

宋思阳自从患病后，从未独自外出过。他慌张不已，抱着团团茫然地站在原地，想走，又怕褚越回来找不到他；不走，又害怕自己一个人。

有大爷骑着单车路过，停下来热情地朝他打招呼："小伙子，遛狗哇？"

宋思阳抱着团团没回应。大爷自讨了个无趣，嘴里念念有词地离开。大概谁都不会觉得一个看起来已经具有完全行为能力的成年人会有社交障碍。

褚越将这一幕看得真真切切，想起来年少时的宋思阳。

那时的宋思阳虽然稚嫩，也带着胆怯，却依旧会伸出柔软的触角去感知世界。而现在的宋思阳就像是一只被剥了壳的蜗牛，只剩下对外界的恐惧和抵触。

如果不是牵扯进他和褚明诚的争斗里，宋思阳不会变成这个样子。

褚越下定决心，无论多么困难，都会让宋思阳恢复到从前的性格。

宋思阳找不到褚越，神情恍惚地站着，不知道自己下一步该做什么。这时，他口袋里的手机响了起来。

宋思阳拿出手机接通电话,无助至极地说:"褚越,你在哪里?"

清朗的音色从手机那头传出来,一点点驱除他的恐慌:"宋思阳,回家的路你还认得吗,自己回去好吗?"

宋思阳像是找到主心骨,点了点头:"那你呢?"

"我在家等你。"褚越看着不远处的身影,这次不再是询问的口吻,而是不容置喙地说,"你得自己回去。"

宋思阳为难且困惑地说:"为什么不可以一起……"

褚越果断地挂断了电话。

宋思阳的眼尾浮上一点红晕,纵然感到委屈,也并没有哭出来。他蹲下来拍了拍团团的脑袋,像是在给团团打气,更像是在给自己鼓励,继而站起身牵着狗慢悠悠地顺着回家的路走。

自己回家吧,宋思阳!

春天的风中裹挟着丝丝凉意,鼻息间尽是清新的花草香。

宋思阳没有心思欣赏路边的美景,只想早点儿回家,牵着团团闷头往前行。可惜团团玩心太重,总好奇地要往旁边的灌木丛钻。

"团团,不去,我们先回家。"

团团听不懂人类的语言,只想玩耍。

宋思阳舍不得用力拉扯牵引绳,被团团带到了开满小白花的灌木丛旁。他有点儿苦恼地蹲下来想跟团团打个商量,团团却张大了嘴巴想去啃草。

"不可以!"宋思阳及时制止,不轻不重地点了一下团团的鼻子表示生气。

团团脑袋一歪,立起耳朵晃来晃去,一脸的无辜相,宋思阳彻底拿它没有了办法。

小白花有股淡淡的香气,沁人心脾。宋思阳摘下一朵小花,一抬眼,发觉远处有只五彩斑斓的蝴蝶翩翩飞来,正落在了面前的花枝上。

宋思阳手疾眼快地将团团揽到怀里,阻止小狗去咬蝴蝶的行为,自个儿盯着色泽鲜艳的蝴蝶出神。

别墅的院子里也常常能见到蝴蝶，但眼前这一只无疑是宋思阳见过最漂亮的，金蓝色的翅膀振动着，在阳光下耀目异常。蝴蝶挥动着双翅，仿佛有金色的颗粒掉落，宋思阳方才浮躁恐慌的心情因为这只来自大自然的访客而舒缓许多。

他安静地蹲在草丛前，凝视着正在采花粉的蝴蝶，那些不好的记忆也渐渐退去。他忽然觉得外面的世界没有那么可怕，只是太久不曾好好地看看这个世界，以至于对这个充满色彩的世界产生了本不该有的不安感，从而忽略了大千美景。

这个世界的一切对于团团都是新鲜的，对于太久不见阳光的宋思阳亦是。

团团兴奋地叫唤，叫声惊扰了蝴蝶，也将宋思阳从深思里拽出来。他猛然回神，想起自己还得回家，连忙拉着活蹦乱跳的团团离开。

褚越悄然地跟在宋思阳身后。

离开灌木丛的蝴蝶跟在宋思阳身边，飞过他的头顶，飞进了金灿灿的阳光里。而宋思阳也浸在光中，一人一狗的影子交叠在一起，温馨恬适。

十五分钟的路程宋思阳走走停停，用了将近半小时才回到家。

熟悉的别墅就在眼前，宋思阳心中的大石头终于落了下来。他低头朝团团笑了笑，加快了脚步进了门。

宋思阳回到家却没有在院子里找到褚越。他先把团团的牵引绳摘了，四处张望后确认褚越并不在院子里，于是往屋里走。突然，他身后传来熟悉的声音："宋思阳。"

宋思阳惊喜地回头，见褚越站在大门前。

宋思阳小跑过去，有点儿激动地说："我自己带团团回家了。"

他像取得了什么了不得的成就，急需得到一点儿奖赏。

褚越笑了笑："我知道。"

这时陈姨也从屋内走出来，慈爱地看着勇敢地迈出这一步的宋思阳，喃喃着说："真好，真好……"

宋思阳不知道为什么觉得很高兴，并不是吃到了好吃的东西那种很快就能被其余事所覆盖的短暂的欣喜，而是真真正正从心里涌出来的雀跃。他猜想可能是他嗅到了空气里的花香，又或许是见到了一只漂亮蝴蝶的缘故。

一种久违的自由。

褚越对于宋思阳的转变感到很欣慰，但他下午有个重要会议，不能再耽搁时间了。他弯腰揉了揉啃了一嘴草的团团，对宋思阳说："今天你做得很好，以后我和陈姨要是不在家，你可以自己去遛狗。"

宋思阳顿时感到压力："可是……"

褚越沉沉地唤了一声："宋思阳。"

他应当有很多话跟宋思阳说，可是四年的误会并不是一句轻飘飘的"我错了"或者"对不起"就能弥补的。最终他只是在宋思阳询问的眼神里说："医生说你可以，我也相信你能做到！"

宋思阳这才点头，目送着褚越离开。

"这坏狗，怎么啃花呢！"

宋思阳低头一看，团团在花圃里弄了一身的泥，好几朵花都惨遭摧残。他太阳穴抽了两下，纵然再溺爱团团，也忍不住学陈姨低骂了一声："坏小狗！"

午后，宋思阳醒来，别墅里静悄悄的。

他的手机摆在床头柜上充电，屏幕亮起又灭，是软件后台推的新闻。

这两个月来，宋思阳将褚越的反常看在眼里，种种迹象表明褚越对他的恨意和误解正在一点点消弭，而在褚越的鼓励下，他对外界的恐惧也在渐渐减少。

是什么让褚越产生这样的变化？

宋思阳心中有些忐忑。但想到能和褚越和好如初，他高兴不已。

他点开通信软件，滑了两下找到和施源的聊天页面。记录停留在年后他从"盛星"回来的第二天晚上，施源跟他说"茵茵见到你很高兴"。

宋思阳难以用言语形容收到这条信息时的心情，他堆积在心头的郁气因为这条信息消散了不少。

宋思阳的指尖在输入页面上停留片刻，主动和施源交谈，删删打打，发出一句老套的话："施源，最近还好吗？"

宋思阳紧张地等待施源的回复。

半响，施源回应说："我很好，你呢？"

施源的语气很客气，倒不是因为疏离，只是为了避免给宋思阳添麻烦，这四年皆是如此。

宋思阳坐直了，因为病情而消退的分享欲缓缓浮上来，心脏被激动的情绪填满。他已经很久没有跟施源说话了，也不知道施源的近况。

"工作怎么样？林郁还好吗？"

宋思阳没有给施源打电话，只是发信息："我养了狗，给你拍照片好吗？"

他跑到楼下去，对着正在睡觉的团团一顿拍，全部都发给了施源。

"哇，是萨摩耶！"

打开了话题，宋思阳就没那么紧张了："嗯，刚来的时候才一个多月大……"

两人聊天的语气渐渐趋于熟稔。

"思阳哥，我升职了，现在是个小主管呢！"

"林郁的工作有调动，明年我们就可以在一个城市了。"

"对了，还有茵茵！前天我跟她视频，答应她要是期末考进年级前十，暑假就带她出去玩。"

宋思阳从字里行间拼凑出施源和茵茵的生活，嘴角的笑意越来越浓。

跟施源的聊天只持续了半小时，施源还有工作要忙，宋思阳不便打扰。可是只要知道施源在好好过日子，他就倍感安心。

结束聊天后，宋思阳看着几十条记录，一条条读上去，嘴角不禁浮现笑意。

褚越回家时,宋思阳正在拿磨牙玩具逗团团玩。宋思阳听见脚步声后抛下团团,小跑着去入户门迎接褚越。

褚越笑了笑:"怎么毛毛躁躁的,跟团团学的?"

团团以为宋思阳在跟它玩,亢奋地摇着尾巴低吠。

宋思阳不好意思地将今日主动联系施源的事情告知褚越。他知道陈姨和褚越都很关心他的病情,有任何一点儿小进步都迫不及待地跟他们分享。

团团已经学会定点排泄了,加上屋外有院子,倒是不怎么让人担心它会乱拉乱尿的问题。只是这个时间段的小狗还没有定性,活跃得很,人在吃饭,它非要在宋思阳的脚下蹦跶个不停。

宋思阳宠团团,把它当小孩儿养,它做什么在他看来都是可爱的,因此从未阻挠过它淘气的行为。

"思阳哥!"姚隐气喘吁吁地瘫在沙发上告状,"团团咬枕头。"

团团气得汪汪大叫,一人一狗又较起劲儿来。

夏初,满园的花都开了,褚越和宋思阳准备搬到市区的江景房住。几个收纳师有条不紊地打包着别墅里的东西,陈姨这儿指挥一下,那儿指挥一下,忙得不亦乐乎。

姚隐得知二人要搬家,自告奋勇来帮忙,结果忙没帮到,全程跟团团打架去了。

宋思阳打算亲自动手收拾房间里的东西。其实江景房里什么都有,需要带走的东西不多,但这里的很多物件承载了太多回忆,他哪一件都难以割舍。

他把毛绒花栗鼠和积木小船用盒子装起来,小心地收进了箱子里,然后发信息问褚越什么时候过来。

上个星期心理医生来给宋思阳做心理疏导。令人高兴的是,在团团的陪伴以及褚越和陈姨的鼓励下,宋思阳的心理状态已经有了明显的好转。

姚隐"哒哒哒"地跑上楼,趴在门框上:"思阳哥,有什么需要我

301

帮忙的吗?"

宋思阳把箱子的卡扣扣严实,笑着说:"你陪团团玩吧。"

姚隐"哼"了一声:"它咬人,我才不跟它玩呢!"

"咬到哪儿了?"宋思阳吓了一跳,站起身,"我瞧瞧。"

"哪能真被它咬着呀,没事儿。"

宋思阳无奈地一笑,想到楼下仓库还有些物件,于是"哒哒哒"地下楼去。

不多时,姚隐嚷嚷着:"表哥、思阳哥,陈姨说东西得装车了。"

姚隐跟着宋思阳和褚越上楼,古灵精怪地朝褚越做了个敬礼:"表哥,我来帮思阳哥搬东西。"

褚越看了他一眼:"别墅不缺搬运工。"又对宋思阳说:"别忙活了,让工人搬吧。"

宋思阳说"好",想了想,把放在桌子上装着花栗鼠和积木小船的箱子抱起来:"这个我自己拿。"

两人一前一后下楼去,姚隐跟条尾巴似的跟上:"里面是什么?"

"很重要的东西。"

陈姨在院里指挥工人,见二人下来,乐呵呵地说:"就快好了,乐乐跟着一块儿去吗?"

姚隐重重点头:"我跟着思阳哥。"

搬离这里后,陈姨就不再照顾褚越的生活起居了。

褚越的意思是陈姨年纪大了,再这样为他忙前忙后担心她身子骨吃不消。他在市区给她置办了一套两居室,平时也能多走动走动。

陈姨把他们当成儿子看待,不舍得离开,但天底下没有不散的筵席,对于褚越的安排她没有异议,只是打算回姚家去照顾何老太太。

老太太八十多岁的高龄,平时烧香礼佛,多了陈姨做伴也能不那么寂寞。

一行人上了车。

宋思阳忍不住回望这栋他生活了四年多的房子。这里装载着太多回忆，有过快乐，有过痛苦，有过笑容，也有过眼泪，这些终将成为时光里的一道风景线，定格在记忆深处。

团团趴在宋思阳身上，他揉了揉体形渐长的团团，眼睛微微弯起，说："搬新家了，团团。"

初夏的风带着树叶的清香，一切都生机勃勃。

开启新生活。

在江景房安顿下来后，宋思阳的日子并没有太大的变化，不过病情得到了有效的控制。

他因为遛狗认识了住在楼下的一个小姑娘。女孩儿活泼可爱，因为家里不让养狗，所以每次都守着宋思阳遛狗的时间找团团玩。

与小姑娘的接触很愉快，也让宋思阳学着和陌生人交流。

如此过了两个多月，宋思阳得知茵茵放暑假了，于是萌发了回"盛星"的想法。

褚越很高兴宋思阳能主动提出外出，派了车让人送他去"盛星"。

宋思阳心里还是有些紧张，褚越问他："除了茵茵，还见别的人吗？"

宋思阳想了想，说："施源也在。他请假过来的，明天就得回去了。"

宋思阳还记着年少时褚越和施源不大对付，但如今大家都长大了，有什么矛盾也随着时间而消逝。

褚越笑了笑，颔首："嗯，玩得开心。"

两个多小时的路程，宋思阳却不觉得疲倦。他给茵茵带了礼物，听施源说，她这次期末考试考得不错——年级第五。按照这个趋势下去，想必她往后能上个好的高中、好的大学，也能有一份好的工作。

工作，想到这两个字，宋思阳突然有些向往。

如今他与褚越之间的误会已经消除，病情也得到了缓解。他开始思考找一份工作。

可是他能做得好吗？

宋思阳微微叹了口气，司机提醒他快到目的地。

他拎着东西下车，听见从铁门里传出来的嬉闹声，一时难掩激动。

还未等他敲门，铁门便打开了，一个五官俊朗的青年从院内走出来。

施源脱去了稚气，小麦色的皮肤，眉眼充满活力。一见到宋思阳，他高兴地喊："思阳哥！"

时光穿过长长的隧道来到宋思阳面前，年少的施源和成年的施源交叠出现在他眼前。他拿着礼盒的手一紧，呼吸急促地看着施源，想笑，却又觉得只是笑无法表达自己的喜悦。

施源大步跑上来，深吸两口气，咧嘴笑着："别站着呀，茵茵一直问我你什么时候来呢！"

话落，茵茵从铁门后探出个脑袋，又站直了朝宋思阳笑了笑。

宋思阳心中一暖，跟着施源一同走进孤儿院。

孩子们正在玩老鹰抓小鸡，"咯咯"地笑个不停。

他环顾着陌生又熟悉的场景，好似回到了儿童时光。他什么都没有变，依旧是盛星孤儿院里的宋思阳。

施源的性格和从前没什么分别，大大咧咧，豪爽大方，宋思阳跟他待在一块儿没有半点儿生疏感，反而很自在。

二人像小时候一样照顾院里的孩子，挨在一起分发午饭，低声说着近况。有了施源做纽带，茵茵面对宋思阳时也活泼许多，这让宋思阳产生了一种仿若三人从未分别过的错觉。

可相聚的时光总是短暂的，快六点时，宋思阳念着要回去给团团喂食，必须回家了。

茵茵很不舍得宋思阳，失落地低喃说："这么快就走呀！"

施源轻轻地拍了一下小姑娘的后脑勺："你下次考年级前十，思阳哥就再来。"

茵茵这个年纪最不喜欢别人唠叨成绩，瞪了施源一眼，气鼓鼓地回院里去了。

接宋思阳的车已经在外头候着，施源把他送到门口，问起他的病情，又问他有没有找工作的打算，准备找什么工作。

宋思阳一一回答了。

二人聊完，施源笑着朝院里吼了一声："茵茵，思阳哥要走了，真不出来送吗？"

宋思阳坐进车里，摇下车窗，茵茵出现在门口，依依不舍地向他告别。

十年前，宋思阳便是这样搭着车和二人说再见。时光匆匆，如今他们都已经长大成人，也有了各自的生活，但情谊长存。

宋思阳到家的时候，褚越还不见人影，倒是送餐的人到了。五菜一汤，饭前开胃小菜和饭后甜点一应俱全，皆用精美的瓷器装着，摆了一桌。

陈姨不跟他们一起住之后，宋思阳闲下来时会下厨，但只做些简单的食物，大部分时候有阿姨上门准备三餐，偶尔褚越也会让生活助理安排。

几个工作人员把菜摆上桌，宋思阳在一旁站着，团团兴奋地绕着他的腿跑来跑去。

助理客气地朝宋思阳颔首："褚总半小时后就到，您饿了可以先用餐。"

宋思阳连忙道谢。

勤俭节约的美德深深地刻在宋思阳的骨子里，无论经历多少次，都无法习惯这样铺张浪费的生活习性。但褚越对生活品质要求颇高，就算是满汉全席也只当一顿普普通通的家常菜。

宋思阳跟着沾了光，再加上花的是褚越的钱，也不好多说什么。

宋思阳把桌台的保温功能打开，等褚越回家，转身跟团团玩皮球。他把球丢远了，团团撒欢儿跑去接，兴奋得直流口水。

和团团玩闹期间，宋思阳想要找工作的念头越发强烈，思来想去就是无法静心。

宋思阳找了口水巾给团团围上，点了点它湿润的黑鼻头，声音压得很低,问道:"团团,你支持我出去工作吗,支持的话,你就叫一声好吗?"

团团歪着脑袋,水汪汪的大眼睛里充满不解,又叼着小皮球放到他掌心。

宋思阳急于得到肯定,又放慢语速说了一遍:"你得叫一声,汪……"

团团这回听懂了,低吠着回应了一声。

宋思阳高兴地揉了揉狗脑袋,夸奖说:"宝宝真棒,给!"

他用力把球丢出去,团团像离弦的箭似的往前冲。

宋思阳从地上爬起来找到手机,忐忑地下了一个招聘软件。海量的招聘信息看得他眼花缭乱,但大部分岗位不是要应届毕业生就是要有工作经验。他工作经验少得可怜,可以说相当于没有,又将近五年没有工作,很显然不符合招聘要求。

宋思阳还没开始的找工作计划就被现实的巨浪拍打得有几分挫败感。最终他一条信息都没敢发,叹着气把手机放在桌面上。

团团感应到主人情绪低落,小皮球也不玩了,趴在宋思阳腿上翻着肚皮给主人摸。

宋思阳低头亲了亲团团的脑壳,又把脑袋埋进团团的毛里,低落至极地说:"我是不是很没用?"

团团不会说话,哼哼唧唧地撒着娇,让宋思阳找到被需要的感觉。

不多时,宋思阳听见走廊传来脚步声,连忙收拾好心情站起身。

如今已是夏末,天气热得可怕,褚越仍是西装四件套一件不落,但看起来清清爽爽的,连汗都没怎么出。

褚越问道:"今天在'盛星'做了什么?"

宋思阳回答:"和施源聊天,陪孩子们玩。"

宋思阳张罗着开饭。褚越去洗手台洗手,出来时看到放在桌面的手机,发现了屏幕上的招聘软件。

褚越问了一句:"你想找工作?"

宋思阳抿了抿嘴唇,其实他还是有些担心自己不能克服社交问题:

"我只是随便看看。"而后他又小声补充,"我怕自己无法胜任。"

"谁说的?"褚越鼓励他,"不要妄自菲薄。"

宋思阳知道褚越是在安慰他,垂着脑袋勉强地笑了笑。

有哪家公司会肯要一个有社交障碍的病人呢?

褚越打从心里希望宋思阳能走出阴霾:"医生也说了你现在已经恢复了八成,你不试试怎么知道呢?"

在褚越一再的劝说下,宋思阳鼓起勇气发简历。

宋思阳找工作的过程起先并不顺利,十几封邮件发出去,不是石沉大海就是被婉拒。好不容易有一个约他面试的,临到头又说已经招到人了。

转机出现在五天后,一家出版社主动联系到他,说是看到他的求职信息,觉得他很适合出版社的笔译一职。对方压根儿不给宋思阳考虑的机会,早上发的信息,下午就要他去面试。

时间太赶,宋思阳有几分犹豫,先征求了褚越的意见。褚越倒是鼓励他去试试。

有了褚越的认可,当天宋思阳就带着简历去了出版社。

出版社规模不大,老板是个四十多岁的男人,加上员工也才七个人。

宋思阳像赶场一样面了试,老板问什么他就回答什么,如同面对老师的小学生。他本来觉得没什么希望,谁知道晚上就收到了面试通过的通知。

工资并不高,工作很清闲,朝十晚五,双休,通勤来回也不到三十分钟,一切都很符合宋思阳的期望。

宋思阳觉得能重新找到一份工作实在太幸运,十分珍惜这份与他专业对口的工作。

夏去秋来,宋思阳的工作上了正轨。他是个很容易满足的人,每天兢兢业业地完成工作,下班的第一件事就是回家遛狗,日子过得有声有色。

第二天是何明慧的八十一岁生日,这天下班前宋思阳跟老板告了假。他刚出出版社的门,就见到熟悉的车子停在路边。褚越下了班正好顺路来接他。

褚越笑着问:"累吗?"

宋思阳的工作轻松得不能再轻松了,摇摇头说:"你工作忙,不用特地来接我的。"

"这个时间点不好打车,外婆该等急了。"

车子在路上堵了半个多小时才抵达姚家。

前不久,姚家舅舅将老太太接回一起居住,新买了两层大平层,上下打通,上一层是姚家三口在住,下一层住着老太太和陈姨。

宋思阳来过几回,跟褚越上了电梯,刚一进门,团团就亢奋地扑上来,把宋思阳撞得往后退了两步。

许是宋思阳太溺爱团团,小狗有点儿分离焦虑症,一旦离了人就闹绝食,褚越只好将团团也接了过来。

老太太很喜欢团团,觉得这狗通人性,投喂了不少零食。

褚越沉声说:"坐。"

团团现在能听懂不少指令,闻言吐着舌头乖乖地坐好。

宋思阳鼓励地揉了揉狗脑袋,和褚越往客厅走。

老太太手里拿着果脯,发出"喂喂喂"的声音:"团团,到外婆这儿来。"

团团颠颠儿地跑到老太太面前讨吃的。

姚隐觉得家庭地位不保,"哼"了一声说:"这笨狗就知道吃,奶奶你别喂了,再喂要胖成球了。"

宋思阳也怕团团吃多了零食会挑食,但老太太不常见狗,偶尔几次,也就没有阻止。

陈姨端着几盘蜜饯放在桌上:"小褚、小宋到了,那可以开饭了。"

老太太嫌设寿辰宴闹腾,只在酒楼订了几桌,邀请的都是姚家的亲戚朋友,大家一起热热闹闹地祝寿便是最高兴的事情。

翌日，众人高高兴兴地出了门，酒楼被包了场，没有外人来打扰。

褚越送了一尊翡翠佛像给老太太贺寿，哄得老太太笑弯了眼睛。宋思阳也送了礼物，只不过没有褚越的那么贵重，他自己写百寿图，红纸金字，裱得漂漂亮亮。

老太太见过太多好东西，贵不贵重是其次，心意才是最重要的。

趁着宋思阳被姚隐缠着，何明慧握住外孙的手，慈爱地说："你们年轻一辈高高兴兴的，我也就安乐了。"

吃饱喝足后正是午后，阳光璀璨耀眼，一行人有说有笑地走出酒楼。

姚隐还是孩子心性，挨着宋思阳叽叽喳喳地说个不停。

耀眼的阳光下，宋思阳嘴边挂着闲适的笑容，时不时回答一两句姚隐略显幼稚的问题。

姚隐非要和宋思阳一路，姚家人拗不过他只好如他愿。褚越有些嫌弃姚隐的聒噪，但今日心情好，也并未把这只吵人的"麻雀"赶下车去。

车子在日光里平稳地行驶着，温暖的阳光像是水一般流淌进车厢里，给这微凉的秋日增添了几分暖意。

姚隐好像拥有用不完的精力，在车厢里不安分地动着，被褚越瞪一眼才不情不愿地静下来。忽然间，又听姚隐拔高了声调，手指着窗外："有彩虹！"

褚越和宋思阳循声望去，只见蔚蓝的天际如水洗过一般的洁净，远方的天空上出现一道光彩夺目的虹桥。

这里定是下过一场大雨，但雨后便是云雾尽散，灿阳永存。

旧年已去，新年将至，每一个人都在往前看，每一个人都有新的生活。

番外 褚总的生日

褚越的生日在初秋。他对庆生是没什么兴趣的，但他身在高位，有很多推不掉的应酬，因而每年都会在生日前夕举办一个庆生宴。名为庆生宴，实则是为了联络各个合作方，给往后的生意搭桥牵线。

今年褚越正值而立之年，算是迈入了人生的新阶段，庆生宴比往年要隆重许多。前来祝贺的宾客如云，人人都想跟褚氏沾上点儿关系，为自己谋得利益。

褚越在商界摸爬滚打好几年，一眼就能分辨出谁是真心以待，谁是虚与委蛇。但这些他如今都不在意了。人到一个特定的时间后，对于许多事情自然而然就会看淡许多。

庆生宴在市中心的酒店举办，熟识的人纷纷上前跟褚越道贺，褚越抿了一口酒当作回应。这些年大大小小的应酬把他的酒量锻炼得不错，但他有先天性心脏病，知情人都不敢灌他酒。

只是庆生宴前他刚刚参加了一场重要的会议，肚子里没垫什么东西，小半杯酒喝下，依旧感到有些不适。

褚越用透气的借口从酒店会客厅离开，推开休息室的门。

休息室内设施齐全,姚隐和宋思阳正在打桌球。

宋思阳打得不好,被姚隐赶鸭子上架。他一见到褚越,像抓到救星,连忙说:"让你表哥陪你打。"

他放下球杆,如释重负。

褚越走到单人沙发处坐下,揉着眉心,对兴奋的姚隐说:"别闹我,我歇会儿。"

宋思阳瞧见褚越的脸色不是很好,问:"喝多了?"

他并不是褚越生意场上的朋友,也不爱参加宴会,因而一直和姚隐待在休息室里。

褚越抬眼:"还好,就是有点儿饿了。"

这两年褚氏在褚越的带领下发展壮大,褚越一年到头几乎没有休息的时间,有时候忙起来三五日不回家也是正常的,三餐也不太规律。

褚越其实很爱惜自己的身体,也知道自己的生活习惯有损健康,但一旦投入工作,他就顾不得那么多了。

宋思阳太了解褚越,对方嘴里的"还好"换算成另外一种说法就是"没到极限"。他看了褚越一眼,将休息室里的糕点端到褚越面前。

虽然事出有因,可宋思阳还是忍不住说:"你想把胃也给搞坏吗?"

姚隐姿势优雅地将桌球打进球洞里,扬声说:"表哥,你如果再不好好吃饭,小心我跟奶奶告状。"

姚隐这两年的身形像雨后春笋一般拔高了许多,已经快和宋思阳一样高了。

小孩在长大,老人在衰老。

何明慧八十多岁了,去年毫无预兆地在家里晕倒,去医院检查,虽然没什么大碍,但这件事给所有人敲响了警钟。老太太年纪大了,总有离开的那天,在她所剩无几的日子里,大家都希望她宽心,报喜不报忧。

如今姚隐搬出老太太来,褚越不得不从。

褚越挑了一块咸口的软糕,说:"别打扰外婆。"

311

姚隐也只是随口一说，耸了耸肩，又一杆入洞，稚气未脱的脸上露出个得意的笑容。

宋思阳倒了一杯温水让褚越喝下暖胃，忽然说："我这周四放假。"

褚越一时之间没有反应过来，轻轻地"嗯"了一声。

姚隐靠在台球桌上："思阳哥的意思是特地请假给你庆生。"

褚越眼眸一亮："真的？"

宋思阳笑着颔首。

褚越的庆生宴是提前举办的，真正的生日日期在下周四，十月十四号。

前两年都赶上宋思阳有紧要的工作，他只能在下班后跟褚越吃顿晚餐。虽然这也是一种庆贺方式，但到底太潦草。今年他专程把工作提前安排好，空出了一天假期。

褚越顿时觉得舒坦了。似乎是怕宋思阳反悔，他追问道："那你想怎么帮我过生日？"

宋思阳卖了一个关子："到时候你就知道了，小隐也会和我们一起去。"

姚隐长大后就不让人喊他"乐乐"了，嫌土气。宋思阳向来善解人意，极少再唤他的乳名。

褚越睨着眼看向姚隐："周四你不用上学吗，去干什么？"

许是有了宋思阳撑腰，姚隐现在已经不再怕褚越了，甚至还敢斗嘴："我当然是去帮表哥你庆祝生日啊——"他拉长了尾音，"学校那边已经请假了。再说了，是思阳哥请我帮忙的。"

眼见褚越还想说点儿什么，宋思阳忍俊不禁："好了，你都多大的人了，怎么还和小孩子置气？"

褚越站起身整理一下西装："你就惯着他吧！"

姚隐朝褚越做了一个鬼脸，拉住宋思阳："思阳哥，我们再玩一局。"

休息室的门被敲响，褚越的助理推开门："褚总，恒阳的陆总说要见您。"

褚越整理一下领带:"好。"

宋思阳嘱咐说:"别喝太多酒。"

褚越抬了一下手示意自己听见了,走出休息室,方才还有点儿笑意的脸刹那间变得冷峻,又成了众人眼中难以接近的褚总。

转眼就到了十月十四号。

褚越早上有个晨会要开,一早就去了公司。快到他和宋思阳约定的时间了,会议还没有开完。他看似气定神闲,搁在会议桌上的食指却有节奏地敲打着,催促汇报的员工。

接近十一点,褚越才走出会议室的门,此时宋思阳和姚隐已经等了半个小时。

助理询问:"褚总,要去接宋先生和小姚少爷吗?"

褚越的脚步不自觉加快了:"不用。今天我不在公司,除非紧急事件联系我,其余的转到邮箱。"

助理点点头:"明白。"

褚越进了私人电梯,厚重的电梯门将要关闭时,他伸出一只手挡住:"跟各部门的经理说一下,以后的晨会提高点儿效率,挑重点讲。"

助理跟了褚越好几年,第一次听褚越吩咐这么琐碎的小事,怔了一下:"好的,褚总。"

褚越收回手,电梯从十七楼一路往下。

宋思阳去年考了驾照,又用攒下来的工资买了一辆车,今天他自己开车过来,此时正和姚隐在停车场等褚越。

宋思阳决定让褚越过一过"普通人"的庆生方式。在他的记忆里,因为身份的原因,褚越每年的生日宴都大费周章,一场宴会办下来抵得上一个高级白领五六年的工资,就算是和他去餐厅庆祝,也都是挑高级酒店。

宋思阳在出版社工作,虽然升了职,工作也清闲,但那点儿工资就跟蚊子肉似的,给不起褚越那么奢华的体验,但他可以给予褚越新鲜感。所以,褚越今天的活动都由他和姚隐安排,行程也都定好了。

先去甜品店做生日蛋糕,再去钓鱼、看日落,如果还有时间就去吃一顿火锅。

姚隐趴在车窗前翘首以盼,嘟囔着说:"表哥怎么这么慢啊?"

宋思阳很有耐心地说:"再等一会儿。"

他话音刚落,就见停车场不远处出现一道熟悉的身影。

褚越穿着银灰色西装,身姿挺拔,走路带风,岁月让他沉淀得更加成熟,也更具有魅力。

姚隐使劲儿挥手:"表哥,这儿!"

等褚越走近了,他哈哈大笑:"你就穿这身啊?"

"有什么问题吗?"褚越坐到副驾驶上系好安全带。

宋思阳打量着褚越的装扮,想到待会儿他们要去的地方,也忍不住笑出声。

褚越皱眉:"怎么了?"

"没怎么,没怎么。"宋思阳收起了笑容,说,"褚总就安心把今天交给我们安排吧。"

许是跟姚隐相处久了,宋思阳的性格也被带着活泼了许多,从前的阴郁和怯懦也不见了,连语气都是轻快的。

褚越将信将疑,"嗯"了一声。

车子驶出商业中心,高楼大厦被抛在车后,逐渐驶入热闹的市井,最终在一家甜品店前停了下来。

褚越下车后,终于知道姚隐和宋思阳为何笑他了。他一身服帖的西装,头发还打了发胶,而街道上的人大多是休闲打扮。他皮相好,又穿得如此正式,一出现就惹得路人频频回头。

褚越倒是不怕人看,只是到底格格不入,让他有些不自在:"怎么不提前跟我说一声,我好换身衣服?"

宋思阳小声说:"忘了……"

褚越挑了一下眉:"忘了?"

宋思阳确实是没考虑到装扮的问题，只好略过这个话题："我们进去吧。"

甜品店的老板是一个三十多岁的女人。她热情地将他们带到烘焙室，里头有几个学员，正在和家人一起做蛋糕。褚越掀开帘子进去，所有的目光都看了过来。

老板也没想到有人会穿得如此隆重，笑着说："这位客人，您的外套要不要我帮您先保管？"

褚越颔首，脱下外套，又解开了领带，递给老板："有劳。"

褚越身上只剩下一件笔挺的白衬衫，越发显得他身材挺拔养眼。

老板娘将三条粉色的围裙递给他们，饱含歉意地说："你们来得比较晚，其他颜色都被客人挑完了。"

宋思阳无所谓什么颜色的围裙，笑着说了一声"谢谢"。

姚隐三两下把围裙套在脖子上，转过身让宋思阳给他系腰后的带子，揶揄地说："表哥的衣服一天到晚不是黑就是白，我还没见过他穿粉色呢！不过也没办法，谁让表哥迟到的。"

褚越看着臂弯上粉嫩的、印着小熊的围裙，难得地露出为难的表情。倒不是他对颜色有偏见，只是他天生就不喜欢亮色，更别说上面还印了这么可爱的卡通图案。

宋思阳替姚隐系好带子，转头看向褚越，犹豫地说："我帮你穿？"

褚越清了清嗓子："不用。"

褚越像是做了极大的心理建设，才穿上粉色的围裙，双手灵活地在背后打了个结，勒出一截细瘦的腰身。

姚隐表情夸张地绕着褚越转了一圈："哇！表哥，你穿粉色可比你平时穿的黑白色好看多了。"

被褚越瞪了一眼，姚隐连忙捂住嘴："好，好，好，你穿什么都帅，我不说了。"

这也是宋思阳第一次见到褚越穿粉色，虽然只是一件围裙，但眼前不禁一亮。他很想附和姚隐的话，但终究没敢调侃褚越。

烘焙室的设施齐全，老板给了他们操作手册，如果有不懂的地方也可以问她。

宋思阳其实已经事先练过了，所以并不会手忙脚乱。

不过做蛋糕这件事显然不在褚越的能力范围内，他望着陌生的模具不知从何下手。

宋思阳算是一个半吊子老师，细致地跟褚越介绍每一个模具的用途以及做蛋糕的步骤。褚越天资聪颖，学什么都快，甚至还能提醒宋思阳水加多了。

老板走过来看了一眼，夸奖道："没想到这位先生还挺有做蛋糕的天赋。"

褚越难得地开了一个玩笑："以后失业了就开家甜品店。"

褚越洗干净手，在老板的协助下将蛋糕坯放进烤箱里。

宋思阳期待地望着炉子："不知道能不能成功？"

烤箱内散发着微黄的光落在褚越的脸上，他笑了笑："没什么不能的。"

二人相视一笑。

蛋糕坯放凉之后，姚隐把它切成方块，将奶油一层层地铺上去。

宋思阳拿着刮板将溢出来的奶油刮走，又涂上新的奶油，生日蛋糕雏形已成。

褚越挑食，很多东西都不吃，所以他们做的是最常见的草莓蛋糕。一颗颗多汁饱满的草莓摆放在白色的奶油上，最上面还点缀了黑巧克力。

姚隐边做边吃，等蛋糕完成时他已经五分饱了，还小声地打了个嗝。

宋思阳将三人合力完成的蛋糕打包到盒子里，又向老板要了蜡烛和生日帽，接着三人出发去下一站。

三人先去吃了午餐，在街边找了一家牛肉面馆，店里是木桌和塑料凳子。

褚越身高腿长，坐在塑料凳上的姿势看起来有点别扭。他没有穿西装外套，吃面的时候，姚隐不小心溅了几滴汤汁在他的白衬衫上，他洁癖症发作，眉心不由自主地蹙了起来。

宋思阳连忙拿纸巾给褚越擦，又看了一眼不算干净的地面，说："要不换一家？"

褚越摇摇头："说了今天交给你，这儿就很好。"

老板端上热腾腾的牛肉面："来咯！"

宋思阳忘记跟店家说不要葱花。看着汤面上的小葱，他连忙用干净的筷子夹出来才推到褚越面前。他笑得眉眼弯弯："以前在'盛星'的时候，每个孩子过生日都要吃一碗面。院长告诉我们要一口把面条吃进去，不能咬断，这样才能得到祝福，长寿安康。"

宋思阳双手合十，像是祈祷一般："我也希望你长寿安康。"

褚越神色微动，拿过一次性筷子，像宋思阳所说的，夹了面条卷了卷，没有咬断，一口送进嘴里。

姚隐挨着宋思阳，吸进一口面，含糊地说："思阳哥，我也要长寿安康！"

宋思阳微微笑着："一定会的。"

下午四点多，三人抵达垂钓的小河边。河边绿草如茵，不少人在此搭帐篷野营。

宋思阳借口去买饮料，其实是去接团团。他们把团团当家人看待，这么重要的日子，团团自然也要在场。

褚越刚克服心理障碍把黏糊糊的饵料挂在鱼钩上，忽然一只大型的毛绒生物扑到他腿上。他低头一看，白色的萨摩耶吐着舌头开始舔他的裤脚。

褚越惊讶地说："团团？"

宋思阳站在几步开外，蹲下来朝团团招手。团团飞奔到他怀里，把他撞得一个趔趄，险些摔了一跤。

褚越的工作忙，团团大部分时间都是宋思阳在照顾。宋思阳把它养得很好，现在它已经有二十多公斤，毛又滑又顺，还十分黏宋思阳。

宋思阳稳住身形，揉了揉团团的脑袋："坐好。"

团团听话地坐到草地上。

这时，褚越也走了过来，脸上带着笑意："怎么把团团带出来了？"

宋思阳站起身："我问过了，宠物是可以进来的，团团还能下水摸鱼。"

褚越看了一眼咧着嘴流哈喇子的团团："你确定他能抓到鱼？"

话音未落，姚隐就兴奋地大叫起来："钓到了，钓到了！"

宋思阳赶忙走过去帮忙收竿，一条肥硕的鱼在草地上活蹦乱跳。姚隐一把抓住鱼身丢进桶里，得意地朝褚越说："表哥，今天的第一条鱼可是我钓的哦！"

褚越笑了一声："知道你的厉害了。"

团团高兴地在草地上打滚，滚出了一身泥印，把白色的毛都染得灰扑扑的。

褚越碰了一下它湿润的黑鼻头，手往水里一指："下水吧。"

得到允许的团团撒开了腿跑，一下子跳进河里，畅快地扑腾起来。

宋思阳将挂了饵料的鱼竿递给褚越："听说钓鱼有'新手保护期'，试试？"

褚越在小板凳上坐下来，手一挥将鱼线抛入河里。宋思阳也坐到他旁边，安静地钓起鱼来。

姚隐在河边跟团团打闹，全身的衣服都湿了，还招呼宋思阳一块儿玩。

褚越比了个噤声的动作："远点儿玩，别惊到我的鱼。"

宋思阳忍俊不禁，看着一脸认真的褚越，顿时觉得这个活动没有选错，并且他觉得以褚越闲淡的性格等老了的时候应该会沉迷垂钓的。

两个人坐了将近半小时，宋思阳的鱼竿突然动了。他眼睛瞪大，赶紧收竿，结果只是一条小鱼苗，于是他又把鱼放了回去。

"也算钓到鱼了。"宋思阳已经很满足了。

截至目前，唯有褚越颗粒无收。

宋思阳鼓励他："不着急，慢慢来。"

浸湿了毛发的团团飞奔而来，甩了宋思阳一脸水。宋思阳笑起来，像拧毛巾似的把团团的毛抓起来："今晚回去要洗澡了。"

团团抖着身体，又在泥地上打滚，这下彻底成了一只"灰色"的狗。

姚隐也没好到哪儿去，跟团团抱作一团。

这边玩得热热闹闹，褚越还在坚持不懈地钓鱼。"新手保护期"在他身上似乎不起作用，宋思阳钓到第二条鱼的时候，他的鱼竿依旧一动不动。

褚越倒是沉得住气，老僧入定般地坐着。

旁边有经验的人忍不住提醒说："你的饵料是不是被冲走了？"

褚越把鱼竿收回来一看，鱼钩上空空如也，什么都没有。他忍不住笑了一声。

将近日落的时候，玩得筋疲力尽的姚隐抱着团团躺在草地上。宋思阳和褚越的身影烙印在夕阳里，缓缓移动。

清风徐徐，一切是那么的美好。

姚隐被风一吹打了个喷嚏，宋思阳听见了，问道："冷吗？"

"有点儿。"

太阳慢慢下山，天也冷了起来。三人衣服上或多或少都沾了水，也是时候回家了。

宋思阳拿了条干毛巾给姚隐，又蹲下身用毛巾把团团身上的水吸干。

团团今日运动量达标，乖乖地坐着吐着舌头让宋思阳替它收拾。

褚越走过来，蹲下身："握手。"

团团把手搭在褚越的掌心，嘴里发出"嗞哈"的声音。

宋思阳正在替团团擦干耳朵里的水，听见褚越低声说："今天我很开心，谢谢你。"

他这才想起来还有一句很重要的话没和褚越说。

此时天已经暗下来了，他们的身后是流淌的小河，远处是微弱的夕阳，准备回家的垂钓者三三两两地结伴同行。

宋思阳看向褚越，把最真挚的祝福送给他："褚越，祝你生日快乐，往后的每一年都健健康康，平平安安！"

姚隐也蹦到褚越面前，扬声说："表哥，生日快乐，年年有今日，岁岁有今朝！"

褚越脸上的笑意更浓了，本就耀眼的五官显得更加惊艳。

三人收拾妥当，把团团牵到后座。

姚隐揉着团团的脑袋："笨狗，回家啦！"

团团似乎听得懂姚隐的话，叫了两声。

姚隐半点儿不恼，哄着说："好了，好了，你最聪明了，聪明小狗行了吧？"

褚越和宋思阳哑然失笑。

车子驶离郊外。路边的灯一盏盏亮起，代替太阳照亮路面，玩乐了一天的人们满载着喜悦归家，他们也不例外。

（全文完）

图书在版编目（CIP）数据

雾里见长阳 / 三道著 . -- 武汉：长江出版社，
2025. 1. -- ISBN 978-7-5492-9767-2
Ⅰ. I247.5
中国国家版本馆 CIP 数据核字第 2024DA6698 号

雾里见长阳 / 三道 著
WULI JIAN CHANGYANG

出　　版	长江出版社
	（武汉市解放大道 1863 号 邮政编码：430010）
市场发行	长江出版社发行部
网　　址	http://www.cjpress.cn
责任编辑	罗紫晨
特约策划	晗　光
特约编辑	晗　光
封面设计	蜀　黍
印　　刷	三河市九洲财鑫印刷有限公司
版　　次	2025 年 1 月第 1 版
印　　次	2025 年 1 月第 1 次印刷
开　　本	880mm×1230mm　　1/32
印　　张	10.25
字　　数	285 千字
书　　号	ISBN 978-7-5492-9767-2
定　　价	49.80 元

版权所有，侵权必究。如有质量问题，请与本社联系退换。
电话：027-82926557（总编室）　027-82926806（市场营销部）